U0412019

沈永宝

1945年生于杭州，研究员。1974年毕业于复旦大学，先后在复旦大学中文系、教务处、网络教育学院工作，长期从事中国新文学史、文学报刊及副刊史的研究和教学。发表八十余篇文学研究论文，辑录成论文集《新文学两百年》；参与编写《新中国文学词典》《中国现代文学词典》《简明中国新文学辞典》；编辑《钱玄同印象》《钱玄同五四时期言论集》《林语堂批评文集》《进化论的影响力——达尔文在中国》等。

其研究提出诸多足以改变新文学史既定结论的新观点，其中新文学两百年及对黄远生、章士钊、陈独秀、胡适、鲁迅、林语堂等人的评说颇多创见。曾获上海市哲学社会科学成果论文二三等奖、著作三等奖各一项，国家级教学成果（奖）二等奖一项，上海普通高校教学成果奖一二等奖各一项。

新文学两百年

沈永宝　著

复旦大学出版社

目　　录

序一　论从史出

吴中杰

沈永宝是上世纪 70 年代复旦大学中文系毕业生，留系任现代文学教师，几年下来，在教学和科研上都做出了成绩，他也很想沿这条路走下去。但由于他在入学前当过干部，有相当的工作经验和组织能力，被学校人事部门看中，调到教务处去主持工作，继而又委任为网络教育学院的领导，长期做行政工作。永宝内心很留恋教学与科研，但他组织性纪律性强，只好服从调动。不过，他也未能忘情于原来的专业，一方面将学校教务工作搞得有条有理，将网络教育学院办得有声有色，另一方面还不时兼课讲学，开夜车阅读写作。他开过近十二个学期“中国文学期刊副刊史”课程，编印了《钱玄同印象》《钱玄同五四时期言论集》《林语堂批评文集》与《进化论的影响力——达尔文在中国》（合作）等书，参与编写《中国现代文学辞典》《新中国文学辞典》，负责文学期刊副刊条目，并发表过许多学术论文和文学随笔。经多年积累，遂有了这一部学术著作——《新文学两百年》。

永宝不是倚马千言的快手，但也不是含笔腐毫的锻字炼句者。他的写作速度较慢，除了因行政工作占去较多的时间之外，还与他的研究路径有关。

永宝开始研究现代文学那几年，正是新的方法论大量涌入的年代。不但一些新的，或者其实已经不太新，只是我们尚未接触过的文学批评方法，如形式主义批评、精神分析批评、新批评、原型批评、阐释学批评、接受美学批评、结构主义批评等等，纷至沓来，而且一些物理学上的理论，也搬过来运用到文学批评中去，如控制论、系统论、信息论，以及协同论、突变论、耗散结构论。这些新的批评理论，打开了人们的眼界，在突破僵化的旧框框上，起到了推动作用，但是由于这些新的批评方法在运用上有点生搬硬套，而且没有新的史料作基础，也就显得有些架空。王瑶先生在看到一篇用系统论来分析鲁迅作品的文章后，说：你这间房子里还是这几件家具，只不过摆放的位置变动了一下，很难说有多大的突破。

永宝的研究方法则不同于时流。他不是从某种理论观念出发，来分析文学现象，而是从原始资料出发，来提出理论观点。他所研究的资料，不仅是《中国新文学大系》和作家文集之类，主要还是原始的报纸和杂志，即文学期刊和副刊。《中国新文学大系》虽然规模很大，收集资料较多，但它毕竟是选本，选本则是根据选家的眼光来取舍，必然带有编选者的主观印记，若以此为据，则难免要跟着选家的思路走。作家文集则不但不全，而且往往还加以修改，与原作有所不同。若据此立论，就未必能说出实际情况。近现代报刊业发达，作家们大抵先将作品在报刊上发表，然后再出版书籍，何况有些作家在报刊上发表作品之后，并未出书，也不见有人选辑。所以从原始报刊入手来研究，就比较能看出原来的面貌。而且，从中还能感受到时代的氛围，明白论争的来龙去脉。

从原始报刊入手来研究现代文学，这是一个很好的研究路径，但是却需要大量的工夫沉潜下去。这就是永宝出手缓慢的主要原因。

正因为从原始资料出发，所以他能看到一些别人没有觉察到的现象，提出一些新的问题。

过去我们习惯于将新文学运动从 1917 年算起，因为那一年《新青年》上发表了胡适的《文学改良刍议》和陈独秀的《文学革命论》，发起了文学革命运动。近年来有人将新文学的起点提前了几十年，其立论依据则是白话小说的出现和流行。的确，新文学运动在相当一段时期内径直被称为白话文运动，但白话却并非新文学的唯一特征，我们应该同时看到它在其他方面的变化。沈永宝从报刊研究中发现了文体的演变，特别是政论文学的出现并盛行。他认为，新文学的变革是以政论散文的变革为起点的。“这个改革过程大致发端于19世纪初年，历经百年，到20世纪第二个十年，政论文学在自身变革的基础上带动了整个文学的变革，这就是所谓‘文学革命’运动。这一百年，可谓政论文学称雄的时代。凡文坛可记可颂之事大多与政论文学有关。名家多为政论家，名文多为政论文，名论多为政论文学论，名刊多为政论报刊。由于政论文学的崛起，原有的文坛格局发生根本的变化。桐城古文、选学骈文因为拙于议论，被挤到三代以上，离‘谬种’‘妖孽’只有一步之遥。政论家视文学为‘无用之物’，不屑一顾，所以宋诗派、唐诗派仍能‘逍遥法外’。政论家扯起‘形式宜旧，内容宜新’的旗帜，以政论文的面貌改造诗歌、戏曲、小说，于是有诗界革命、戏曲界革命、小说界革命，而所谓‘革命’，仅以掺入政治术语、大发议论为能事。政论家经过一百年的惨淡经营，建立起一套政论文学的理论体系。应该说政论文学作为文学的一种文体，其理论体系的一部分与文学相通，成为‘文学革命’运动的源头活水。然而政论文学毕竟有别于纯文学，其中一部分理论与文学本义相抵触，对‘文学革命’运动产生了不小的负面影响。从文学史的角度看，清代末期崛起的政论文学与后来的‘文学革命’运动存在着血肉相连的先行后继关系。”(《政论文学一百年——试论政论文学为新文学之起源》)正是从这一观点出发，沈永宝认为中国新文学兴起，至今不是一百年，而是两百年，而前面这一百年，就是政论文学发展的时代。

新文学的起点，到底该定于何时，各家有不同的意见，仍在讨论之中，一时怕难有定论，但永宝提出了一个有理有据的新视角，值得研究者重视。

沈永宝在报刊研究中，不但看到了政论文的发展对于整个文坛的推动，而且还发现了被人忽视了的文学革命先驱者。

人们常说：历史是公正的。但这往往是失落者的自我安慰之语。因为历史毕竟是人写的，而人则由于见闻、倾向和利益的限制，就未必能写得完全公正。实际上，总是那些功成名就者得到过分的赞扬，而某些开拓道路者反而默默无闻。或者由于政治或文艺思想上的原因，使得那些有特色有成就的作家和流派被湮没在历史的叙述中。贾植芳先生将他的自选集取名为“历史的背面”，就是看透了历史叙述的不公正性而言的。史学家必须从正面、背面、侧面等各个方面加以综合观察，才能把历史看得全面些。

第一套《中国新文学大系》（第一个十年）的第一集是胡适编选的《建设理论集》，其中第一辑《历史的引子》所收的是胡适自己所写的一篇长文《逼上梁山》，说的是他们几个留美学生，由于偶然的机缘，讨论起文言和白话问题，使人觉得文学革命运动就是由这样“偶然”的争论所引发的。当时也常有人说：“白话文的局面是胡适之陈独秀一班人闹出来的。”其实，早在胡、陈之前，文学革命和文化革命就在酝酿了。沈永宝在当时的报刊里发现了一个名字：黄远生。“黄远生”是黄远庸的笔名，他是有名的新闻记者和政论家，原来对法制建设寄托着很大的希望，但后来发现，约法根本就无法羁勒权力者，袁世凯这个合法当选的总统，却完全凌驾在法律之上，而且做着皇帝梦。黄远生深感文化思想的重要性，所以转而提倡文化思想的革命。他比较早提出了学习西方三阶段论，即最初为“枪炮工艺”，嗣后为“政法制度”，到今日“已成为思想上之争”。据此，他要求个性之解放，人格之独立，并提出文体改革的主张。他认为，辛亥革命之所以有革命而无善果，就在于只重政治制度的变革，而忽视了国民思想素质提高的缘故。黄远生的主张，引起了只注重政法变革的章士钊的反对，他们在

《甲寅》杂志上展开争论，引起了人们的注意。据沈永宝的考证，胡适和陈独秀的观点，都受到黄远生的影响，而且，《新青年》（初名《青年杂志》）的创办，就是因为陈独秀等人不满于章士钊的主张而分离出来的。只因为黄远生撰写政论，影响很大，介入了政治斗争，于 1915 年底遭到暗杀，死得过早，无缘参加 1917 年以后轰轰烈烈展开的文学革命运动，时间一久，在有意无意间就被忽略了。

对于黄远生的作用，在较早的文学史论中，还有提及，如胡适的《五十年来中国之文学》（1922）、罗家伦的《近代中国文学思想的变迁》（1920）、陈子展的《中国近代文学之变迁》（1929）、钱基博的《中国现代文学史长编》（1932），但后出的近现代文学史和论文中就略过他了。

从这里，我们也可以看到，历史的发展具有一定的必然性，某些历史事件的发生和发展，并不是由于某些人灵机一动而偶然发生的，而是由各种社会因素促成。当某人提出某个历史问题时，这个问题在社会生活中大致已经酝酿成熟，即使这个人不提，或早或迟也会由别人提出来的。20 世纪初的文学革命观念，黄远生提出在前，胡适、陈独秀呼喊在后，而产生更大影响的，则是胡适、陈独秀。其实，早在 1907、1908 年，鲁迅在《摩罗诗力说》《文化偏至论》等文中，就提出过张扬个性、立意反抗的文化思想，结果是既无人赞成，也无人反对，却陷在无边的寂寞之中。可见，新思想提出来，影响的大小、推动的力度，主要是由时代条件决定，并非个人的作为。当然，个人的作用也很重要，但毕竟不起决定性作用。

沈永宝不但从原始报刊中发掘出被掩埋了的文化革命的重要人物，而且还纠正了一些不符合实际的流行观念。这种被误解的命运，即使在处于文学史聚光点的重要人物身上，也在所难免。比如，使胡适"爆得大名"的《文学改良刍议》中所提的"八事"原则,梁实秋就认为是受了美国《意象派宣言》的影响,这个推断,就成为海外汉学界的定论,也影响了一些国内学者。虽然胡适本人否定此说,但也无效。沈永宝通过翔实的考证,则认为:“外国的和传统的影响对胡适文学革命思想的形成至多起过一些间接的作用,‘八事’更直接的来源当是国内酝酿已久的思想文化革命。”而且,他还考证出胡适文中所批评的对象,其实都出于南社的诗文中。

我认为,永宝考察问题的思路是对的。新理论的提出如果能在国内产生广泛的影响,则必然有其现实的针对性,即使是翻译作品也一样,那些生搬硬套的东西,无论弄得如何新奇好看,也只能暂时引人注目,却无法生根、开花、结果。

我赞赏沈永宝研究文学史的方法:从原始资料出发,提炼出理论观点;而不是从既定的观点出发,再去寻找能说明所持理论的材料。

马克思在《资本论》第一卷第二版跋中,曾提出叙述方法和研究方法的差别,很值得我们注意。他说:“当然,在形式上,叙述方法必须与研究方法不同。研究必须充分地占有材料,分析它的各种发展形式,探寻这些形式的内在联系。只有这项工作完成以后,现实的运动才能适当地叙述出来。这点一旦做到,材料的生命一旦观念地反映出来,呈现在我们面前的就好像是一个先验的结构了。”过去曾经有过“以论带史”和“论从史出”两种方法孰是孰非的争论,从马克思的观点看来,“以论带史”只不过是一种叙述方法,只有“论从史出”才是研究的方法。

序二　沈永宝对现代文学研究的贡献

陈思和

沈永宝兄是我在复旦大学中文系的同事，又是同行，上世纪八九十年代，我们都在现代文学教研室任教。他偏重史料搜集和研究，先曾参与路翎资料的编撰，后来侧重文学期刊和文学论争方面的研究。潘旭澜教授主编《新中国文学词典》，他撰写了其中近千条文学报刊的词条，还编制了一份五十余种主要文学报刊名称演变的谱系图表。功力可谓深厚。永宝兄做学问还有一个特点，他偏重文学史料的研究中，并不是单独在辑佚、目录、考据等方面下功夫，而是把诸般治学集中在学术研究方向，通过史料考证，提出新的学术见解，解决一些文学史家视域以外的问题，然而这些问题又涉及文学史发展的重要环节。他把这些新的发现写成一系列学术论文，这些论文发表以后也引起过争论。因此，我觉得沈永宝的学术研究成果是不可被忽略的。1990年代中期，正当永宝兄进入学术研究井喷时刻，学校领导看重他在别的方面的才能，把他调离中文系，先是任教务处副处长，接着又转岗到网络学院担任领导。虽然他在教务处成功推进教学课程的改革（我主编的《中国当代文学史教程》最初就是在他的催促下完成的，是他的教改成果之一），在网络远程教育领域更是做得热火朝天，但我还是觉得可惜，他原来计划中的中国文学报刊史的写作无法继续下去，初见成效的学术研究还没有进一步展开，都被繁忙的事务性工作搁置下来，一拖就是二十多年。现在他已经踏入从心所欲的人生阶段，才有机会回到自己的园地，捡拾起昔日花果，开始重新打理，再创繁华。

现在，沈永宝兄把他在二十多年前发表的八十多篇长短文章中挑选出来的十几篇论文整理成书，交与出版社出版。他嘱我为之作序，我当然义不容辞，因为我对这些文章都非常熟悉。当年每有想法，永宝兄必然会招我去喝酒，酒酣耳热之间，侃侃而谈他的新发现，有时候我们有不同意见，也会争得面红耳赤。不过大多数时间我都是在倾听和学习，倾听他的思想像瀑布一样喷发，学习他绵密推理文学史某些细节的方法。他的推理方法，有时候过于细致，过于具体，我常常笑他做学问像破案，要在字缝行间找出证据。但这也是他治学严丝合缝的精细之处。我和永宝兄在治学上都受过章培恒老师的指点，记得章老师有次对我说过这样意思的话：做学问的人，偏重史料考证的，往往缺少理论素养和宏大构思，学问格局做不大；偏重理论研究的人，又往往流于空疏，缺失史料功夫，因而没有说服力。沈永宝是企图把两者结合起来的人。

后来章老师约我一起在《复旦学报》上主持“中国文学史分期问题”的专栏，主要把关是章老师，我在他身边打打下手，做点琐事。沈永宝在上面发表了《政论文学一百年》的大文，洋洋洒洒两三万字，应和章先生发起的“文学古今演变”的研究主张。这篇文章现在重读还是觉得淋漓酣畅，但我记忆中当时原稿还要长得多，一直讨论到当代时论文体的某些弊病。这个问题确实是很大的问题，涉及的面也非常之广。如果永宝兄揭示的中国现代文学发展中的隐秘规律能够被学界重视，举一隅而以三隅反，那么许多文学史现象都可以得到合理解释。政论文是民主政治发展的产物，晚清以来国家民主意识逐渐被民间知识分子（士的阶层）所接受，才会有参政议政的自觉。中国古代文学有表章类文体，属于政论文的雏形，但是古文不擅长说理，通常的方法是引用圣人之言，一人之言可以代替千万颗头脑的独立思考；二来是以情动人，像《出师表》，千古流传的是忠心耿耿的老臣心，至于具体治国方略好像也看不出什么道理。从奏议、表章发展出来的政论文就形成了一种新文体，它不是专对皇帝说话，而是面对社会大众，直接表述士人对国家大事的见解，在文体上势必有新的表达形式。《校邠庐抗议》《盛世危言》等早期政论著作都不是奏章，而是民间出版物，首先在社会上发生影响，再进而影响庙堂。随着近代媒体发达，报刊风气引导了社会舆论，面对精英阶层的言说需要逻辑思维和世界知识做支撑，逻辑文便盛极一时；面对民众的演说需要有煽动性和时事性，报章体就应运而生。进一步发展，政论文体慢慢进入教育领域，驱逐了八股文、桐城派、选学派等陈旧势力，又进入文学戏曲领域，成就了以说理为特征的晚清文学。再进一步，政治改革转向文化革命，启蒙思想力求被贩夫走卒接受，于是语言改革就被提到了议事日程。这一层一层的关系，被沈永宝阐述得非常透彻，合乎逻辑。政论文的发展推动文学语言的变革，其实也是一姓独揽庙堂到民主意识逐渐觉醒的国家命运变迁。现代国家的诉求，恰恰是现代化进程中最重要的标志。一般治文学史的人都偏重以历史重大事件作为文学现代性产生的标志，如甲午战争、戊戌变法、辛亥革命、五四运动等等，而沈永宝兄从新文体角度来寻求现代性因子，由此得出结论：政论文学一百年直接引发了文学革命，成为现代文学发生的渊源。在这样的宏观视野下，进而提出“新文学两百年”的观念，在逻辑上是成立的。由政论文发展结胎新文学，“政论”自然而然成为新文学发展的基因，从这个角度来探讨现代文学与政治权力的关系，似乎许多问题也就迎刃而解了。

沈永宝第二个重要发现是黄远生在现代文学史上的先驱地位。黄远生是留日学生，学法政出身，本来是一个做官的人。辛亥革命以后，他弃官从文，当了新闻记者，把政治新闻当作用武之地，名重一时。但民国以来越来越黑暗的政治现实让他敏感地意识到，如果传统思想文化没有发生根本变化，仅仅推翻帝制，还是无法把皇帝这个封建幽灵彻底打倒。于是他发表文章，大声疾呼要以西方文艺复兴为旗帜，发动中国的文化革命。沈永宝多次引用黄远生 1915 年 10 月发表的《致〈甲寅〉杂志记者》公开信中的话："居今论政，实不知从何处说起……至根本救济，远意当从提倡新文学入手。综之，当使吾辈思潮如何能与现代思潮相接触，而促其猛省。而其要义须与一般之人生出交涉。法须以浅近文艺普遍四周。"认为这是由政论文学向新文学转型的标志。"论政不知从何处说起"表明了政论文学时代的结束，"当从提倡新文学入手"标志了文学革命的开端，"其要义须与一般之人生出交涉"即暗示"为人生的文学"将取代政论文学，"须以浅近文艺普遍四周"预言了白话文学的灿烂前景。在《陈独秀与黄远生：〈文学革命论〉来源考》《胡适与黄远生：〈文学改良刍议〉探源》两篇文章里，他详细地比对文献资料，几乎逐字逐句地研究，最终认定这两篇新文学肇始时期奠基性文献的主要思想都是来源于黄远生。永宝兄的这个观点未免惊世骇俗，也未必会被普遍接受，但是从黄远生当时的社会影响以及他作为名记者对时代的敏感而言，他的思想走在时代前沿，他的言论对新文学运动产生了巨大影响这一点，应该没有疑问。

我们的文学史著作论述白话文运动、新文学运动的发轫，多将笔墨集中在陈独秀主编《新青年》和胡适与留美学生群体的讨论，再往上就追溯到晚清的诗界革命和小说界革命等社会思潮。然而沈永宝却是从文体变革入手，把从龚自珍、魏源等早期政论作为源头，中经外国传教士的介入、康梁提倡新政、严复引译西学、章太炎的复古、章士钊的逻辑文、吴稚晖的俗语写作，一一排列而下，进而到黄远生的呼吁思想革命、陈独秀身体力行、胡适的异军突起，把新文学运动的百川归海势态描述得气象万千，别开生面。黄远生、章士钊等民初学人的身影被凸显出来，先驱的业绩得以彰显。

紧紧抓住政论为新文学的基因这个主题做文章，永宝兄对于鲁迅的杂文、林语堂的小品等问题都有新的论述，他把这类议论性散文看作是新文学从政论文学基因里生发出来的现代变种，就此也让人明白了，为什么在中国“为艺术而艺术”的唯美文学创作总是枝不繁叶不茂，气血两虚；为人生而发议论的文学，虽然艺术上也不怎么讲究，但总是风行于世，气血健旺。这种种迹象似乎就成了中国现代文学一百年来的宿命。记得1980年代读李泽厚先生的《中国近代思想史论》，一篇让我热血沸腾的后记里阐述了这样的意思：李先生引普列汉诺夫的话说，每个时代都有它自己中心的一环，都有这种为时代所规定的特色所在，如果说，在18世纪末、19世纪初的德国，这“独具特色的一环”是深刻的古典哲学，19世纪的俄罗斯，“这一环”是革命民主主义的文学理论和批评，那么，在近代中国，“这一环”就是社会政治的讨论了。——因为避疫期间，我无法去图书馆找原作来抄录，但大致的意思是不会错的。李先生借用普列汉诺夫的“独具特色的一环”的说法还不够清晰，其实说具体一点，也就是指不同国家民族在进入现代化进程的前夕，思想文化领域在社会激荡中产生的独特的标记是不一样的。在中国，照李先生所说，思想文化现代转型的“这一环”，主要是通过政治讨论来体现的；照永宝兄的发现，“这一环”是通过“政论”这一文体的发展变迁来完成的，其结果，就是轰轰烈烈的“五四”新文学运动。

不知道学界的专家们怎么看待这个问题，我是很赞成沈永宝兄的“大胆假设，小心求证”的。是为序。

2020年2月29日于鱼焦了斋

政论文学一百年

——试论政论文学为新文学之起源

一代有一代的文学，每一代的文学往往由文学家族中的一员独领风骚。先秦散文、汉赋、魏晋文章、南北朝骈文、唐诗、宋词、元曲、明清小说都是适例。所以，一个新文学时代的到来，往往是以文学家族中的一员发生变革为起点，随之逐渐影响到其他成员，最后促成整个文学家族的变革。新文学的变革是以议论散文即政论文学的变革为起源的，我们要讨论现代文学的分期不能仅从思想或思潮入手，还必须从具体的文体演变出发，不能忽略政论文体在文学演变中的作用和地位。

这个改革过程大致发端于19世纪初年，历经百年，到20世纪第二个十年，政论文学在自身变革的基础上带动了整个文学的变革，这就是所谓“文学革命”运动。这一百年，可谓政论文学称雄的时代，凡文坛可记可颂之事大多与政论文学有关。名家多为政论家，名文多为政论文，名论多为政论文学论，名刊多为政论报刊。由于政论文学的崛起，原有的文坛格局发生根本的变化。桐城古文、选学骈文因为拙于议论，被挤到三代以上，离“谬种”“妖孽”只有一步之遥。政论家视文学为“无用之物”，不屑一顾，所以宋诗派、唐诗派仍能“逍遥法外”。政论家扯起“形式宜旧，内容宜新”的旗帜，以政论文的面貌改造诗歌、戏曲、小说，于是有诗界革命、戏曲界革命、小说界革命，而所谓“革命”，仅以掺入政治术语、大发议论为能事。政论家经过一百年的惨淡经营，建立起一套政论文学的理论体系。应该说政论文学作为文学的一种文体，其理论体系的一部分与文学相通，成为“文学革命”运动的源头活水。然而政论文学毕竟有别于纯文学，其中一部分理论与文学本义相抵触，对“文学革命”运动也产生了不小的负面影响。从文学史的角度看，清代末期崛起的政论文学与后来的“文学革命”运动存在着血肉相连的先行后继关系。

一、时代呼唤政论文

刘勰《文心雕龙·时序》说：“文变染乎世情，兴废系乎时序。”对于中国的先知先觉者来说，亡国灭种的危机感不必等到鸦片战争，因为此前由于外国列强的侵入，导致民族经济的崩溃已经有目共睹。据龚自珍说：“自京师始，概乎四方，大抵富户变贫户，贫户变饿者”，农民起义前呼后应，“各省大局，岌岌乎皆不可以支月日，奚暇问年岁”[①]。经济的冲突已非经济手段所能解决，必须通过战争来决定胜负。战争后危机更进一层，如何救亡图存，挽回危局，是摆在仁人志士面前的难题。于是，竞尚西学的风气渐渐告成，继林则徐的《四洲志》、魏源的《海国图志》之后，介绍西学的书刊源源不断地出版，人们的思想为之一变。诚如梁启超所描述：“鸦片战役以后，志士扼腕切齿，引为大辱奇戚，思所以自湔拔；经世致用观念之复活，炎炎不可抑。又海禁既开，所谓‘西学’者逐渐输入；……学者若生息于漆室之中，不知室外更何所有；忽穴一牖外窥，则粲然者皆昔所未睹也；还顾室中，则皆沈黑积秽；于是对外求索之欲日炽，对内厌弃之情日烈。欲破壁以自拔于此黑暗，不得不先对于旧政治而试奋斗；于是以其极幼稚之‘西学’智识；与清初启蒙期所谓‘经世之学’者相结合；别树一派，向于正

① 龚自珍《西域置行省议》，《龚自珍全集》上册，中华书局，1959年，第106页。

统派公然举叛旗矣。此则清学分裂之主要原因也。”[①]中国的仁人志士逼于内忧外患，无颜面南而坐，踱八字方步，他们心中藏着“富国强兵”“救亡图存”的志愿，如骨鲠在喉，不吐不快。朝廷命官要向皇上献计献策，报纸主编要为读者评论时政，清议者们要慷慨激昂地相互诉说，文人墨客要说长道短。可以说19世纪初叶至20世纪初叶的一百年间中国就是一个议论之国。其中一部分将口头的议论写成文章，就是所谓政论。

这是一个王纲解纽的时代，一个处士横议、排议杂兴的时代，一个需要政论文学的时代。与近邻日本比较而言，尽管这是一个迟到的春天，可是对于瞳眼蒙眬的中国文人来说仍觉着来得太匆忙，根本就来不及准备这个时代所需要的政论文体。

清代散文占统治地位的是桐城派和选学派，可是他们都拙于说理。桐城古文以宋学为道统，韩欧为文统，因此“文以载道”“言必雅驯”就是他们作文的准则。所谓“文以载道”的“道”无非宋儒之“道”。方苞主张“非阐道翼教，有关人伦风化不苟作”，姚鼐则以为“明道义，维风俗以诏世者，君子之志”。他们所推崇的唐宋八大家，如韩、欧的说理文已经肤浅得可怜，载道之文，阐道翼教，只能拣些陈谷子烂芝麻，哪里来什么新理、新识、新见？所以桐城文章把说理的功能给阉割掉了。所谓“雅驯”包括词语“选择得当”和“排列得当”两种诀窍。概而言之，规矩多，戒律多，格局一定，篇幅长短一定，句式排列一定，用字范围一定；选择词语禁忌繁多，凡佛氏语，宋五子讲学口语，魏晋六朝人藻丽俳语，汉赋中板重字法，诗歌中隽语，南北史佻巧语禁止入文。这都是为了纯而不杂，追求所谓“雅洁”。吴汝纶说过“与其伤洁，毋宁失真”，就是说遇到“真”“洁”两者不可调和之时，宁可“失真”，也须“雅洁”，即使削足适履，也在所不惜。刘师培说得好，桐城古文“明于呼应

① 梁启超《清代学术概论》，商务印书馆，1923年，第117页。

顿挫之法，以空议相演，又叙事贵简，或本末不具，舍事实而就空文”。在此等“义法”约束之下的桐城古文，自然既不能说理，又不善于议论。

桐城古文常以修饰、整饬、精练为主，在短小篇幅中显出经营的功夫。且十之八九为寿序、书序、传状、碑志，大体词句简短，音节和谐，而局面狭小，缺少宏大的气象，短于说理。曾国藩看到这个弱点，认为桐城古文“无施不可，但不宜说理耳”。傅斯年在《文学革新申义》也曾评价：“桐城家者，最不足观，循其义法，无适而可。言理则但见其庸讷而不畅微旨也。”[①]处在排议杂兴的时代，短于说理的桐城古文岂有不被淘汰之理！

选学派说理的功能似乎更在桐城派之下。选学派墨守“文笔之辨”的古老信条，以无韵单行者为笔，有韵偶行者为文，“言之无文，行而不远”为理论基石。以此衡文，唐宋八大家之作均属“笔”而非“文”。尊崇魏晋六朝的骈文，而把唐宋以下的散文归入“杂著”，排除在文学之外。这对桐城古文的文统提出了异议，从而打破了清代论文“多宗望溪，数十年来，未有异议”的局面。阮元(1764—1849)、李慈铭(1830—1894)为此派魁首。他们挺身而出，以骈俪为文章正宗，试图重整旗鼓。萧统《文选》所选论说文极少，仅贾谊《过秦论》、干宝《晋纪总论》等，而且选录这些文章的本意不在其论，而在文采，即所谓“精理为文，秀气成采”。因此，对于“以意为宗”的诸子不选，经、史文皆不录。此派主张师法魏晋六朝的骈体，用过分拘泥于修辞的骈文写作。骈文的法则讲对仗声律，本来一句话爽快直说，清楚明白，而骈文家们非要用“四六”体，或先四后六，或先六后四，又要对句，对句又分为言对、事对、正对、反对，动词对动词，形容词对形容词，对得整整齐齐，弄得别别扭扭，还要平仄配合，“辘轳交往”，完全失去语言自然之

---

① 傅斯年《文学革新申义》，《新青年》第4卷第1号，1918年1月15日。

真。其实行文偶尔用典无可厚非，可是骈文用典束缚情性，牵强失真。桐城派选学派都讲摹拟，但比较而言，选学派摹拟手段似乎更胜一筹。王闿运为骈文名家，其文评以能摹古乱真为上品，他向门徒传授摹拟本领说："取古人成作，处处临摹，如仿书然，一字一句必求其似。"还说："如是非十余年之专功，不能到也。"[①]他颇瞧不起桐城家，嘲笑他们摹古不得其法，说他们"心摹子云，口诵马迁，终身为之，乃无一似"[②]。此类文字全在字眼句调上下功夫，揣摩得烂熟，并且立成法则，至于如何把事理说得清楚明白，有条有理，也就非其所能了。骈文多用"模棱之词，含胡之言"，令人读之不知所云。孙梅《四六丛话》说："若乃命微言以藻思，责奥义于腴词，以妃青媲白之文，求辩博纵横之用，譬之蚁封奔骋，佩玉走趋，舌本间强，恐类文家之吃，笔端繁拥，终滋腹笥之贫。"[③]不仅说理，就是抒情、叙事也只是空说华辞，很少联系实际。其中纵有极少数讲究修辞立诚的人，也不免在外表上费些功夫而已。傅斯年评论："此种文章，实难能而不可贵，又不适用于社会。"

时代需要议论文，而桐城、选学均不能于此，人们对这些文体就不能不发生种种怀疑。当年的精英人物最初没有不追随桐城派或选学派的，然而一旦发现两者都不适于用，就只有另觅他途。政论家不愿受到桐城"义法"和选学"文笔之辨"的束缚，立意从格套中挣脱出来。从龚自珍到梁启超，其文体都经历了这样一种转变。

二、政论文学应运而生

既然时代需要政论文，又没有现成的可以取法，那么只有动

---

① 王闿运《论文法答张正旸问》，《湘绮楼诗文集》，岳麓书社，1996年，第538页。

② 王闿运《论文法答陈完夫问》，《湘绮楼诗文集》，第540页。

③ 孙梅《四六丛话·三》，商务印书馆，1937年，第377页。

手来创造。中国文人崇古,“文必秦汉”,文学复古是必由之路。欧洲的文艺复兴运动无非是文学复古运动,可见,文学复古证之欧洲也是不错的。所以,他们以复古为解放,相信从古代文体武库中足以选择到应付时变的政论文体。

中国古代论说文可谓源远流长。秦汉之际游谈之风大盛,论说文孕育生长。诸子讲学语录虽属并不连贯的片段,但每论各有主张,已具论文雏形,至《庄子》《荀子》《韩非子》各家直接以论名题,如《庄子·齐物论》《荀子·天论》等,已具论文规模。汉代政论大有发展,其文极富策士言谈色彩。龚自珍“以经术作政论”,“往往引《公羊》义讥切时政,诋排专制”的文体就是出于周秦诸子,人称其文“言多奇僻”,“汪洋恣肆,纵横驰骤,豪放跌宕,俶诡谲怪”,与拘泥的桐城古文、骈俪的选学骈文、朴拙的考据文大异其趣。刘师培以选学家的眼光批评龚自珍的文章“文气佶聱,不可卒读”,“文不中律,便于放言”[①]。无论多少不是,只要“便于放言”,便可满足论政的需要。唯其如此,龚自珍才转移了文坛风气,成为文坛领袖。“光绪间所谓新学家者,大率人人皆经过崇拜龚氏之一时期;初读《定庵文集》,若受电然。”[②]曾朴说,龚氏既是“近世思想自由之向导”,又“全力改革文学”,“是今日新文艺的开路先锋”。按龚自珍自己的说法是“但开风气不为师”。魏源(1794—1857)对于“夷”情了解之广博时人无出其右,他采集外国报刊文章,编成《圣武记》,又据《四洲志》译稿及中外文献编成《海国图志》,从而提出“师夷长技以制夷”的伟大思想。他的文章“务出己意,耻蹈袭前人”,叙事说理,内容翔实,条分缕析,明白畅达,在章太炎看来,虽“近于怪迂”,但到底“持论或中时弊”。李慈铭的《越缦堂读书记》说得更明白:“默深之文……其经世之学,议论

① 刘师培《论近世文学之变迁》,《国粹学报》第26期,1907年。
② 梁启超《清代学术概论》,第122页。

多名通，其说理亦有精语。”

龚自珍、魏源创政论文学新体，或评，或议，“慷慨论天下事”，影响很大。诚如谢无量在《中国大文学史》中所说：“光绪以后，诽议杂兴，或以桐城派局于议论，遂有复尚龚自珍魏源之文，恣为驰骋开阖之致，于是新闻评议之书，竞盛于世矣。”这是较正面的写实性评论。胡蕴玉则对龚、魏政论所产生的影响惊恐万状，似乎文坛末日即将来临，他说：“近岁以来，作者咸师龚、魏：放言倡论，冒为经世之谈；袭貌遗神，流为偏僻之论。文学之衰，至于极地。日本文法，因以输入；始也译书撰报，以存其真；继也厌故喜新、竞摹其体。甚至公牍文报，亦效东籍之冗芜；遂至小子后生，莫识先贤之文派。……观往时之盛，抚今日之衰，不独文字之感，亦多世运之悲矣。”[①]谢、胡评价截然相反，然而正好从一正一反两个侧面反映了龚、魏政论的影响及其历史地位。

此后，一批居住在通商口岸如上海、香港或游历过欧美的政论家所写的政论更是一番新的气象，其中冯桂芬、王韬、郑观应堪为代表。

冯桂芬著有《校邠庐抗议》(1861)，收四十七篇政论，每篇一议，如《汰冗员议》《变科举议》《改会试议》《广取士议》《停武试议》《制洋器议》《罢关征议》《善驭夷议》等。尽管他要以“中国之伦常名教为原本，辅以诸国富强之术”，但是已扫去桐城古文的陈词滥调和桐城义法。其文指陈剀切，文笔酣畅，见解大胆新颖，说理切实详明，无一定程式，一篇起讫，以阐明问题为准，绝少浮言。

王韬先后参与《六合丛谈》《华字日报》的编务，主编香港《循环日报》达十三年之久，发表大量政论，如《变法自强》《洋务》《平贼议》《论宜兴制造以广贸易》《答强弱论》等，其文冲破古文辞门

---

① 胡蕴玉《中国文学史序》，《中国近代文学大系·文学理论集1》，上海书店出版社，1994年，第233页。

径，开创了新体政论。政论文集《弢园文录外编》集《循环日报》“论说之精华”，“多谈时务，或遂谬以经济相许，每期出而用世”，行文“直抒胸臆，不假修饰，不善作谦词，亦不喜为谀语”。据陈桂士《普法战纪·代序》记载，王韬的政论影响很大，哄传于世，当时的名公伟人皆交口誉之：“湘乡曾文正公称之为未易才，合肥相国李公许以识议闳远，目之为佳士，丰顺丁中丞谓具有史笔，能兼才、识、学三长者。”

郑观应 1873 年出版政论集《救时揭要》，几经增删，1894 年以《盛世危言》之名刊行。他的政论除主张办洋务、发展科学、繁荣经济、与外国商业竞争、实行“商战”之外，提倡参照西方君主立宪政体，立宪法、开议院、实行“君民共和”。他主张废除八股，指出“不废帖括，则学校虽立，亦徒有虚名而无实效也”。其文笔调清新，语言简朴，富有感情，生动有力。

龚自珍、魏源、冯桂芬、王韬、郑观应的策论是政论文学的第一时期，而康、梁等第二代维新派人物的政论属于政论文学第二时期。第一时期政论文学内容主旨是“船坚炮利”，当时的人绝不承认欧美人除能制造、能测量、能驾驶、能操练之外，更有其他学问。第二时期政论文学内容的主旨扩大到政治、经济、法科。

严格地说，康有为的文章同属于策士派文学。从 1888 年起的十年中，他先后七次上书，请求变法维新，1895 年的“公车上书”更是策论文章。后来，他创办《万国公报》（与美国传教士林乐知创办的《万国公报》同名，并深受其影响），后改名为《中外纪闻》，发表《强学会序》《上清帝第五书》等诸多政论。他的文章不为古文、骈文所拘，散行俪句相杂，气势浑厚，热情奔放，笔锋犀利，议论纵横，论理充足，古今中外，汪洋恣肆，大笔淋漓。文章娓娓动听，大有苏秦、张仪之风。

梁启超作为康有为的追随者，有青出于蓝之概。梁启超以前的政论家都是以复古为解放，而梁启超有所不同，先是“学晚汉魏晋”，而后转向以洋为法。1895年，梁启超先后主编《万国公报》《中外纪闻》，每期发表政论一至二篇；1896年主编《时务报》又发表《变法通议》等诸多政论。其文“至是自解放，务为平易畅达”，“条理明晰”，“时杂以俚语韵语及外国语法，纵笔所至不检束”，笔锋常带感情，具有感人的魅力，人称“时务文体”。追根溯源，此体出自美国传教士林乐知所办《万国公报》(1868—1907)的政论体。林所办《万国公报》原名《中国教会新报》，1874年更名为《万国公报》，多载欧洲国家政治历史沿革，政治学说，重要法典、宗教、文化、时事论文。其发行对象上至皇帝、大臣，下至普通知识分子，影响遍及全国。撰稿者除韦廉臣、李提摩太、慕维廉、丁韪良、李佳白、潘慎文等在华传教士之外，更有晚清中国政界、外交界、思想界知名人物如孙家鼐、曾纪泽、郭嵩焘、薛福成、康有为等。传教士林乐知、李提摩太的文章一般是与中国文人合作完成的，合作者有沈毓桂、蔡尔康等。蔡尔康曾说《万国公报》的政论“多是林(乐知)、李(提摩太)两先生的政见，我不过作一留声机罢了”，故有“林君之口，蔡君之手”之类的说法。1890年，李提摩太任天津《时报》主编，一年间发表两百余篇政论，后汇集为《时事新论》，分为“国史篇”“外国篇”“新学篇”“教务篇”四辑，其中提出教民、养民、安民、新民为行政四端的说法。这些政论影响了一代中国文人，梁启超即其中之一。1898年维新派人士所编《皇朝经世文新编》，收林乐知、李提摩太政论篇数很多，其中李提摩太三十一篇，仅次于梁启超(四十四篇)、康有为(三十八篇)，其中渊源可想而知。梁启超后来说过，他的政论“偶有论述，不过演师友之口说，拾西哲余唾，寄他人之脑之舌于我笔端而已”，这未必都是谦辞。

戊戌变法失败后，梁启超流亡日本，转而醉心于日本的报章文体。德富苏峰的政论文吸引了梁启超。德富苏峰是东京国民新闻社社长，于明治维新初年就已赫赫有名，号称“新闻界之权威”。他的思想大致以甲午战争为界，此前其文提倡国民独立自主之精神，为文雄奇畅达，如大江巨川，一泻千里，青年莫不手捧一卷。其所选小品文字，尤切时要，富刺激性，亦在《国民新闻》批评中披露。德富苏峰长于汉学，其文辞只须删去日语之片假名而改为虚字，便成一篇绝好的汉文。辛丑(1901年)秋冬间，德富苏峰一短文“Inspiration”发表于《国民新闻》，一月后，《清议报》饮冰室自由书栏发表《烟士披里纯》，两个月后《大陆》报借故攻击，将两报所刊原文对照，指梁有掠美之嫌。梁噤若寒蝉，不置一辞。梁受日本文体的影响可见一斑。冯自由说：“盖清季我国文学之革新，世人颇归功于梁任公(启超)主编之《清议报》及《新民丛报》。而任公之文字则大部得力于苏峰。试举两报所刊之梁著饮冰室自由书，与当日之《国民新闻》论文及民友社国民小丛书一一检校，不独其辞旨多取材于苏峰，即其笔法亦十九仿效苏峰。”[①]梁氏本人在《汗漫录》中对苏峰推崇备至：“德富氏为日本三大新闻主笔之一，其文雄放隽快，善以欧西文思入日本书，实为文界别开一生面者，余甚爱之。中国若有文界革命，当亦不可不起点于是也。”只是甲午战争后，德富苏峰急速地转变立场，成为狂热地鼓吹对外侵略扩张的帝国主义者，对此不必讳言。

梁启超评论自己的文章说：“应时援笔，无体例，无次序，或发论，或讲学，或记事，或钞书，或用文言，或用俚语，惟意所之”，“以精锐之笔，说微妙之理，谈言微中，闻者足兴”。这一时期的政论文“开文章之新体，激民气之暗潮”。梁启超的文章不守家法，非桐城亦非六朝，信笔所至而又舒卷自如，雄辩惊人的崭新文笔，其最大的价值，在于能以他的平易畅达，时杂以俚语、韵语及外国语法的作风，打倒了奄奄无生气的桐城古文、六朝体的骈文，使一般少年都能肆笔自如，畅所欲言，而不受已经僵化的散文格式和格

① 冯自由《革命逸史》第四集，商务印书馆，1946年，第269页。

调的拘束。因此,他的文章最不合古文义法,但应用的魔力也最大。梁启超被誉为“舆论界的骄子”,他的政论被称为“天纵文字”,确乎不是浪得虚名。

吴稚晖的政论文自成一体,人称俗化政论。吴乃阳湖派异军。阳湖派,始创于恽敬、张惠言,继承者中李兆洛最为知名。此派文人都是阳湖人,所以世称阳湖派。恽敬原本专治诸子百家,他的文章精细廉悍,近似法家言。张惠言则精于《周易》,擅长骈体,喜作沉博绝丽之文。恽、张的风格与当时炙手可热的桐城派并不相同。虽然后来两人都改治古文,然仍致力于汉魏六朝文章,不废骈俪。他们认为古人作文骈散“相杂迭用”,唐代以后才有古文之称,由此骈散两体分为两途。李兆洛认为骈体本源于秦汉散文,骈散原是合一的:“因流以溯其源,岂第屈、司马、诸葛以为骈而已,将推而至老子、管子、韩非子等皆骈之也。”明清古文家只知崇尚唐宋,不知更应崇尚秦汉;而要崇尚秦汉,非从骈体入手不可,所以他的《骈体文钞》收入司马迁的《报任安书》、诸葛亮的《出师表》。

吴稚晖曾是阳湖派的追随者,甘心做阳湖派的文章,可是后来文章大变。据他自己说,这变化得益于一本《何典》。此书开头就是:“放屁放屁,真正岂有此理!”吴见此忽然大彻大悟,决计痛改前非,以后“偶涉笔,即以‘放屁放屁,真正岂有此理’之精神行之”。他觉得文人都是八股文的奴隶,不相信自己的头脑,专门代圣人立言,做他人的应声虫。他决意反其道而行之,要废中国书不读,把国粹丢到茅厕里几十年。吴稚晖著《上下古今谈》,所谈为 20 世纪物质科学的思想,精微洁净。他的文章糅合俗语与经典、村言与辞赋,半文半白,又夹点古文调子,添点风趣和滑稽意味,因此一开口、一提笔便妙语天下。这与正统文章叠词堆句、雕琢文字、矫揉造作、言必雅驯的文风完全不同。此种文风既嘲弄了“言必雅驯”的作文“义法”,又撕下了道学家板着面孔说教的假面具。这是独具一格的政论文章。

吴稚晖之外，与梁启超同时或稍后还有三位重要的政论家：严复、章太炎和章士钊。严复也是政论大家。1895 年，清政府与日本签订丧权辱国的《马关条约》，严复在天津《直报》上发表《论世变之亟》《原强》《辟韩》《救亡决论》等，以后又翻译出版了《天演论》等政治、经济著作，其中《天演论》成为中国人反帝自强的思想动力。“自严氏书出，而物竞天择之理，厘然当于人心，而中国民气为之一变。即所谓言合群、言排外、言排满者，固为风潮所激发者多，而严氏之功盖亦匪细。”[①]严复的政论以散体为主，杂以骈俪，语意抑扬顿挫，富有铿锵的音乐之美。严复曾研究过逻辑学，并翻译逻辑学专著《穆勒名学》《名学浅说》，所以他的政论逻辑严密，具有雄辩力量。但是他的“译书，务为高古。图腾、宗法、拓都、幺匿。其词雅驯，几如读周秦古书”[②]。所以，严复虽然有较新的西洋哲学思想，但对于西洋文学不敢提倡，作起文章来还是“汉魏六朝的八股”。

章太炎是汉学家，是利用汉学来讲革命的代表人物。他基于种族革命的思想，政治理想在唐虞三代，倡言“文学复古”。论文尊魏晋薄唐宋，认为“魏晋之文，大体皆埤于汉，独持论仿佛晚周，气体虽异，要其守己有度，伐人有序，和理在中，孚尹旁达，可以为百世师矣”，“效魏晋之持论者，上不徒守文，下不可御人以口，必先豫之以学”[③]。他的政论可见魏晋风骨，又因为研究过印度的“因明学”（逻辑学），所以他的文章有印度思想的条理。可是，他主张文字为文学的基础，讲求“本字古义”，因此满篇奇字奥句，古气盎然，难以理解。

---

① 胡汉民《述侯官严氏最近政见》，《民报》第 2 号，1906 年。

② 柴萼《新名词》，《梵天庐丛录》卷二十七，中华书局，1926 年，第 33 页。

③ 章太炎《论式》，《国故论衡》，第一书局，1924 年，第 120—121 页。

章士钊是逻辑政论的集大成者。他作为政论家，本爱好峻洁的柳宗元的文章，留学英国后修读政治经济学，又研究逻辑学，编写过《中等国文典》，在文章方面，兼学章太炎和严复，撇开了古拙的学术文和放纵的梁启超的报章政论文，建立起谨严的逻辑政论文体。这种文章注重逻辑，讲究文法，既能谨严，又能委婉。章士钊在《文论》中说："凡式之未慊于意者，勿著于篇；凡字之未明其用者，勿厕于句。力戒模糊，鞭辟入里。洞然有见于文境意境，是一是二。如观游涧之鱼，一清见底；如察当檐之蛛，丝络分明。庶乎近之。"[①]文章结构如剥笋一般，一层一层剥开去，剥至最后，将有所见。因此有人称之为"螺旋式文字"。古文弊端很多，最明显的是"面积惟求铺张，深度却非常浅薄"，"其直如矢，其平如砥"，"只多单句，很少复句，层次极深"，"组织上非常简单"[②]。章士钊的政论文有逻辑条理，层次复杂，结构严密，秩然有序。林语堂评论章士钊的逻辑政论，说这种文章用字适当，段落妥帖，逐层推进有序，分辨意义细密，正反面兼顾，引证细慎，构思精密，用字精当，措辞严谨，读来给人一种"义理畅达，学问阐明"的愉悦感。1914 年《甲寅》杂志创刊，章士钊担任主编，以"条陈时弊，朴实说理，欲下论断，先事考求"为宗旨，网罗了陈独秀、李大钊、黄远生、李剑农、高一涵、张东荪等一大批政论家，大家同气相求，不知不觉地造就了一种修饰的、谨严的、逻辑的、有时不免掉书袋的逻辑政论文学流派。

龚自珍、魏源、冯桂芬、王韬、郑观应、康有为、梁启超、吴稚晖、严复、章太炎、章士钊等人各自周围都有一大批追随者，这就形成了一百年间蔚为大观的政论文学的时代。

---

① 章士钊《文论》，《甲寅周刊》第 1 卷第 39 期，1927 年。

② 傅斯年《怎样做白话文》，《新潮》第 1 卷第 2 号，1919 年 2 月。

三、政论文学带动其他领域变革

第一时期政论文学的影响主要在上层。光绪十五年(1889),翁同龢以冯桂芬的《校邠庐抗议》新本进呈光绪皇帝;光绪二十四年(1898),孙家鼐又将《校邠庐抗议》及郑观应的《盛世危言》等进呈光绪帝,并建议群臣讨论云:“令堂司各官,将其书中某条可行,某条可不行,一一签出,或各注简明论说,由各堂官送还军机处,择其签出可行之多者,由军机大臣进呈御览,请旨施行。”[①]光绪帝采纳建议,结果包括大学士、内阁学士、各部尚书侍郎、总理衙门、理藩院官员、都察院都御史、翰林院侍讲、编修、国子监祭酒等三百七十二人对《校邠庐抗议》作阅后签注,足见政论文学的影响之大。1898年,维新派人士编《皇朝经世文新编》,作者竟有二百五十九人之多,而且都是上层士大夫,可见报章文体已被广泛采用。

第二时期政论文学的影响由上层渗入民间社会。政论文学首先得到新闻界的承认。阿英说:“由于新闻事业的发达,在清末产生了一种新型文学,就是谭嗣同所说的‘报章文体’,也就是‘政论’。这种文字,在当时影响很大。敢于说话,无所畏忌,对于当前发生的事件,时有极中肯的论断。这种政论,在中、日战争时代,已显出了它的力量,到戊戌政变以后,更成为一种无上的权威。”[②]文坛早有编辑选本规范文体的先例。远的姑且不论,近有姚鼐的《古文辞类纂》、李兆洛的《骈体文钞》。政论家如法炮制,编辑选本公开发行。1873年印行《普法战纪》,王韬序云:“余摭拾其前后战事,汇为一书,凡十有四卷,大抵取资于日报者十之三。”

① 孙家鼐《请饬刷印校邠庐抗议颁行疏》,《戊戌变法·二》,上海人民出版社,1957年,第430页。

② 阿英《关于甲午中日战争的文学》,《甲午中日战争文学集》,中华书局,1958年,第23页。

其抄本流传，遍及南北。1877 年出版的《纪闻类编》就是从历年报纸(《申报》《上海新报》《汇报》)中选择出来的“崇论宏议”，实际上无非是“报刊文选”或“报刊文录”。1883 年，王韬辑录《循环日报》上论洋务、论时事的文章，取名《弢园文录外编》出版。1894 年 7 月，甲午战争爆发，政论文被“选家”编辑成册刊行的更见普遍。同年 8 月，《绘图扫荡倭寇纪要》初集所附“选论”一辑出版，收入报章政论《论时局宜战而不宜和》《论防日本宜留意台湾》《论时局必当一战》等十二篇，代表甲午战争初期舆论。1895 年，寄啸山房主人陈耀卿编辑的《时事新编》六卷刊行，计有《防倭论》《论倭人以议和为援兵之计》《论防倭不如剿倭》《论议和有十要》等。

1902 年，蔡元培编《文变》三卷，选文四十三篇，“皆当时名士著译之文”，如梁启超、严复、蒋观云、杜亚泉，日本山根虎侯、石川半山、竹越与三郎等。其序文说自唐以来，古文专集、纂录、评选之本繁多，“自今日观之，其所谓体格，所谓义格，纠缠束缚，徒便摹拟，而不适于发挥新思想之用。其所载之道，亦不免有迂谬窒塞，贻读者以麻木脑筋、风痹手足之效者焉。先入为主，流弊何已！方今科举易八股为策论，乡曲士流，皆将抱古文选本为简练揣摩之计。前者之弊，复何异八股乎?”又说:“读者寻其义而知世界风会之所趋，玩其文而知有曲折如意应变无方之效用。”[①]此编是这一时期政论文最富新思想的选本。

继新闻界之后政论文学侵入教育界，并使八股文遭到灭顶之灾。明清以制义取士，同、光间其风尤盛。明以来，八股制义一直是科举考试的法定文体，因此教育界以八股文为学习和写作之鹄的。八股文旨在代圣贤立言，不许说自己的话，命题一律用五经、四书词句，文章义理的发挥必须依据程、朱派注释为准。所谓说理，即步趋孔孟之言，谨依传注之义而已，根本不可能发表个人见

① 蔡元培《〈文变〉序及目录》，《蔡元培全集》第一卷，中华书局，1984 年，第 163 页。

解。文章结构作法有许多讲究。结构分破题、承题、起讲、入手和大结几部分;作法则有“侵上”“犯下”“漏题”“骂题”“平头”“并脚”等忌讳;并且还有字数、语气上的限制。作者为避免犯忌而顾此失彼,根本顾不上发表自己的意见。本来在大结中可以有所议论,然而至清代文禁愈严,康熙二十六年(1687)更是悬令禁止用大结,只于文尾用几句散体文字作一煞尾而已。胡适曾说:“八股,岂但是一种文章格式而已!把全国的最优秀分子的聪明才力都用在变文字戏法上,这种精神上的病态养成的思想习惯也是千百年不容易改变的。……无论什么良法美意一到中国都成了‘逾淮之橘’,都变成四不像了。”[①]政论文学诞生之后八股文的地位就受到致命的打击。王韬、郑观应等对八股文多有指责,视其为粪土,意欲铲除而后快。到了清末,“政治方面的人物,都受维新思想的传染,以为八股文太没有用处。研究学问的人则以为八股文太空疏。因而一班以八股文出身的人都起来反对”。1898 年 4 月,康有为向光绪帝上《请废八股试帖楷法试士改用策论折》,认为“中国之割地败兵也,非他为之,而八股致之也”。严复《救亡决论》指出:中国不变化则亡,可是最急于要变的“莫亟于废八股。夫八股非自能害国也,害在使天下无人才”。时人总结说,八股之害有三:“锢智慧”,“坏心术”,“滋游手”。如无人才,怎么“练军实”,“讲通商”,“裕财赋”?一时之间,八股成为人人喊打的过街老鼠。1898 年,梁启超联合百余人上书,请废八股取士制度。经此努力,同年 6 月 23 日,光绪帝终于下诏废止八股:“著自下科为始,乡会试及生童岁科各试,向用四书文者,一律改试策论。”所谓策论就是政论文学。由于时务策论起而代之,八股文遂告寿终正寝。对此报界一片欢呼。《国闻报》6 月 27 日《改科宸断》:“八股取士,习非所用。本月初五日特奉上谕改试策论,风闻中外,万目

---

① 胡适《惨痛的回忆与反省》,《独立评论》第 18 号,1932 年。

一新。……六百年来相沿积习，毅然决然断自宸衷，一时弃去，非圣人其足语于斯乎？”

明清两代，出版了许多八股文选本，如《钟山课艺》《历科房书选》《试帖编抄》《经训书院课士文》等，以帮助士子熟悉和模拟此种文体。戊戌之后报章政论取而代之，身价倍增，一时间“以剿袭《新民丛报》得科第者，不可胜数也”[①]。姚公鹤《上海报纸小史》描绘说：“当戊戌四五月间，朝旨废八股改试经义策论，士子多自琢磨。虽在穷乡僻壤，亦订结数人合阅沪报一分。而所谓时务策论，主试者以报纸为蓝本，而命题不外乎是。应试者以报纸为兔园册子，而服习不外乎是。书贾坊刻，亦间就各报分类摘抄，刊售以牟利。盖巨剪之业，在今日用之办报以与名山分席者，而在昔日则名山事业且无过于剪报学问也。”[②]《申报》笔政曾说当时报纸主笔的职责，以报纸论说为重要：“每星期中，某人轮某日，预为认定。论题由各人自拟，大概采取本报所载时事，或论，或说，或议，或书后，体裁仍与科举时代试题相仿佛。而篇幅则须扣足一千二百字左右，纵意竭词穷，亦必敷衍至及格始已。”[③]《上海闲话》也有记载：“又与科场程式为近。夫以纵谈时事之文，而限以字数，使言者不得尽其意，其无理孰甚于此。迨甲午一战以后，排议杂兴，旋废八股试士之法，此风始稍稍革矣。”

此后，政论文学挣脱了束缚，如长江洪流一日千里，读书人趋之若鹜。柴萼《梵天庐丛录》中《新名词》载：考生奉《新民丛报》为秘册，“务为新语，以动主司”，而主司竟以为然。吴士鉴尤喜新名词，他典试江西，在一考生试卷上批语，夸其“能摹梁文”，“阳湖张鹤龄总理学务，好以新词形于官牍”。王韬《格致课艺汇编》中曾

---

① 李肖聃《星庐笔记》，岳麓书社，1983年，第38页。

② 姚公鹤《上海报纸小史》，《东方杂志》第14卷第6号，1917年6月。

③ 雷瑨《申报馆之过去状况》，《最近之五十季——申报馆五十周年纪念》，申报馆，1923年2月。

载，1889年李鸿章以培根、达尔文学说为题考试学生。学生更是喜新厌旧，竞相仿效，时势所趋，相习成风，至试卷上满篇外来名词，使老学究哭笑不得。叶德辉《叶吏部与南学会皮鹿门孝廉书》哀叹说："不见今日之试卷，满纸只有起点、压力、热力等字乎，同一空谈，何不顾溺人之笑。"从此，政论文体站住了脚跟。

政论家立足于"救亡图存"，全神贯注地探求中国陷入被动挨打局面的原因，他们将生吞活剥的西学知识和"经世致用"的经学糅合在一起，著书立说，使清代的政治思想和学术观点发生了变化，而与文学却没有发生直接的关系。但是当政治改革家们想到利用文学来为他们的思想启蒙和改革理想服务时，政论文体对文学的冲击也随之出现了。晚清文坛有所谓小说界革命、诗界革命、剧界革命，其实它们都是文界革命的延伸。其特征是加进政论说理的因子，或者说以政论说理标准来改造小说、诗歌、戏剧。

这个政论文学的潮流影响到文学的各种体裁，使其蒙上政论色彩。首先是政治小说。所谓政治小说的"政治"是乃俗语政论之谓也。他们明白宣称政治小说与旧小说不能相容，旨在抒发政治见解，宣称："今日欲改良群治，必自小说界革命始。""政治小说者，著者欲借以吐露其所怀抱之政治理想也。""专在借小说家言，以发起国民政治思想，激励其爱国精神。"①因此，其作品多议论，让人物滔滔不绝地演说政治主张，不厌其烦地发表议论，即使小说成为"似说部非说部，似稗史非稗史，似论著非论著，不知成何种文体"也在所不惜。梁启超在其《新中国未来记》的"绪言"中毫不掩饰地宣称该作是"政谈"，而非寻常小说："既欲发表政见，商榷国计，则其体自不能不与寻常说部稍殊。编中往往多载法律章程演说论文等，连篇累牍，毫无趣味，知无以餍读者之望矣。"小说第三回写主角黄克强与李去病为中国前途论争，两人分别秉持改

---

① 广告栏《中国唯一之文学报〈新小说〉》，《新民丛报》第14号，1902年。

良派和革命派的主张，各执一端，你来我往往复辩难，而其中黄克强所论实为梁启超本人的主张，黄在小说中的言论不过是梁所著《立宪法议》[①]等文的另一种版本而已。

其实，梁启超的友人没有不以政论标准来评价他的政治小说的。平等阁主人狄葆贤评述《新中国未来记》说："拿着一个问题，引着一条直线，驳来驳去，彼此往复到四十四次，合成一万六千余言，文章能事，至是而极。""此篇辩论四十余段。每读一段，辄觉其议论已圆满精确，颠扑不破，万无可以再驳之理；及看下一段，忽又觉得别有天地；看至末段，又是颠扑不破，万难再驳了。""盖由字字根于学理，据于时局，胸中万千海岳，磅礴郁积，奔赴笔下故也。""此篇论题，虽仅在革命论、非革命论两大端，但所征引者皆属政治上、生计上、历史上最新最确之学理，若潜心理会得透，又岂徒有益于政论而已。""中国前此惟《盐铁论》一书，稍有此种体段。但彼书往往不跟着本题，动辄支横到别处。此篇却是始终跟定一个主脑，绝无枝蔓之词。彼书主客所据，都不是真正的学理，全属意气用事，以辩服人；此篇却无一句陈言，无一字强词，壁垒精严，笔墨酣舞。"[②]这里的所谓"辩论""议论""政论""驳来驳去"，无一不是政论的特色，至于《盐铁论》本来就是对话体政论。

梁启超之后，效法政治小说者不乏其人，小说中掺杂大段议论，如罗普的《东欧女豪杰》(1902)、彭俞的《闺中剑》(1906)、陈天华的《狮子吼》(1905)。其中《东欧女豪杰》第三回数千言演说，评论者大加赞赏，谓"读此不啻读一部《民约论》也"[③]。对于《女娲石》《女狱花》的评语也是赞其能写"论战"，能表主义。俞佩兰《〈女狱花〉叙》认为："近时之小说，思想可谓有进步矣，然议论多

① 梁启超《立宪法议》，《清议报》1901年6月7日。

② 平等阁主人(狄葆贤)《〈新中国未来记〉第三回总批》，《新小说》第2号，1902年12月。

③ 《〈新小说〉第3号之内容》，《新民丛报》第25号，1903年2月。

而事实少，不合小说体裁，文人学士鄙之夷之。”[①]彭俞的《闺中剑》回目中有“算学系各科学之起点”“论天与人之关系”这样明显的论说题目，而吴趼人的《新石头记》则有“闲挑灯主宾谈政体”“论竞争闲谈党派”这样的回目。

泽田瑞穗说：“清末政治小说看起来好像很新颖，但骨子里却守旧得令人难以置信。它的原型是中国古老的策论、奏议和八股文。”[②]因此，就小说的创新来说，同过去把小说当作道德启蒙的理论比较起来，不过五十步笑百步罢了。这一观察可谓眼光犀利，入木三分。这些小说的作者都是接受过完善的传统教育的，对过去的文章作法那一套并不陌生，政治小说以议论取胜，而一旦议论起来，策论、奏议乃至八股的调头岂能规避？至于西洋文学的真价值尚无从说起。

《新中国未来记》畅谈政治理想，以此理想反观现实，并痛加批判和揭露，其实就是谴责小说。梁启超 1897 年就说：“今宜专用俚语，广著群书，上之可以借阐圣教，下之可以杂述史事，近之可以激发国耻，远之可以旁及夷情，乃至宦途丑态，试场恶趣，鸦片顽癖，缠足虐刑，皆可穷极异形，振厉末俗，其为补益，岂有量耶。”[③]此论称之为谴责小说的首倡者不为过。

鲁迅《中国小说史略》有“清末之谴责小说”一章，把《二十年目睹之怪现状》《官场现形记》之类的小说定名为谴责小说。“光绪庚子(1900)后，谴责小说之出特盛。盖嘉庆以来，虽屡平内乱(白莲教，太平天国，捻，回)，亦屡挫于外敌(英，法，日本)，细民暗

---

① 俞佩兰《〈女狱花〉叙》，转引自陈平原《二十世纪中国小说理论资料》第一卷，北京大学出版社，1997 年，第 137 页。

② 泽田瑞穗《游戏——清末小说管见》，《野草》第 2 号，日本中国文艺研究会，1971 年 1 月 15 日，第 290 页。

③ 梁启超《幼学・论学校五》，《变法通议》三之五，续第十七册，《时务报》第 18 期，1897 年。

昧，尚啜茗听平逆武功，有识者则已幡然思改革，凭敌忾之心，呼维新与爱国，而于'富强'尤致意焉。戊戌变政既不成，越二年即庚子岁而有义和团之变，群乃知政府不足与图治，顿有掊击之意矣。其在小说，则揭发伏藏，显其弊恶，而于时政，严加纠弹，或更扩充，并及风俗。"就作者意图而言，这些小说被赋予的社会使命实在非常重大："一若国家之法典，宗教之圣经，学校之科本，家庭社会之标准方式，无一不赐于小说。"[①]由此可见，新小说与政论之间的关系有目共睹。

政论文学影响到诗就有"诗界革命"。倡导者们标举"能以旧风格含新意境，斯可以举革命之实矣"，一反"六经字所无，不敢入诗篇"的戒律，造成一种"能以堆积满纸新名词为革命"的诗风。诚如梁启超所述："盖当时所谓新诗者，颇喜挦扯新名词以自表异。丙申、丁酉(1896—1897)间，吾党数子皆好作此体。提倡之者为夏穗卿，而复生亦綦嗜之。"[②]这里的所谓"新名词"，就是政治术语。谭嗣同的所谓"新学之诗"就是好例子："纲伦惨以喀私德，法会盛于巴力门。""喀私德"即等级制度，"巴力门"即议院。黄遵宪扩大诗料，主张"其取材也，自群经三史，逮于周、秦诸子之书，许、郑诸家之注，凡事名物名切于今者，皆采取而假借之。其述事也，举今日之官书会典方言俗谚，以及古人未有之物，未辟之境，耳目所历，皆笔而书之"。与梁启超"为文……自解放，务为平易畅达，时杂以俚语韵语及外国语法，纵笔所至不检束"的主张相呼应。黄遵宪《人境庐诗草》自序还主张"用古文家伸缩离合之法以入诗"，即所谓"诗歌散文化"，这一主张实际上是对道光文变以来许多人的理论探索和创作实践的综合反映和总结。姚燮《南辕杂诗一百八章》、龚自珍的《己亥杂诗》三百十五首、贝青乔《咄咄吟》

---

① 摩西《小说林发刊词》，《小说林》第1期，1907年1月。

② 梁启超《饮冰室诗话》，人民文学出版社，1959年，第49页。

一百二十首，直至辛亥革命后刘成禺的《洪宪纪事诗》二百首，都是这个诗歌散文化过程的产物。钱钟书《谈艺录》云："文章之革故鼎新，道无它，曰以不文为文，以文为诗而已。"指出了当时诗坛的状况。

此种流风影响所及包括戏剧。传统戏剧以曲为主，近代传奇杂剧增加说白，并向以说白为主方向发展。近代文明戏常常插入大段演说，还出现专发议论的"言论正生""言论正旦""言论小生"等等[①]。"通古今之事变，明夷夏之大防；睹故国之冠裳，触种族之观念，则捷矣哉！同化力之入之易而出之神也"[②]。"戏园者，实普天下人之大学堂也；优伶者，实普天下人之大教师也"，"惟戏曲改良，则可感动全社会，虽聋得见，虽盲可闻，诚改良社会之不二法门也"[③]。由此还出现了"梨园革命军"一说。

在"文界革命"之后相继提出的"诗界革命""小说界革命""戏剧改良""曲界革命"等口号，听上去虽然激动人心，但总的来说，都不能算是开纪元的事件，也没有从根本上动摇旧文学的根基。钱钟书先生在《谈艺录》中评价黄遵宪说：其诗"差能说西洋名物制度，掎摭声光化电诸学，以为点缀，而于西人风雅之妙、性理之微，实少解会。故其诗有新事物，而无新理致"，远不足以作为文学史上的开创者。

四、政论文学动摇旧文学的根基

随着政论文学的崛起、桐城古文和选学骈文的衰落，旧文学的根基摇摇欲坠，新文学呼之欲出。

---

① 欧阳予倩《文明戏》，《欧阳予倩戏剧论文集》，上海文艺出版社，1984 年，第 187 页。
② 陈佩忍《论戏剧之有益》，《二十世纪大舞台》第 1 期，1904 年。
③ 三爱（陈独秀）《论戏曲》，《新小说》第 2 卷第 2 号，1905 年。

桐城古文、选学骈文“局于议论”，为时代所不容，遭遇灭亡的危机，两者逼于形势，虽有“因时适变”的改革，但更多是顽固不化的守成。

曾国藩相信“文章与世变相因”，所以他要对桐城古文加以变革，“力求应用，想用古文来译学术书，译小说，想用古文来说理论政”[①]，从而重振桐城古文昔日的光荣。他对桐城“义法”加以扩充和改造，在义理、辞章、考据之外，又融进了经济（经世致用）一义，并且“尽取儒者之多识、格物、博辨、训诂，一内诸雄奇万变之中，以矫桐城末流虚车之饰”[②]。与此相应，曾国藩看到桐城派教科书——姚鼐所编的《古文辞类纂》取材太窄，另编《经史百家杂钞》，收文八百篇，扩大姚选范围，不但选及经史，还旁及唐宋以来古文家认为别派的古文。他还强调文章的独立地位，纠正诸儒“崇道贬文之说”，认为：“道与文，竟不能不离而为二。鄙意欲发明义理，则当法《经说》《理窟》，及各语录札记。欲学为文，则当扫荡一副旧习，赤地新立。将前此所业，荡然若丧其所有，乃始别有一番文境。望溪所以不得入古人阃奥者，正为两下兼顾，以致无可怡悦。”[③]据此，曾国藩所编《经史百家杂钞》未收方苞、刘大櫆的文章，并一反姚氏“摒弃六朝骈俪之习”一说，选录了《与陈伯之书》《哀江南赋》等骈体名作。

桐城古文经此改造发生不少变化。曾国藩自己的文章与桐城古文略有不同。他利用自己的政治地位，招揽幕府人才八十余人，除十几人不以文学见长外，其余皆为当时知名文人，且多为桐城古文名家，其中受学于曾国藩的有张裕钊、吴汝纶、黎庶昌、薛

① 胡适《新文学的建设理论》，《中国新文学大系导论集》，上海良友图书公司，1945年，第20页。

② 黎庶昌《续古文辞类纂序》，《中国文论选·近代卷》上册，江苏文艺出版社，1996年，第375页。

③ 曾国藩《与刘霞仙》，《曾文正公全集》，吉林人民出版社，1995年，第2011页。

福成、向师棣、刘庠等，形成了以曾国藩为首的所谓桐城派别支——湘乡派。因此，曾国藩被誉为桐城“中兴”明主。李详《论桐城派》评曾国藩说：“文正之文，虽从姬传入手，后益探源扬马，专宗退之。奇偶错综，而偶多于奇，复字单义，杂厕相间，厚集其气。使声采炳焕，而戛焉有声，此又文正自为一派，可名为湘乡派，而桐城久在祧列。”[①]王先谦的《续古文辞类纂序·例略》说，尽管曾国藩的《圣哲画像记》以为“粗解文章，由姚先生启之也”，“然寻其声貌，略不相袭。道不可不一，而法不必尽同，斯言谅哉！”曾国藩之后，桐城古文很有长进，文字变得清淡通顺得多了。但是，曾国藩毕竟是“中兴名臣”，既不能不维护孔、孟、程、朱的道统，又不可能放弃韩、柳、欧、苏和归有光的文统，他强调桐城义理、辞章、考据“三者不可偏废。必义理为质，而后文有所附，考据有所归”。1859年，曾作《圣哲画像记》，“于古今圣哲，自文、周、孔、孟下逮国朝顾炎武、秦蕙田、姚鼐、王念孙诸儒，取三十有二人，图其像而师事之”[②]。梁启超评论说：“咸同间，曾国藩善为文而极尊桐城，尝为《圣哲画像赞》，至跻姚鼐与周公、孔子并列。国藩功业既焜耀一世，‘桐城’亦缘以增重，至今犹有挟之以媚权贵欺流俗者。”[③]因此，他的“中兴”使从乾、嘉年间一度衰落的桐城古文一脉尚存。王先谦指出：“道光末造，士多高语周、秦、汉、魏，薄清淡简朴之文为不足为。梅郎中、曾文正之伦，相与修道立教，惜抱遗绪，赖以不坠。”曾国藩以后的桐城派分裂为二，一是沿着改革方向继续发展，一是墨守成规，试图恢复桐城的旧貌。前者以姚莹、薛福成、郭嵩焘、黎庶昌等为一系统。

姚莹，姚鼐从孙，他与龚自珍、魏源交好，他钦佩魏源的政论，

---

① 李详《论桐城派》，《国粹学报》第49期，1908年。

② 李鸿章《曾文正公神道碑》，《曾文正公全集·首卷》，吉林人民出版社，1995年，第34页。

③ 梁启超《清代学术概论》，商务印书馆，1923年，第111页。

说“其所论著，史才也”。致力于经世之学，购置外国书籍，大受影响。“虽亲炙惜抱，而亦能自出机杼，洞达世务，长于经济。植之先生称其义理多创获，其议论多豪宕，其辩证多浩博，而铺陈治术，晓畅民俗，洞极人情。”[①]其文章善持论，指陈时事利害，慷慨深切。薛福成是湘乡派重要作家，与张裕钊、黎庶昌、吴汝纶并称“曾门四弟子”，曾入曾国藩幕府，办洋务，出使英、法、意、比诸国。其文受曾国藩影响颇深。但由于他曾实地考察欧西文化，接受欧西思想观念，政治上主张维新变法，遂为一改良派人物。他后来的政论文逐渐挣脱桐城义法束缚，很少阐道翼教、敷衍应酬的文字，而多为评论时政、主张改良之作。黎庶昌也曾出使英、法、德、日四国，他论“洋务”和记述外国风光的散文生动活泼，已摆脱桐城义法。郭嵩焘1876年被派驻英国担任公使，赴任途经上海，林乐知赠送《中西关系论略》，深受影响。1878年林乐知返英，两人再次相见，郭对林说：“初奉派时，并不知西国情形，幸藉君之书为指南焉。”[②]郭对中西异同有比较的能力。他曾在一部游记里说：现在的夷狄与从前中国人碰到的不同，他们也有两千年的文明。当时舆论是西洋所长不过物质文明，至于精神文明则中国冠绝天下。因此这部书传到北京，激起了士大夫的公愤，人人唾骂，闹到奉旨毁版了事的地步。文章方面，其文本循“姚氏文宗正轨”，后来认识到“文章之变，日新月盛，有非古人所能限者”[③]，于是应时适变。郭嵩焘接受过西方影响，行文比较自由，平易畅达，兼采西译词语，辨析精微，以说理透彻见胜。当然，这一支为桐城古文的“异教”，不为谨守“家法”的大师们所容忍。桐城文派嫡传后学吴汝纶、张裕钊即视薛、郭为非桐城正宗，说“郭、薛长于言理，经涉

---

① 方宗诚《桐城文录叙》，《柏堂集次编》第一卷，刻本，1880年。

② 王立新《美国传教士与晚清中国现代化》，天津人民出版社，1997年，第362页。

③ 郭嵩焘《〈古微堂诗集〉序》，《养知书屋诗文集》，文海出版社，1968年，第156页。

殊域矣，而颇杂公牍笔记体裁，无笃雅可诵之作”，可见吴、张把守门户之紧，维护“家法”之严。

桐城派另一支墨守成规，不思进取。王先谦辑《续古文辞类纂》(1882)承桐城派大师姚鼐的作文宗旨，推求义法，明其渊源，辑有乾隆到咸丰三十九家文，自序说：“惜抱(姚鼐)振兴绝学，海内靡然从风。其后诸子各诩师承，不无缪附。……梅氏(曾亮)浸淫于古，所造独为深远。……曾文正公(国藩)以雄直之气，宏通之识，发为文章，冠绝今古。……学者将欲杜歧趋，遵正轨，姚氏而外，取法梅、曾足矣。”[①]曾国藩确信“举天下之美，无以易乎桐城姚氏者也”，桐城弟子把“曲折以求合桐城之辙”作为终身追求的目标。所谓“姚门四弟子”中，梅曾亮、管同、方东树都是桐城道统和文统的维护者，其中以方东树最为拘谨，他说：“三代之书，词气递降，时代为之也。况在晚近，古训罕通，与其文之而人不晓，何如即所共喻而使之易晓乎？”[②]方东树所著《汉学商兑》三序说他平生读书，“惟于朱子言有独契，觉其言言当于人心，无毫发不合，直与孔曾思孟无二。……故见后人著书，凡与朱子为难者辄恚恨”；在文统方面则认同《古文辞类纂》，认为其所选“八家后，于明录归熙甫，于国朝录望溪、海峰，以为古文传统在是也”。其实，方、管古文凡涉及政论，多陈腐不可取。梅曾亮由骈文而转攻古文，颇负盛名，其文力求雅洁，文笔清淡简朴，多碑传书序。可观者只有写景小文，曲折多变。吴汝纶曾长期充任李鸿章幕僚，晚年主讲莲池书院，广收门徒，俨然成为后期桐城派的领袖。他的某些见解充满着矛盾，一方面看到文变实属必要，另一方面又恐惧文变成为现实，如说中国非废汉文无以普及教育；盖汉文过于艰深，人自幼学之，非经数十寒暑，不能斐然可观，而人已垂老无用，吾国

① 王先谦《续古文辞类纂序・例略》,《续古文辞类纂》卷一，1882 年。

② 方东树《语录著书十二》,《书林扬觯》，望三益斋刻本，1871 年。

学问不及东西洋之进步者此也。但另一方面，他又因看到桐城古文衰落的历史趋向，而在个人感情上充满落寞之情，表示“世人乃欲编造俚文，以便初学，此废弃中文之渐，某所私忧而大恐者也”。他最不能释怀的，是“恐桐城光焰自是而熸”。

马其昶被称为桐城派殿军。他曾师事桐城名家方宗诚、张裕钊、吴汝纶等人，受古文法，但风格有异，文章简朴，无矫饰之病。吴汝纶死后，马其昶被公认为桐城大家。章太炎对于同时文人多所鄙薄，唯独佩服马其昶，评他的文章“如孤桐绝弦，盖声在尘埃之外矣”[①]。姚永朴是姚莹之孙，少学古文辞，著《文学研究法》《蜕私轩读经记》《尚书谊略》《蜕私轩集》，其弟姚永概评说道：“仲实诗文驯雅，有法度可诵，皆有为而作。”姚永概曾师事桐城名家方宗诚、张裕钊、吴汝纶，受古文法，作文效法望溪，遣言措意，切近得当，能为桐城先辈之文，是桐城的后起之秀。后任京师大学堂教授。林纾评其文说：“叔节家世能文……所著《慎宜轩文》若干篇，气专而寂，澹宕而有致，不矜奇立异，而言皆衷于名理，是固能祢其祖矣。”[②]

如此一个拙于说理的文派，恰巧遇上需要议论文的时代，怎能不大难临头呢？在这种情况下，桐城古文经过自身的变革而仍不能满足时代的需要，岂能不被时代所淘汰。1882 年，王先谦作《续古文辞类纂序》说：“京师首善之区，人文之所萃集，求如昔日梅、曾诸老，声气冥合，箫管翕鸣，邈然不可复得。”桐城古文经过“同治中兴”之后，又复归衰落，难怪王先谦哀叹今不如昔了。

至此，桐城、选学文派已经日薄西山，奄奄一息。1903 年《新小说》第 7 期发表的狄楚卿《论文学上小说之位置》早已指出桐

---

① 章太炎《题抱润轩遗文》，郭延礼《中国近代文学发展史》第一卷，山东教育出版社，1990 年，第 450 页。

② 林纾《慎宜轩文集序》，《畏庐三集》，《民国丛书》第四编 94，上海书店出版社，1992 年，第 5 页。

城、选学文派在19世纪末已失去正宗地位，未来前途属于俗语派："十年以来，前此所谓古文、骈文家数者，既已屏息于文界矣，若能百尺竿头，更进一步，剥去铅华，专以俗语提倡一世，则后此祖国思想言论之突飞，殆未可量。而此大业必自小说家成之。"

在政论文学的威慑之下，桐城古文和选学骈文一落千丈。就新闻界而言，梁启超被誉为"舆论界骄子"："士大夫爱其语言笔札之妙，争礼下之。自通都大邑，下至僻壤穷陬，无不知有新会梁氏者。"①就教育界而言，光绪年间，北京大学文科曾以桐城古文家马其昶、姚永概、姚永朴诸人为重镇，文选派也不乏其人。民元后章太炎弟子即纷纷入据要津，取而代之。钱基博《现代中国文学史》说当时北京大学文科为桐城派所盘踞，先是林纾，其后"马其昶、姚永概继之；其昶尤吴汝纶高等弟子，号为能绍述桐城家言者，咸与纾欢好。而纾亦以得桐城学者之盼睐为幸；遂为桐城张目，而持韩、柳、欧、苏之说益力。既而民国兴，章炳麟实为革命先觉；又能识别古书真伪，不如桐城派学者之以空文号天下。于是章氏之学兴，而林纾之说熸"②。新旧势力之间的此消彼长，脉络十分清楚。

五、政论文学理论的革故鼎新

文学有广义、狭义之分，文学理论就有一般与特殊之别。政论文学的一般理论与文学革命理论相通，其中白话文学理论则是新文学的源头活水。

论者、史家说到白话文学的诞生无有不归功于白话小说的，其实这是误解。小说以白话为正宗。从元朝起，小说多用白话，剧本也多对白。但历来白话小说非文学正宗。中国古书分为经

---

① 胡思敬《戊戌履霜录》卷四，南昌退庐问影楼刻本，1913年。

② 钱基博《现代中国文学史》，岳麓书社，1986年，第194页。

史子集，属于文学范围的只存于四部之末的集部。集部有词曲一类，但不收杂剧传奇，只录论曲之书；小说则列于子部，只收《世说新语》《朝野佥载》之类，而不见《西游记》《水浒传》。可见，在中国小说向来是不算文学的。由于小说非文学正宗，所以用白话写作非但无人反对，反而有人加以提倡。可是作为文学正宗的诗、文就不同了，倘若用白话写作诗文，必遭群起而攻之，即使是某些白话小说的提倡者也是如此看待诗文。

康有为曾对上海书店作过调查，发现“经史不如八股盛，八股无如小说何”。他的结论是“仅识字之人，有不读经，无有不读小说者。故六经不能教，当以小说教之；正史不能入，当以小说入之；语录不能谕，当以小说谕之；律例不能治，当以小说治之”[①]。这里所指仅限于白话小说，而说到议论散文，康有为的态度则完全不同。他认为始于清末的散文改良运动，是“吾国文学之厄也”。他对散文语言文字的通俗化趋势尤其不满，说：“或谓新法语文，宜于一致。岂知进化之理，一致者，当使升鄙言以归于雅音，岂可去雅言而从于俚语。”至于对日本词汇的输入他尤其深恶痛绝，以为“举国文章，背经舍史，秽语鄙词，杂沓纸上，视之则刺吾目，引之则污吾笔……句不成章，语不成调”[②]。所以，提倡白话小说与提倡白话文学是不能混为一谈的。

梁启超以白话为文学正宗，认为白话作文不应该只是小说家的专利，“天下文章莫不有然”。他的意思是既然小说可以用白话，其他文章用白话写作有何不可。梁启超与康有为的区别就在这里。

综观新文学理论发展史，不难看到白话文学理论的发展可分

---

① 康有为《日本书目志》卷十四“小说门”，上海大同译书局，1898年。

② 康有为《中国颠危误在全法欧美而尽弃国粹说》，《康有为政论集》下册，中华书局，1981年，第908页。

为政论变革与文学革命两个阶段，每一阶段各有其理论任务。第一阶段着重解决的是“雅俗”问题，有了这个基础，才为第二阶段进而解决文白问题创造了良好条件。

所谓“雅俗”问题要解决的是文章词语选择的标准问题。桐城派和选学派的文学主张虽然各不相同，但在用语方面正如前文所述都是坚持“雅言”（雅音）标准。黄遵宪所谓“六经字所无，不敢入诗篇”，所说仅限于诗，而文何尝不是如此呢？由于“俗语”和外来“新名词”均非经典著作的规范用语，属于“俗语”，因此一概加以排斥。吴汝纶以“雅洁”为标准，否定白话。他在《答严幾道》一文中说：“世人乃欲编造俚文，以便初学，此废弃中学之渐，某所私忧而大恐者也。”“若名之为文，而俚俗鄙浅，荐绅所不道。”这是具有代表性的说法。

政论家关于“俗语”主张的理论是言文合一，其理论根据有三。

其一，否定文言为文学正宗，确立以白话为文学正宗。

政论家指出今之所谓文言即古之俗语。古人是用当时语言作文的，佶屈聱牙的《周诰》（《尚书·周书》）、《殷盘》（《尚书·商书》）实在是当时的白话告示。司马迁作《史记》，记唐虞时的事不抄袭《尚书》，而要改写成当时的用语，比如“钦”字改作“敬”字，“克”字改作“能”字，还改了它的句调。因为《史记》是给当时人看的，所以将过时的用语改作当时的白话。六朝人喜作骈文，但是翻译佛经的人却另创一种近似白话的文体。后来的禅宗语录，就全用白话。宋儒也是如此，程颢、程颐、朱熹、陆九渊、王阳明的语录完全用白话。可见，现在所谓古文，都是古人的白话，只是由于古今语言不同，现在难以一目了然罢了。

政论家们恢复了历史的本来面目，并以此为据，确立了白话为文学正宗之主张，采用釜底抽薪的办法使文言无立足之地。为建立这个理论，他们进行了不懈的努力。

白话为文学正宗已成共识。龚自珍以文学史证明使用“俗语”的合理性,他说:“万事之波澜,文章天然好。不见六经语,三代俗语多。”[①]黄遵宪说:“古文与今言,旷若设疆圉”,“即今流俗语,我若登简编,五千年后人,惊为古斓斑”。以古例今,断言今人用今语,必将为后人所承认。梁启超说:“古人文字与语言合,今人文字与语言离,其利病既屡言之矣。今人出语,皆用今语,而下笔必效古言,故妇孺农氓,靡不以读书为难事。”[②]他们这些言论离以白话为文学正宗之说只隔一层桃花纸,有待来人戳破了。

其二,变文学复古为以洋为法。

前文已说到,中国文人好古,以复古为解放,“文必秦汉”,到了后期政论家手里,这样的老例发生千古未有之变化,变成以洋为法了。东洋的日本西洋的欧洲,成为他们时常谈论的话题。

黄遵宪作为清政府驻日参赞,在出使日本期间(1877—1882),出于为“朝廷咨诹询谋”的考虑,“采风问俗”,大开眼界。他在《日本国志》中根据日本和西方文学发展的经验,提出“语言与文字合一”的问题,要求创造一种“适用于今,通行于俗”,“明白晓畅”的文章语言,为向外国学习提供工具。

狄葆贤(楚卿)的《论文学上小说之位置》阐发梁启超关于各国文学史无不遵循古语文学变为俗语文学轨迹发展的观点说:“俗语文体之流行,实文学进步最大关键也。各国皆尔,吾中国亦应有然。近今欧美各国学校,倡议废希腊、罗马文者日甚,即如日本,近今著述,亦以言文一致体为能事,诚以文之作用,非以为玩器,以为菽粟也。……故俗语文体之嬗进,实淘汰优胜之势所不能避也。”[③]

---

① 龚自珍《自春徂秋偶有所触拉杂书之漫不诠次得十五首》其十二,《定盦文集》(下),商务印书馆,1937年,第222页。

② 梁启超《幼学·论学校五》,《变法通议》三之五,续第十七册,《时务报》第18期,1897年。

③ 楚卿《论文学上小说之位置》,《新小说》第7期,1903年。

欧洲提供的经验，主要是16世纪以前，读写都用拉丁文，后来学问的内容日趋复杂，文化的范围随之扩大，没有许多时间来摹仿古人的话语，渐渐地都用本国文了。他们的中学，本来用希腊文、拉丁文作主要科目的，后来创设中学不用希腊文、拉丁文了。

日本直到明治维新的初年，他们出版的书籍仍多用汉文，但维新之后，几乎没有不是言文一致的。

黄人总结说："欧、和文化，灌输脑质，异质化合，乃孳新种"，并断言"极此已往，四海同文之盛，期当不远。"[①]所以，政论家对于丑诋政论文采用新名词乃至新文体，不仅不以为耻，而且反以为荣，行文口气理直气壮。

其三，以服务对象立言，评判白话、文言的高下。

提倡以白话小说体写文章始于黄遵宪，他在《日本国志》中说："语言与文字离，则通文者少；语言与文字合，则通文者多，其势然也。""若小说家言，更有直用方言以笔之于书者，则语言文字几几乎复合矣。余又乌知夫他日者不更变一文体为适用于今，通行于俗者乎？嗟乎！欲令天下之农工商贾妇女幼稚皆能通文字之用，其不得不于此求一简易之法哉。"他想参照小说家言即白话"变更一文体"，使之"适用于今，通行于俗"[②]。

十年以后，梁启超的《变法通议・论幼学》继承了这一思想，他说："古人文字与语言合，今人文字与语言离，其利病既缕言之矣。今人出话，皆用今语，而下笔必效古言"，致使妇孺农氓无不以读书为难事。而以俗语作成的《水浒》《三国》《红楼》的读者就多于六经。因此他主张"今宜专用俚语，广著群书"。

俗语文学理论是从与"雅言"文学理论的辩难中发展起来的。

---

① 黄人《〈清文汇〉序二》，《国朝文汇》，国学扶轮社，1909年。

② 黄遵宪《日本国志》卷三十三《学术志二》，文海出版社，1981年，下册，第815—816页。

政论家对于“雅俗”问题的理论立场并非一致。严复、康有为、章太炎、章士钊辈都是崇尚“雅言”，排斥“俗语”和外来“新名词”的，于是就有了“雅俗”之争。

严复的见解与康有为近似，他认为“文辞者，载理想之羽翼，而以达情感之音声也。是故理之精者不能载以粗犷之词，而情之正者不可达以鄙倍之气”。因此，他也反对俗语文，认为倘若“文界革命”的目的只是为了使文章通俗化，以便于“市井乡僻之不学”，那不仅不是文体的革命，而且是对文章的凌迟。他的译笔始终排斥外来“新名词”与俚语。“中国文之美者，莫若司马迁、韩愈……直用之文体，舍二代其又谁属焉？”[①]

严复译书提出信、达、雅三条标准，但是过于雅训，而失去了达和信。中西语言有不少无对应的词，这就需要创造一些新名词，以补其所缺。当时翻译，一是音译，二是借用日本以汉字造就的新名词，三是采用传教士的翻译用语，四是折衷己意的创造。严复严格遵循桐城义法，以雅洁为宗。译文力避西方名词、术语，主张原文的“精理微言，用汉以前字法、句法，则为达易；用近世利俗文字，则求达难。往往抑义就词，毫厘千里”，对于“西文句中名物字”，宁可不用“西文句法”，“假令仿此为译，则恐必不可通”[②]。所以译斯密亚丹《原富》名之曰“计学(Economics)”，舍日本译名“经济”及中国译名“理财”，即其“自我作古，乃以‘计学’当之”；以先秦诸子古书中的“名学”以代穆勒约翰 *A System of Logic* 中的“逻辑学(Logic)”[③]；“中性”译为“罔两”：“罔”作“无”字解，“两”字指“阴阳两性”。《庄子》：“罔两问景”，言“影外微阴”。《鲁语》：“木石之怪曰夔，罔两。”如此这般，使他煞费苦心，“一名之立，旬

---

① 严复《与梁任公论所译〈原富〉书》，《严复研究资料》，海峡文艺出版社，1990年，第123—124页。

② 严复译《译例言》，《天演论》，商务印书馆，1981年。

③ 钱基博《现代中国文学史》，岳麓书社，1986年，第418页。

月踟躕”。但是因为不能便俗，他创造的用语除“物竞”“天择”等为数甚少的名词被学术界沿用外，其余绝大多数被淘汰。商务印书馆出版严复译著八种所附《中西译名表》，共收词四百八十二条，经考查后被学术界沿用的仅五十六条，其中包括在他之前已经使用的译名“哥白尼”“美利坚”等。

严复的文体曾受到梁启超的批评。梁在《新民丛报》介绍《原富》的立场是“非以流畅锐达之笔行之，安能使学童受其益乎？著译之业，将以播文明思想于国民也，非为藏山不朽之名誉也”。梁启超以宣传家自命，从俗语政论立论，所以批评严复译书“文笔太务渊雅，刻意摹仿先秦文体，非多读古书之人，一翻殆难索解”[①]。但是，严复有他的道理。他辩白说自己并不以开风气者自居，只是权宜之计。其一，当时译书人尚无统一的“律令名义”可据；其二，“用汉以前的字法句法”为达易；其三，“非以饷学童而望其受益也”，只为多读古书之人设想。当然，如此这般，严复自有他的道理。当此之时，白话文尚未盛行，一班老先生不屑于近俗之辞，而严复用古雅的文章译本传播西洋思想，叫他们由于看得起译本进而看得起西学；非有一点附会的东西，就不能满足他们的自大心理，因而减少对于西学的抵触情结，从而为西学的传播减少一点阻力。但这是好事之徒的解释，严复未必有此想法。他在《与梁任公论所译〈原富〉书》中反驳说：“闯然循西文之法而为之，读其书者乃悉解乎？殆不然矣。若徒以近俗之辞，以取便市井乡僻之不学，此于文界乃所谓凌迟，非革命也。”[②]

政论家的这些以“俗语”为核心的白话理论，为新文学家倡导的文学革命论奠定了理论基础。《文学改良刍议》有“不避俗语俗字”一条。言文合一、白话为文学正宗等主张成了他们的旗帜。

---

① 梁启超《绍介新著·原富》，《新民丛报》第1期，1902年2月。

② 严复《与梁任公论所译〈原富〉书》，《严复研究资料》，第124页。

因为梁启超集政论文学理论之大成，因此成为文学革命的开山祖。钱玄同说："梁任公实为创造新文学之一人。虽其政论诸作，因时变迁，不能得国人全体之赞同，即其文章，亦未能尽脱帖括蹊径，然输入日本新体文学，以新名词及俗语入文，视戏曲小说与论记之文平等。（梁君之作《新民说》、《新罗马传奇》、《新中国未来记》，皆用全力为之，未尝分轻重于其间也）此皆其识力过人处。鄙意论现代文学之革新，必数梁君。"[①]

六、政论文学向文学革命过渡

作为新文学第一阶段的政论文学向第二阶段文学革命的过渡，其间可说是无缝对接。

政论文学称雄的一百年间，政治界虽然变迁很大，主流思想界只能算同一色彩。他们承认中国的政治、法律等等，远不如人，若能把西洋的组织形式搬进来，万事就有办法了。辛亥革命成功将近四五年，所希望的事件件落空，大家憬然反思。他们发现西洋不仅有物质文明，有政治组织、法律制度，而且还有伦理。这些东西不但不比中国的差，而且反比中国的好，比中国的合理，比中国的近情。再则欧战结果也给人以启发。本来，中国西慑于欧美，东震于日本的国威，可是，这次军国万能的俄、德、奥一齐崩溃。其原因不在于联军的全副兵力，而在乎本国平民的革命。百通宣言不及一件事实。至此懂得仅仅学西洋的富国强兵、政治法律制度还不能奏效，人民仍然不能获得幸福。真正的文明枢纽在于思想文化的改造。戊戌变法时期的新党人士蒋智由说："工商之世，而政治不与之相宜，则工商不可兴，故不得不变政。变政而人心风俗不与之相宜，则政治不可行，故不得不改人心风俗。人

① 钱玄同《钱玄同致陈独秀信》，《新青年》第3卷第1号，1917年3月1日。

群之事，复沓连贯，不变则已，变则变甲必变乙，变乙必变丙者，其势然也。”[①]人们发现社会政治文化是整套的，要拿旧思想运用新制度，绝然不可能，渐渐要求人格的觉悟。人们发现工艺和政法固然很坏，应该革命，而道德、思想更是糟到了极点，尤其非革命不可。因此，中国现代改革继“枪炮工艺”（兴工商）、“政法制度”之后应有“伦理”（思想文化）的改革，这是因为政治变革需要社会力量的支持，而社会很腐败，流行的思想不变革，那么社会改革就不会收到成效。辛亥革命后的种种现象都源于文化运动的基础太薄弱，中国思想界太黑暗了，政体变了，思想原封不动，不使用平民精神去教育国民，而是以英雄、豪杰、宦达、攀权、附势的精神去营造国民，何有不成“混乱政治，四方割据”的局面之理！于是从改造政治、改造社会进而为思想革命问题了。单独的政治革新已不中用了，须经精神上的洗涤，才能起死复生。当时著名的政治家黄远生可算一个先驱，他在《新旧思想之冲突》一文中指出：“自西方文化输入以来，新旧之冲突，莫甚于今日”，“在昔日仅有制造或政法制度之争者，而在今日已成为思想上之争。此犹两军相攻，渐逼本垒”，“新旧异同，其要点本不在枪炮工艺以及政法制度等等。……本源所在，在其思想”。文学与思想有密不可分的关系，思想革新与文学革命应当同步进行。黄远生对自己的政论生涯作了反省：“向者之徒恃政论或政治运动以为改革国家之道无往而非迷妄。”“远本无术学，滥厕士流，虽自问生平并无表见，然即其奔随士夫之后，雷同而附和，所作种种政谈，至今无一不为忏悔之材料。”[②]于是由论“政”而变为论“人生”，论“社会”。

改变了的新思路是，以新文学为载体，输入新思想，普及民众，使其洗心革面；以思想力量改造社会，然后再以社会的力量改

① 蒋智由《风俗篇·论说》，《选报》第2期，1901年。

② 黄远生《致〈甲寅〉杂志记者》，《甲寅》杂志第1卷第10号，1915年10月10日。

造政治。“文学革命”由此提上议事日程。黄远生提出：“愚见以为居今论政……其选事立词，当与寻常批评家专就见象为言者有别。至根本救济，远意当从提倡新文学入手。综之，当使吾辈思潮如何能与现代思潮相接触，而促其猛醒。而其要义须与一般之人生出交涉。法须以浅近文艺普遍四周。史家以文艺复兴为中世改革之根本，足下当能语其消息盈虚之理也。”并且表示“自今以往，将纂述西洋文学之概要，天才伟著，所以影响于思想文化者何如，冀以筚路蓝缕，开此先路”[①]。他在大声呼唤着新文学运动的到来。

黄远生的主张遭到政论家章士钊的驳斥。章认为一个面临着内忧外患、政治水平极度低下的国家，试图放弃政治改革而专注于文化思想运动，并想通过后者来推动前者，只是一种梦呓。他说：“提倡新文学，自是根本救济之法，然必其国政治差良，其度不在水平线下，而后有社会之事可言，文艺其一端也。”中国与欧洲国情相异，“即莎士比（莎士比亚）、嚣俄（雨果）复生亦将莫奏其技矣”[②]。对于黄远生的主张，章大有不屑一顾之慨。

但是，事实胜于雄辩。就在章士钊严词驳斥黄远生之时，黄远生的见识却由筹安会六君子拥戴袁世凯做皇帝的闹剧所证实。章士钊的政论集团逐渐瓦解，《甲寅》杂志无以为继，终于停刊，其麾下大将陈独秀、李大钊、高一涵、李剑农及撰稿人胡适和吴虞先后脱离《甲寅》杂志，另起炉灶，自立门户。从此政论文学时代宣告结束。胡适曾语：“国中几乎没有一个政论机关，也没有一个政论家；连那些日报上的时评也都退到纸角上去了，或者竟完全取消了。”[③]《甲寅》杂志的旧人成了《新青年》的台柱人物，后来章太

① 黄远生《本报之新生命》，《庸言》第25、26号合刊，1914年2月15日。

② 章士钊《复黄君远庸》，《甲寅》杂志第1卷第10号，1915年10月10日。

③ 胡适《五十年来中国之文学》，《最近之五十季——申报馆五十周年纪念》，申报馆，1923年2月。

炎的门人钱玄同、鲁迅、周作人也先后加入其中，成为另外一番气象。

最早接受黄远生观点的是陈独秀。他认为虽然政治界经过辛亥革命、二次革命以及反对袁世凯称帝的“倒袁”运动，但黑暗并没有减少。这其中的原因，一小部分是由于二次革命都是虎头蛇尾，没有进行到底，而其大部分则由于盘踞在人们头脑中根深蒂固的陈旧腐朽的伦理、道德、文学、艺术，“莫不黑幕层张，垢污深积”。唯其如此，这种单独的政治革命对于中国社会就不会产生任何效果了。他以此来分析袁世凯称帝事件，认为袁世凯想做皇帝，也不完全是妄想。他实在见得多数民意相信帝制，不相信共和。就是反对帝制的人，大多也只是反对袁姓皇帝，不是从根本上反对帝制。因此，袁世凯称帝绝非一个偶然事件。陈独秀据此断言：“巩固共和国体，非将这班反对共和的伦理文学等等旧思想，完全洗刷得干干净净不可。否则不但共和政治不能进行，就是这块共和招牌，也是挂不住的。”[①]他把“革新文学”当作“革新政治”的前提。“今欲革新政治，势不得不革新盘踞于运用此政治者精神界之文学。”陈独秀基于洗刷干净“反对共和的伦理文学等旧思想”，为共和国奠定一个稳固的思想基础，而立志发动一个文学革命运动。钱玄同起而响应。他对陈独秀“共和招牌”一说完全赞成。关于陈独秀前此著论，力主推翻孔学，改革伦理，以为倘不从伦理问题根本上解决，这块共和招牌就一定挂不长久这个主张，钱玄同认为是“救现在中国的唯一办法。”又说：“中华民国既然推翻了自五帝以迄满清四千年的帝制，便该把四千年的‘国粹’也同时推翻。因为这都是与帝制有关系的东西。”[②]鲁迅也不例外，他曾说：见过袁世凯称帝、张勋复辟，看来看去便怀疑起来。

① 陈独秀《旧思想与国体问题》，《新青年》第3卷第3号，1917年5月1日。

② 钱玄同《随感录·二八》，《新青年》第5卷第3号，1918年9月15日。

“共和招牌”一说使他看到历史真相，便不再怀疑，奋起加入新文学运动。陈独秀或许觉得身边力量不足，就想到邀请《甲寅》杂志作者、留美学生胡适参与其事。胡适虽不是政论家，却非常热衷于政治，且对国内政治多有批评，认为七年之病求三年之艾，急于求成，欲速则不达。他于1917年回国，目睹暮霭沉沉的中国思想界，决心从基础做起，“打定二十年不谈政治的决心，要想在思想文艺上替中国政治建筑一个革新的基础”。于是，他加入文学革命运动中来。其他新文学运动健将们无论各自有多少特殊之处，但他们的心路历程应该是基本相同的。这正是一个物换时移的时代。昔日大家共弹“文学无用”老调，今日却把希望寄托给了文学；昔日视文学家为无聊文人，今日则为救世主了。王国维《教育偶感》云：“生百政治家，不如生一大文学家。何则？政治家与国民以物质上之利益，而文学家与以精神上之利益。……物质上之利益，一时的也；精神上之利益，永久的也。前人政治上所经营者，后人得一旦而坏之。至古今之大著述，苟其著述一日存，则其遗泽且及于千百世而未沫。……而政治家无与焉。”①

文艺复兴谈何容易，从何处入手呢？查查新文学家们的家谱，可知仍是政论家的班底。郭沫若说：“陈独秀本来并不是一个文学家，他的行径和梁任公、章行严相同，他只是一个文化批评家，或者是文化运动的启蒙家。……对于封建社会的旧文化的抨击，梁任公、章行严辈所不曾做到乃至不敢做到的，到了《新青年》时代才毅然决然的下了青年全体的总动员令。”②他们对于欧洲文艺复兴是了解的，可是对于进行文学改革并没有成熟的意见。陈独秀按照章学诚分别著作体裁的文史的标准，称说理、纪事的应

---

① 王国维《教育偶感》，《教育世界》第81期，1904年。

② 郭沫若《文学革命之回顾》，《郭沫若全集·文学编》第十六卷，人民文学出版社，1989年，第91页。

用文为史，抒情文为文。他撰有《现代欧洲文艺史谭》（《青年杂志》1卷3号），介绍欧洲新文艺。可是，陈独秀一面痛斥古典主义，提倡写实主义，认为“文章以纪事为重，绘画以写生为重，庶足挽今日浮华颓败之恶风”，另一方面又推崇古典主义之作，谢无量的一首至少用了一百个典故的长律，在《新青年》上得到了他的极力推崇。过渡时代的过渡人物，做出种种新旧参差的行止，本来也是不足为怪的。当此世变激荡的时代，陈独秀登高一呼，不仅完成了自己由旧学根柢颇深的文人到新人物的转变，也为中国文学带来了一个千古未有的全新格局，其贡献不可谓不大。

结　　语

政论文学开新文学之先并非是笔者的创见，许多政论家、文学史家、新闻史家、文学理论家有论在先，前文已经引用的新闻史家戈公振、文学史家胡韫玉说的话都指出了这一点。总之，既然可以打破桐城、选学的迷信，创造出政论文学，就说明坚冰已被打破，新文学的航道已经开辟，文学革命的巨轮即将驶出港湾。

〔原载《复旦学报（社会科学版）》2001年第6期〕

新文学两百年：长话短说

通常认为新文学只有一百年的历史，而笔者认为新文学至今已历经了两百年。它发端于19世纪20年代的政论文学变革运动，一百年之后在其变革成果的基础上，一面深入发展，一面推而广之，形成整个文学领域深刻而全面的革命，至今又是一百年。

近年学界有人倡导大文学史观，主张着眼于文学的自身状况，探讨"中国文学古今演变"。这与笔者的研究颇有契合，也进一步激发了笔者把文学史的宏观把握落实在具体而细致梳理上的热情。因此，笔者将关于新文学已历经两百年主张的一些要点概述如下。

1. 每一代的文学往往由文学家族中的一员独领风骚。先秦散文、汉赋、魏晋文章、南北朝骈文、唐诗、宋词、元曲、明清小说都是适例。所以，一个新的文学时代的到来，往往是以文学家族中的一员发生变革为起点，随之逐渐影响到其他成员，最后导致整个文学家族的演变。我们今天讨论现代文学不仅应该从思想或思潮入手，还必须从具体的文体演变出发。据此，笔者认为，新文学是以议论散文即政论文学的变革为起点的。

2. 政论作为一种文体，到了晚清时代，世变激急，排议杂兴，社会对直接明快、透辟淋漓说理论事文章的需求日益增长，传统文章学的资源不敷应用，有识之士起而多方寻求变革，由此带来一个从龚自珍开始迄于陈独秀的前后大约一百年的政论文学大变革的时代。

3. 在第一个一百年间，可谓之政论文学称雄的时代。凡文坛可记可颂之事大多与政论文学有关。名家多为政论家，名文多为政论文，名论多为政论文学论，名刊多为政论报刊。

4. 清末民初政论文学的代表人物为龚自珍、魏源、冯桂芬、王韬、郑观应、康有为、梁启超、吴稚晖、严复、章太炎、黄远生、章士钊等。龚、魏、冯、王、郑、康、严及二章以复古为解放，或追踪先秦，或崇尚汉魏，从古代政论武库中选取相宜的资源加以改造，以求适应时代的需要；梁、吴、黄则放眼世界，吸收异域政论之长，创造了俗语体政论。

5. 传教士林乐知、李提摩太等在《万国公报》(1868—1907)上的政论，日本德富苏峰主编的《国民新闻》上的政论为梁启超时政论文("报章文体")提供了创新的借鉴。

6. 这一以政论文体为突破口、多方吸纳异域文学资源的创体，促使中国传统文学的内部发生变革，其结果在极大程度上动摇了"旧文学"的根基，突破了旧文学的营垒，从而为新文学的崛起奠定了基础。

7. 政论文学先立足于政界，渗透到官方文书；继之侵入新闻界，政论家为舆论界骄子；更进一步进入教育界，成为科考文体(策论)；最终终结了八股文的历史使命。

8. 晚清的小说界革命、诗界革命、戏曲界革命均为政论文变革的延伸。其特征是加进政论说理的因子，以政论说理的标准改造小说与诗歌、戏曲。于是在诗界造成了一种"能以堆积满纸新名词为革命"的诗风；戏曲界革命的结果，则是戏曲增加说白，插入大段演说，并出现了专门发议论的"言论正生""言论正旦""言论小生"等等，因而有"梨园革命军"之说。

9. 在理论上，政论家提出"崇白话，废文言"的主张，并引发了雅俗之争，确立了"适用于今，通行于俗"的作文目标，实现了变文言文为白话文的转变。

10. 政论文学称雄的一百年间，政治界虽然变迁很大，主流思想却仍是统一色彩。等到辛亥革命发生后四五年里，所希望的事件件落空，袁世凯称帝，张勋复辟，人们才意识到工商技艺、政治体制、思想文化是一个整体。单纯的工商技艺、政治体制变革，而无思想文化变革难有进步可言。于是政制变革思潮淡出，新文化运动崛起。新文学的第二个百年由此启幕。

11. 在这样一个物换时移的时代，文坛风气大变。王国维就说："生百政治家，不如生一大文学家。"此时，部分政论家对政论生涯作深刻反省和忏悔，于是改弦易辙，由谈政而变为论文学。与此相应，文体改革转向一个新时代，昔日为政论变革，今日则为文学革命。

12. 政论家改弦易辙，变为文学革命的清道夫，在政论层面上清理了旧文坛。桐城、选学文派拙于说理，短于议论，被政论家淘汰出局。不但如此，桐城、选学文派就是在抒情、叙事上也是力不从心，因此钱玄同以"桐城谬种，选学妖孽"的评语相加。

13. 黄远生既是政论文学的终结者，又是文学革命的开山人。由于时局的恶化，1915 年下半年至 1916 年上半年，黄远生于《甲寅》杂志、《东方杂志》等刊发表《致〈甲寅〉杂志记者》《忏悔录》《反省》《国人之公毒》《新旧思想之冲突》《晚周汉魏文钞序》等文，认为政论已流于空谈，文坛应转向思想文化建设。这个新思路要旨是旧文明非不宝贵，但不适宜于现代环境，当务之急应提倡充分接受世界现代思潮的新文明、改造中国传统思想，为中国政治改革奠定基础。这成为文学革命运动的先导。

14. 黄远生的新文学思想在个人言之，则为思想，就全体而言则为思潮。陈独秀、胡适、钱玄同、周作人、鲁迅等人以"共和招牌说"（"思想革命"）和"白话文体说"为文学革命的理论纲领，把黄远生的新文学思想演化成为新文学运动。

15. 政论家作为新文学的先行者走向现代，为文学革命奠定了理论基础。

其一，政论家实现了文章由“代圣贤立言”到面向现实，回答国计民生问题的转变；文学革命家循此衍生出“为人性”的艺术主张。

其二，文学革命家将政论家的俗语政论文扩展到白话文学，白话不仅可以用来写政论，也应该用来写小说、诗歌、散文和戏曲。

其三，政论家开始了以洋为法的尝试，同时也热衷于翻译介绍富于议论的文学作品。文学革命家则扩大领域，大力倡导翻译介绍异域文学，从而迎来了一个以译介推动新文学创作的时代。

16. 两百年来的中国文学从侧面看，又正是一部文学报刊史。清末出现了许多政论团体，都是以报刊为喉舌。文学革命家继承政论家创办报刊传统，争相出版文学报刊，单是五四文学革命头十年，文学报刊总量就达四五百种。

17. 文学革命运动发生之后的第一个十年里，诗歌、小说、散文、戏剧等创作日趋繁荣，创作者们或坚持为人生而艺术，或坚持为艺术而艺术的主张。其中收获最丰富、成熟最早的应属议论散文，即杂文和小品，而这正是清末民初百年间政论向文学革命过渡期的产物。

18. 政论家经过一百年的惨淡经营，建立起一套政论文学理论体系。应该说政论文学是作为大散文的一种文体；然而政论文学毕竟有别于纯文学，其中一部分理论与文学本义相抵触，对第二个一百年的新文学运动产生了不小的负面影响。政论家想到利用文学来为他们的政治思想启蒙和改革理论服务时，政论文学对纯文学的冲击也随之发生。其特征是在各种文学样式中加进政论说理的因子。显然，此类文风也遗传给了第二个百年的新文学，在某个时期曾出现沉渣泛起之象。

〔原载《解放日报》2005年2月3日“朝花”版〕

章士钊与逻辑政论文

——兼论逻辑政论文派的兴衰

辛亥革命以后，中国处于从封建制国家到现代国家的重大历史转型时期。当时主张共和的人士不仅面临着共和宪政制度和共和组织形式建设的历史任务，同时为保卫共和制度又不得不与帝制复辟势力展开反复的较量。其间以章士钊为代表的逻辑政论文派以拥护共和宪政和反对帝制复辟的严正立场，寄托于独树一帜的逻辑政论文章，在舆论界独占鳌头，且生机勃勃持续七八年之久，可谓中国近代思想及文学史上的一大奇观。

一、章士钊逻辑政论文派的崛起

说章士钊的逻辑政论文派是有来由的。胡适的《五十年来中国之文学》(1922)就有“章士钊一派政论的文章”的说法，还说“章士钊一派……注重论理(即逻辑)，注重文法，既能谨严，又颇能委婉，……甲寅派的政论文在民国初年几乎成为一个重要文派”。然而，自 1925 年《甲寅》杂志周刊出版，因新旧文化之争，就以甲寅派相称。至 1935 年出版的《中国新文学大系·文学论争集》第五编“甲寅派的反动”就正式以甲寅派称呼代替“章士钊一派”了。

胡适“章士钊一派”与“甲寅派”两个说法，不免含糊其词。笔者取其前者而舍其后者的理由有三。其一，“甲寅派”不能将《帝国日报》《民立报》《独立周报》(1910 年 9 月 27 日至 1913 年 4 月 27 日，以章士钊在三刊发表文章时间为准)上章士钊的政论文囊括在内。

其二，容易混淆前后《甲寅》的界限。前《甲寅》指《帝国日报》至《甲寅》杂志月刊（1914 年 5 月 10 日至 1915 年 10 月 1 日）及《甲寅》日刊（1917 年 1 月 18 日至 6 月 19 日）时期。后《甲寅》指《甲寅》周刊（1925 年 7 月 18 日至 1927 年 4 月 2 日）时期。前后《甲寅》性质有别，就其主要内容而言，前《甲寅》“八九在帝制”，后《甲寅》则侧重“在教育政策”（章士钊语）。

其三，所谓“章士钊一派”形成并活跃于前《甲寅》时期，作为一个文派与后《甲寅》无关。

“章士钊一派”不仅可以区分这几个问题，还能把这一派的派主章士钊给点出来。若要论章士钊逻辑政论文派的崛起，自然应该从“章士钊一派”派主章士钊说起。

（一）前《甲寅》时期章士钊其人其事。

章士钊（1881—1973）生于湖南善化县（今长沙）东乡和佳冲的一个“耕读之家”。从小在长兄章柜年的私塾念书。1898 年寄读于武昌两湖书院。1902 年考入设于南京的江南陆师学堂，次年 4 月立志“废学救国”，与陆师同学三十余人奔赴上海，加入由蔡元培、章太炎、吴稚晖等创办的爱国学社。

章士钊作为报人和政论家，出道很早。1903 年 5 月，他作为爱国学社社员就任《苏报》主笔。上任伊始，就闹出很大的动静，先后刊出“大改良”“大注意”“大沙汰”“大感情”的告白，声言将对该报大加改革。此时，相对于君主立宪，主张革命之说方兴未艾。《苏报》宗旨，简而言之，就是不满足于维新变法运动，进而主张反清革命。该报连续发表邹容的《革命军》、章太炎的《〈革命军〉序》《驳康有为论革命书》等名文，章士钊也以多个笔名发表《读〈革命军〉》《驳〈革命驳议〉》《箴奴隶》等文予以响应。《苏报》因鼓吹排满革命，倡言建立“中华共和国”，于 1903 年 7 月被清政府查封，章太炎、邹容等被捕入狱。《苏报》同人章士钊、陈独秀、张继前赴后继，又于同年8月7日创办《民国日日报》，继续从事反清革命宣传的活动。该报报名虽易，宗旨格调则一如既往，人称《苏报》第二。遗憾的是，由于经费及内部争执等原因，于同年12月停刊。

1904年2月15日，由黄兴创办的华兴会的外围组织爱国协会在上海成立，章士钊任副会长。该会"所有革命计划，当然以暴动为主，而暗杀亦在讨论之列"①。章士钊还加入"军国民教育会暗杀团"，策划在南京刺杀以钦差大臣身份南下的清户部侍郎穆尔察·铁良(1904年9月)，在上海暗杀被革职的广西巡抚王之春(1904年11月19日)的活动。结果两次活动均告失败。章士钊在后一事件中被拘捕，后经蔡锷、龙砚仙鼎力营救，才交保释放，于是流亡日本。

章士钊流亡日本之后，经过深刻反省，思想发生一大转折。他认清自己不过是一介书生，从事暴动、暗杀之类的活动非己所长。据因同一事件被捕的苏鹏在其回忆文中说："章行严，一书生也，煦煦为仁，独往狱中慰万福华(同案人)，捕房喜其不请自来，并羁之，而询其住址，意在获得与万福华行刺相涉之证据，以钩缉同党也。"②而他居然据实相告，因而又牵出与此事件相干或不相干的若干人。章士钊在《书甲辰三暗杀案》中对此检讨说："平心论之，吾志在革命，暗杀非所笃信而专骛也，万福华亦以张子房自居，无意手揕仇人之胸。因之吾与福华间，一切无所准备，向后步骤如何，曾无一语及之。今既以陈自新之谬戾无节操，阴阳乖舛，铸成大错乃尔，吾深虑牵一发而全身动，亶其以刺王案累及东南革命大业，遭变意外顿挫，吾罪滋大。"③

---

① 章士钊《与黄克强相交始末》，《辛亥革命回忆录》第二集，文史资料出版社，1981年，第140页。

② 苏鹏《海沤剩沈》(选录)，《近代史资料》(总44号)，中国社会科学出版社，1981年，第181页。

③ 章士钊《书甲辰三暗杀案》，《文史资料选辑》第十九辑，中华书局，1961年，第148页。

固然，一介书生从事暗杀活动，注定是“成事不足，败事有余”。他因刺杀广西巡抚王之春“一击不中，亡命海外。顿悟党人无学，妄言革命，将来祸发不可收拾，功罪必不相偿。渐谢孙（中凡）、黄（兴），不与交往”[①]。

所谓“党人无学”的“学”无非是泛指当年所操的反清革命理论。就《苏报》《民报》《民国日日报》上发表的言论而言，章士钊鼓吹的基本理论是“排满革命”，所作政论文则是满纸“三世而斩”“九世之仇”云云，至于对“共和”“民主”“平等”“自由”的认识与理解却非常有限。他在回顾自己的思想历程时说，在癸卯、甲辰间（1903—1904 年）所鼓吹排满革命思想仅“依人谈革命”，“而于东西文字（日文、英文）全不通晓，主义胡别，如菽与麦”。革命言论虽然慷慨激昂，大言烈烈，那不过是“策名于党，义不反顾，言乎其不得言，动乎其不得动”，“谓其动明理实相需之道及法度损益所宜，则未然也”[②]。

黄远生《国人之公毒》论“士人”一节，虽非就章士钊立言，但章却是被写照的人物之一。黄说：“中国国民信条，凡读书之人，必须十八般武艺件件精通，其实最无所知者惟读书人。盖一人欲无所不知，即必一无所知，既已一无所知，则势必强不知以为知。故不知民事而做官，由来久矣；其不知洋务而讲洋务；不知变法而讲变法，不知共和立宪而讲共和立宪，则通国中皆是也。”[③]章士钊的所谓“党人无学”，由此可鉴。

章士钊经过反思，决心从头开始，重新作出选择。当 1905 年 8 月 20 日同盟会成立之时，他就向上级兼好友黄兴吐露心声，略谓：革命同志不讲分业之理，而世界潮流学必有专攻。当前革命

---

① 章士钊《答稚晖先生》，《甲寅周刊》第 1 卷第 22 号，1925 年 12 月 12 日。

② 邹小站《章士钊的中西文化观》，《近代中国与世界》第三卷，社会科学文献出版社，2005 年，第 428 页。

③ 黄远生《国人之公毒》，《东方杂志》第 13 卷第 1 号，1916 年 1 月 10 日。

事业虽已有较大的发展，革命思潮鼓荡而出，革命组织正在迅速地发展壮大。当此之时，革命组织在培养干部方面应该作出新的战略布局，按时间远近的需要，视同志的才情高下进行适当分工，除大部分干部从事实际工作之外，同时也应该分出一部分干部派往国外留学，学习研究共和制度与政治组织形式建设的学问，以备革命成功以后人才之所需。但是，这种富有超前意识的卓见在当时非但未被采纳，甚至一度引起一部分人对他革命信念坚定与否的质疑。当然，也有例外，如宋教仁。

智者有言，战略不是研究未来应该做什么，而是研究时下怎样做才有未来。当年，同盟会司法部检察长宋教仁是具备此种思维的人，当时他已经考虑到“满清倾覆”之后共和国政治制度和组织形式建设人才的储备问题。

据同盟会成员景梅九《罪案》记载，宋教仁曾对其说：“破坏容易，建设难，我看同志从事于破坏一途的太多，对于建设，很不注意。将来要组织共和国，不是玩笑的事！什么临时约法，永久宪法，都须乘此功夫，研究一番才好！所以我很想邀集精悉法政的同志们，一齐干起来。”[①]

同盟会会员康宝忠也有类似回忆：“钝初（即宋教仁）居恒相语，谓飘忽敢死者易得，条理缜密之士盖寡，非先植其基，虽满洲倾覆，犹足为忧……满清脆弱，终易破坏……积学之士，固无益于破坏，然效用后日，正未可已。”[②]

蔡元培对宋教仁的此类远见卓识也是知情者。他在《宋教仁日记序》中指出：“清季言革命者，首推同盟会。会旨虽有‘建立民国，平均地权’诸义，（注：同盟会盟书：‘驱除鞑虏，恢复中华，创立民国，平均地权。’）而会员大率以‘驱除鞑虏’为惟一目的，其抱有

---

① 景梅九《罪案（节录）》，《辛亥革命资料类编》，中国社会科学出版社，1981年，第77页。

② 邹小站《章士钊》，团结出版社，2011年，第48页。

建设之计画者居少数，抱此计画而毅然以之自任者尤居少数。宋渔父先生，其最著者也。”[1]

章士钊和宋教仁都是湖南人，在日本流亡期间过从甚密。据《宋教仁日记》记载，在1905年至1907年间，两人常在一起交谈，如《日记》1906年1月5日、7日条有“至章行严寓，谈良久”的记载。1906年12月15日条载，宋教仁访章士钊，得知其“编有《汉文典》(即《初等国文典》)一书，余索观之，见其稿尚未成，询知其大约”，“多取法于英文文法云云”。由此可见章、宋两人有较多的思想交流。据笔者推测，章士钊后来的学业取向和前《甲寅》时期的法政学术道路的选择或许与宋教仁不无关系。

章士钊“少负不羁之名”，因此断然决定自行其是。他对友人说：“自癸卯(1903)败后，审交接长江哥弟，非己所长，因绝口不论政事，窃不自量，故遁而治文学以自见。”[2]并自诩为“苦学救国”。

章士钊自从作出“苦学救国”的决定之后，埋头学问，不再参加政治活动。他以“修业明法”为由，推辞掉《民报》主编章太炎的约稿，缺席同盟会本部组织的革命党烈士刘道一的追悼会，也未答应刘揆一为其弟刘道一作传的请求。正如他后来所说：“同盟会旗鼓大张之时，正鄙人闭户自精之候。”

此时，他已有赴欧留学的计划，并为此积极地进行准备工作。所谓准备，无非是留学经费问题，而他所编写的《中等国文典》(即初刊于日本的《初等国文典》)获得在上海商务印书馆出版的机会，所得稿费解决了这个问题，于是赴英留学得以成行。

(二) 章士钊其学。

章士钊所学，统而言之，包括传统中国学问与西洋学问两部分。

其一，中国传统学问。这一部分笔者所见资料不多，简述

---

① 蔡元培《蔡元培序》，《宋教仁日记》，中华书局，2014年，第344页。

② 章士钊《与杨怀中书》，《章士钊全集》第二卷，文汇出版社，2000年，第516页。

如下。

章少年时期由其兄指点,学作八股文(时文),研习文字训诂学(小学)。后偶然购得《柳宗元文集》,用心研读,一生为伴,终成柳文研究大家。1899 年读到曾国藩《欧阳生文集序略》,欣慕文人生活,“以想见近代文艺之富,家教之出入,辄不胜向慕,而隐然以求衍其派于湖湘之责自任”。1902 年考入江南陆师学堂后,“用功甚苦”,文章为“魁首”。1903 年 5 月,因投稿《苏报》,深受《苏报》主办人陈范赏识,被聘为主笔。1906 年在日本实践女子学校,以姚鼐《古文辞类纂》为教本,教授湖南留日女生国文。另外,他在日本编写的古文语法专著《中等国文典》,其体例诠释按西文规律,例证取诸中国典籍,涉及十三经中的《诗经》《尚书》《周礼》《春秋》《左传》《论语》《孟子》,以及《中庸》《大学》《庄子》《荀子》《史记》《战国策》等,此外,还有秦李斯、西汉贾谊、唐宋八大家的韩柳欧苏等人的文章,由此可见其古文功底。

其二,西洋学问。

章士钊到英国阿伯丁大学学习政治、法律,兼攻逻辑学。他的这种选择是可以理解的。当时留学日本的学生,无论是官费还是自费,以学法政的居多,这与当时国内面临的宪政改革任务相关。章士钊舍近求远,从日本赴英学法政,无疑是有识之举,其用意无非是直奔法政学术的策源地,以求学有本原。

至于章士钊兼修逻辑学,除了学术思潮浸润以及严复、章太炎两位先生的影响之外,还有一个原因也值得一提,那就是他从事政论生涯所经历的一幕:1898—1907 年,革命派与立宪派展开历时数年的大论战。其时,严复译介的《穆勒名学》知情者不在少数,所以论争双方已经开始有意识地运用逻辑论证的方式,以使政论稍具逻辑色彩,显示出一种别样的魅力。章士钊身在其中,不能置身事外。在赴英国留学之前,他已经开始研究康德,并且于 1908 年 4 月在《学报》一卷十号上发表了《康德美学》一文。康德作为德国古典哲学家,对美学和逻辑学都有研究,曾在哥尼斯堡大学教授逻辑学。推断章士钊到英国兼修逻辑学跟以上因素也有一定的关系。于是他到达英国后便在苏格兰大学师从戴蔚孙教授(Prof. Davidson)学习逻辑学①。

章士钊在英国留学四载,刻苦攻读,除课堂上听课之外,凡当时他能够见到的西方有影响的政治、法律著作均择要涉猎,并作了一定数量的读书笔记,学有所成。学识无法量化,特举三例加以佐证。

其一,关于边沁。章士钊"1912 年前留英期间,学习记录诸如英国法家边沁(Jeremy Bentnam)学说稿件十余册,带回国后大半被焚。此篇(《原用》)记录边沁学说梗概,于 1926 年 1 月 16 日写成,同年同月 30 日刊发在《甲寅周刊》(1 卷 29 号)"。其文介绍边沁说:"十八、十九两期之交,英儒有边沁者,湛深法理,著述宏茂。穆勒为之语曰'法律之为物,在边氏前,一如鸿荒,自得此公,始蔚然成科。'良不诬也!"②

其二,关于蒲徕士。1912 年冬,章士钊北上途中,在天津稍作停留。某日,章士钊到《庸言》报馆去拜访梁启超,当时,熊希龄、杨度也在座。言谈之间,论及当时舆论焦点的制宪问题,究竟应当设置什么样的机构或组织来制宪,莫衷一是。梁启超要章士钊帮他出出主意,章士钊当即指着桌子上新近翻译出版的英国法学家蒲徕士的《平民政治》一书说,你看看这本书,其中论述到美国独立战争时费城会议的那一章,或许能对你有所启发。在蒲徕士著作中有关费城会议的那一章,就说到美国的宪法并不是由国会起草的,而是由弗吉尼亚的一位代表提供的草案文本,国会最后只是对这一草案文本略作修改之后,加以通过而已。梁、熊、杨三

---

① 章士钊《逻辑指要・自序》,《章士钊全集》第七卷,文汇出版社,2000 年,第 293 页。

② 章士钊《原用》,《章士钊全集》第六卷,文汇出版社,2000 年,第 46 页。

人面面相觑，想不到章士钊对西方政治学说与制度竟如此熟悉。于是，梁启超呼吁中国应当像美国开国时那样，宪法起草脱离国会，另由专家组织班子负此起草责任。梁启超还起草了一个提案，即《进步党拟中华民国宪法草案》，并发表于《庸言》(1 卷 18 号，1913 年 8 月 16 日)。

其三，关于穆勒。章士钊在《揣籥录》一文中说："为逻辑开一新纪元，穆勒也。彼之逻辑，以千八百四十三年出世，先是英伦诸哲家，已主实验说，穆勒承其流，而尤致力于逻辑。以前之逻辑，盖专意于三段式之推论，易词言之，题达外几不知有逻辑。穆勒反之，以谓阴达为穷理尽性惟一之涂，题达者亦就已知之物条理之贯通之而已，殊不足言推论。今之逻辑家，虽不必采此极端之见，而于阴达方式之切要，之不可不亟讲，则无间言(克鼐敦说)。"[①]

此为章士钊学有本原的若干例证，窥一斑以观全豹。正如钱基博先生所说，章士钊"最喜者逻辑，又通古诸子名家言，耙栉梳理而观其通。自是衡政论学，罔不衷于逻辑"[②]。

(三) 章士钊的报人生涯。

武昌首义之后，孙中山由美国借道欧洲回国，孙、章两人在英国伦敦相见，孙中山力邀章士钊回国服务。当年，章士钊出于"党人无学，妄言革命"的考虑才决定赴英留学，现在学有所成，而且国内共和建设正当用人之际，归国服务义不容辞。据袁景华的《章士钊年谱》记载，他连即将到手的学士学位也弃之不顾，毅然弃学就道，"废卷东驰，涉冬抵宁(南京)"。

章士钊于 1912 年 2 月初到达上海，旋即赶往南京。此时的章士钊与后来周旋于北洋政府的章士钊有所不同，尚无官瘾。黄兴曾邀请他出任临时政府某部部长，章士钊虽有意毕生服务革

① 章士钊《揣籥录》，《章士钊全集》第六卷，第 97 页。

② 钱基博《近百年湖南学风》，中国人民大学出版社，2004 年，第 101 页。

命，却无意做官，执意要做报人和政论家。性之所近，力之所能为择业信条。鉴往而知今，章士钊的选择颇有自知之明。

章士钊在英国留学后期（1910 年 3 月至 1911 年 9 月），应北京《帝国日报》之约，在该报发表《国会万能说》《论畸形内阁》《论中国政党内阁当应时发生》《政党政治果适于今日之中国乎》《何谓政党》等五十余篇逻辑政论文，对欧洲政治法律学说大加发挥，为即将诞生的共和国的政治制度和政权组织形式建设问题提供了理论支持乃至模式的参考。

宋教仁曾任同盟会司法部检事长，辛亥革命后任中华民国法制局局长。他主持起草了《鄂州临时约法草案》（1911 年 10 月）和《中华民国临时约法》（1912 年 3 月 11 日）。同邑凤高翥评论宋教仁说："关于革命之筹谋，共和之组织，宪法之草订……靡不留心审查，量材器使。"[①]其中所谓"宪法之草订"就是指此而言。而宋教仁所做的这些工作又与章士钊不无关系。

钱基博《现代中国文学史》对此有所介绍："其时北京《帝国日报》屡征士钊文，士钊则为英宪各论，皆署'秋桐'二字与之。辛亥八月，革命突起，不数月而清帝逊位，共和告成，推孙文为临时大总统，奠都南京。然革命党人所能依稀仿佛以涣然大号者，惟立国会、兴民权，廓然数大事耳。其中经纬百端，及中西立国异同本义，殆无一人能言。士钊归自英伦，晤桃源宋教仁遁初于游府西街。教仁……则坦然相告曰：'子归乎？吾幸集子所言，以时考览，借明宪政梗概。'士钊问其故，教仁出示一帙，盖士钊投寄北京《帝国日报》《英宪》各论，教仁次第裁取，已裒然成一册也。于是士钊乃以明宪法、通政情，为革命党人所欲礼罗。"[②]由此可见，此前章士钊虽身在英国，而他的法政学术论文已在国内政界产生重

---

① 凤高翥《凤高翥序》，《宋教仁日记》，中华书局，2014 年，第 353 页。

② 钱基博《现代中国文学史》，岳麓书社，1986 年，第 451 页。

大影响，就是在知识界也引起共鸣。

自辛亥革命前夕至袁世凯垮台的六七年间（1910 年至 1916 年），共和派负有共和宪政和政治组织形式建设的大任，章士钊为派主的逻辑政论文派应运而生。其言论阵地非常集中，除《帝国日报》（1909 年 11 月至 1911 年 9 月，与章文有关者为限，以下同）外，以时间先后为序，先后主编《民立报》（1912 年 2 月至 8 月 25 日）、《独立周报》（1912 年 8 月至 1913 年 4 月）、《甲寅》杂志月刊（1914 年 5 月 10 日至 1915 年 10 月 1 日）。

关于《甲寅》日刊（1917 年 1 月 28 日至 6 月 19 日）五十期，由章士钊邀请李大钊、高一涵担任主笔。但此时这两位已引《新青年》（第 1 卷名“青年杂志”）为同调，高一涵、李大钊分别于《新青年》1 卷 1 号和 2 卷 1 号加入《新青年》阵营，秉持文学革命和思想革命的宗旨。虽然在日刊上所发表的六十余篇文章，其中还有文章重弹调和论的老调，可主旨却在反对尊孔和旧伦理旧道德，与《新青年》相呼应。章士钊后来说：“守常在日刊所写文章较吾为多，到馆办事较吾为勤”，还说该刊目的是“意在纠正当时政治偏向，与所持学理及所奉主义无涉”。其时李、高与章士钊所遵之道已各异其趣，合作难以持久，《甲寅》日刊存续时间不足五个月即停刊。概而言之，以章士钊在北京《帝国日报》发表政论文为起点，至《甲寅》杂志日刊为终点，逻辑政论文派存续的六七年间，逻辑政论文兴旺发达，如日中天，左右舆论界。

章士钊回国之后所主编的杂志风格，与出国前所编《苏报》《民国日日报》对照，大为不同。而这种变化与英国的《旁观者》（*Spectator*）周刊不无关系。“英伦有周报曰思佩铁特（‘Spectator’音译），乃记者最爱读者也。而此报之名，有三百余年之历史，相与存之至今。……主持论坛者，为当时文家艾狄生。”[1]所刊文章，政治评

---

① 章士钊《发端》，《章士钊全集》第二卷，第 518 页。

论和文化评论并重,也刊登原创的文学作品。这份刊物以“旁观者”的言论独立立场闻名于世。主编艾狄生在《旁观者》创刊号上表白:“我生活在这人世上,倒是以人世的旁观者自居……我决意在辉格党人与托利党人之间严守中立,我以旁观者身份活动于生活的各个方面,这正是我有意在这份报纸中保持的特色。”[①]章士钊本来就具有独立自尊的个性,在英又受到民主、自由、平等思想的熏陶,很快地接受了《旁观者》的立场,并立下宏愿,完成学业回国一定要办一个东方的《旁观者》。十年之后他兑现诺言,说:“艾狄生,自创一周报,曰《司佩铁特》,与愚之为《甲寅》略同。”[②]章士钊受到《旁观者》影响极大,所办杂志显示出以下两大鲜明的特色。

其一,言论独立的立场。章士钊认为《旁观者》的所谓“旁观”就是“袖手旁观”之谓也,其所持论不偏不倚。艾狄生是章士钊的异国知音。章士钊先天具有独立不羁的性格,天马行空,独往独来。他自述说:“十年来之革命事迹,与弟无关,此自事实。弟固未图以是示异,并向何所妄有所称说。弟苟欲挂革命党招牌,则昔年谈革命于东京,较之上海,尤为太平。何章太炎、孙少侯(孙毓筠)闭弟于室,强要入会,而弟不许。此犹得曰热心利禄。……作党人终未便也。今民国既建,革命已成,险阻艰难,变为荣华,依附末光,此其时矣。胡乃以吴稚晖、张溥泉、于右任之敦劝,而弟不入同盟会。以黄克强、胡经武之推挽,而弟复不入国民党。弟始终持此,弟自有其一人之见。”[③]

章士钊的独立立场在办刊过程中表现得淋漓尽致。他为北京《帝国日报》供稿,在该报发表《老大帝国之少年新闻》(1910年11月15日)一文,借该刊“不偏不倚,引导社会之进步”的告白来表明他

---

① 艾狄生(Addison)《旁观者》(*The Spectator*)第一期,1911年3月1日。

② 章士钊《迹府》,《章士钊全集》第五卷,第112页。

③ 章士钊《与杨怀中书》,《甲寅》周刊第1卷第33号,1926年3月13日。

的独立立场。他根据以往的经验，持论与国民党激进派多有不合。当他被聘任为《民立报》主笔，接手后就声明该刊编辑宗旨“务持‘独立’二字不失”。他还与该刊主办者于右任约定，将坚持言论独立立场，“冀于同盟会炙手可热之时，以中道之论进，使有所折衷，不丧天下之望”[①]。他言出必行，说独立就独立，没有虚辞。关于定都南京还是北京的问题，他不支持孙中山、黄兴的主张，反而与袁世凯妥协，赞成定都北京；对于《临时约法》，虽给予支持，但对其粗疏之处的指责竟毫不留情；对于南京临时政府内务部颁布的《民国暂行报律》也严加批评。如此等等，不胜枚举。虽遭国民党激进派围攻，章士钊却据理力争，最后无法调和，则以辞职相抗。他前脚退出《民立报》，后脚便办起了《独立周报》。这次索性把“独立”一词作为杂志的名称，并且公开宣言杂志“号曰独立”。当他发现《独立周报》合伙人王无生暗中接受袁世凯津贴，担心此举或将导致该报丧失言论独立立场，他即刻声明脱离该报。不少论者以他的“倔脾气”来解释这种行为，是也，非也，笔者则以为根本在于信仰，他视独立精神为生命，至于后果，在所不计。

1914 年初，胡汉民、黄兴等人拟办《民国》杂志，从事反袁宣传。他俩请章士钊出任主笔，章士钊鉴于主编《民立报》期间曾因主张不合，而遭到同盟会激进分子的攻击，无法保持言论独立的立场，便严加拒绝。黄兴一而再、再而三地劝说，他并不妥协。黄在致章士钊信中劝说道：“弟思袁氏作恶已极，必不能久于其位，兄能于此刻出为收拾人心之举，亦不为早。……至组织后，如最激烈分子，当可设法使其不偾事。”[②]虽苦口婆心，言辞恳切，可是章士钊不为所动，依旧我行我素。最终胡汉民主编的《民国》和

---

① 章士钊《与杨怀中书》，《甲寅》周刊第 1 卷第 33 号，1926 年 3 月 13 日。

② 黄兴《致章士钊书》(1914 年 3 月 24 日)，《黄兴集》，中华书局，1981 年，第 351 页。

章士钊主编的《甲寅》杂志月刊于1914年5月10日同时创刊于东京。

其二,《甲寅》月刊作为综合刊物,设"通信"栏目和文艺板块,这在中国杂志史上属于创格。

"通信"栏目为《甲寅》首创,其灵感来自英国的《旁观者》。英国《旁观者》周刊设有"通信"栏目,专门登载读者来信,并附编者复信,受到读者好评。章士钊很喜欢这个栏目,曾投函《旁观者》,而且得到栏目的回函。此时国内所办刊物都没有类似栏目。在他接编《民立报》之前,《民立报》本设有"投稿"一栏。"投稿"有拉稿之嫌,他将之改为"投函"。他在《民立报》刊出一则启事称:"弟自英伦归来,颇承诸友展转探问,深以为感。弟以略有政见,即借《民立报》与诸友商证,此当较面谈函达为佳。"欢迎来函。函即信,信有来有往,于是来函演变成通信。他所主办的《独立周报》和《甲寅》杂志月刊,乃至《甲寅》周刊都辟有"通信""通讯"栏目。他在《甲寅》周刊曾说:"自愚执笔为报纸文字,即喜与人往复讨论,固备'通讯'一格,互明人我盈朒之志,固不仅于本刊始然也。"[①]在这个栏目中,发表了大量通信。张卓群、宋家睿所编《甲寅通信集》收录来往通信七百余件,近八十万字,如将《民立报》《独立周报》所刊登的通信一并收录在内,数量将更为庞大。

《甲寅》"通信"一栏最见精彩,其特色就是讨论。四方豪士,畅所欲言,每期必有一两篇惬心之作。逮着一个问题反复讨论,如总统制与内阁制、一院制与二院制、逻辑之名之类的讨论,一而再、再而三,反复辩论,以至终有所见。读者曾文虞致信章士钊大加赞赏,说"《甲寅》为公言之刊,而先生尤为纳言之人"[②]。读者李

① 章士钊《通讯》,《甲寅周刊》第1卷第19号,1925年11月21日。

② 曾文虞《曾文虞致章士钊函》(1926年2月1日),《章士钊全集》第六卷,第152页。

濂镗致章士钊函说，学校师生"咸以《甲寅》通讯为谈柄"[①]。

通信栏目为何有此魅力？台湾学者王汎森似乎可以回答这个问题。新型报刊等出版物出现之后，"作者与读者之间形成了一种超越亲缘、地缘的联络网与对话关系，而且形成一种声气相通的拟似社团，原先对事情的零星反应可能透过报刊而形成了集团舆论，它们所产生的影响非常广泛而复杂"[②]。王汎森所论范围包括新型报刊，通信栏目就具有这种"声气相通"的显著特点。

虽然《甲寅》通信栏是一个开放性的栏目，但并非来者不拒，其择稿有严格的标准："记者之答客难亦复有界说焉。……大约记者之乐与讨论者其人必具有下列资格：一，心平气和，毫无成见。二，头脑冷静，略通逻辑论法。三，具有普通常识而于本问题夙有研究，或正着手研究，不至作极外行语。"[③]《甲寅》通信栏目之所以办得如此精彩，由此可窥见其中的秘诀。

此外，文艺板块也值得一提。《甲寅》月刊发表政论，旁及文学。除发表各类政论之外，另设文艺板块，专门发表文学创作和译作，主要是小说和诗文。章士钊自己所作中篇小说《双枰记》、苏曼殊的短篇小说《绛纱记》和《焚剑记》均发表于此。试问一个严肃的政论杂志为何要专设文艺板块，章士钊的理由是："夫文武之道，一张一弛，儒者之义，有藏有息，读本刊而为政论学篇所腻，偶以小诗短记疏之，恍若厚醢之余，佐以姜豉，未始不为一适。特选材良不易为苦人耳。昔刘勰云：'精义曲隐，无伤其正言，微辞婉晦，不害其体要。'钊之设思，正复如是。"[④]他引经据典，说得合情合理，精通编辑的门道。

---

① 李濂镗《李濂镗致章士钊函》(1925年11月17日)，《章士钊全集》第五卷，第511页。

② 王汎森《中国近代思想文化史研究的若干思考》，《史学方法与历史解释》，中国大百科全书出版社，2005年，第83—84页。

③ 章士钊《记者之宣告》(1912年3月15日)，《章士钊全集》第二卷，第96页。

④ 章士钊《忠言》，《甲寅周刊》第1卷第42号，1927年2月12日。

《甲寅》"通信"栏目和文艺板块在中国报刊史上是一种创格，它不仅推动了民初报章杂志公共舆论的发展，而且为稍后的《新青年》《新潮》等杂志所仿效。正如《甲寅》杂志"通信"栏就政党论、调和立国论、代议制等问题大加讨论，《新青年》的文学革命八事说、共和招牌说、白话体文学说、反对孔教说等也都是在"通信"栏目中发生的。《甲寅》月刊出版以后，人文社科综合杂志设文艺栏目便司空见惯了。

（四）章士钊的逻辑政论文派。

始自辛亥革命前夕的议政潮流和制宪背景下，倡导"共和宪政"是逻辑政论文派的主旋律。

章士钊先为北京《帝国日报》拟稿，继之主编《民立报》《独立周报》，拥有一个数量众多的读者群，而到1914年创办《甲寅》杂志月刊，更是形成了一个由知名政论家组成的作家群体。

由于章士钊秉持欧美宪政理论、严密的逻辑说理文体、朴实说理的文风以及他独立自尊的个性，吸引了大批知名的政论家及撰稿人。特别是到了《甲寅》杂志月刊时期，队伍更加严整，计有李大钊、高一涵、李剑农、陈独秀、黄远庸、张东荪、易白沙、渐生、周鲠生（周览）、杨端六、汪馥炎、运甓（黄侃）、杨永泰，另有文学家胡适、苏曼殊、吴虞等。其中骨干均为留学生，且学法政的居多。高一涵1912年至日本明治大学读政法科；李大钊1907年在天津北洋政法专科学校学习，1913年至日本早稻田大学攻读政治学本科；张东荪毕业于东京帝国大学哲学系；杨端六1913年赴英国伦敦大学政治经济学院攻读货币银行专业；李剑农1910年至日本早稻田大学读政治经济学；周鲠生（周览）1906年至日本早稻田大学学习政治经济；杨永泰1902年在北京政治法律专门学校学习法律；黄远生1904年于日本中央大学学习法律；胡适1910年至美国康乃尔大学学习农科，1915年于哥伦比亚大学攻读哲学；陈独秀1907年入日本正则英语学校，后转入早稻田大学。真可谓人才济济。

这个作家群体有以下特点。其一，这些骨干具有海外留学背景，他们对于西方近代政治、法律、经济和文化都有深入的认识和深刻的理解，这就使得这个团体在政治理想和学术思想方面有更多的共同语言。其二，核心人物为法政专家，他们不仅有普通学问的常识，而且能本着法政学理研究问题，说内行话，不说外行话。其三，法政文字讲究严谨，字句之间需要特别斟酌，因此，很快地形成逻辑政论文的圈子。在章士钊的逻辑政论文的影响下，他们自觉地趋向做一种逻辑严密的说理文章，其结果，如胡适所云："大家不知不觉的造成一种修饰的，谨严的，逻辑的，有时不免掉书袋的政论文学。"其中与李大钊和高一涵结交让章士钊颇为得意，他说："愚曩违难东京，始为《甲寅》，以文会友，获交二子，一李君守常，一高君也。"[①]钱基博说李大钊、高一涵"皆摹士钊所为文，而一以衷于逻辑，掉鞅文坛，焯有声誉。而一涵冰清玉润，文理密察，其文尤得士钊之神"[②]。胡适后来多次论及"章士钊一派"，他说："章行严一派的古文，李守常、李剑农、高一涵等在内，最没有流弊，文法很精密，论理也好。"[③]

章士钊对于将其归入政论文学一派的称谓没有异议，他曾回应说："其后胡君适之，著《中国五十年文学史》(即《五十年来中国之文学》)，至划愚与高君所为文为一期，号'甲寅派'，亦号'政论文学'。"[④]他是接受这个评价的。

（五）章士钊的逻辑政论文在舆论史上的地位。

如果从社会舆论史角度对"章士钊这一派"的逻辑政论文作一评价，笔者以为它无疑是辛亥革命前后六七年间的舆论中心。

---

① 章士钊《反动辨》，《甲寅周刊》第1卷第15号，1925年10月24日。

② 钱基博《现代中国文学史》，第479页。

③ 胡适《中学国文的教授》，《新青年》第8卷第1号，1920年9月1日。

④ 章士钊《反动辨》，《甲寅周刊》第1卷第15号，1925年10月24日。

章士钊对舆论一说早有所关注，他撰写的《民国日日报》发刊词(1903年8月7日)就说："舆论者，造因之无上乘也，一切事业之母也。故将图国民之事业，不可不造国民之舆论。"

他在留学英国期间，深受英国《旁观者》周刊杂志的影响，从立誓回国之后要创办一个"东方的《旁观者》"起，就打定主意所做传播工作非成为全国舆论中心不可。观其所主编杂志的范式，法政为主，兼及逻辑、文学等，特设通信(通讯)栏目，以文会友，罗致撰稿人，组织精英团队等等，由此可见端倪，经《民立报》到《独立周报》，已见舆论中心之雏形。当时，懂得门道的读者就看到了这一点，并且指了出来。读者李焚致函章士钊说："读上海《时报》，见诸君有新志之作，踵《独立周报》，而以健全稳练之作指导社会，甚盛甚盛。自大记者主持《民立报》以来，仆即见其对于'通信'一门，颇为注意，意在步武欧美诸大周刊、日刊诸报，以范成舆论之中心。"[①]此函的主体内容是论难宪法会议的，章士钊应答这个问题之后，以"余有多端，暂不备列"来回应所谓"舆论之中心"的问题。他之所以没有接话，可能一是火候未到，二是《民立报》《独立周报》都不能算是他独立主办的刊物，更非他意中的代表性刊物，所以隐忍不发。

陈子展先生说："迨章士钊的《独立周报》、《甲寅杂志》先后出世，时和梁启超论难，和一般谈政治的人论难，谨严的'政论文学'也就因之发展至于成熟了。"[②]《太平洋》杂志主编李剑农也评论说："吾邦论坛先导之秋桐，其平昔政论之价值，持与《爱丁堡杂志》(英国)主纂柯克氏所为者相较量，亦复难于伯仲。"[③]其实，这个时候，所谓舆论中心已经告成。

---

① 李焚《李君焚致〈甲寅杂志〉记者函》，《章士钊全集》第三卷，第78页。

② 陈子展《中国近代文学之变迁·最近三十年中国文学史》，上海古籍出版社，2000年，第76页。

③ 白吉庵《章士钊传》，作家出版社，2004年，第119页。

拉扎斯菲尔德所著《人民的选择》对舆论领袖的特质作过一番论述。原文太长引述不便。笔者以该著论述为依据，折中己意，提出舆论领袖的四条标准：思想观点的震撼力，付诸行动的号召力，罗致人才的感召力，人格力量的感染力。章士钊的甲寅一派的逻辑政论文完全符合这四条标准。

一说思想观点的震撼力。辛亥革命发生之后，政论家与政治家合作，前者为后者提供新生共和国共和宪政制度、政权组织形式建设的理论及模式参考的支持。在实践过程中，由于共和派和帝制派两大政治势力的生死较量，又在上述两大主题之下派生出诸多相关理论问题。章士钊一派的政论家沉着应对，择要给予回应，其持论有极大的震撼力，产生了难以估量的影响。他在国体与政体、共和制与君主制、总统制与内阁制、政党内阁与非政党内阁、联邦制与中央集权制等问题上都有鲜明的理论主张。至于为政之本在于“有容”，调和立国等论，更是名噪一时。

当时的政论界对章士钊可谓高看一眼。钱基博说：“士钊议论文章，敬恒（吴稚晖）所重；每谓宝山张嘉森君迈曰：‘章行严之一骭毛，无非佳者。’”[①]常乃悳《中国思想小史》说：“《甲寅》也是谈政治的刊物，但是他谈的政治与当时一般的刊物不同，他是有一贯的主张，而且是理想的主张，而且是用严格的理性态度去鼓吹的。这种态度确是当时的一付救时良药。在当时举国人心沉溺于现实问题的时候，举国人心悲观烦闷到无以复加的时候，忽然有人拿新的理想来号召国民，使人豁然憬悟现实之外尚复别有天地，这就是《甲寅》对于当时的贡献。”[②]章士钊的政论由其独特的魅力，受到学界由衷的赞叹。

章士钊所编杂志大受欢迎，读者遍及全国。张申府先生在

---

① 钱基博《现代中国文学史》，第465页。

② 常乃悳《中国思想小史》，上海古籍出版社，2014年，第116页。

《我所认识的章行严先生》一文中说："1912年民国建立以后，行严先生被邀进报馆(《民立报》)作主笔，他写的那些精辟绝伦的社论，我篇篇必读，尤其是鼓吹逻辑的，……当时不久行严先生就脱离《民立报》了，……接着就自办了《独立周报》，……此刊我当然是期期必读的。"[①]

据《吴虞日记》记载，仅成都一家"粹记书庄"，就可以代派《甲寅》五十份。从第5期开始，《甲寅》的印刷和发行事务由上海亚东图书馆代理，广告登出后，"来买的人挤满客堂间，一面又忙着去寄邮报，有小包的，有一卷一卷的，真很忙碌"[②]。至《甲寅》月刊第6期，除京津沪等各大商埠，云南、四川、湖南、香港等外埠各地分售已经超过四十处。

二说付诸行动的号召力。二次革命时期，当局以国家稳定和强盛为由牺牲个人自由和权利。章士钊提出，那些试图限制人权以建立国家强权的人在犯实行"伪国家主义"的错误，高一涵作《民福》一文支持章的观点。高谴责袁世凯完全扼杀了人民的权利，并指出国家应建立在民权的基础上，否则就是空中楼阁。陈独秀、李大钊、张东荪也撰文提出民权优先的原则。如陈独秀为章士钊的中篇小说《双枰记》所作《叙》中就说："烂柯山人素恶专横政治与习惯，对国家主张人民之自由权利，对社会主张个人之自由权利，此亦予所极表同情者也。"[③]

章士钊倡言调和立国论，李大钊、高一涵、李剑农立即跟进。《甲寅》日刊刊登高一涵《忠告国民、进步两系》："本报出版以来，原欲以调和主义与海内同人相商榷。"[④]并发表《调和私解》《忠告

① 张申府《我所认识的章行严先生》，《所忆：张申府回忆录》，中国文史出版社，2012年，第89页。

② 汪原放《回忆亚东图书馆》，学林出版社，1983年，第29页。

③ 陈独秀《双枰记·叙一》，《甲寅》杂志第1卷第4号，1914年11月10日。

④ 高一涵《忠告国民、进步两系》，《甲寅》日刊第138号，1917年6月7日。

国民、进步两系》《宪政常轨中政党活动之正当范围》等主张调和立国论的文章。李大钊则有《调和之美》《辟伪调和》《调和之法则》《调和剩言》等文。李剑农在《太平洋》杂志上遥相呼应，发表《调和之本义》《呜呼中华民国之国宪》《时局罪言》等文。调和论如何评价另当别论，而就其派主的号召力而言则是不容怀疑的。

总之，章士钊吸引了一批政论家，撰写政论文自觉地向“逻辑文体”方面靠拢，结果造就了一个逻辑政论文派，可见其号召力之强大。

三说延揽人才的感召力。他的延揽作者有两手。第一手是一发现作者便通信联络。李大钊投来《风俗》一稿，章士钊发现其文“神似欧公”，除将此文发表于《甲寅》杂志月刊 1 卷 3 号之外，又亲自致信盛情邀约与李大钊相见，李大钊便成为《甲寅》的台柱之一。张东荪在《中华杂志》上发表《地方制之终极观》，章士钊将此文观点引入他的《联邦论》一文中，后经联络，张便成为《甲寅》撰稿人。胡适、吴虞、苏曼殊等大多是以此种方式被揽入《甲寅》阵营的。第二手就是以文会友。他说：“民国四年（引者注：应为民国三年），愚违难东京，创《甲寅》月刊，好立言语，谈政事，藉以结纳士友。”[①]据郭双林《前后“甲寅派”考》[②]统计，《甲寅》月刊“论说”“时评”“评论之评论”“通信（通讯）”“翻译”“论坛”等栏目发表文章的作者达 113 人之多。

四说人格力量的感染力。章士钊对自己个性有过这样的描述：“章士钊者，一笃于个性，不存机心，情理交战，迭为胜负之人也。惟笃于个性也，故其行动，不肯受党派之羁绊，而一生无党。人次第以同盟会、政闻社、政学会拟议之。此见仇者之谰言，不足信也。惟不存机心也，视天下之事，无不可为，胜负之数，瞢然不

① 章士钊《书邵振青》（1926 年 7 月 18 日），《章士钊全集》第六卷，第 244 页。

② 郭双林《前后“甲寅派”考》，《近代史研究》2008 年第 3 期，第 152 页。

知。有时为人暗算，肝胆胡越，彼乃不信，一旦势异，负尽天下之谤而亦无悔。不论何事，是非荣辱，均自当之。生平未尝发言尤人，此考之二十年来之言论而可知也。”[①]章士钊为人处世的个性由此一目了然。

笔者再举个他个性倔强的事例。章士钊曾说：“北京《帝国日报》屡征愚文，愚皆署‘秋桐’二字与之。壬子(1912)，愚主上海《民立报》，所为文以本字‘行严’标识，未用‘秋桐’，此特偶尔变置，初无深意。顷之，有同盟会之党报与愚见相左，谋所以陷愚，因讦愚投文《帝国日报》署‘秋桐’事，嗾其党以主君宪蔽愚罪。愚大愤，因别创《独立周报》，大书‘秋桐’，以示无畏。”[②]吴稚晖感叹说：“你的倔强，谁也服不了你。”[③]可谓是知人之论。

这种独立自尊的性格反映在文章上就是独抒己见。诸如“毁党造党论”“有容政本论”“调和立国论”“非代议制论”“无首论”“以农立国论”，各论正确与否且当别论，然此等论调也只有章士钊才想得出来。

但是，独立自尊并非唯我独尊。关赓麟论黄远生：“吾谓君之大过人而与其它同业不侔者有三焉。一曰，论事不存成见；二曰，争辩中能尊重对方之人格；三曰，肯承认自己之错误。此皆个人修养之美德也。”[④]这三句话移用过来评论章士钊也无不可。章士钊的秉性就是大气。《民立报》中《记者之宣言》就有“心平气和，毫无成见”的表白。关于“名学”与“逻辑”的定名之争，讨论了近三十年才做结论，都是“朴实说理”，并无霸凌之气。对于不同政见之议论，常能骈罗并列，既有驳辩研讨，也能痛陈其主张之非，而不污辱谩骂发论之人，其文风谨守“朴实说理”的信条并非虚

---

① 章士钊《答稚晖先生》,《甲寅周刊》第 1 卷第 22 号,1925 年 12 月 12 日。

② 章士钊《字说》,《甲寅周刊》第 1 卷第 1 号,1925 年 7 月 18 日。

③ 章士钊《答稚晖先生》,《甲寅周刊》第 1 卷第 22 号,1925 年 12 月 12 日。

④ 关赓麟《序三》,《远生遗著》,商务印书馆,1984 年。

言。所以,就《甲寅》月刊以前的章士钊而论,他的论争对手对其人格少有非议。

梁漱溟先生晚年曾谈及自己在早年时所受章士钊的影响,说他非常喜欢章士钊的这种独立不羁的性格,虽然他自己当时也是一名同盟会会员。

二、逻辑政论文学资源构成的四大要素

逻辑政论文不是一个偏义复词,它是一个政论文学流派的称谓。就其构成要素而言并不单纯,它是个多元结构。简而言之,可用四个关键词来表述,这就是法政学理、逻辑思维、国文文法、柳氏(宗元)古文。以下对此四大要素逐一加以诠释。

第一,法政学理。

武昌起义之前六七十余年间,中国舆论界虽有维新变法与排满革命之别,然而建立一个宪政国家则是共同的理想。魏源的《海国图志》所介绍的夷情之一,就有议会一说。王韬、冯桂芬、薛福成、郑观应、郭嵩焘等谈论洋务的策士派政论家,除大力提倡枪炮工艺、工商教育之外,又呼吁实行君主立宪(君民共主、君民共治等),兴民权,立议院,立法、司法、行政三权并重之类。康、梁的"君主立宪"论,借《时务报》《清议报》《新民丛报》《国风报》大事宣传,一度左右舆论界。革命派的《苏报》《民报》倡言"排满革命",以建立民主共和国家为职志。维新与革命两党为或"君主立宪"或"民主共和"而展开历时长达数年(1898—1907)之久的论争。此前的1898年,张之洞的《劝学篇》有"西艺非要,西政为要"的论调,尽管所谓的"西政"仅限于行政政策层面,还没有涉及政治体制变革。1905年7月,清政府派遣五大臣出洋考察,到光绪三十二年(1906)宣布"预备立宪"。当此倡言政治制度改革之际,关于

政治制度和政治组织形式建设的法政理论是稀缺资源，寻找这些资源成为当时的知识精英的历史使命。

中国最早接触到的系统性的法政理论来自日本，中介则是中国留日学生。清末民初，中国发生历时二十余年的留日学生潮。张之洞在《劝学篇》中对游学之国，西洋不如东洋已作了分析："一路近费省，可多遣；一去华近，易考察；一东文近于中文，易通晓；一西学甚繁，凡西学不切要者，东人已删节而酌改之。中东情势风俗相近，易仿行，事半功倍，无过于此。若自欲求精求备，再赴西洋，有何不可？"康有为也说："泰西语言文字不同，程功之期既远，重洋舟车，饮食昂贵，虚靡之费殊多，故郑重兹事，迟迟未举。臣以为日本变法立学，确有成效，中华欲游学易成，必自日本始。政俗文字同则学之易，舟车饮食贱则费无多。"①就时势而论，其时举国上下都讲究宪政。这一波留日学潮以学法政者居多。他们到日本之后就迫不及待地译书编报，将所学法政理论介绍到国内来。

据笔者所见相关资料，稍加整理得到如下数据：译著单行本《宪法古义》、《日本宪法义解》、《政治原论》、《列国政要》、《自由原论》、《民权真义》、《日本法规大全》丛书81册、《法政粹编》丛书18种24册；留日学生整理的汉文铅印法政讲义，如《法政丛编》《政法述义》等100余种，可谓汗牛充栋。此外，报章杂志连载法政名著者也不少见，如《译书汇编》(1900年，日本东京)、《开智录》(1899年，日本横滨)等。若说法政理论的源流，日本非"源"而仅为"流"而已，换言之，是二手货。况且当时日本的政治制度和政治组织形式是由天皇总揽治权的君主立宪制，与中国同盟会所追求的民主共和国体制则完全不同。因此，时人以为那些稗贩工作只是辗转拾取日本人的牙慧，而略知皮毛而已。

---

① 康有为《请派游学日本折》，《康有为政论集》(上)，中华书局，1981年，第250页。

章士钊不同时俗，以为与其拾人牙慧而略知皮毛，不如追本溯源，直探法政学说的源头——英国。

章士钊在英国留学四载，刻苦攻读，除课堂听课之外，还广泛阅读。凡19世纪欧洲有影响的法政名家的著作择要涉猎，这些名家择其重要的罗列如下：英国法学家阿尔巴特·戴雪(Albert Venn Dicey)，哲学、经济学家约翰·穆勒(John S. Mill)，英国政治思想家托马斯·希尔·格林(Thomas Hill Green)，英国法律史家、政治学者梅因(Henry Sumer Maine)，英国公法学家、政治社会学家白芝浩(Walter Bagehot)，英国政治学者蒲徕士(James Bryce)，英国政治家、社会学家霍布高斯(Leonard Trelawney Hobhouse)，英国法理学家、经济学家、哲学家杰瑞米·边沁(Jeremy Bentham)。

当时章士钊虽然年轻，却已是资深的革命者，又是具有共和理想的政论家，所以他所关注的内容与单纯攻读学位的青年学生有所区别。他的关注点在于共和宪政和政治组织形式建设的理论和经验问题。因此，他对于那些与中国革命实践相关的一些重大理论问题特别关注，如国体与政体、共和制与君主制、总统制与内阁制、政党内阁与非政党内阁、多党制与一党制、联邦制与统一制(中央集权制)、普选与直选、立法与行政，等等。

此外，在浩如烟海的法政理论中，章士钊对西方民主制度、法律体系、政党学说尤其向往，他赞赏英国善用调和方法处理党争，以取得异党相督而求折中之美，并有将"不好同恶异""有容乃政本""调和立国"等诸多政治观点移植到中国来的渴望。

章士钊虽然留学时间满打满算仅仅四年，但是他天性聪慧，勤奋好学，因此满载而归，欧洲的法政理论就成了章士钊的看家法宝。

张君劢《逻辑指要序》论及《甲寅》杂志月刊时说："行严先生受正式大学训练，故埋首于现代学科之研究者久"，"其议论传诵一时者，有《政本论》，有《联邦论》，立言本诸白芝浩与薄徕斯诸氏，然亦几经研精覃思而自成一家之言”。此说指出了章士钊法政理论的本原[①]。

梁启超在《清代学术概论》中感叹，晚清、民国之际，国人的西洋思想运动虽使尽浑身解数，效果并不彰显，其最大不幸是“西洋留学生殆全体未尝参加于此运动；运动之原动力及其中坚，乃在不通西洋语言文字之人。坐此为能力所限，而稗贩，破碎，笼统，肤浅，错误诸弊，皆不能免”[②]。但在1910年11月22日，梁启超曾为章士钊的《论翻译名义》所作小序说：“著者英年夙慧，于本国文字，所造之邃，今复游学英伦，覃精斯业，今远寄此篇，其所以光宠本报者至矣。”[③]这可看出梁启超对留英学生章士钊的期待。

第二，逻辑思维。

章士钊的专长，既在政治法律，又在逻辑。国人逻辑思维能力不足，有识者并不讳言。王国维认为国人思维缺乏系统，应采用西方逻辑学的方法来补救。严复《原强》也涉及这个问题，指出国人思维演绎多，归纳少，“所求而多论者，皆在文字楮素（纸墨）之间而不知求诸事实”。章士钊在《逻辑指要》中所引录的蒋介石的话也说到这层意思，蒋说：“审国人用智浮泛不切，欲得逻辑以药之。”[④]所以，我国较早接触到西洋逻辑学的人一见到此学就如获至宝，并尝试着将其介绍到中国来。

西方逻辑学被输入中国，始于明末（1631，崇祯四年）李之藻所译的《名理探》（原名《亚里士多德辩证法概论》）及利玛窦编撰的《辩学遗牍》，接着有清末总理衙门管辖、为洋人主管的总税务司署所译的《辨学启蒙》（1886，光绪十二年）及某君《辩学》等译作

① 张君劢《张序》，《逻辑指要》，时代精神社，1943年，第2页。

② 梁启超《清代学术概论》，商务印书馆，1923年，第163页。

③ 梁启超《论翻译名义・小序》，《章士钊全集》第一卷，第448页。

④ 章士钊《自序》，《逻辑指要》，第15页。

付印，马相伯的《致知浅说》(1903)、严复的《穆勒名学》(1905)和《名学浅说》(1908)之后也相继出版。当时对逻辑译名尚未统一，除了严复译为“名学”，日本人译为“论理学”之外，还有“伦理学”“理则学”“名辩学”“辩学”等译名。虽然严复翻译《穆勒名学》译文中已译“逻各斯”为“逻辑”，但为“行文欲求尔雅”，仍以“名学”作书名。章士钊1910年11月《论翻译名义》提出“逻辑”统一译名，但学界并不认同，各执一词，直至1942年才统一译名为“逻辑”。

这无非是章士钊关注逻辑学的深远背景，至于更进一步的原因不能不说到严复和章太炎。严复是译介西洋逻辑学最具影响力的人物，其1905年木刻出版的《穆勒名学》(约翰·穆勒的*A System of Logic*)和1909年出版的译作《名学浅说》(耶方斯*Primer of Logic*)地位卓著。我国译介逻辑学，李之藻开启一扇窗，严复打开一扇门，厥功至伟。严复除译介之外，还运用逻辑思维撰写政论文。尽管他恪守桐城义法，谨守“雅洁”信条，文笔渊雅，但由于以逻辑思维入政论，行文条理明晰，逻辑严密，说理谨严，篇幅由短小而变为长篇宏论。吴汝纶对严复褒奖有加，其文也不失桐城文派调子，恪守“雅洁”戒律，然与正宗桐城古文已经是大异其趣。

章太炎在身系上海西狱的三年间(1903—1906)，沉浸在佛学经论之中，其中“因明学”缜密的玄学思辨方式令他神往。何谓“因明学”？说来话长。陈嘉蔼所作《因明浅说》，文中列举他人的五种“因明”定义，都不能令他满意，于是他自己下了一个定义：“因明者，使自己及他人明白事物原因正确与否之学也。”[1]章太炎潜心研习，收获颇丰。《訄书·订孔》说：“其正名也，世方诸认识论之名学，而以为在琐格拉底、亚历斯大德间。”“因明学”的本义可解为“因即指原因、根据、理由；明含有学术意味”。换言之，“因

---

① 陈嘉蔼《因明浅说》，《新潮》第1卷第3号，1919年3月。

明学”即名学或逻辑学之谓也。章太炎的政论文虽然就文体而论推崇魏晋古文,文辞古奥,但有印度哲学思想的条理,思想精微,《訄书》1914 年修订后更名为《检论》,其中《通法》《官统》《五术》《刑官》《定版籍》《惩假币》等篇概莫能外。章太炎评论他的老师俞樾这样说:“吾生所见,凡有五第:研精故训而不支,博考事实而不乱,文理密察,发前修所未见,每下一义,泰山不移。”[①]这个评语可见太炎逻辑思维条理的印记。许寿裳的《章炳麟传》概括其学术根基为“以朴学立根基,以玄学致广大”,可谓言简意赅,一语中的。

章士钊对严复和章太炎都非常崇拜,开口闭口“吾家(兄)太炎先生”,“侯官严先生”,在逻辑思想方面受到他们的影响是毋庸置疑的。

章士钊到英国后,师从苏格兰大学戴蔚孙教授(Prof. Davidson)学习逻辑学,对此玄妙之学他下足功夫,仔细探究了一番。

修读逻辑学之后章士钊作何感想呢?他从英国回国不久在《民立报》发表了一篇名为《论逻辑》(1912 年 4 月 18 日)的文章,说:“逻辑不讲,百学不兴,百废莫举。”[②]他视逻辑学为理工、社科、人文一切科学的基础,概而言之,就是“一切学之学”。若干年之后,张君劢为章士钊的《逻辑指要》作序(张序),对章士钊的三句话加以发挥,从而说得更加明了。他说:“逻辑之为学,与一国学术之盛衰相表里。有之则一切学术以兴,无之则一切学术不得发展。昔希腊学术之盛也,有雅理士多德之形式逻辑学。文艺复兴之发端也,有倍根氏之内籀逻辑学。”[③]

---

① 章太炎《说林·下》,《章太炎全集》(四),上海人民出版社,1985 年,第 119 页。

② 章士钊《论逻辑》,《章士钊全集》第二卷,第 200 页。

③ 张君劢《张序》,《逻辑指要》,第 3 页。

何谓逻辑学？章士钊先定义为思。“逻辑者信信也，而信信自疑疑始。明无知而疑疑，自思始。故逻辑者，正思之学也。或曰‘思思之学’（A study to think about thought）。思思云者，即凡所有思想，立为种种法式，推校焉，参互焉，以期所得信为最正确者而归依焉也。此一界说，虽云过简，而初学资以入门足矣。”[①]稍后，他对“思”字的定义加以修正，在“思”字后边加上了一个“辨”字，称为“思辨之学”。定义逻辑为“思辨之学”是章士钊长期思考的结果，下文可为一证：“逻辑初至吾国，译曰辨学，继从东籍，改称论理。侯官严氏陋之，复立名学。自不肖观之，辨义第一，名义次之，论理最为劣译。东学之徒，首称论理，名、辨俱无取焉。内地人士，似右严译，次称东名，吾邦初传之号，反若无睹。”[②]因此，他发挥说：“西方求逻辑之界说者，聚讼迄今，未尝同意，然其争论之范围，孰有逾吾《中庸》博学、审问、慎思、明辨、笃行十字者。故以此十字诂逻辑，亦谁能认为不当。惟制作定义，须求简明，故吾仅取‘思辨’两字……是之谓辨，舍辨不能言思，舍思不能得知。西人作逻辑定义只言‘思’字，而今加一‘辨’字，更为明显，吾故曰，逻辑者思辨之学。今国人多不知所以思，多不知所以辨，是治逻辑诚为当今第一急务矣。”[③]自从将“思辨之学”作为逻辑的定义之后，直至晚年，章士钊没有再作修改。

最后应该提到《逻辑指要》，先就该著成书和出版时间作个说明。章士钊为《逻辑指要》所作《自序》（1939 年 5 月 12 日）说：“千九百十八年（1918），余以此科都讲北京大学。……主学生自为笔录，不颁讲章，吾亦疏于纂记，逻辑未有专著。逾三十年，余复至沈阳东北大学，讲授名理，以墨辩与逻辑杂为之，仍是止于口授，

---

① 章士钊《逻辑》，《甲寅周刊》第 1 卷第 26 号，1926 年 1 月 9 日。

② 章士钊《译名——答容挺公》，《甲寅》杂志第 1 卷第 4 号，1914 年 11 月 10 日。

③ 章士钊《释逻辑——答马君育鹏、张君树立》，《章士钊全集》第二卷，文汇出版社，2000 年，第 210—211 页。

未遑著录。……盖吾书应成于二十年前，顾吾荒怠不为，必待关河戎马，举国不事学问之际，仓皇命笔，成此鸡肋，天下事之颠倒瞀乱，宁或逾是！书都二十万言，取柳子厚称元冀治鬼谷子文之以指要意，颜曰‘逻辑指要’，以示别于坊间逻辑本子。”[①]1943 年 6 月由时代精神社印行，后经修改，1961 年 3 月由三联书店作为《逻辑丛刊》之一重版，2000 年收入文汇出版社出版的《章士钊全集》。

《逻辑指要》一书，共二十万字，分二十八章，卷后附录他 1909 年到 1927 年间撰写的有关中国先秦名家、墨家的逻辑思想的论文，如《名墨訾应论》《名学他辨》等六篇。卷首则为他的老朋友张君劢以及他的学生高承元写的序，还有他自己作的《自序》和《例言》。

张君劢说：“《逻辑指要》之作，章节次第虽同于西方逻辑，而所征引为中土学者关于逻辑学之言论：一以辨中土无逻辑说之非，二以明中土旧逻辑与西方学说之相合。故此书不仅为寻常逻辑读本，而中土旧逻辑史料，实具于其中。”[②]《逻辑指要》的编写思路与《中等国文典》相似，间架采用西方逻辑系统，而使用大量中国逻辑史料。

谢幼伟先生把《逻辑指要》放在逻辑史的流变中加以考察，指出：“我国自严又陵氏介绍西洋逻辑以来，数十年间，国人之自撰之逻辑教本，殊乏佳构。非是西洋翻译，即自东洋抄袭，其能稍有特殊见解者，一为金岳霖氏之《逻辑》，一即章氏是书。金著仅涉及演绎，而未及归纳，然于逻辑本身颇有新见。章著兼及归纳，虽于逻辑本身少重要之贡献。”与张君劢一样，谢幼伟特别指出，章著“能将我国所有之逻辑材料纳入于西洋逻辑系统中，使成为中国式之逻辑教本”，“章著之唯一优点在此，坊间逻辑本，不足与同

---

① 章士钊《自序》，《章士钊全集》第七卷，第 293—294 页。

② 张君劢《张序》，《逻辑指要》，第 4 页。

年语也”[①]。

文学史家卢冀野认为，章士钊对墨家有深入的研究，著有大取、小取、经说、诂释、论辩等文，证明中国也有逻辑学，并下断语说：“他的文章，以墨家做根底，以逻辑和文法做规则，所以严谨细密，没有地方可以攻击他。他能够把中国墨子，印度的因明，西洋的逻辑，镕冶于一炉；比较梁启超，胡适等一般人物要高一些。”[②]

逻辑是章士钊专长，所以他在《柳文指要跋》中自白：“吾之所长，特不知者不敢言，能言者差能自信，文不乖乎逻辑，出笔即差明其所以然，不以言欺人而已。”[③]《逻辑指要·张序》则说：“行严先生之专长，不仅政论，而又在逻辑。”[④]《逻辑指要·高序》有一个简括评价，谓章文“运用逻辑，衡论政理，法度森严，能立能破”[⑤]。他们都说到逻辑要素与章士钊逻辑政论文的关系。

第三，国文文法。

章士钊的国文文法应从《中等国文典》说起。

章士钊指出：文法原称文律、律令。何谓文律？“律字以为词，规词以为句，编句以为文。夫讲求此律字、规词、编句之道者，厥推文典。文典者，文之典则也，或曰文法。”[⑥]

为满足中西方人士语言沟通需要，中国最早出现的中文语法书籍是由西班牙传教士万济国（Francisco Varo）用西班牙文写成的《华语官话语法》（*Arte de la Lengua Mandarina*，1703）。鸦片战争之后出现的一些语法书籍也都是外国传教士所编撰的小册子，以沿海方言或北京方言为研究对象，仅供译员使用，谈不上文

---

① 谢幼伟《评章著逻辑指要》，《思想与时代》月刊第26期，1943年9月，第5页。
② 卢冀野《近代中国文学讲话》，上海会文堂新记书店，1930年，第16页。
③ 章士钊《跋》，《柳文指要》下卷，文汇出版社，2000年，第1652页。
④ 张君劢《张序》，《逻辑指要》，第3页。
⑤ 高承元《高序》，《逻辑指要》，第7页。
⑥ 章士钊《中等国文典·总略》，《章士钊全集》第一卷，第183页。

法学。

相比较而言,中国文法学发生发展的历史迟于梵文和英文。长期以来,中国读书人读书作文无成文的文法规律可循,或说“罔不曰此在神而明之耳,未可以言传也”,或以“书读千遍,其义自见”为不二法门。一直到1898年《马氏文通》出版,才算改写了历史。《马氏文通》是我国第一部较全面系统的汉语古文文法学著作。该著比拟西文文法系统,征引中国典籍的例句,揭示国文文法的规矩。据《马氏文通·例言》说,作者有一典两用的意图,“不惟执笔学中国古文词即有左宜右有之妙,其于学泰西古今之一切文字,以视自来学西文者,盖事半功倍矣”。因此,“斯书也,因西文已有之规矩,于经籍中求其所同所不同者,曲证繁引以确知华文义例之所在”[①]。

马建忠的《马氏文通》对于国文文法学建设具有首创之功,自此之后,中国有了古文文法学。尽管胡适以新文学家的立场,一方面推崇其为中国文法学开山之作,另一方面又批评该书引征的例句只到韩愈为止,而韩愈则是千年之前的古人,因此《马氏文通》是一千年前的古文文法学。不过这不会有损其价值,因为当时白话文还没有登堂入室,读书人正热衷于读古文、写古文、考古文,《马氏文通》成为他们必备的教科书。况且,白话文文法并非从天而降,古文文法则是白话文文法的源头之一。

《马氏文通》出版九年之后的1907年3月、4月间,章士钊编成《初等国文典》,日本东京多文社1907年4月初版,7月再版。之后改名《中等国文典》,由商务印书馆在上海出版。全书共九章,分为总略、名词、代名词、动词、形容词、副词、介词、接续词、助词,并对每一种词类进行定义,就其功能及用法举例说明。该文典体例本之西文规律,引证例句取之古籍,“所立之说,悉以国文

① 马建忠《后序》,《马氏文通》,商务印书馆,1998年,第13页。

风味出之”[①]。

章士钊当年在东京实践女子学校担任国文教员，该文典本来是章士钊在校教授国文的讲义（教程）。文典参照西洋文法来教授中国古文，使得律字、规词、编句都有章可循。经过教学实践，证明此举实属良法，学习者“未数月，遣词造句皆循定律，而为文益斐然可观矣。自是予益信教人治国文，文典之不可以已也”[②]。此著出版，大受欢迎。

该文典显然继承了《马氏文通》词本位的语法体系。陈望道先生将之与其他几部文典放在一起，作了一个分析，然后下评语说：“除出小小的几点外，几乎完全相同，一眼就可看出他们是至亲。如同词类，以前虽曾有过十五类的分法，也曾有过别的分类，但自从马建忠先生分做九类之后，这些书便都随着分做九类，丝忽不曾改动。所曾改动的，只是一些字面，如将‘静字’改做‘象字’、‘形容词’之类。这类改动是从章士钊先生开始，到黎锦熙先生终结。”[③]

此外，陈望道还认为《中等国文典》在语言风格上有其特色：“我个人以为这几部书之中最能说得清浅宜人，读起来几乎有点文学风趣的，要算是《中等国文典》。”

据朱铭《章士钊的〈中等国文典〉》记载，他所收藏的商务旧刊《林纾评选船山史论》一书广告页上，介绍了五种“文典”：马建忠的《马氏文通》、章士钊的《中等国文典》、戴克敦的《国文典》、来裕恂的《汉文典》、佚名的《中国文典》。章、戴两部文典前冠以“教育部审定”的字样，并有批语：“据呈及《中等国文典》、《国文典》二书均阅悉，吾国向无文法专书，初等作文，苦无标准，该二书本之西

① 章士钊《中等国文典・序例》，《章士钊全集》第一卷，第180—182页。
② 章士钊《中等国文典・序例》，《章士钊全集》第一卷，第180页。
③ 陈望道《“一提议”与“炒冷饭”读后感》，《中国文法革新论丛》，文聿出版社，1943年，第18页。

洋文法规律，而纯以国文风味出之，征引详审，解说明晰，绝无牵强晦涩之弊。”[①]该文典一版再版，至20世纪30年代末印刷达十六版之多。

章士钊编撰《中等国文典》的收获除了著作成果之外，还经历了一次由西文文法规则驾驭国文的训练，是其逻辑政论文在语言文字方面趋向欧化的开始，从而他的文章文法更加严谨，更具表现力。此外，还有一点应该提及，章士钊对柳宗元文律思想多有发现，这也应该是章的文法思想来源的一部分，这个问题我们在下文即细说。

第四，柳氏古文。

章士钊逻辑政论文文体资源主要应该是柳文。钱基博说：“惟士钊为人，达于西洋之逻辑，抒以中国之古文。”据笔者的理解，其中“西洋之逻辑”与“中国之古文”这个对偶句，因为后一句要对举前一句的“西洋”，所以他就把后一句“古文”一词的定义概念放大，在其前面冠于“中国”二字。然据实而言，所谓“中国之古文”主要是指柳宗元的古文。笔者在本文第一部分章士钊的“传统学问”一节已经说到他的传统学问有一定宽度，而深度有限，但柳宗元除外。

柳宗元是章士钊一生崇拜的对象。他自小喜爱柳宗元，随身携带一本《柳宗元文集》，百读不厌。章士钊在其《湖南文风》一文中说：“吾初读柳文，即是永州本，相依至老未脱手，此缘子厚曾官永州十年。”[②]又说：“愚幼时好读柳子厚文，此癖至今未改。故行文引用河东成句，恒不自觉。”[③]他酷爱柳文达到痴迷程度，至于上下两巨册的《柳文指要》，就是最有力的证据。

---

① 朱铭《章士钊的〈中等国文典〉》，《博览群书》2001年第8期，第67页。

② 章士钊《湖南文风》，《柳文指要》下卷，第1372页。

③ 章士钊《孤桐杂记》，《章士钊全集》第五卷，第260页。

需要说明，柳文不是柳宗元所有的文章。柳文可分三类：叙述之文、描写之文、辩论之文。本文所谓柳宗元古文仅指其辩论文。章士钊在《桐城遗毒》一文中指出："柳州辩论诸篇，其博引繁称，语有断制，真古文，真考据，岂有他家所有哉？"[①]柳文以辩论文居多。章培恒、骆玉明先生主编的《中国文学史新著》以他们的文学史观评述柳文范围仅限于记叙文和寓言，篇幅有限，这是因为柳文数量众多的文章属于辩论文。长于议论为柳文特色，不仅《封建论》《晋文公问守原议》《时令论》《断刑论》《六逆论》《桐叶封弟辩》等名篇如此，就是记叙文中的游记、传记及寓言等，也往往会在文章的后半部分或末尾安排大段精彩的议论。《梓人传》前一部分是叙事，后一部分是议论。叙事部分以白描手法讲述梓人指挥群工作业的故事，议论部分大谈"彼佐天子相天下者"的道理，就篇幅而论，议论部分几乎占全篇三分之二。

柳宗元的辩论文妙极一代，为文家所推崇。韩愈在《柳子厚墓志铭》里说他"俊杰廉悍，议论证据今古，出入经史百子，踔厉风发，率常屈其座人"。苏轼论柳宗元的《封建论》说："昔之论封建者，曹元首、陆机、刘颂，及唐太宗时魏征、李百药、颜师古，其后有刘秩、杜佑、柳宗元。宗元之论出，而诸子之论废矣。虽圣人复起，不能易也。"

章士钊读《封建论》有如下感悟："子厚之论封建，不仅为从来无人写过之大文章，而且说明子厚政治理论系统，及其施行方法之全部面貌。何以言之？子厚再三阐发封建非圣人之意，而为一种政治必然趋势，然后论断秦皇一举而颠覆之，其制公而情则私。是不啻先树一义，昭告于天下曰：封建是可能澈底打碎之物，而所谓势者，亦可能如水之引而从西向东。吾人自文中仔细看来，子厚所暗示之推广义，则由秦达唐，封建虽经秦皇大举破坏，而其残

---

① 章士钊《桐城遗毒》，《章士钊全集》第八卷，第402页。

余形象及其思想，乃如野火后之春草，到处丛生。是必须有秦皇第二出现，制舆情全出于公，而以人民之利安为真实对象，从思想上为封建余毒之根本肃清，此吾读《封建论》之大概领略也。”①

章士钊与柳宗元性相近，文相通。他认为柳宗元是政治家，他对朝廷局势有深切的洞察，发为文章无非建言献策，论其文字就属于政论文。“子厚论辩文字，大抵有关当时朝局，精悍无匹之作，如《晋文公问守原议》，若视为作者心忧古人，洄溯晋故，岂非呆汉？”②笔者联系到章士钊的政论生涯，不难发现，章士钊酷爱柳文，在于柳宗元“政论”的优长，可谓性之所近。

章士钊后来在北洋政府充任司法总长兼教育总长，不见得高明，甚至有点书呆子气，因为政治家重在应用，求其适用，而不在理想的完美。更何况，身处军阀称雄的年代，虽说文治武功，可是笔杆子毕竟没有枪杆子管用。可作为一名政论家，他的职业就是谈政议政。因此在这一点上，章士钊与柳宗元有相通之处，可谓跨越时代的神交。

唐宋八大家，章士钊独推柳宗元，并且好拿韩柳作比较，崇柳贬韩。他曾说：“《封建论》《守原议》《桐叶辩》三篇为名极其妙，退之集中，无此等作也。”③刘禹锡《祭退之文》云：“子长（司马迁）在笔，予长在论，持矛举盾，卒不能困。”章士钊评说：“盖退之本不善辩论，偶与刘（禹锡）、柳（宗元）对阵，无不败北，故梦得以笔（文笔辩之笔）归之。”④章士钊将此引入文中以证明柳氏辩论文字之长。

章士钊酷爱柳文，还在于柳文与逻辑和文法相通。1941 年，他在《答九如刻逻辑》诗中写道：“少时标文律，起自学柳州。柳州善自控，约失丰以浮。职是逻辑境，术异理则侔。此理人罕知，吾

① 章士钊《封建论》，《柳文指要》上卷，第 65 页。
② 章士钊《晋文公问守原议》，《柳文指要》上卷，第 120 页。
③ 章士钊《晋文公问守原议》，《柳文指要》上卷，第 121 页。
④ 章士钊《文与笔》，《柳文指要》下卷，第 1374 页。

亦愧沟犹。”[①]他认为从文法和逻辑两个角度去认识柳文的价值，这个道理知道的人并不多，他自己也觉得很惭愧，对此一直处在愚蒙状态。柳文中有逻辑、有文法，这是章士钊的重要发现，真可谓“柳文指要”。谓予不信，请分别述之如下。

先说柳文的逻辑。

柳宗元的逻辑思想与一般讲逻辑学的论文不同，而是指他所撰古文蕴含着逻辑思维。

章士钊常常在分析柳文时指陈柳文的逻辑所在。他认为《四维论》颇有逻辑意味。《管子·牧民》有言：“国有四维。一维绝则倾，二维绝则危，三维绝则覆，四维绝则灭。……何谓四维？一曰礼，二曰义，三曰廉，四曰耻”，“四维不张，国乃灭亡”。柳宗元指出，所谓管子“四维”之说，“吾疑非管子之言也”。何以见得？章士钊认为四维之说在逻辑上犯了“专言”与“统言”混淆的错误。礼、义、廉、耻四维，礼、义为统言，廉、耻为专言。廉、耻已包含在“义”之内，所以，所谓四维只有二维。“盖以逻辑言，统言属达名，专言则类名也。两名所包，广狭悬殊，势不得抗而为维。如禽或兽，此达名，统言者也。禽中有鸡，兽中有猪，此类名，专言者也。倘将禽、兽、鸡、猪平列为四柱，于逻辑许乎否也？子厚名家，言必中律，岂黄、唐诸帖括小儒所能理解？其他童话有所谓江淮河汉沟，鼋鼍蛟龙鳅等诸滑稽句子，语失伦而非真悖，亦应推广及之。”[②]

章士钊认为：“自有柳文一千余年，吾迄未见有人解得作者善用二律背反之矛盾通象。”[③]而柳宗元《驳复仇议》则以二律背反律来断案。章氏说：“柳州主张复仇之用异，而本则合，究竟有可合

① 章士钊《答九如刻逻辑》，《章士钊全集》第七卷，第198页。

② 章士钊《思维论》，《柳文指要》上卷，第96页。

③ 章士钊《说车》，《柳文指要》上卷，第412页。

之本焉否乎？父不受诛，子是否终有复仇之权利乎？退之谓之不可议，子厚求统于一，二律背反，真理将在何方乎？李安溪谓两下相杀，及以上诛下，韩辨之甚明，柳则质为一条，此恰是柳之胜韩处，是柳之寻求真理，而韩谄谀专制处。”①

章士钊在柳文中发现逻辑思维不乏其例。他说：“尝读柳子厚《梓人传》，审其有以通逻辑之邮。”②

次说文法。章士钊的《文律》说：“唐人词学一科，其见于《册府元龟》及《唐书》者，名义不一。上元二年，号辞殚文律科，以崔融为举首，与垂拱四年之辞标文苑科，旨趣不类。‘文律’二字之名于词科者，以此为始。夫文苑者，指文艺之范围；文律者，明文章之矩范，大同小异，情见夫辞，凡子厚之言文律，大意不过如此。”③

柳宗元文集中屡言“文律”，如《柳州谢上表》云：“早以文律参与士林”，“此所谓文律，盖统言词章，然亦略示文中律令，以行文不犯律令，始得擅长各体文字也”④。

章士钊论柳文文律，精髓在“洁”。其《古文贵洁》一文起首一句便是“吾尝论子厚之文，其得力处第一在洁”。他又在《文论》一文中引录柳宗元《答韦中立书》关于“洁”的解释：

> 子厚《答韦中立书》，自道文章甘苦。有曰：“参之《穀梁》以厉其气，参之《孟》《荀》以畅其支，参之《老》《庄》以肆其端，参之《国语》以博其趣，参之《离骚》以致其幽，参之《太史》以著其洁。”夫于气则厉，于支则畅，于端则肆，于趣则博，于幽则致，于洁则著，相引以穷其胜，相剂以尽其美，凡文章之能

---

① 章士钊《驳复仇议》，《柳文指要》上卷，第 138 页。

② 章士钊《逻辑指要》，第 21 页。

③ 章士钊《文律》，《柳文指要》上卷，第 1390 页。

④ 柳宗元《柳州谢上表》，引自《文律》，《柳文指要》下卷，第 1391 页。

> 事，至此始观止矣。就中洁之云者，尤为集成一贯之德，有获于是，其余诸德，自帖然按部而来，故子厚殿焉。愚见夫自来文家，美中所感不足，盖莫逾洁字之道未备。[①]

章士钊赞同以“明”释“洁”。《明说》一文中引用嘉兴王惺斋（元启）如下一节话：“以文而言，莫高于太史公之作，柳子称之，不过曰洁曰峻而已。何以能然？唯其明耳，文之不洁不峻，皆不明之害也。”[②]他认为这个解释最为精当。

国文合文字学、文法学、文章学三者而成。文法上自当从字开始，积字成词，积词成句，积句成语，积语成文，积文成章，而文法之事定矣。至于文章作法，则非文法上的事情。可见章士钊主要从字（词）、句、篇等方面分析柳文的文法思想。

关于词。章士钊认为，从文法层面来说，所谓“洁”，首先特别强调虚词的合理使用。他在《柳文指要》中说：“子厚行文，讲求运用虚字，虚字不中律令，即文无是处。”[③]这里的“虚字”所指包括助词。他又进一步指出，柳文对“助字”（助词）的使用，“必中律令，不至有同一字而命意歧出者”[④]。

说来容易做到难，行文至洁并非易事，即使大文豪也未能办。“吾尝论子厚之文，其得力处第一在洁，此为韩、苏所不能到。”[⑤]章士钊说：“吾考柳文好洁，而洁之最先表现处，在用助字适当，而昌黎文恰得其反。吾曾阅一记载，称退之《送孟东野序》，连用四十九个‘其’字，吾细数两遍，却只四十五，然即以四十五‘其’字，杂植一篇中，终嫌太多，此恐须列入助字不当律令之列，韩、柳文之

---

① 章士钊《文论》，《章士钊全集》第六卷，第383页。

② 王元启《只平居士集·与白源慧书》，引自《明说》，《柳文指要》下卷，第1389页。

③ 章士钊《平淮夷雅》，《柳文指要》上卷，第1页。

④ 章士钊《送邠宁独孤书记赴辟命序》，《柳文指要》上卷，第532页。

⑤ 章士钊《古文贵洁》，《柳文指要》下卷，第1383页。

异趣,此亦一要点。”[1]而“东坡之文,往往泥沙俱下,气盛诚有之,言宜每不尽然”[2]。

《柳文指要》总序记下他学习柳文之心得:“要之,余平生行文,并不摹拟柳州形式,独柳州求文之洁,酷好《公》《榖》,又文中所用助词,一一叶于律令,依事著文,期于不溢,一扫昌黎文无的标、泥沙俱下之病。余遵而习之,渐成自然,假令此号为有得,而余所得不过如是。”[3]

关于句。柳文不拖沓、不冗繁,没有多余的句子,甚至没有多余的字,往往不能增减一句一字,诚如谢枋得评《桐叶封弟辩》云:“字字经典,句句著意,无一句懈怠。”章士钊评论说:“文中不著不了之语,命意遣词,所定腕下必遵之律令,不轻滑过。”[4]

关于篇。章士钊论“洁”字由词句推向篇章,他认为:“通篇文从字顺,适可而止,心手相应,使人读之爽然,不许有冗字累句,羼杂其间。”[5]又说:“子厚大抵每篇皆在细针密缕之中,加意熨帖,从无随意涂抹,泥沙俱下之病,必须明了此义,方可得到柳文之神。退之称子厚之文,雄深雅健,所谓雅者,不窥破此窍,即不能了解何谓之雅。”[6]

总而言之,为文有道。道若何?曰:“凡式之未慊于意者,勿著于篇。凡字之未明其用者,勿厕于句。力戒模糊,鞭辟入里,洞然有见于文境意境,是一是二,如观游涧之鱼,一清见底,如察当檐之蛛,丝络分明,庶乎近之。愚有志乎是,宁云已逮,然文中不著不了之语,命意遣词,所定腕下必遵之律令,不轻滑过,卒尔见

---

① 章士钊《文律》,《柳文指要》下卷,第 1391 页。
② 章士钊《文论》,《章士钊全集》第六卷,第 383 页。
③ 章士钊《总序》,《柳文指要》上卷,第 1 页。
④ 章士钊《文论》,《章士钊全集》第六卷,第 383 页。
⑤ 章士钊《宋初古文》,《柳文指要》下卷,第 1337 页。
⑥ 章士钊《平淮夷雅》,《柳文指要》上卷,第 6 页。

质，意在而口不能言其故者甚罕。（可意会不可言传，似是文家遁词。）凡此皆愚蠢有心得之处，所愿与同道之士共起追之。是究如何？亦洁字诀已矣。”[①]

在章士钊看来，柳文之“洁”，不仅仅意味着修辞的“斩绝”，还必须是对“文理”的清晰表达。在《柳文指要》的《古文贵洁》中，他引用黄与坚的话，指出“文之病不洁也，不独以字句，若义理丛烦而沓复，不洁之尤也，故行文以矜贵为至要”。义理沓复表现之一，“言尽意不尽之谬论”，吕居仁说：“东坡云：意尽而言止者，天下之至言也，然言止而意不止，尤为极至，如《礼记》、《左氏传》可见。”章士钊评曰：“清袁枚曾云：‘子瞻（苏轼）以通禅理，而其文荡。’所谓文荡，大概从意不尽此类言语看出，人每言苏文有沓拖风味，亦属此种。子厚论文，一向以诚为本，人而好作半吞半吐之言，何诚之有？”[②]可见，章士钊所谓的“洁”，除字句篇章之外，还包括对义理的简洁凝练即“矜贵”的表述。

在章士钊看来，说到底，“洁”也是一种思维方式。其实文章的表达能力基于作者的思维能力，而正确的思维是建立在作者对事物透彻理解基础之上的见解。这一观点，也是其来有自的。嘉兴王惺斋（元启）在《只平居士集·与白源慧书》中说：“状物之妙，昔人譬之系风捕影，欲使著之于文，朗然无纤毫障翳，必先精审于心目之间，使其物凿然有可指之形。”[③]章士钊曾举出徐丹崖（文驹）致朱竹垞书云：“洁之根柢在心，心地不清，秽气满纸，于何而能洁耶？洁之本领在骨，骨之力不峭，浊气熏蒸，又于何而能洁耶？”对此，章士钊认为许丹崖颇能“揭示一‘洁’字为文章要道，独见其大”[④]。

① 章士钊《文论》，《章士钊全集》第六卷，第 383 页。

② 章士钊《言尽而意不尽之谬论》，《柳文指要》下卷，第 1412—1413 页。

③ 王元启《只平居士集·与白源慧书》，引自《明说》，《柳文指要》下卷，第 1389 页。

④ 徐丹崖《与朱竹垞书》，引自《古文贵洁》，《柳文指要》下卷，第 1383 页。

总而言之，章士钊的逻辑政论文的文体源头来自千沟万壑，但主流是柳文。章士钊一生研究柳文，潜移默化受其熏陶。因此，他的逻辑政论文颇具柳文风格，以此巍然为近代古文大家。百年政论史上政论家以数百人计，论政论文的文采章士钊算一位，其得力处无疑在柳文。1925年因《甲寅》周刊引起文白之争，章士钊与吴稚晖打笔墨官司，吴稚晖“谩骂”章士钊的文字为“劳什子的鸟柳文”。所谓“鸟柳文”就是指柳宗元的古文。行文庄谐杂出的吴稚晖骂章士钊的古文，把柳宗元也牵扯到里面，将其“祖宗十八代”都骂进去了。我们可以从此谩骂声中听出章、柳文章的深厚渊源。

以上四个要素各具意义，但又在逻辑政论文中构成一个整体，显示出逻辑政论文资源来路的多样性和系统性。

陈子展先生论章士钊的政论文学，略谓“他的文章既有学理做底子，有论理做骨格，有文法做准绳，又据他自己说，他好峻洁的柳文”[①]。既然“他好峻洁的柳文”，又从柳文中发现与西洋逻辑和文法相通的奥秘，那么不妨在陈先生三“有”的基础之上再增加一“有”，谓“有柳文做范本”。如此变“三有”为“四有”，即有学理做底子，有逻辑做骨格，有文法做准绳，有柳文做范本，便可探得章士钊逻辑政论文的全貌。

三、逻辑政论文体的魅力所在

上文已经说到，章士钊逻辑政论文由学理、逻辑、文法、柳氏古文四大要素构成，四大要素在其中发挥各自不可或缺的作用。然而，逻辑政论文又是综合四种要素化合而成，浑然一体。在百年政论史上，先后有经术政论、策士政论（洋务政论）、时务政论、

① 陈子展《中国近代文学之变迁·最近三十年中国文学史》，第76页。

魏晋体政论、俗语体政论、逻辑政论，而逻辑政论文以其别具一格的鲜明特征有别于其他政论文，显示出独有的文字魅力。这种魅力大致展现在三个层面上：（一）逻辑思维；（二）简洁有法；（三）朴实说理。

（一）逻辑思维。

金克木说："功能决定文体，文体反映功能。"[1]所说文体与功能的关系，言简意赅，精辟之至。

章士钊认为法律文字具有特殊功能，他指出："吾知法律文字，以明确为第一义，词涉浑涵，法何取焉？如圣人制法所难明著者，后人即不得而明著之，则从来一切传疏工夫都可废。且圣人制法，果何事难于明著，亦殊难解。"[2]可见，逻辑政论文的功能之一在于逻辑。

辛亥革命之后，中国面临共和宪政和政治组织形式建设的任务，所以，这个时代特别需要可资借鉴的政治学理论和法律知识，而且行文必须具备逻辑思维的功能。章士钊的逻辑文字有如下几个特征。

1. 正名定界，严立界说。

所谓界说，即今天所说定义。章士钊说："辨别某物之非某物，乃逻辑之事。"[3]笼统之语易作，明画之论难为。凡论理先得界定清楚概念，否则无从说起。

章士钊的文章首重界说。如关于联邦的界说，他说："联邦国在英文为 Federal states，顾名思义，则言联邦与言采用 Federalism 之国，涵义自相等，此就政体言之也。若仅就'联邦'两字字面思之，则美利坚之十三州联合而为联邦，不列颠以英（英

---

① 金克木《八股新论》，《说八股》，中华书局，1994 年，第 123 页。

② 章士钊《驳复仇议》，《柳文指要》上卷，第 138 页。

③ 章士钊《论逻辑》，《章士钊全集》第二卷，第 199 页。

格兰)、苏(苏格兰)、爱(爱尔兰)相联合,虽得谓非联邦,然此乃就国家分子言之,与政体无涉也。是故逻辑论法当首定用语之范围,范围不同,同一用语而为义自异,此不可以不察也。"又说:"逻辑之分类最重严明,使其含义不相出入,自来作此两主义之界说者,记者颇以是相□也。"[①]

《逻辑指要》有言:"自来界说之争,每起于用名之不谨。"黄远生好指摘国人思维的谬误,谬误所在在于笼统。国人虽然对洋务、变法、共和、立宪名实混淆,界说不清,却在大谈特谈,这怎么会有善果呢?这可谓"用名之不谨"的例证。既然笼统是国人之通病,那就一定不是个别现象,事实上,此种现象俯拾皆是。国人好用本国旧物牵合西方名词,至有可笑者。章士钊举例说,某翰林监学欧洲,严复为其制一名片,冠以博士头衔。梁启超访英,在伦敦某处演讲,留英学生广东某君介绍梁启超,名下缀以 M. A. 学位。章说:"实见国人印西字名片,惧失其举人、秀才之身份,每取西国学位之名附于后,凡此皆不得不咎其浅陋也。"[②]

民国初立,大家把共和挂在嘴上,而对共和之义有真切了解的能有几人?章士钊感叹:"今之最时髦之名词,莫共和若,而最烂污者亦莫共和若。军队之放纵者曰此共和也,学生之放纵者亦曰此共和也……记者曰:共和者乃政府之一种形式也,国采代议政体,而戴一总统为首领,是谓之共和,无他说也,万不可以作寻常状物之词到处滥用。服从之反面,本有他字,何必以此代之。须知共和国民应尽之职,实无以异于他种国民。欲放纵则放纵耳,欲淫逸则淫逸耳,何必假此高而不切之名以济汝之恶也?"[③]

当时,国内对于法政学说介绍有年,但国人对法政的一些基

---

① 章士钊《统一联邦两主义之真诠——答王君季同书》,《章士钊全集》第二卷,第 164 页。

② 章士钊《洋翰林》,《章士钊全集》第一卷,第 559 页。

③ 章士钊《共和》,《章士钊全集》第二卷,第 48 页。

本概念仍然含混不清，所以，章士钊发表于北京《帝国日报》上的政论文，“故以学理为题，读者当知其一定之界”[①]，如《国会万能说》《何谓政党》《何谓内阁》《何谓政党内阁》《政党内阁与非政党内阁之别》，等等。

此外他的政论文多设问句，如“国会者何谓也”“国家者何”“则如之何”“果何如乎”“何也”，等等。明知故问，自问自答，通过一问一答则将所论概念界定清楚。他的政论文对大量的概念进行界定，如共和、君主、国体、政体、政党、内阁、政党内阁、国会、联邦、宪法，等等。他通过对这些流行的政治概念一一加以辨析，以逻辑推演的方式进行证实证伪，从而纠正时人含糊不清、模棱两可的学术概念。

他在行文中常设反问句，要求对方先界定事物概念，然后再来讨论问题。他认理不认人，对梁启超、蔡元培也不例外。他与梁启超辩难，梁文有“吾最近乃深觉此种政论……”一说，章便反问：“讨论此题，当先问‘此种政论’究为何种。”[②]蔡元培致章士钊函有言：“公近以法长兼教长，想教育界各种困难问题必能迎刃而解。”章士钊回函问：“来教所称教育界各种问题，究为何种，惜未疏列。”[③]

所以，章士钊的政论文总能先从界定概念的内涵和外延入手，严于立界，知其论点之所在，然后再展开论述。钱基博论及于此，以“截断众流，严立界说”八字置评。

“正名定界”也是章士钊打笔墨官司战胜对手的一种手段。《二院制足以救国会之专横确乎》一文，以“正名定界”的方法，否定了二院制可以防止“国会专制”的意见，并且论证了“国会专制”

---

① 章士钊《学理上之联邦论》，《章士钊全集》第三卷，第379页。

② 章士钊《政治与社会》，《甲寅》杂志第1卷第6号，1915年6月10日。

③ 章士钊《教育问题——答蔡元培》，《章士钊全集》第五卷，第24页。

的提法不能成立，他说："记者尝思之，国会专制一名，吾实不审其何由得立。记者已言国会不易于专制矣，然即专制，吾知国会者所以代表人民也，谓国会专制犹谓人民专制，此诉之民政国，固不可通，即证以《孟子》，国人皆曰之义亦大忧其捍格，且必谓人民之意不当通行，则共和宪政之根本从此推翻，吾辈又以何物为共同之点相与讨论。"[1]

章士钊《孤桐杂记》记有严复"界说五例"，他虽说"文语则平常"，但其道与他的见解相通，便照抄不误与人共享："界说五例：一、界说必尽其物之德，违此者其失混；二、界说不得用所界之字，违此者其失环；三、界说必括取名之物，违此者其失漏；四、界说不得用诂训不明之字，犯此者其失荧；五、界说不用非无不等字，犯此者其失负。"[2]这五条可称之为界说之界说，言简意赅，值得记取。

2. "剥蕉然"文字的幽妙。

凡论及"剥蕉然"文字，大多以《政本》为例。笔者另择《共和平议》一节文字作为例证，文中序号为笔者所加，便于分析。其文曰："(1) 今之主张毁弃共和者，大抵蔽罪于中国人民程度不足。是说也，愚屡有驳论，散见本志诸篇。(2) 略谓程度云者，乃比较之词，非绝对之义。吾国民智之低，诚不足于普通选举之域，而谓国中乃无一部优秀分子，可得入于参与政事之林，无论何人，所不能信。果其足信，则专制政治，亦莫能行。何也？为专制者，终不得不恃人以为治也。(3) 故愚理想中之立宪政治，初不以普通民智为之基，而即在此一部优秀分子之中，创为组织，使之相观、相摩、相质、相剂，此其基本人物，与世俗所称开明专制，不必有殊。其绝明无翳之界，则专制制下之人才，皆如狙、如傀儡，而一入于

---

① 章士钊《二院制足以救国会之专横确乎》，《章士钊全集》第二卷，第159页。

② 章士钊《孤桐杂记》，《章士钊全集》第五卷，第233页。

真正立宪之制，即各抒其本能，保其善量已耳。虽不必全体，从其多者而言之，此义不可没也。(4) 至于普通人民，其智未足以言政，即于政制，无所可否于其间。吾国由君主变为共和，彼盖视为无择。善为政者，亦惟相其所宜，使之智量日即于高而已。(5) 若以人民全体为一标准，而疑多数拙劣分子所不能了解之事，即不能行于少数优秀分子相互之间，以致优秀者失其磨荡之力，而本质以隳；拙劣者以无人提携诱掖，永远末由自拔。甚矣其颠也！"[①]

序号(1)提出所要论述的问题；(2)(3)(4)三层论证，即所谓"爬罗剔抉"；序号(5)结论，即"剥至终层，将有所见"之见。大凡论辩说理文章，析理透辟，层层递进，片言折之，才是上品。本节文字"持义如剥蕉然，层层俱有胜义"，读者为之击节赞叹。

从此，"剥蕉然"俨然是逻辑政论文体的代名词。这种"剥蕉然"的文字令人倾倒，传诵一时，广受好学深思之士的追捧。其中一些名篇之影响可谓久远，时隔多年之后，当年的读者居然还能背诵出来。著名哲学家、逻辑学家金岳霖曾回忆在北京午门巧遇章士钊，他对章说："你只比我大十三岁，可是，我曾经把你看作大人物，背过你的文章。"接着就背起《政本》"剥蕉然"的文字，"为政有本"云云，可见逻辑文体的魅力。

傅斯年则将"剥蕉然"文字称之为"螺旋式的文字"。他说，章士钊"有一种特长，几百年的文家所未有——就是能学西洋词法，层次极深，一句话里的意思，一层一层的剥进，一层一层的露出，精密的思想，非这样复杂的文句组织，不能表现；决不是一个主词，一个谓词，结连上很少的'用言'，能够圆满传达的"[②]。就其形象性和生动性而言，"螺旋式的文字"比"剥蕉然"文字的说法略胜

① 章士钊《共和平议》(1915 年 6 月 22 日)，《章士钊全集》第三卷，第 460 页。

② 傅斯年《怎样做白话文》，《新潮》第 1 卷第 2 号，1919 年 2 月 1 日。

一筹。

至于称章士钊"螺旋式的文字"为"几百年的文家所未有"之说,也非空口白牙,而是有根有据的。可举如下两例为证。其一,傅斯年说:"中国文最大的毛病,是面积惟求铺张,深度却非常浅薄。六朝人做文,只知铺排,不肯一层一层的剥进。唐宋散文家的制作,比较的好得一点,但是依然不能有很多的层次,依然是横里伸张。以至于清朝的八股文、八家文……都是'其直如矢,其平如底',只多单句,很少复句;层次极深,一本多枝的句调,尤其没有了。这确是中国人思想简单的表现。我们读中国文常觉得一览无余,读西洋文常觉得层层叠叠的。这不特是思想上的分别,就句法的构造而论,浅深已不同了。"①其二,黄远生也说中国人无处不受形式主义的流毒,而以文学为尤甚,所谓"乌龟八股"即其一例。"诸君亦知八股中有乌龟起讲之说乎?盖八股中之起讲,必以且夫或尝谓开篇,三四句后,即作排比,顾字一承,而字一转,后用一乎字句,作乌龟掉尾式,即用二三句收束,以此一定形式,有头有臂有尾,故名曰龟讲也。""八股云云,即任取圣贤之大义微言,作为题目,而在彼皆用顾字一承而字一转为已足,亦不外一笼统主义而已。"②傅斯年还进一步指出:"中国人做文章,止知道外发,不知内涵;因为乃祖乃宗做过许多代的八股后策论,后代有遗传性的关系,实在难得领略有内涵滋味的文。做点浮飘飘的,油汪汪的文章,大家大叫为文豪。"③

从文学史的角度而言,"螺旋式"的逻辑政论文确是超越当时流行的"浮飘飘""油汪汪"的新文体。有论者谓:"即以文体而论,则其论调既无'华夷文学'的自大心,又无'策士文学'的浮泛气;

① 傅斯年《怎样做白话文》,《新潮》第1卷第2号,1919年2月1日。
② 黄远生《国人之公毒》,《东方杂志》第13卷第1号,1916年1月。
③ 傅斯年《随感录》,《新潮》第1卷第5号,1919年5月1日。

而且文字的组织上又无形中受了西洋文法的影响，所以格外觉得精密。”[①]的确，这正是逻辑政论文的价值所在，同时也足见其在文学史上破旧立新的地位。

3．立论驳论，以论见长。

《政本》为立论典范。此文开篇就是：“为政有本，本何在？曰在有容。何谓有容？曰不好同恶异。”接着评论时局，指出党派相争，乱象丛生，世道日衰，国将不国。继则究其原因，便是政派彼此不能相容。再说好同恶异的根性，则是专制者的兽性未泯。最后作出结论，国家若要政治清明，莫非有容，以“为政有本，不好同恶异，斯诚政之本矣”结束全文。此为立论典范。

高承元对章士钊《政本》一文别有解读。他说：“《政本》一篇，《甲寅》名论之一，亦先生政治思想之结晶也。其引物理向心离心二力交相为用以成秩序，借喻政权当藉反对党之刺激而维持而进步而免流于腐败。因以指摘袁世凯之诛锄异己为背于政本，而预言覆袁氏之业者，不在其异己而在其所亲昵。其后洪宪帝制果为陈宧一电所惰，揆之先生所论，不爽豪发。”[②]陈宧其人，为袁世凯智囊和帮凶，1912 年为袁世凯杀害张振武、方维，1913 年又参与镇压二次革命。1915 年 5 月，陈宧被袁世凯任命为四川总督，一年后四川宣布独立，给复辟帝制的袁世凯以致命一击。这就是章士钊政本有容思想的力量。《刘汝明回忆录》中《二陈汤》一篇也可为此作一个注脚。他说袁世凯在 6 月 5 日羞愤交集，抑郁成疾，病死在北京“新华宫”。世人对他的死，有对联讽刺曰：起病六君子，送命二陈汤。六君子指的是“筹安会”六君子，二陈汤指的是陕西的陈树藩、四川的陈宧和湖南的汤芗铭，当袁世凯称帝时他们先后宣布独立。袁世凯怎么也没想到，他最放心的人居然也

① 罗家伦《近代中国文学思想的变迁》，《新潮》第 2 卷第 5 号，1920 年 9 月 1 日。

② 高承元《高序》，《逻辑指要》，第 11 页。

靠不住，因而一气之下一命呜呼。

比照立论，驳论更见精彩。章士钊在《甲寅》杂志1915年9月1卷9号的《帝政驳议》，是驳斥筹安会复辟主张的，该文分成两部分。第一部分驳论点：复辟帝制能长治久安；第二部分驳论据：中南美洲搞共和演成国内大乱，中国国情与此相同，共和不适宜于中国。驳论点部分推理如下：长治久安必须排除革命（大前提）；复辟帝制必然引起革命（小前提）；复辟帝制必不能长治久安（结论）。驳论据部分分析如下：把中南美洲各国分成上、中、下三等，上、中等如智利、巴西等，实现共和后长治久安了；下等如墨西哥，该国由于实行个人独裁而引起混乱，与共和制无关。结论：凡真正实行共和的，国内必然安定。

《读严幾道〈民约平议〉》也是驳论据的。袁党文人鼓吹专制未必不善，证据就是中国历史上文景之治和贞观之治，都是专制统治而天下大治。章士钊则指出，所谓汉唐盛世，有赖于汉文帝、唐太宗两位英主，而并非专制制度本身所致。英主偶然而遇，犹是"赌而偶赢"，并非专制制度的必然结果。再说，汉唐盛世现象是大乱之后，人心思安，政府无为而治，百姓获得了休养生息的机会，才出现大乱之后的大治景象。其实在君主专制统治之下的所谓太平盛世，不过是"民出粟米麻丝，野无揭竿斩木"而已。这与民主共和制度下的百姓安居乐业、国家兴旺发达景象不能相提并论。

至于论据与论证的关系，论据固然重要，而其重要性必须经过论证来体现。胡适有言："与人言证与据之别。'诗云"普天之下，莫非王土；率土之滨，莫非王臣。"而舜既为天子矣，敢问瞽瞍之非臣，如何？'是据也，据经典之言以明其说也。""证者根据事实，根据法理，或由前提而得结论（演绎），或由果溯因，由因推果（归纳）：是证也。吾国旧理论，但有据而无证。证者，乃科学的方法，虽在欧美，亦为近代新产儿。"为此，胡适极而言之"欲得正确的理论，须去据而用证"[①]。章士钊所见与胡适相通，他往往以论证的方法，驳倒对手的谬论。

逻辑推理，大前提必须正确无误，如若大前提错误，结论不会正确。章士钊与严复辩论，说："然在逻辑，不得谓发点既违，由是而之焉，必无合辙之处。"结论真，其前提必须为真，"盖言性为一事，言民约又为一事，未可混也"，指出严复"遁词"和"逸果伦楷"的逻辑错误。所谓"发点"，即大前提。前提一错，就不可能得到正确的结论。所以，使用"前有""假如"立论原则，进行演绎，岂有不错之理？

章士钊的论证方法不拘一格。首先是从学理上论证。大而言之，《政本》《联邦论》立论本诸白芝浩和薄徕士、梅因、奢吕诸人的学说，然后经过章士钊精心研究而成一家之言。就某一个论点而言，也有其出处。如调和立国论，就与英国穆勒和梅因学说有关。穆勒说："一国之政论，必待异党相督，而后有执中之美。"梅因说："政党之德，首在听反对党之意见而流行。"专制的危害就在于各方面的意见无法自由发表，因而在政治上不能取折中之策。他多次引用康德二律背反的逻辑概念来证明他的主张。

其次，从事实上论证。《共和平议》批驳观点之一即国人识度不适于共和。他先承认："吾国民智之低，诚不足于普通选举之域，而谓国中乃无一部优秀分子，可得入于参与政事之林，无论何人，所不能信。"再说："故愚理想中之立宪政治，初不以普通民智为之基，而即在此一部优秀分子之中，创为组织，使之相观、相摩、相质、相剂，此其基本人物，与世俗所称开明专制，不必有殊。"[②]

章士钊以美国为例加以说明。当时美国的民主制度已经建

① 胡适《"证"与"据"之别》(1915年8月21日)，《胡适留学日记》，海南出版社，1994年，第136页。

② 章士钊《共和平议》，《章士钊全集》第三卷，第460页。

立了将近一个半世纪,但选民不过全人口五分之一。诚然中国国民民智不及美国,“以吾例之,苟其有选举资格者不能有全人口五分之一,而为八千万焉,所有者不过八千万五分之一,而为一千六百万,于吾说无疑也。即一千六百万而亦不可得,所有者不过一千六百万五分之一,而三百二十万,于吾说无疑也。……甚至六十四万而亦不可得,……而为十二万八千”,中国之大,至少需要十万官吏,如果这十万人不足以承担政事,责任政府也好,官僚政府也好,立宪政治也好,专制政治也好,都无从谈起[①]。

事实胜于雄辩。在此,我们抛开章士钊彻头彻尾的精英主义不论,就其逻辑而言,不能不令人佩服,因为这笔账如此一算,因所谓中国人民识度不足,而无资格实行民主共和制的妄论,就被打回原形,再无反驳之力。

再次,从学理和事实两个方面加以论证。论点:凡此皆假定刘君所兑收之四万万元已达正额也。然以记者揣之,则刘君兑收现金之策,直同画饼,此可以从两方面证之。(1)从学理上证之也。“初不计市面之情态何似,国际汇兑之所须者何物,此不得不咎刘君之制思太简单矣。”(2)从事实上证之也。“此固非记者滑稽之谈也,刘君喜持抽象的理想,今应用其理想,其结果之必至,是乃逻辑之作用也。”[②]

还有比喻论证。古人的辩论文讲究譬喻,使文章不流于枯燥沉闷。章士钊擅长因事设喻,《学理上之联邦论》即其一例。舆论丑诋联邦,是由于未识联邦真相,一旦识其真相,就会变丑诋为狂赞了。章氏比喻说:“黄公有二女,国色,以其父好谦,力言其丑,人莫敢娶。有偶娶其长女,而见为殊色者,次女之美,因噪于时,

---

① 章士钊《国家与责任》,《章士钊全集》第三卷,第121页。

② 章士钊《驳刘君冕执所上度支部整理大清银行条陈》,《章士钊全集》第一卷,第510—512页。

人争问名。今联邦之论，安知其不为黄公之女也耶？故知论者无所用其辞让，唯坦然布怀，明白昭示之为贵矣。”[①]又如前文引用“英主偶然而遇，犹如赌而偶赢”。这些都很有说服力。

大凡举例，最好是最普通的、近在眼前的所谓“能近取譬”，又最好是最简单的、一见就懂的所谓“罕譬而喻”。《爱国储金》以农夫因“残桑伤获”而不为，说明“爱国储金”之举不可行。“故曰螈蚕一岁再收，非不利也，然而禁之者，为其残桑也。离先稻熟，而农夫耨之，不以小利伤大获也。残桑伤获，中农犹且不为，况为国而可‘摧拉人民爱国心之萌蘖’也耶?”此类例子不胜枚举，如“黄公之女”“黑乌鸦”，都是最简单、最普通的喻体，信手拈来，皆成妙谛。

因事设喻，有繁有简，繁的百字上下，简的两三句话，莫不神情毕肖。因事设喻，以小喻大，以简喻繁，以具体喻抽象，以浅显喻深奥，真所谓“取喻以足理”，能够收到四两拨千斤的效果。

胡适特别推崇章士钊譬喻的论证方法，他说：“每遇一个抽象的题目，往往列举譬喻，或列举事例，每一譬喻或事例各自成一段，……而条理浅显，容易使读者受感动。在一个感受绝大震荡的过渡社会里，这种解放的新文体曾有很伟大的魔力。”[②]

（二）简洁有法。

1. 自然结构，莹然于胸。

文章有结构而不好的，断乎没有无结构而能好的。梁启超就曾说章士钊的政论文字结构功夫很深，又很富有思想和文字组织能力，思想有系统，结构有章法。

山阴王书衡评章士钊文“曲而能达，略高时手一等”。章士钊很自得，发挥说：“曲而能达云者，指凡文中自然结构，一一莹然于

① 章士钊《学理上之联邦论》，《章士钊全集》第三卷，第397页。

② 胡适《新文学的建设理论》，《中国新文学大系·建设理论集》，上海良友图书公司，1945年，第19页。

胸，周旋折旋，笔随意往，微无弗及，远无弗届者也。”

这段话可分作四句话来说：布局有识，系统思维，精心结构，曲而能达。

先说布局有识。知、才、识，以识为上。政论家必须独立思考，独抒己见，有识才能有议论。世事头绪纷繁，得失是非错杂其间，非能洞察精微，高眼看透，识其要害，就谈不上有识。章士钊有此能耐，他的政本论、调和论、有容论、联邦论惊世骇俗，在民国初年的政治形势下，成一家之言。所以，讲文章结构，首先要强调布局之有识，使读者从有会无，即详知略。

次说系统思维。世间事物并非孤立的，而是相互联系的整体。整体性原则是系统思维方式的核心，换言之，系统思维就是把对象各部分作为一个系统来识别。文章结构起承转合，有赖于系统思维。“凡事必有统系，吾人能认明本身立于系统之何部，并明本部与他部及全部之关系，而因此调剂吾动作者，谓之有意识，否则谓之无意识。地球之于天际，大系统内之一点也。吾国之于全球，中系统内之一部也。吾人之于一国，小系统内之一身也。诸君尝自问本身立于各系统内之地位，并明与各部之关系，因之求有意识之作为乎？此固吾所愿与诸君相勉习也云云。”[①]古人说言之有物，言之有序。物为思想内容，序就是结构系统。尽管有了呼之欲出的奇思妙想，还须加以整理，将其排列成有系统的构思，否则种种思想犹如七宝楼台，拆碎不成片段，零乱琐碎不成系统。章士钊深通此理，说“order”一词，“此在吾文中，曰秩，曰序”。他定义系统为秩序，秩序就是系统。各种学问都有它自己的系统，既为系统，就不能离开逻辑。《逻辑指要》章节次第同于西方逻辑，而所征引的为中国本土学者关于逻辑学的言论，从而形成一个独立的系统。

---

① 章士钊《在上海暨南大学商科演讲欧游之感想》，《章士钊全集》第四卷，第160页。

再说精心结构。章士钊的文章结构完整，层次分明。《共和平议》即其一例。1915年6月7日，东京《朝日新闻》刊发《袁帝说频传》电讯，揭示北京杨度、孙毓筠等人有关国体问题上总统书两电，传达了袁世凯妄图变更国体的信息，章士钊因此作《共和平议》。首先表明原则立场："大凡国体既定，昌言变更者，律曰叛逆。"然后驳斥变更国体的三说。一说"中国人民程度不足"；二说"共和已经试验，确见其不适于吾是也"；三说"中国地大，不适于共和"。每一说之下又有若干层次，整篇文章就有一个完整的结构。章士钊的政论文长短悬殊，长篇万余言，甚至两万字以上，短篇数百字。无论长短都有一个完整的结构。若是具备了精心布置的结构，就能容纳深刻的思想，否则就会逻辑混乱，缠绕纠结，不是言尽而意不止，就是言不尽意。

最后说曲而能达。以《共和平议》今之毁弃共和者第一说为例。略谓今之主张毁弃共和者，大抵归罪于中国人民程度不足。所谓程度，乃比较而言，非绝对之义。"吾国民智之低，诚不足于普通选举之域，而谓国中乃无一部优秀分子，可得入于参与政事之林，无论何人，所不能信。果其足信，则专制政治，亦莫能行。何也？为专制者，终不得不恃人以为治也。故愚理想中之立宪政治，初不以普通民智为之基，而即在此一部优秀分子之中，创为组织，使之相观、相摩、相质、相剂，此其基本人物，与世俗所称开明专制，不必有殊。""至于普通人民，其智未足以言政，即于政制，无所可否于其间。吾国由君主变为共和，彼盖视为无择，善为政者，亦惟相其所宜，使之智量日即于高而已。若以人民全体为一标准，而疑多数拙劣分子所不能了解之事，即不能行于少数优秀分子相互之间，以致优秀者失其摩荡之力，而本质以隳拙劣者以无人提携诱掖，永远末由自拔。甚矣其颠也！"[1]曲而能达实为螺旋

---

① 章士钊《共和平议》，《章士钊全集》第三卷，第460—461页。

式文字的另一种说法，一层一层地分析，最后将有所见，达到心有大千，笔随意走，周旋折旋，无远弗届的境界。胡适认为章士钊“把古文变精密了；变繁复了……使古文能曲折达繁复的思想”[①]，这并不是过誉之词。

2. 条理清晰，丝络分明。

关于条理，先说一个掌故。章士钊在《欧洲最近思潮与吾人之觉悟》的讲演中说：“数年前，蔡孑民先生与友人一信，谓彼在德国所治学问，犹之满屋散钱，不过从中摸得几个，寻不着串子穿起来。”此说所谓“散钱”与“串子”实际是比喻材料与条理的关系问题。若是散钱，即使数量很多，不过散钱而已。但这些散钱一旦用串子穿起来，那就是钱串子，不再是散钱了。蔡先生是在讲学问，将串子比喻为“条理”。文章有了条理，材料才有价值。章士钊也有同感，说“愚读书时，不断有此感觉”。章士钊说“串子”即条理，“串也，弗也，宛在自然之中，倘寻得而贯之，即可谓已竟逻辑之全功也。语曰，通天地人之谓儒。何以通之？曰寻着串子，一以贯之，不期通而自通也”[②]。

章士钊说，关于条理，《孟子·万章下》早有详论：“孔子之谓集大成。集大成也者，金声而玉振之也。金声也者，始条理也；玉振之也者，终条理也。始条理者，智之事也；终条理者，圣之事也。”他借题发挥说：“戴东原精读《孟子》一书，尝言吾人总须体会‘条理’二字，务要得其条理，由合而分，由分而合，则无不可为。夫条理者，秩序之别称也，由合而分，乃自演绎趋于归纳，由分而合，则自归纳返乎演绎。东原博学多通，自然体会得逻辑诀要。”[③]总之，逻辑政论文就应有逻辑的条理、逻辑的次序。章士钊常常

---

① 胡适《五十年来中国之文学》，《最近之五十季——申报馆五十周年纪念》，申报馆，1923年2月。

② 章士钊《逻辑指要》，第16页。

③ 章士钊《逻辑指要》，《章士钊全集》第七卷，第306页。

以条理褒奖佳文，如“字句累累如九层之台，节次井然”，“词条理达，明赡可观”之类。

章士钊逻辑政论文的条理，随处可见。兹录《学理上之联邦论》一节文字，分段(序号为笔者所加，以序号为准)评说。

> (1) 理有物理，有政理。物理者绝对者也，而政理只为相对。物理者通之古今而不惑，放之四海而皆准者也。政理则因时因地容有变迁。二者为境迥殊，不易并论。(2) 例如十乌于此，吾见九乌皆黑，余一乌也，而亦黑之，谓非黑则于物理有违，可也。若十国于此，吾见九国立君，余一国也，而亦君之，谓非立君则于政理有违，未可也。何也？立君之制，纵宜于九国，而未必即宜于此一国也。(3) 或曰，自培根以来，学者无不采经验论。此其所指，似在物理，而持以侵入政理之域，愚殊未敢苟同。……其所以然，则科学之验，在夫发见真理之通象，政学之验，在夫改良政制之进程。(4) 故前者可以定当然于已然之中，后者甚且排已然而别创当然之例。(5) 不然，当十五六世纪时，君主专制之威，披靡一世，距此以前，政例所存，罔不然焉。苟如论者所言，是十七世纪后之立宪政治，不当萌芽矣，有是理乎？[①]

本段文字的逻辑条理，可分为五个层次。

序号(1)，界定物理、政理性质的区别。物理之理，“放之四海而皆准”，政理则容因时因地而变迁。

序号(2)，譬喻。九只黑乌鸦加一只乌鸦可以说十只黑乌鸦，九个君主制国家再加一国，不可以说十个君主制国家，因为九国之制，未必适合这一国。

序号(3)，政理与物理虽同用一个“理”字，可性质并不相通，

① 章士钊《学理上之联邦论》，《章士钊全集》第三卷，第379—380页。

不可混为一谈。科学在发现普遍的科学规律，而政学在于改良政治制度的历史进程。

序号(4)，物理定当然于已然之中，政理排已然而别创当然之例。

序号(5)，反证，假如两者相近，那么十五、十六世纪君主制风靡一世，在此时间段之前就该是君主制，之后也不会有民主立宪制的萌芽了。

梁启超以“其文条理明晰”自许，对此胡适表示认同，认为“时务体”的魅力所在在于条理，所以最容易看下去。但拿梁启超的报章文体与章士钊的逻辑政论文一比较，后者无疑棋高一着。

闲来翻阅章士钊集子，有几句话引起笔者注意，随手摘录下来。他说识其条理一二，杂辑各书，但求达意，不必直述原文，雅非统系之言。此说三言两语，却道出作文秘诀，诀窍在“识其条理一二”而已。

3. 张弛有度，恰如其分。

古人有出言有尺，记事有度，过犹不及之类的说法，章士钊也有类似言论，曾借柳宗元文来传达他的这种思想。他说：“愚夙好柳子厚文。夫子厚文果胡独异乎？以愚观之，凡文自有其逻辑独至之境，高之则太仰，低焉则太俯，增之则太多，减之则太少，急焉则太张，缓焉则太弛，能斟酌乎？俯仰多少张弛之度，恰如其分，以予之者，斯为宇宙至文。”[①]因此，柳宗元写文章时具有进退自如、左右逢源的辩证性和灵活性。他还对韩、柳加以比较指出：“韩、柳同言文以明道，然道在退之以见极为归，在子厚以得中为衡，于是退之行文，不能一步逾越规矩，子厚斟酌余地甚广，此其大略也。”[②]虽说有一说一，总错不到哪里去，可是说话总得留有余

① 章士钊《文论》，《章士钊全集》第六卷，第383页。

② 章士钊《读韩愈所著毛颖传后题》，《章士钊全集》第九卷，第512页。

地，切不可把话说死，才能进退自如。

梁启超讲文章作法也有类似意见，可以相互印证。他说作文章先要有思想内容，在表达思想的时候有若干原则，其中之一就是“适中”：“所言嫌多或嫌少，都不合。吾们做文章，须要言所欲言，不多不少；意尽则言止，到恰好的地位才兴(行)。”[①]

所谓话不能说得太满，应该留有余地，但并不是说要信奉“逢人只说三分话，未可全抛一片心”的世故之言。钱玄同出言夸张，喜欢将十分话说到十二分，诚则可嘉，过则不可取，但欲言又止、半吞半吐的世故态度也不必学。章士钊对于所谓“言止而意不止”之说并不赞同。既所欲言，当然应该尽意，论理应该充足。言不尽意，又以“可意会而不可言传”加以掩饰，乃文家之遁词。吕居仁曰：“东坡云：意尽而言止者，天下之至言也，然言止而意不止，尤为极至，如《礼记》、《左氏传》可见。”章士钊则认为此为谬论也。他指出，古代文人唯恐言不能尽意，正如秦宓所说：“仆文不能尽言，言不能尽意，何文藻之有？”又引《礼记》《左传》二书反问：“几曾如子瞻言：有何意不尽处？”又举清袁枚评论“子瞻以通禅理，而其文荡”，所谓文荡，大概从意不尽此类言语看出，人每言苏文有沓拖风味，亦属此种。子厚论文，一向以诚为本，人而好作半吞半吐之言，何诚之有[②]？

章士钊的文章简洁，有目共睹。他认为过分的修饰会遮蔽作者的思想，分散、转移读者对论点的注意力；如果议论少叙述多，而叙述又多虚饰，就会因辞害义。正如柳宗元在《答吴武陵论非国语书》中说的：“夫为一书，务富文采，不顾事实，而益之以诬怪，张之以阔诞，以炳然诱后生，而终之以僻，是犹用文锦覆陷阱也。”

① 梁启超《中学以上作文教学法》，《现代中国文学史》，中国人民大学出版社，2009年，第365页。

② 章士钊《言尽而意不尽之谬论》，《柳文指要》下卷，第1412—1413页。

他比较柳韩，有优劣之分：柳文“简括异常，言尽意止，不过事敷衍”，而韩文则是“挟泥沙而俱下”。章士钊逻辑政论追求质胜于文，意尽而言止。

知行本一体，获得明确简洁的思想概念固然重要，但还得找到适当的词语加以表达，这才有简洁的文字。因为“无论何国之文，表一义者不止一字，构一思者不止一式，其于逻辑，凡记事说理，具各有最惬心贵当之字与式在，谁能得之，乃为圣手”[①]。他作政论文的戒律是“文中不著不了之语”，“凡字之未明其用者，勿厕于句”。他对于作文选词的原则和选词的方法有如下诀窍：“窃谓国既有文，文可足用，则在逻辑。无论何种理想，其文之总体中，必有最适于抒写者若干字，可得委屈连缀以抒写之。能控制总体，拣出此号最适之各字，不增不减，正如其量，道尽人人意中之所欲道而不能道，闻之而叫绝，累读而不厌者是谓文家。文章本天成，妙手偶得之。谓曰偶得，形容最妙，以知文家之能臻是域，关键全在选词。词而曰选，必其词之总积，无今无古，无精无粗，往来罗布于胸中，听其甄拔，应有尽有，应无尽无，然后能事可尽。语其总积，号曰彼有。语吾甄拔，号曰此求。知其有量，明其求法。文家之能宣泄宇宙之玄秘，职是故也。”[②]章士钊有“洁字诀”，诀之奥秘在此袒露无遗。

谢幼伟评论说，章士钊“发为文章，法度谨严，殆非专治古文辞者所能望其项背”[③]。章士钊逻辑文的“洁字诀”影响了一代人。张申府晚年说：“行严先生文体的简洁有法，铿锵有力，字斟句酌，语无虚说，文无空落，那种古体式的新文格，也是前无古人，并世无双的。我初学为文，很喜欢章太炎的文字。对于严幾道的翻译

---

① 章士钊《农治述意》，《章士钊全集》第四卷，第350页。

② 章士钊《评新文化运动》，《中国现代思想史资料简编》第二卷，浙江人民出版社，1982年，第445—446页。

③ 谢幼伟《评章著逻辑指要》，《思想与时代》月刊第26期，1943年9月，第1页。

文字，也深喜；……既而乃大受了行严先生简洁有法、一字落地千斤重、为文必己出的文字的影响。可惜学而不会，又不甘为剽贼；文力求简，意力求新，反而落于诘屈晦涩，难于索解！近年对于太炎先生的文字，是不怎么喜欢了，觉得不必那样故为古奥，或习为深邃，绞人脑筋。但对行老的语省而意畅的文字，却及今依然喜爱，常不由得目读而心策励。”[①]我们从张申府的叙述中可以见到章士钊“洁字诀”如何改变了他的文字风格。

（三）朴实说理。

逻辑政论文朴实说理的文风是为创格，不可不论。章士钊政论文风，欧洲留学前后判若两人。他曾一度主编《苏报》和《民国日日报》，此时的文风可以“感情横决”之猛浪来形容，虽不甚贴切，却相去不远。

1910 年 10 月章士钊尚在英国留学，其时他开始为《帝国日报》撰稿，文风为之一变。他的政论文坚持严正的共和立场，但不党不派，秉持“条陈时弊，朴实说理”的信条，心平气和地谈政议政，所作议论以共和制度和组织形式建设以及与此相关的质疑问难之类的文字为多。

《甲寅》杂志月刊 1 卷 1 号扉页上“宣告”说：“以条陈时弊，朴实说理为主旨，欲下论断，先事考求。与曰主张，宁言商榷。既乏架空之论，尤无偏党之怀，惟以己之心，证天下人之心，确见心同理同，即本以立说，故本志一面为社会写实，一面为社会陈情而已。”这个告白说得简括，今天读来不免有语焉不详之感。其实他在此前两年，即 1912 年 3 月 15 日《民立报》的《记者之宣告》上就对此作过较为具体的阐述，并称之为“作论文原则”。择其要点为三。

1. 记者之所论列，皆属重要问题，而亦字字悉带责任，其所见

① 张申府《我所认识的章行严先生》，《所忆：张申府回忆录》，第 90 页。

是否有当,此以记者学识程度为限。首立一说,犹不能保其无误。如或被人攻驳,记者节节相答。彼所见是,则吾服彼;彼所见未是,则强聒彼使服吾。

2. 记者之所求者在真理,如记者求之而未得,他人举以相示,其为益于记者之智慧,与记者自求得之,毫无以异。又或他人求之而未得,记者自信得之,记者以己之心度人,亦即掬以示彼。

3. 记者每为文,求当世贤者之批评,最为恳挚。而当世贤者之文,记者取而批评之,亦坦陈出其所见,不留余蕴。

读过《民立报》的《记者之宣告》,再看《甲寅》告白就不难发现,后者仅是对前者的强调,或者是重申他先前的主张。

显然,"朴实说理"的文风是对《苏报》《民国日日报》及国民党宣传文风的反拨。那时的文风,学理不足,思想贫乏,"气盛理枯,词盛意索,感情横决,大言烈烈",读者望而生畏。

章士钊穿越历史,抚今追昔,说:"十年前记者即滥厕言论之席,实则亦奚成为言论?特深致恨于政治之不良,感情横决,急无所择之词耳。当时国中不识有所谓舆论,颠困于恶政治之下,无能自拔,故此种横决无择之词,有时竟能稍振顽懦之气。然今日之情势岂仍如前者?革命之大功告成,责任之逼人太甚,试问徒以感情用事之文章,果仍为今日对症之药否?""亦愿本其濡染之所至,同时加以研究之实功,就一二实际问题,原本理论,针对事实,与吾国民商榷之。"[①]

朴实说理,以理服人。某些理论主张因一时不被理解,他不嫌其繁,一论再论。《政本》之后有《论政本——答李北村君》《政本——答 GPK 君》,《调和立国论上》之后有《调和立国论残稿》,《联邦论》之后有《学理上之联邦论》《联邦论——答潘君力山》《联邦论——答储亚心君》,《白芝浩内阁论》之后有《内阁制——答罗

① 章士钊《记者之宣言》,《章士钊全集》第二卷,第 96 页。

侯君》,《论逻辑》之后有《译名》《逻辑——答吴市君》《论逻辑——答徐君衡》等。智者说:真理像燧石,它受到的敲击越多,发射出来的光辉越灿烂。所以,真理越辩越明。章士钊喜好论辩,他的不少政论文属于辩论文,如《评梁任公之国体论》《政治与社会》就是针对梁启超的《政治之基础与言论家之指针》展开辩论的文章。大家耳熟能详的《答黄君远庸》也是一篇关于发动新文学运动是否当务之急问题的辩论文字,主张严重对立,然其文风却是朴实说理的。

梁启超自述其文章特色为"笔锋常带感情",有读者说读章士钊的政论文却感受不到感情的冲击。章的逻辑政论文动辄引亚丹斯密、卢骚、白芝浩、穆勒的法政理论作为根据,结合时势,按照形式逻辑的法式,步步推演,形成结论。它给人一种印象:其文章好作义正词严的议论,却难见到感情的流露,既没有喜悦,也说不上愤怒,更不用说辛辣的讽刺和会心一笑的幽默了。这为章文朴实说理的风格又添了一个证据。

《韩非子》说:"世异事异,事因于世而备适于事。"这句话可以用来解释章士钊报章文风转变的原因。十年之前,由于"致恨于政治之不良,感情横决,急无所择之词耳";十年之后,"革命之大功告成,责任之逼人太甚,试问徒以感情用事之文章,果仍为今日对症之药否"?因此,当以"朴实说理"取代"感情横决"之文风。

袁世凯帝制复辟野心暴露之后,章士钊严厉地批评专制集权理论的荒谬及专制集权行为的政治恶果,但仍是秉持理性态度,注重学理分析,从理论上来回答现实问题,不再有谩骂之语。甲寅派的文章在社会上风行一段时间之后,虽然不像人们热衷于模仿梁启超的文章那样时髦,但许多知识分子撰写甲寅派文章却成了一时风尚。文风是一个时期社会风气、时代风貌的反映。《甲寅》月刊创刊前后,正是袁世凯阴谋复辟帝制之时,章士钊与袁世凯展开斗争,据理力争,甲寅派的文风就是这种精神面貌的反映,它与《苏报》《民国日日报》时期言论的那种激昂慷慨的格调恰成鲜明对比。

章太炎对章氏文风赞誉有加，说其“言不急切，欲徐徐牖启民志，以俟期会”[①]，所论实事求是，深中肯綮。高语罕的《国文作法》也赞赏章士钊的文风，认为“当世作者态度最好的是章士钊先生，像他的《甲寅》杂志，真不愧学者的态度”[②]。谁是谁非，世间自有公论。

四、逻辑政论文派衰落的缘由

凡事有盛必有衰。逻辑政论文派虽盛极一时，可来得快，去得也快，从兴盛到衰落，满打满算也就六七年（1910—1916），不免给人骤起骤落之感。若问其衰落的缘由，答案比较复杂，但简而言之，是由“变政”引起的文变。逻辑政论文派伴随着辛亥革命从胎孕到脱胎而发育成长起来，其肩负的历史使命是为新生共和国诞生前后，在共和宪政和政治组织形式方面提供西洋模式的理论及经验的支持。逻辑政论文一经面世，举世惊叹。可惜好景不长，六七年之后，遭到“晨鸡一声，其道大衰”的命运。《甲寅》杂志月刊最后一期（1915 年 10 月 1 日第 10 期）刊出《黄远庸致〈甲寅〉杂志记者函》和章士钊的《答黄君远庸》两封信，标志着逻辑政论文派衰落的开始。

（一）黄远生的“思想革命”及新文体主张。

从辛亥革命到袁世凯称帝，政局如过山车一般起起落落，“夫中国自前清之帝制而革命，革命而共和，共和而一人政治，一人政治而帝制复萌”[③]。1915 年秋，政局更见诡谲。当年 8 月，北京

① 章士钊《太炎题词记》，《章太炎全集》第五卷，第 49 页。

② 白吉庵《章士钊传》，第 189 页。

③ 严复《与熊纯如书・三十》，王栻编《严复集》第三册，中华书局，1986 年，第 631 页。

《亚细亚日报》发表古德诺《共和与君主论》,为复辟帝制张目。接着"筹安会"六君子劝进,袁世凯称帝野心昭然若揭。当此之时,无论拥护共和还是赞成帝制,"局中人"都必须站队。新闻记者兼政论家黄远生在此大是大非面前,毅然选择了共和,因此经历了惊心动魄的一幕。

黄远生曾于数月前应允担任上海《亚细亚日报》主笔,等到筹安会登场,他已经清醒地意识到所谓主笔不过是帝制的吹鼓手。他忍无可忍,为反对帝制,逃避袁党,借上海《亚细亚日报》责令其履行契约之机,于9月3日从北京逃到上海,并先后在《申报》《时事新报》《大陆报》连日刊登启事或函,声明反对变更国体,略谓:"此次筹安会之变更国体论,值此外患无已之时,国乱稍定之日,无端自扰,有共和一日,实难赞同一日。"又在《申报》广告栏刊布《黄远庸致亚细亚报馆书》,声明:"亚细亚报诸先生鉴:远(庸)以国体问题与贵报主义不合,故于贵报未出版之先,即已在京沪各报声明脱离关系。"并在《致〈甲寅〉杂志记者函》《与梁漱溟书》中再次声明,他与上海《亚细亚报》"无一日之关系"。通过以上函书,黄远生表达了反对袁世凯复辟帝制的鲜明立场。

为躲避袁党胁迫及考虑个人安全,黄远生于1915年10月24日,乘日本客轮离沪只身赴美。在此期间,他对自己的记者及政论生涯进行忏悔和反省,以至大彻大悟。

1912年,黄远生作《少年中国之自白》,以政论家自居,他说:"今外人号我为议论文章之国,固可耻已,然议论文章,亦何尝非国家之元素。希腊之雄辩家,中古之文学派,近世之革命哲学,其于历史上占何等价值,众所知也。故议论文章不足耻,其可耻者,乃系举国言论,趋于暮气,趋于权势,趋于无聊之意识,不足以表见国民真正之精神。"[1]显示出当时政论家黄远生的自信。

---

① 黄远生《少年中国之自白》,《少年中国》周刊,1912年12月12日。

三年之后,他的思想为之一变。1914年2月所作《本报之新生命》认为谈政议政的政论家之路已走到尽头,“以事到今日,吾人已深知一社会之组织美恶,决非一时代一个人一局部之所为,在此大机轴中,一切材料及动静,无不为其因果,而向者之徒恃政论或政治运动以为改革国家之道者,无往而非迷妄”。他决心改弦易辙:“自今以往,将纂述西洋文学之概要,天才伟著,所以影响于思想文化者何如,冀以筚路蓝缕开此先路。”①

自19世纪40年代以来,近代中国现代化进程中经历了工艺制造、政法制度、思想文化拾级而上的三个阶段。打个比方,这三个阶段依次为三道“门槛”。黄远生鉴于辛亥革命以后风云诡谲的政局,特别是袁世凯称帝野心昭然若揭之时,他提出为了中国的进步,社会精英应该率先跨过第三道“门槛”,以思想革命为政治改造的基础。他说:“在昔日,仅有制造或政法制度之争者,而在今日,已成为思想上之争。”因为新旧异同“本不在枪炮工艺以及政法制度等等”,“本源所在,在其思想”②。因此,他在致章士钊的信中说:“其选事立词,当与寻常批评家专就见象为言者有别。至根本救济,远意当从提倡新文学入手,综之,当使吾辈思潮如何能与现代思潮相接触,而促其猛省,而其要义,须与一般之人,生出交涉,法须以浅近文艺普遍四周。”③这一节话有三个关键词:新文学、现代思潮、浅近文艺(另文又称近世文体)。这是一个划时代的号角。

细读黄远生关于新文学建设的言论,其核心思想可以概括为以下两个基本观点。

第一,关于国人思想改造的问题。辛亥革命后虽挂上了共和

---

① 黄远生《本报之新生命》,《庸言》第25、26号合刊,1914年2月15日。

② 黄远生《新旧思想之冲突》,《东方杂志》第13卷第2号,1916年2月10日。

③ 黄远生《致〈甲寅〉杂志记者》,《甲寅》杂志第1卷第10号,1915年10月10日。

招牌,可是国人思想与共和民主政体严重脱节。黄远生认为时至今日,就事论事的政论文已经于事无补,根本的救济之道在于发动一场类似于欧洲文艺复兴的新文学运动,采用新文体,引入现代思潮,改造国人的思想,以期为政治改革奠定思想基础。何谓新思想?当时虽没有统一的术语,但已有一个大致的说法。稍后陈独秀说:法律上之平等人权,伦理上之独立人格,学术上之破除迷信、思想自由,此三者为欧美文明之根本原因。而罗家伦则说思想革命的任务,概而言之有三端:(1)变奴性的思想为独立的思想;(2)变专制的思想为平民的思想;(3)变昏乱的思想为逻辑的思想①。黄远生在《忏悔录》一文中略谓:"今日无论何等方面,自以改革为第一要义。夫欲改革国家,必须改造社会,欲改造社会,必须改造个人。社会者,国家之根柢也。个人者,社会之根柢也。国家吾不必问,社会吾不必问,他人吾亦不必问,且须先问吾自身。吾自身既不能为人,何能责他?更何能责国家与社会?试问吾自身所以不能为完全为人之故安在?则曰以理欲交战故,以有欲而不能刚故。故西哲有言曰:寡欲者改革家之要素也。继自今,提倡个人修养,提倡独立自尊,提倡神圣职业,提倡人格主义,则国家社会,虽永远陆沉,而吾之身心固已受用不尽矣。吾之忏悔,此物此志而已。"②

第二,关于设法创造一种近世文体作为普及现代思潮工具的问题。所谓"浅近文艺",又称"通俗文艺""近世文体",而最完整的说法应见于黄远生的《晚周汉魏文钞序》,该文说:"鄙人向日持论,谓今欲发挥情感,沟通社会潮流,必须提倡新文学,今欲浚发智虑,输入科学,综事布意,明白可观,则必提倡一种近世文体,使之合于文法及名学。"此处所谓"名学",即逻辑学,文法和逻辑都

---

① 罗家伦《答溥泉先生》,《新潮》第2卷第2号,1919年12月。

② 黄远生《忏悔录》,《东方杂志》第12卷第11号,1915年11月。

是近世文体的要素，所以，他所说的“近世文体”实乃欧化的现代散文。既然要引入“现代思潮”，应将各科科学“忠实介绍”：“为问彼方之科学的著作，论理的论著，或其他文艺的作物，中国非创立一定之名词，通俗之文体，求其介绍之忠实而能普及，而惟恃三四名流，以高华典丽之文章为之，为断片的传播，斯为完全之方法乎？”①

其实，黄远生此前已以新文学家自命，从事新思想和新文学的建设事业。他先后发表《本报之新生命》《论衡》《忏悔录》《反省》《国人之公毒》《朱芷青君身后徵赙序》《晚周汉魏文钞序》《新剧杂论》《致〈甲寅〉杂志记者》等文，篇篇都是讨论思想革命和新文学的问题，其意见可谓惊世骇俗。或许由于新闻记者职业的缘故，他抛弃以前笔墨典重深厚的文风，采用报章文体。其文如果删去本来就不多的之乎者也之类的虚词，近似白话，其表达力凡是白话文所能达到的几乎无一不可达到。他千金一诺，成为一个“近世文体”的尝试者。此后，他勇于尝试，撰写了一批白话文的作品，就其《远生遗著》“杂著第四”所见，如《朱芷青君身后徵赙序》《晚周汉魏文钞序》《鞑蛮哥小传》《小叫天小传》《新茶花一瞥》《新民电报汇编序》及《新剧杂论》等作，已经完全没有之乎者也了，其白话文水平即使是《新青年》时期的作家也很少有能望其项背者。

（二）章士钊的政治改造立场问题。

章士钊与黄远生在中国改造问题上站在对立的立场，与黄远生主张以思想革命为一切改造的基础不同，章士钊则主张以政法改造“立为基础”，而后才有社会改造的机会。他在《答黄君远庸》（1915 年 9 月 27 日）函中说：“提倡新文学，自是根本救济之法，然必其国政治差良，其度不在水平线下，而后有社会之事可言。文艺其一端也，欧洲文事之兴，无不与政事并进。”而“欧洲古文学之

① 黄远生《国人之公毒》，《东方杂志》第 13 卷第 1 号，1916 年 1 月 10 日。

不亡，盖食宗教之赐多也，而我胡望者，以知非明政事，使与民间事业相容，即莎士比（莎士比亚）、嚣俄（雨果）复生，亦将莫奏其技矣”[①]。

此前章士钊发表的一篇《政治与社会》[②]可作为这一复信的注脚。梁启超在《大中华》杂志上发表《政治之基础与言论家之指针》，“以申明政治基础于社会之说”。此处所谓“社会”即指社会思想，吴康发表于《新潮》3 卷 1 号的《从思想改造到社会改造》对此有所界定。梁认为政治以社会为基础，社会不良，政治何良之有？“惟于今之政治，无法可设，不得不转而诉之社会，冀先植政治上不拔之基。”章士钊的《政治与社会》即因此而作。

章士钊认为：“政治与社会，两两离立，尔为尔，政治之事；我为我，社会之事。俟吾社会发达，至于可以加力政治之时，再行结合以建新国，则试问此一前提，果得立焉否乎？由作者所设诸难以观，盖不得立也。”又说：“先生所指社会事业，教育耶？工业耶？农商耶？宗教耶？教育、工业、农商、宗教，吾得字之曰社会，不受恶政治之影响者，其度何若耶？”“吾尚高谈社会，纵欲自欺，奈其毫无可欺之道何哉？质而言之，吾国盖无所谓社会，即欲事此，亦当先以大刀阔斧，立为基础，吾始有举手投足之方。兹之所谓，乃从腐败政治之中，剖分若干部，号之曰社会事业，以身心性命，遮而蔽之，无论政潮何之，不使侵越，如欧人之谋政教分离者然。苟尔为之，其事峻急险巇之量，又或远出作者所诋政谭之上？”[③]

他又说：“政治不良，由于社会不良，社会不良，又由于政治不良。互相为因，互相为果。”当此因果并立之时，“则当熟察并著之因，与本因之大小轻重何若，而后可决改良之事当从何始”。他的

① 章士钊《答黄君远庸》，《甲寅》杂志第 1 卷第 10 号，1915 年 10 月 10 日。
② 载《甲寅》杂志第 1 卷第 6 号，1915 年 6 月 10 日。
③ 章士钊《政治与社会》，《甲寅》杂志第 1 卷第 6 号，1915 年 6 月 10 日。

意思非常明白，就是当政治改革没有见到眉目之前，提倡什么旨在改造社会的新文学运动可笑至极。

由此不免联想到一件事。光绪三十一年(1905)，严复因事赴伦敦，与正在英国的孙中山会晤。严复痛陈中国民众品行之劣、民智之卑，“即有改革，害之除于甲者将见于乙，泯于丙者将发之于丁。为今之计，惟急从教育上着手，庶几逐渐更新乎！”孙中山答道：“俟河之清，人寿几何！君为思想家，鄙人乃实行家也。”[①]遂不复见云。章士钊的政治改造为社会改造前提的思想乃实行家的思维，这也是他后来从政的思想根源。

章士钊政治改造为社会改造前提的思想与他的政治精英观不无关系。他指出：“夫政治之本，固在人民，而谓举国之人，其智足以辨别政治良恶，始有良政治可言，断非笃论。不必言全数也，必待多数得此，而政治始能图良，亦不必然。盖人民为物，于政治上产生意味，必为选民，苟其国民智未高，可以使其选民团体，特别缩小。当世文明各国，固仍行少数政治耳。以齐民智量之高低，定其国政之善恶，此政客门面语，非实际也。大凡政势所趋，其枢柄握于国中优秀分子之手，同时无何种阻力使之情涣而机停，则政治良，否则为恶。故卜政治者，亦视此种优秀分子之地位之情状何若已耳。普通人民，固待别论也。今吾之民智诚低，然不得谓国中乃无一部优秀分子。今作者之所以绝望于政治，果此一部分子未尽其用也耶，抑尽而仍无望也耶！后者愚欲无言，如属前者，作者惟当先行求尽其用，不当遽尔走入范围广漠之民智问题。”[②]

他从政治精英的立场出发，社会就无足轻重，思想文化改革舍本逐末。所以，他的营生就是奔走权门之间，在上层显山露水，

---

① 王栻编《严复集》第五册，第1550页。

② 章士钊《政治与社会》，《甲寅》杂志第1卷第6号，1915年6月10日。

至于唤醒民众的工作，岂非多事！同理，他撰写文章则使用政治精英通用的古文，不屑于近世文体了。

黄远生和章士钊这两种不同的思路必将导致迥异的人生道路与归宿。

（三）思想革命与新文学运动。

一种思想，在个人言之，则为思想，就全体言之，则为社会思潮。大凡某种运动，总是起于先知先觉者有意的提倡，接着社会上有一班人受其影响，而相与追随。黄远生的个人思想起初仅为星火，不久便成燎原之势，形成一种社会思潮。

最早响应黄远生的是陈独秀，他紧随黄远生跨进了第三道“门槛”。他在《甲寅》杂志月刊之外另起炉灶，创办《新青年》（初名《青年杂志》），《甲寅》同仁高一涵、易白沙、李大钊、胡适等紧随其后，转移到《新青年》阵营；魏晋文派章太炎的弟子钱玄同、周作人、鲁迅、朱希祖等先后加入其中；吴稚晖、刘半农、林语堂等也投奔而来。此外，北大学生傅斯年、罗家伦、汪敬熙等创办《新潮》杂志，与之遥相呼应。

黄远生的新文学思想演变为社会思潮，新潮社的傅斯年是其中奔走有力者之一。关于思想革命的必要性，傅说得最为透彻明白，又通俗易懂，略谓：现在所谓中华民国者已到山穷水尽的地步，因“思想不变，政体变了，以旧思想运用新政体，自然弄得不成一件事。回想当年鼓吹革命的人，对于民主政体的真像实在很少真知灼见，所以能把满洲推倒，一半由于种族上的恶感，一半由于野心家的投机。我仿佛记得孙中山在《民报》上拿唐太宗比自己，章太炎在《訄书》上居然有‘后王者起’的话头。……至于有人竟自把‘饮冰内熟’，‘一卧沧江惊岁晚，几回青琐点朝班’两个典故，当做名字，去鼓吹‘开明专制万能’的主义，更全是旧思想了”。“学者的心里忘不了‘九世之仇’，一般人的心理又要借着机会躁进；所谓民主主义，只好当幌子罢了。所以民国元二年间像唐花一般的‘怒放’和民国三四年间像冰雹一般的摧残，都是专制思想的表现，都是受历史上遗传思想的支配，都是用‘英雄’，‘豪杰’，‘宦达’，‘攀权’的人生观弄出来的。”“用这种精神去造民国，不用平民的精神去造民国，岂有不弄成政治昏乱，四方割据的呢？到了现在，大家应该有一种根本的觉悟了。”“若是以思想的力量改造社会，再以社会的力量改造政治，便好得多了——这是根本改革。”他的结论是：“我以为未来的真正中华民国，还须借着文学革命的力量造成。”[①]《新潮》杂志另一骨干人物汪敬熙则描述说：“自民国五年一月《东方杂志》发表黄远生先生的《国人之公毒》一篇文章之后，有许多人都同声说，我们中国各种坏处的根原就是思想界，并且又说如想改革中国，第一步就须改革思想。”[②]总而言之，“真正的中华民国必须建设在新思想的上面。新思想必须放在新文学的里面，若是彼此离开，思想不免丢掉他的灵魂，麻木起来了。所以未来的中华民国的长成，很靠着文学革命的培养”[③]。这就是当时新文学家们的共识，也是黄远生个人思想演化为社会思潮的一个显例。

《毛泽东早期文稿》收有毛泽东致黎锦熙的一封信，信中毛提出一个“大本源”的思想，而且对之有一番精彩的议论：“欲动天下者，当动天下之心，而不徒在显见之迹。动其心者，当具有大本大源。今日变法，俱从枝节入手，如议会、宪法、总统、内阁、军事、实业、教育，一切皆枝节也。枝节亦不可少，惟此等枝节，必有本源。……夫本源者，宇宙之真理。……故愚以为，当今之世，宜有大气量人，从哲学、伦理学入手，改造哲学，改造伦理学，根本上变换全国之思想。此如大纛一张，万夫走集；雷电一震，阴噎皆开。

---

① 傅斯年《白话文学与心理的改革》，《新潮》第1卷第5号，1919年5月1日。

② 汪敬熙《什么是思想？》，《新潮》第1卷第4号，1919年4月1日。

③ 傅斯年《白话文学与心理的改革》，《新潮》第1卷第5号，1919年5月1日。

则沛乎不可御矣！自昔无知识，近顷略阅书报，将中外事态略为比较，觉吾国人积弊甚深，思想太旧，道德太坏。夫思想主人之心，道德范人之行，二者不洁，遍地皆污。盖二者之势力，无在不为所弥漫也。思想道德必真必实。吾国思想与道德，可以伪而不真、虚而不实之两言括之，五千年流传到今，种根甚深，结蒂甚固，非有大力不易摧陷廓清。”[1]毛泽东也是热心于思想文化改革队伍中的一员。1916 年 1 月 28 日，他致信萧子升，请其帮助借阅《甲寅》杂志月刊第 11、12 期。当时毛泽东并不知道《甲寅》杂志月刊出版至第 10 期已经停刊，所以才有此请，但是据此断定他阅读过《甲寅》月刊第 10 期所刊登的黄远生和章士钊来往信件是可以成立的。毛泽东所论与黄远生新旧异国本源不在枪炮工艺，而在于思想文化的观点是相吻合的。

至此大家有了一种根本的觉悟：忽视思想革命去改革政治，必然以暴易暴，不会有进步可言。只有以思想革命的力量去改造社会，再以社会的力量去改造政治才是根本的改革。

任何一种思潮变成一个运动，必须有一个理论纲领。理论纲领变为行动，必须有行动口号。大道至简，而行动的口号要简单，否则转了几个弯儿，看来看去，还是不明白，便难于成功。辛亥革命的观念简单明了，他们的公式是“革命——革命就是推翻满洲政府——推翻满洲政府，中国就会好”。大家一认定推翻满洲政府中国就会好，所以无怪乎一齐视死如归了[2]。《新青年》同人所采取的行动口号就是“共和招牌说（思想革命）”和“白话文体说”。这两个口号叫得响，传得开，把黄远生的新文学思想演化为新文学运动。

---

① 毛泽东《致黎锦熙信》（1917 年 8 月 23 日），《毛泽东早期文稿》，湖南出版社，1990 年，第 85—86 页。

② 罗家伦《一年来我们学生运动底成功失败和将来应取的方针》，《新潮》第 2 卷第 4 号，1920 年 5 月。

新文学运动的标志物是《新青年》，它先是提倡者，后是践行者。1917 年，文学革命言论慷慨激昂，仅至于持论而止，无论是议论文字还是创作、译作，全部是文言的。1917 年 8 月，钱玄同在致陈独秀信中发出倡议："我们既然绝对主张用白话体做文章，则自己在《新青年》里面做的，便应该渐渐的改用白话。"[①]新文学家群起响应，从二十来岁青年到五六十岁老头，都立志练习白话文，从唐宋禅宗和宋明儒家的语录、明清的白话长篇小说，以及近年来各种通俗讲演和白话文字中搜求白话文章的资源，作为模仿的对象。当然，海外留学的知识精英还带来了外国文学的资源。此后白话体文学作品逐渐多了起来。

在钱玄同的倡议下，《新青年》4 卷 1 号(1918 年 1 月)起改为使用白话文，并采用新式标点符号。4 卷 5 号(1918 年 5 月 15 日)所刊鲁迅小说《狂人日记》不但是白话文，而且是攻击"吃人的礼教"的第一炮，文学革命和思想革命合二为一，为新文学诞生的标志。此后其白话小说《孔乙己》《药》《风波》先后发表。周作人于 1921 年 6 月在《晨报》副刊发表散文革新文章《美文》，所谓美文，即是诗与散文的结合品，他呼吁新文学家不妨尝试一下，给新文学开辟出一块新的土地来。胡适《五十年来中国之文学》评论说："周作人等提倡的小品散文……用平淡的谈话，包藏着深刻的意味，有时很像笨拙，其实却是滑稽。这一类作品的成功，就可彻底打破那'美文不能用白话'的迷信了。"

一时间新文学运动风生水起，蓬勃兴旺。"仅'五四'后第一个十年期内，就有一百五十四个大小文学社团和流派在全国各地涌现和活动。"[②]他们出版发行的白话文学杂志多达二百八十四

① 钱玄同《致陈独秀信》，《新青年》第 3 卷第 6 号，1917 年 8 月 1 日。
② 贾植芳《中国现代文学社团流派》上卷，江苏教育出版社，1989 年，第 3 页。

种[1]。报章杂志是白话体文学发生发展的温床。《新青年》之后，出现了一个新文学报章杂志潮。《每周评论》在《新青年》5卷5号上的出版广告特别标注“本报文字尽量采用白话体，宗旨在输入新思想，提倡新文学”[2]。北大学生杂志《新潮》(1919年1月)宗旨为：“批评的精神，科学的主义，革新的文词。”继《新潮》之后，学生白话文杂志如雨后春笋，破土而出。《国民》(1919年1月)为留学欧美日本归国者所创办，宗旨为：“增进国民人格，灌输国民常识，研究学术，提倡国货。”《少年中国》(1919年7月)的宗旨为：“本科学的精神，为社会的活动，以创造少年中国。”仅1919年一年，全国就出现了四百种以上的白话版报刊。北京《晨报》副刊、上海《民国日报·觉悟》《时事新报·学灯》，以及《申报》《新闻报》副刊也都先后采用白话文体。《东方杂志》《小说月报》《学生杂志》《妇女杂志》等老牌文言杂志，同样改头换面，成为白话文体杂志。

紧跟新闻出版界步伐的教育界唯恐落后，1920年的小学语文课程也发生了变化，千余年来儿童一贯诵读的文言文被改为白话文，科目名称“国文”也改为“国语”。

黎锦熙对“五四”前后的白话文情状做了描述：“那时候，白话文才开始被知识分子采用，通行全国。——一九一九年‘五四’运动以前，我们这些知识分子也不是不写白话文，那只有三种场合：第一是办通俗白话报，这是教育性的，这显然是对另一阶级说话，要将就他们的语言，其实就是自己的语言，但对自己的阶层是决不会‘写话’的。第二是写作或翻译白话小说，这是文艺性的，这也显然是对元明以来传统的旧白话作品的一种不严肃的摹仿。第三是在理论文中偶尔流露一些‘语录体’的白话词儿，这也是唐

---

① 《中国新文学大系·史料索引》，上海良友图书印刷公司，1936年，第383页。
② 《〈每周评论〉出版广告》，《新青年》第5卷第5号，1918年10月15日。

宋以来一种文化的传统,但不多见。'五四'以后,风气突变,不论教育性的书刊、文艺文和理论文,白话文都成了'正宗货'。又陆续出了大量的白话翻译品,吸收了许多外来语和欧化的造句法,新的语言形式和新的思想内容是相互伴随着而来的。"①

如此这般,一个新文学、新思想乃至新文化运动便生长起来,势不可挡。两三年间,新文学运动蓬勃发展让中国文学的面貌为之一新。

(四)逻辑政论文由盛转衰的主因。

章士钊满脑子的欧美政法理论,而对当时的政治生态不敢正视。那么,当时的政治生态又是一个什么景象呢?

梁启超作《罪言》,指摘共和国有名无实,略谓:"厩无马,指鹿,锡以马名,则相庆曰吾有马矣。忽焉榜于国门曰'立宪',国遂为立宪国,民遂为立宪国民也。忽焉榜于国门曰'共和',国遂为共和国,民又遂为共和国民也。门以内勿问也,而日以所榜自豪。人所有者,我勿容无有也。有责任内阁乎?曰有。有国会乎?曰有。有政党乎?曰有。有独立法庭乎?曰有。有自治团体乎?曰有。有学校乎?曰有。有公司乎?曰有。有能参政之女子乎?曰有。有能征讨之军士乎?曰有。乃至有旷世间出之伟人乎?曰有。'朝'弗善也,易以'府';'谕'勿善也,易以'令';'军机处'弗善也,易以'秘书厅';'内阁'弗善也,易以'国务院'。'尚侍'弗善也,易以'总'、'次长';'督抚'弗善也,易以'都督';'镇'、'协'弗善也,易以'师'、'旅';'爵秩'弗善也,易以'勋位';'大人'、'老爷'弗善也,易以'先生'。他人积百数十年而仅致者,或更积百数十年而犹惧未致者,我一旦而尽有之。畴昔共指为万恶之薮者,一易其称而万善归焉。"②俨然是一幅伪共和国的大漫画。

① 黎锦熙《今序(1951)》,《国语文法》,商务印书馆,1956年。

② 梁启超《罪言》,《庸言》第1卷第2号,1912年12月16日。

逻辑政论文以其特有的魅力曾经为世人所称道，可是其结果如何呢？实在令人叹息。盘点一下，可以发现，章士钊所鼓吹的一套法政学理，践行者寡，空叙者多。所谓共和宪政，有破坏，无建设，袁世凯废除《中华民国临时约法》，代以袁记宪法《中华民国约法》，不久实行君主立宪国体，袁总统变身为中华帝国大皇帝。所谓多党内阁，一言难尽。袁世凯坐稳总统宝座之后就下令解散国民党，国民党籍议员被取消议员资格，何来多党？至于内阁，袁世凯当上总统，之后黄袍加身，历时不过五年，期间内阁总理就有六七位，国务卿也有三四位，更换之频繁令人咋舌。所谓联邦自治论，自始至终是中央专制与各省督军各自为政并存，一会说联邦，一会说邦联，其结果是各省宣布独立和中央加以弹压的政治事件层出不穷。章太炎为重刊《甲寅》题词说："行严初为《甲寅》杂志，主联邦议甚力，是时元凶专宰，吏民人人在其轭中，不有征诛，虽主联邦何益焉？时物动移，爻象相变，至于今而联邦为不可已，又非如响者之难行也，余愿行严无忘昔之言矣。"[①]此外，所谓"有容"论和"调和"论也空有其名。《政本》名噪一时，所谓异党"不好同恶异"，"有容"乃党德云云，一时被誉为高论。可是宋教仁、张振武和方维因不见容于袁党，惨遭暗算，袁世凯称帝之后下达的第一道申令就是诛杀"乱党"。至于"调和立国"论，何曾有过调和？二次革命后袁党对国民党人赶尽杀绝，大批国民党人流亡海外，章士钊虽属无党派人士也未能幸免。傅斯年说天地间事，不是东风压倒西风，就是西风压倒东风。调和是迁就的别名，政治上讲调和，才有今日的怪现状。

章士钊有《学理上之联邦论》一文，这个标题不乏象征意味。所谓联邦，仅具学理上的意义，至于实行与否，在所不计。这并非个案，其他各论莫不皆然。对此，章士钊辩解说："言论家之天职，

① 章士钊《太炎题词记》(1925 年 7 月 25 日)，《章士钊全集》第五卷，第 49—50 页。

亦在使其言论与时代潮流相合，可以见诸实行已耳。至真获实行与否，非其所当问也。果不获行，此他人之咎，于言论之真值何与也？且言论之真值每以不获实行而愈见其重，贾谊、陆贽、苏轼之书皆是也。至其言有系统枝叶扶疏之文，志在当时，而亦目送来叶。梨洲之《明夷待访》，即是其伦。欧洲卢、孟诸儒，其言何尝及时见录于世？”[1]章士钊的实行家的行动思维在此被束之高阁，而显出言论家的本色。

当袁世凯变更国体，变共和为专制，以皇帝代总统之际，政论界主张共和的政论家纷纷站出来，痛击袁世凯复辟帝制行径。继梁启超刊出《异哉所谓国体问题者》之后，章士钊在《甲寅》杂志月刊上先后发表《复辟平议》《政治与社会》《共和平议》《说宪》《帝政驳议》《民国本计论——帝政与开明专制》(《甲寅》杂志月刊第5—10号)等文，对于袁世凯帝制自为之举在法理上严加批驳，可谓尽到了一个政论家的职责，不过只是空头华章，并没有人理会。章士钊也觉得没趣，于是投笔从政，参加反袁的实际工作，《甲寅》杂志月刊也于1915年10月第1卷第10号后停刊。

随着袁世凯帝制活动的推进，反对帝制的政治势力组织护国军，揭开武装讨袁战争的序幕。章士钊参与其间，担任肇庆军务院秘书长兼两广都督司令部秘书长，从事军政实际工作。本来，章士钊既不是政治家，也不是政客，还算不上政治学者，只是一个政论家，可是章士钊却放下“政论的武器”，拣起“武器的政论”，政论家变身为政治家，实在有些勉为其难。

章士钊站在第二道门槛之内，所作所为仅以改造政法制度为限，袁世凯垮台之后，他只能眼巴巴地看着大小军阀混战。关于军阀混战，关系全局的有反复辟之战，有段祺瑞的“定国之战”；至于局部的，则有四川的川黔之战、川滇之战，广东有陆龙之战、粤

① 章士钊《政治与社会》，《甲寅》杂志第1卷第6号，1915年6月10日。

桂之战，湖南有谭傅之战、谭张之战，陕西有陈于之战，福建有陈李之战，诸如此类，不胜枚举。当此之时，还有谁来听他的政论说教？于是章士钊摇身一变，由政论家变身为政治家，奔走在军阀政客的权门之间，充当一个说客的角色。1917 年至 1921 年间，章士钊仅发文五十余篇，而且其中多数并非政论文。他曾说过："革命酿成军阀，教育造成政客。"[①]若问为什么，黄远生不是已经给出答案了吗？可是章士钊并不接受这个答案，所以被淘汰出局。

章士钊的政论集团土崩瓦解，《甲寅》杂志月刊无以为继，终于停刊，从此政论文学时代宣告结束。《甲寅》杂志月刊撰稿人一拍两散，各奔东西，相忘于江湖。胡适说民国五年(1916)以后，国中几乎没有一个政论机关，也没有一个政论家；连那些日报上的时评也都退到纸角上去了，或者竟完全取消了。这话说得太绝对，但就其指政论时代的结束而言则是事实。

章士钊回顾《甲寅》杂志月刊昔日的荣光，目睹今日的衰落，不免有"时来天地皆同力，运去英雄不自由"之叹。

1921 年 2 月，章士钊带着失望和迷惘的心情，开始他第二次欧洲之行，试图从那里找到收拾中国残局的解决方案。因父亡奔丧，于当年秋天回国后，他的态度骤变，"思想之嘉年华，亦是循环的，并无新旧之不同"。他一度成为段祺瑞执政府的阁员，或司法总长，或教育总长，或秘书长。至于《甲寅》杂志以周刊复刊之时，以复古为职志，主张政治复古，取消代议制(议会制)；主张教育复古，复礼读经，取消白话，恢复文言；主张文学复古，归复礼教，厘正文体。胡适说章行严立志要做落伍者的首领了[②]。当时他身居高位，以事关职司自许，以复古为业，像模像样地表现了一番，但

---

① 章士钊《再答吴稚晖先生》，《中国近代思想家文库・章士钊卷》，中国人民大学出版社，2015 年，第 602 页。

② 胡适《老章又反叛了！》，《中国新文学大系・文学论争集》，上海良友图书印刷公司，1936 年，第 203 页。

终究生不逢时，他从政的经历仅仅是收获了《论败律》和《再论败律》两篇谈论从政失败的检讨文章。总之，这一时期的章士钊从政从文无一可取，均以失败告终。

平情而论，章士钊的遭遇并非个案，凡是站在第二道"门槛"之内，而拒绝跨入第三道"门槛"的文人与章士钊大致同一命运。南社（不包括新南社，但包括鸳鸯蝴蝶派）、学衡派中的人物，以及严复、林纾等人无不如此。究其原因，正如罗家伦所说："独惜这个时代，大家还只知道注重西洋政法方面的组织，物质的发展，而以为中国的精神文明，伦理的观念、文学的观念等等，还是至高无上"，"至今还以为西洋的物质文明高，中国的精神文明高，这也是同一样不脱'中学为体，西学为用'的观念呢"[①]。黄远生曾感叹世道人心之难于改变，他说："窃以为吾国经一度二度三度改革之后，士夫议论，亦当稍稍异于郭嵩焘、薛福成之时代矣，而不料其愚谬妄诞，昏昏然无以异于前日帖括八股之士，摇首奋笔，嗡嗡然而大作，令人骇然，不复知今日竟是人间何世？"[②]黄远生之论道出了章士钊逻辑政论文乃至逻辑政论文派由盛转衰的根本原因。

五、逻辑与文法两种要素的涅槃

前文已经说过，逻辑政论文主要包含四种要素，一为学理，二为逻辑，三为文法，四为柳文。时迁物换，革故鼎新。经过新文学运动的冲刷，逻辑政论文派逐渐退出文坛，然而其构成要素却有生有灭。在经历了袁世凯称帝、张勋复辟、共和招牌二度得而复失的教训之后，社会的舆论则由政治改革转向思想文化的改造，

① 罗家伦《近代中国文学思想的变迁》，《新潮》第2卷第5号，1920年9月1日。

② 黄远生《论衡》，《远生遗著》卷一，商务印书馆，1924年，第115页。

尽管政治改革仍在继续，但所据政法学理变化多端，因而人们对欧美宪政学理的兴趣今非昔比。而文言文则为白话文所取而代之，至于推崇柳氏古文，正如章士钊所言，“继往而不开来”[①]。可是，逻辑与文法这两种要素，不但没有被扫地出门，反而备受新文学家的青睐，并作为新文学的要素而加以提倡。

说来难以置信，最早提出新文学应该吸纳逻辑与文法两种要素主张的，居然是新文学首倡者黄远生。他在因梁漱溟之请所作《晚周汉魏文钞序》一文中说：“鄙人向日持论，谓今欲发挥情感，沟通社会潮流，必提倡新文学。今欲浚发智虑，输入科学，综事布意，明白可观，则必提倡一种近世文体，使之合于文法及名学。”[②]众所周知，引文中所谓“名学”即严复的逻辑学译名。这就命中注定，逻辑和文法将是新文学建设的重要内容。下文分别就逻辑和文法两种要素融入新文学的情形略作介绍。

（一）先说逻辑。

首先，新文学家把逻辑视为思想建设的重要内容。

中国古代也有逻辑思想，春秋战国时期，由名实关系的讨论而形成“名辩”之学。老子、庄子、惠施、公孙龙等都是善于逻辑名辩的人物，魏晋玄学、六朝佛经、禅宗佛学也不乏逻辑思想。但是毋庸讳言，形上思辨哲学的传统在中国文化史上并不居于主流地位。当年，北大哲学教授徐炳昶认为：“至于中国，则两三千年间，偏重历史的方法，偏重经验，凡从经验可得的东西，比方说：纸，火药，指南针，印刷术之类，他全可以很早地发明。至于纯理的科学，在他的文化史里面，几乎没有一点位置。归结，过了两三千年，他虽然也积到些实在的知识，但在理论方面，成绩很小，或者是完全荒谬的。就是他所得的经验的自身，虽然也还实在，但总

① 章士钊《跋》，《柳文指要》下卷，第1653页。

② 黄远生《晚周汉魏文钞序》，《学生杂志》第3卷第1期，1916年。

是极芜略的，不精确的；这些现象在医药里面，最容易看出来。”[1]再者，如黄远生所说，自汉武帝以后，学尚一尊，排斥异说，因此中国无学说，有之则唯孔子，尊孔子于独尊，而排斥百家，凡所谓百家，皆异端也。《墨子》虽有逻辑思想，却不成理论体系，而且被列为异端之一。后来《墨子》也式微了，很少有人研究它，其四分之一的篇幅还失传了。这大致勾勒出中国人的逻辑思维贫乏的状况。

中国人轻视逻辑，还与长期以来的科举制度不无关系。在中国，读书人只要熟读四书五经，通过科举考试，好官我自为之。在此制度之下，大批聪明人热衷于科举，而数学、逻辑之类与此无关，何必去做那劳而无功的蠢事呢！在此社会风气之下，逻辑发展不起来也就理所当然。再说，中国旧学从“古训”的教条或“师心自用”出发，不知求诸事实，不从对客观事物的观察、归纳出发，也用不着验证，中国人的逻辑思辨能力因此就萎缩了。

黄远生名论《国人之公毒》指摘国人思想之病在于笼统，所谓笼统，无非是指国人缺乏逻辑思想。《国人之公毒》论笼统十分精彩，苦于篇幅太长（七千余字），无法通篇引录，仅引其中一节以见其一斑：

> 中国之病，……以余武断，其受毒之地点，在思想界，其所受之毒，名曰笼统，此外无别物也。第二则须问何为笼统，余今不能下一定义，但为说明其概念曰，凡无统系，无实质，无个性，无差别者皆是，其所发生之现象，则为武断、专制、沉滞、腐朽、因循、柔弱，凡在今日为造国保种变化进步之公敌之病象，无一不归之。[2]

文章列举了政治、思想、教育、文化、文学、戏曲、民俗等方面

---

① 徐炳昶《复钱玄同信》（1926 年 3 月 4 日），《钱玄同文集》第二卷，中国人民大学出版社，1999 年，第 256 页。

② 黄远生《国人之公毒》，《东方杂志》第 13 卷第 1 号，1916 年 1 月 10 日。

笼统思想的表现，认为凡此种种，无非是逻辑思想贫乏的表现。

其实，五四时期提倡的科学、民主两个口号跟逻辑思维也有不可分离的关系。谢幼伟指出："逻辑为科学基本，无逻辑，则科学无方法。逻辑亦民主政治之要件，国民脑筋之清晰与否，影响及于民主政治之推行。换言之，言科学须有科学之心态(Mentality)，言民主亦须有民主之心态，而此两种心态之养成，均非有逻辑之训练不为功。"①

在当时的有识之士看来，国人思想病在粗疏笼统，矫以缜密的逻辑文学，实在是思想革命的当务之急。

其次，重视逻辑也是新文学白话文体建设的需要。

胡适的《建设的文学革命论》标志着新文学运动由"破坏"向"建设"的转型，其建设的任务之一就是要使逻辑思维要素入文的问题。作文需要有条理、有层次、有系统的思想能力。"第一，中国文学的方法实在不完备，不够作我们的模范。即以体裁而论，散文只有短篇，没有布置周密，论理精严，首尾不懈的长篇。"②"平心而论，章行严一派的古文，李守常、李剑农、高一涵等在内——最没有流弊，文法很精密，论理(逻辑)也好。"③

与《建设的文学革命论》同刊同期发表的还有林语堂的《论汉字索引制及西洋文学》。林语堂毕业于上海圣约翰大学，他对英国讲学和说理的散文并不陌生，并且特别提到章士钊的逻辑政论文深得英国议论散文的三昧，他说："兄弟每读西书，随便甚么稍稍读书的人做的，大半都是论理精密，立断确当，有规模有段落的文字。其一种有名的讲学说理之文，如 Huxley，Buckle，Mathew Arnold，William James，其用字的适当，段落的妥密，逐层进论的有

① 谢幼伟《评章著逻辑指南》，《思想与时代》月刊第 26 期，1943 年 9 月，第 1 页。

② 胡适《建设的文学革命论》，《新青年》第 4 卷第 4 号，1918 年 4 月 15 日。

③ 胡适《中学国文的教授》，《中国新文学大系・建设理论集》，上海良友图书印刷公司，1935 年，第 252 页。

序,分辨意义的精细,正面反面的兼顾,引事证实的细慎;并且其文的好处,西人叫做 Lucidity(清顺),Perspicuity(明了),Cogency of thought(构思精密),Truth and appropriateness of expression(用字精当措辞严谨),我们一点也不像。——都使读的人有一种义理畅达,学问阐明的愉快。这都是我们新文学还没达到的功夫。……我们文学革命必定须以这种文字做我们至高最后的目的。"而这种议论散文,"我找来找去,只看见秋桐君的著作,可以与他们比较(如秋桐君的文字,可谓能够完全代表西文的佳处……)"。"虽是现在《新青年》所刊的自然皆是注重老实有理的话,其趋向,自然是对的,但弟的意思,是要为白话文学(白话当文用,后来自有白话文学。)设一个像西方论理细慎精深,长段推究,高格的标准。人家读过一次这种的文字,要教他不要崇拜新文学也做不到了。这才尽我们改革新国文的义务。"[①]

当时《新青年》实行轮流编辑制,这一期由钱玄同轮值。钱玄同回复林语堂说:"西人文章之佳处,我们中国人当然要效法他的。我们提倡新文学,自然不单是改文言为白话,便算了事。惟第一步,则非从改用白话做起不可。因为改用白话,才能把旧文学里的那些死腔套删除;才能把西人文章之佳处输到汉文里来。否则虽有别国良好之模范,其如与腐臭之旧文学不相容何?"[②]由此可见,新文学家对逻辑入文的态度是非常鲜明的。

新文学界还就如何做好逻辑的白话文展开讨论。傅斯年说:"(一)'逻辑'的白话文。就是具有'逻辑'的条理,有'逻辑'的次序,能表现科学思想的白话文;(二)哲学的白话文。就是层次极复,结构极密,能容纳最深最精思想的白话文。"[③]新文学的任务就

---

① 林语堂《论汉字索引制及西洋文学·致钱玄同信》(1918 年 3 月 2 日),《新青年》第 4 卷第 4 号,1918 年 4 月 15 日。

② 钱玄同《复林语堂信》(1918 年 3 月 13 日),《新青年》第 4 卷第 4 号,1918 年 4 月 15 日。

③ 傅斯年《怎样做白话文》,《新潮》第 1 卷第 2 号,1919 年 2 月 1 日。

是要建设细密精细的新文学。严既澄说:“认定语体文不但可以欧化,而且是应当欧化。”“我们此后正要洗练我们几千年来一贯相承的笼统模糊的头脑,这恰是对症的良剂。……努力提高语体文的地位和价值,建设严密的,精细的新文学。”[①]总之,建设逻辑的新文学是新文学家的历史使命。

作为一种方法,建设逻辑论事、论理之文还得从基础教育入手,章士钊曾说:“吾国学术不振,各种科学智识均极缺乏,而逻辑上智识缺乏又甚,学者之弊不但误用术语,往往有长篇大著文字非不美观,一经绳以逻辑,鲜有不涉于虚妄者,以如此论事、论理之文,其能道着真理者几希。鄙意欲救此弊,中等教育宜加入逻辑一科,俾一般学子略具逻辑知识。”胡适认同章士钊的意见,在《中等国文的教授》中就认为章士钊一派的古文“最适宜于中学模范近古文之用”。

再次,在新文学家的推动下,一时间社会形成了逻辑热,为逻辑文学的发展营造了良好的氛围。

章士钊以逻辑思维作文、著书、讲学,又研究墨学和柳宗元古文的逻辑思想,影响无远弗届,激起学术界和教育界对逻辑的兴趣,一时间引发社会各界学习逻辑学的热情,由此开启了学习逻辑的社会风气。

1900 年,上海名学会曾举行名学演讲会,严复主讲,以前闻所未闻,所以听众还很有限。十八年之后的 1918 年,因新文学家的鼓动,章士钊在北京大学讲授逻辑学,听者如云,盛极一时。据高承元记载:“七年(即民国七年)先生讲逻辑于北京大学,时承元肄业于北京法政专门学校,兼为北大旁听生,闻讯喜出望外,趋往则门户为塞,坐无隙地,盖海内自有讲学以来未有之盛也。翌日乃易大教室,可容四五百人,挤拥如故。学校执事者,乃使人到教室

① 严既澄《语体文之提高和普及》,《文学》第 82 期,1923 年 8 月 6 日。

户外检听讲证以限之。当时习尚,尝闻学生有注册而不受课者,未注册而争入教室受课,则未之前闻,有之,自先生讲学始。”[①]听课者中有张申府、傅斯年、罗家伦、吴敬轩、陈钟凡、黄建中、李光宇、范文澜、李相因等人。

章士钊的逻辑政论文获得不少追捧者,如高承元就说:“读长沙章先生所著《甲寅》杂志,见其运用逻辑,衡论政理,法度森严,能立能破,乃刻意揣摹,欲以私淑其道,然犹以未获列于门墙为憾。”1918 年,章士钊受聘北京大学,讲授逻辑学,高承元更是“潜心受课,凡先生所讲,笔不辍录。当是时,学校不颁讲章,而受业者复为教室所限,一时北平学子欲窥其堂奥而无从者尤多,承元间乃撮取旨要,布于校中刊物,以慰同学之望”[②]。《法政学报》1918 年第 1 期刊出的《逻辑余谈》、1 至 3 期连续刊出的《思想律上新思潮》就是高所指校中刊物发布的上课笔记旨要,后者还特别署上“长沙章秋桐讲,高元(高承元)述并注”。

顺便说下北京大学哲学教授徐炳昶(旭生),1925 年春,他在《京报副刊》推出“青年必读书十部”,开列的书目别出机杼,几何学六部,论理学(逻辑学著作)四部,引起新文学大将钱玄同的注意。钱特别致信徐炳昶,表示“看了尊论,极为感动”,并以谦逊的态度请教几何学及论理学书籍的问题,“想今后在此二学上用些功,‘以图晚盖’”[③]。徐炳昶回复说:“几何学的重要,不在于它的结果,却在于它的方法。”“它对于现代的中国人,总算一种最好的药石。”“我希望大家研究几何学,是想教大家拿这种方法练习他的思想,如徐氏(光启)所说‘祛其浮气,练其精心’。”[④]此外他还一一回答了钱玄同关于《几何原本》、穆勒、杜威论理学之书的问题,

① 高承元《高序》,《逻辑指要》,第 7 页。
② 高承元《高序》,《逻辑指要》,第 7 页。
③ 钱玄同《论几何学及论理学书·致徐炳昶信》,《钱玄同文集》第二卷,第 253 页。
④ 徐炳昶《复钱玄同信》(1926 年 3 月 4 日),《钱玄同文集》第二卷,第 254—255 页。

将中西逻辑思想要旨详加介绍。当时，钱玄同正著文痛斥章士钊献媚段祺瑞，并就政治、教育、文化、文学上复古论调与章鏖战正酣，但这并不影响他对于逻辑学方面所保持的热情。他说，“我虽不来学‘老虎’们的口吻痛骂今之学人”，却问如何治逻辑学有何不可，这显示了钱玄同学习逻辑学的热情和当时学界的风气，也表明章士钊倡导逻辑思维对于新文化运动产生了重大影响。

最后，逻辑思想在新文学建设的第一个十年里就已经取得初步的收获。

中国文章以短篇为多，缺少长篇大论。但此时“长篇议论文的进步，那是显而易见的”[①]。周作人认为“中国散文，适之、仲甫清新明白，长于说理讲学”，自然与逻辑文脱不了干系。陈子展《中国近代文学之变迁》认为胡适所作《孙行者与张君劢》就更严密、更有精彩、更加有趣了。由《新青年》“随想录”发展而来的议论小品或杂文，虽非逻辑政论文的鸿篇巨制，但在短小的篇幅里不难发现逻辑文的神韵。其文体不拘一格，兼收并蓄，集政论、时论、史论、文论、杂评于一体，行文有物有序，论述清楚明白，有条有理，简洁洗练。鲁迅与章士钊虽曾有过节，但并不讳言杂文与逻辑政论文的关系。他说，新文学第一个十年散文的成就几乎高于诗歌、小说、戏剧，“写法也有漂亮和缜密的”，以“表示旧文学之自以为特长者，白话文也并非做不到”。

虽然在现代作家中，称得上逻辑学家的人并不多，但逻辑作为一种思维方式，已经渗透到多种文学体裁之中。在小说领域，主张小说应该与逻辑思维联系在一起。程小青在20世纪20年代中期曾指出，侦探小说本身是科学的，对于情节的叙述，往往运用演绎和归纳的方法，这就逃不出逻辑的范围。所以，他要求对

① 胡适《五十年来中国之文学》，《最近之五十季——申报馆五十周年纪念》，申报馆，1923年2月。

于抒情、心理、生理、化学、数理和实在的侦探科学等，至少须略窥门径[①]。老舍也曾经说过，一个东西写完了，要看念得顺不顺，逻辑性强不强。

在文学批评领域，也出现了重归纳，重演绎，强调理性分析和逻辑结构，概念范畴的内涵和外延力求明确界定，在表达上强调周严性和明确性的批评文体。

令人称奇的是钱玄同居然运用逻辑思维批评古文。他说，我们提倡国语文学的理由，"因为古文贫乏、浮泛、浅陋、幼稚，不足以传达高深绵密的思想和曲折复杂的情感，所以要对彼革命，将彼推翻，另外建立丰富、精密、深奥、进化的国语文学！绝对的不是嫌古文太深奥难懂，'为通俗起见'而另创浅陋的国语文，'使一般人易懂'，可以'由浅入深'去学古文！"[②]这种文学批评使文白之争别开生面。

另有一位汪震先生运用逻辑思维评论王安石的《读孟尝君传》，也是非常有趣。《读孟尝君传》的原文是："世皆称孟尝君能得士，士以故归之，而卒赖其力以脱于虎豹之秦。嗟乎，孟尝君特鸡鸣狗盗之雄耳！岂足以言得士？不然，擅齐之强，得一士焉，宜可以南面而制秦，尚何取鸡鸣狗盗之力哉？夫鸡鸣狗盗之出其门，此士之所以不至也。"

汪氏评论说："这区区九十个字，咏之意味深长，但是他的推理方法便与我们大异了。这一篇前面说'孟尝君能得士'，后面说'士之所以不至'，这岂非陷了逻辑上的矛盾律？替他解释的可以说士是特称，但是，王安石并没有在'士'上加一个形容词，又如何说得通？推寻这个原因，都是由于直觉与推理的差异。用我们现在的推理方法，一定说士有两种：（一）真士，即治国之士；（二）伪士，即鸡鸣狗盗之士。真士与伪士的关系正是相反：有一个或几个真士

① 程小青《侦探小说作法之一得》，《小说世界》第12卷第6期，1925年。

② 钱玄同《一封最紧要的信》，《钱玄同文集》第三卷，第112页。

来，则伪士全体都不来；有一个或几个伪士来，则真士全体都不来。如果以上的大前提为大家所公认，然后可以推演出孟尝君有鸡鸣狗盗之伪士，所以真士连一个都不来。这是我们的思考方法，我们作文也这样作的。我们的思想是科学的，是合于逻辑的。我们的文章这样作出来方才站得稳。我们用这个标准看这一篇《读孟尝君传》，我们总认为王安石的推理是不健全的，他的态度是病的，他的思想是不科学、不合逻辑的。”①汪还说到，姚鼐给王安石的这一篇文章打上三个圈子，给予极高的评价，他以为这种文章连一个圈子的一角都不值，因为我们的标准变了。汪震对古文的批评预示着新的文学批评时代的到来。

文学史家都说逻辑政论文可纠正报章文体的浮泛气，此言不虚。梁启超的报章文体，气势磅礴，感情激越，而未免流于疏阔。可是梁启超后期的著作《中国历史研究法》《先秦政治思想史》《清代学术概论》等，则文风由汪洋而返于严谨，议论去其记者笔调而守学者规矩，这不能说与逻辑思维影响没有一点关系。梁启超曾为章士钊关于逻辑译名的《论翻译名义》写过小序，后来又热衷于研究墨学，或许不是偶然的。

钱基博说：“每见近人于语言精富，部分辨皙与凡物之秩然有序者，皆曰合于逻辑矣。盖假欧学以为论衡之绳墨也。”在学界，学逻辑、讲逻辑、用逻辑蔚然成风。逻辑思维渐渐成为人们的思维习惯、评判是非的标准。对此，章士钊有倡导之功。

（二）文法。

章士钊文法要素影响于国文文法建设，主要有两个载体，其一，逻辑政论文；其二，《中等国文典》。

1. 先说逻辑政论文。

在新文学家看来，章士钊的逻辑政论文是文法应用的范本，

---

① 汪震《与疑古玄同先生论文书》，《钱玄同文集》第三卷，第264—265页。

受其启发而提倡文法建设。

新文学家们无不赞叹章士钊逻辑政论文文法应用的高明。傅斯年说,《甲寅》杂志里章行严先生的文章,“有一种特长,几百年的文家所未有,——就是能学西洋词法,层次极深,一句话里的意思,一层一层的剥进,一层一层的露出,精密的思想,非这样复杂的文句组织,不能表现;决不是一个主词,一个谓词,结连上很少的‘用言’,能够圆满传达的”[①]。

胡适则把章士钊与章太炎、严复、梁启超放在一起对照比较后评论说:“他的文章有章炳麟的谨严与修饰,而没有他的古僻;条理可比梁启超,而没有他的堆砌。他的文章与严复最接近;但他自己能译西洋政论家法理学家的书,故不须模仿严复。严复还是用古文译书,章士钊就有点倾向欧化的古文了;但他的欧化,只在把古文变精密了;变繁复了;使古文能勉强直接译西洋书而不消用原意来重做古文;使古文能曲折达繁复的思想而不必用生吞活剥的外国文法。”[②]胡适还推而广之,认定文法谨严为逻辑政论文派的一大特质,认为章士钊一派的古文最没有流弊,文法很精密,论理也好。

这里应该指出一个现象,新文学家论及章士钊逻辑政论文的文法往往与逻辑相提并论。胡适说:“章士钊曾著有一部中国文法书,又曾研究论理学;他的文章的长处在于文法谨严,论理完足。”刘半农的《应用文之教授》曾经设想编一部《文典讲义》,作为阅读和作文的一种补助,其内容就包括“浅近之论理学——示以用字造句必须斟酌之要点,使不至于有‘自相矛盾’之弊”[③]。其中的原因,北京高等师范学校国文部学生周祜在给《新青年》编辑的

① 傅斯年《怎样做白话文》,《新潮》第1卷第2号,1919年2月1日。

② 胡适《五十年来中国之文学》,《最近之五十季——申报馆五十周年纪念》,申报馆,1923年2月。

③ 刘半农《应用文之教授》,《中国新文学大系·建设理论集》,第104页。

信里曾有过解说："西文的文法是与论理学相表里的。""东西各国的文学，莫不都有一定的文法，文理极为清楚，句子极为明白。"而"中国文字，意义极其含浑，无论做文言，做白话，终没有明白晓畅的意思。假如没有一种文法去限制他，文理总没有一日清楚，国民的头脑也没有一日清楚"[①]。说到文理，那就不仅是文法，而且与逻辑也有关系了。可见，文法与逻辑相表里是新文学家们的共识，而这一点正说明他们所提倡的国文文法与章士钊的逻辑政论文脱不开干系。

胡适从章士钊的逻辑政论文中发现其国文文法思想的价值之后，就萌生提倡讲求文法的念头。胡适跟章士钊早有神交，他接触章士钊的逻辑政论文约在 1912 年。胡适《致〈甲寅〉记者函》追忆说："忆足下在《民立报》(1912 年 2 月至 8 月 25 日，文章与其相关为限)时，亦有此种言论(指'神州之大，无一大学，乃真祖国莫大之辱')，彼时即有意通问讯，适国内扰攘，卒卒未能如愿，至今以为憾。"[②]此后，章士钊又主编《独立周报》、《甲寅》杂志月刊。胡适在《甲寅》杂志月刊发表译作《柏林之围》《非留学篇》。毋庸置疑，胡适又是这两种杂志的读者，所以他对章士钊逻辑政论文所包含的国文文法思想自然不会陌生。

胡适最早谈论文法的文字，见于 1913 年的《诗三百篇言字解》。文章认为中国非有一种成文的国文文法著作不可，文中说："区区之私，以为吾国文典之不讲久矣，然吾国佳文，实无不循守一种无形之文法者。……现存之语言，独吾国人不讲文典耳。以近日趋势言之，似吾国文法之学，决不能免。他日欲求教育之普及，非有有统系之文法，则事倍功半，自可断言。然此学非一人之力所能提倡，亦非一朝一夕之功所能收效。是在今日吾国青年之

① 周祐《致钱玄同信》(1918 年 7 月 23 日)，《钱玄同文集》第一卷，第 329—330 页。
② 胡适《胡适致〈甲寅杂志〉记者函》，《章士钊全集》第三卷，第 627 页。

通晓欧西文法者，能以西方文法施诸吾国古籍，审思明辨，以成一成文之法，俾后之学子能以文法读书，以文法作文，则神州之古学庶有昌大之一日。”[①]此后所作《尔汝篇》《吾我篇》《论句读及文字符号》等文，皆表明他对国文文法问题的持续关注。

此时，胡适所谓文法还只是古文的文法，不久之后，他进一步提倡白话文文法：“然二十年来之文法学，皆文言之文法耳，而白话之文法，至今尚无人研究。”“然则白话之文法，岂非今日一大急务哉?”[②]这个由古文文法向白话文文法的转向具有划时代的意义，从此白话文文法的问题被提上新文学家文学革命的议事日程。

胡适的“文学革命八事”从胎孕到脱胎都列具“文法”一项内容。从1916年2月2日至8月间，胡适分别给任鸿隽、朱经农、陈独秀的三封信都有“须讲求文法”的条目。《文学改良刍议》略谓：“三曰须讲求文法。今之作文作诗者，每不讲求文法之结构。其例至繁，不便举之，尤以作骈文律诗者为尤甚。夫不讲文法，是谓‘不通’。此理至明，无待详论。”[③]随着“国语的文学，文学的国语”口号的提出，白话文文法也就成了“国语的文法”。从时间上对应起来看，胡适提出“须讲求文法”一说，与他接触章士钊逻辑政论文文法思想的关联性显而易见。

2. 再说《中等国文典》。

在说《中等国文典》之前，先说一下《马氏文通》。《马氏文通》是中国第一部以古文为研究对象的文法著作，学界对其评价很高。梁启超的《论中国学术思想变迁之大势》指出：中国之有文典，自马氏始。钱玄同评论说：“这部书虽然不能说他尽善尽美，

① 胡适《诗三百篇言字解》，《胡适文集》第2册，北京大学出版社，1998年，第171页。

② 《藏晖室札记》，《胡适文集》第9册，第737页。

③ 胡适《文学改良刍议》，《新青年》第2卷第5号，1917年1月1日。

但是在中国近年的出版界上，实可称为'空前的好书'。"[①]可是《马氏文通》的文法体系是舶来品。马建忠认为："各国皆有本国之葛郎玛(语法，Grammar 音译)，大旨相似，所异者音韵与字形耳。"其《后序》指出："斯书也，因西文已有之规矩，于经籍中求其所同所不同者，曲证繁引以确知华文义例之所在。"因此，从文法体系上来说，该著是从西洋引入的"词本位"的文法组织体系。

所谓的"词本位"文法组织，即以词为中心，认为只要把词的关系搞清楚了，句法也就弄清楚了。黎锦熙在《国语文法》中指出，模仿西洋的"词本位"文法组织，仅就九品词类，分别汇集了一些方法和例证，弄成了九个不相关的单位，是文法书最不自然的组织，是研究国语文法最不自然的进程。《马氏文通》引证的例句，到唐代韩愈为止。陈望道说他的"对象"是古典的，专取韩愈以前的文字做研究的对象，认为这是文章的模范，可以做万代的法式，假使是文章，就该合这法式，不然就不算是文章。这一点更是马氏的兴趣所在，他自己曾经再三加以申明。

概而言之，《马氏文通》的特色有二，一是"洋"，一是"古"。所谓"洋"，是指其"词本位"的文法体系；所谓"古"，即例句取自唐代以前的古籍。

章士钊的《中等国文典》继承了《马氏文通》的衣钵，本着"晰词性，制文律"的宗旨，自然属于"词本位"的文法体系。关于词的种类，他按照西方文法惯例，将其分为八种词类，即名词、代名词、动词、形容词、副词、介词、接续词、助词。章士钊在日本教授国文，"诠释之时，辄案之西文规律"，例句包括清代姚鼐的《古文辞类纂》。可是，待整理《中等国文典》时，所引征的例句，只到唐人为止。对此，他解释说："书中所引例证之句，时嫌过高。盖文规初立，新旧接续之交，编者未敢自行撰句，以滋人疑。而今文亦实

---

① 钱玄同《文学革命与文法——致时敏》，《钱玄同文集》第一卷，第 325 页。

芜陋，无足刺取。论者恒谓丹徒马氏，取材断自唐人以上，不便承学之士。予初亦然其言，今着手自辑，而复不能已己，阅者谅之。”因时代关系，《中等国文典》虽有心超越《文通》，然仍无力跳出《文通》的窠臼。

《中等国文典》出版十余年之后，多部国文文法著作相继问世，至20年代中期就有十余种，包括杨树达《高等国文法》(1912)，吕云彪、戴渭清、陆友伯《白话文做法》(1920)，刘半农《中国文法通论》(1920)，杨树达《中国语法纲要》(1920)，许地山《语体文法大纲》(1921)，孙俍工《中国语法讲义》(1921)，陈承泽《国文法草创》(1922)，高语罕《国文作法》(1922)，金兆梓《国文法之研究》(1922)等。以上各著长短互见，陈望道对此指出：“大体上都是因袭马氏的体系，或多或少来一点修正而已。”[①]尽管如此，各著对国文建设也都作出了大小不等的贡献。

章士钊的《中等国文典》对国文文法建设的贡献是不容置疑的。

第一，《中等国文典》“以国文风味出之”，可以细细推敲。凡例四说：“是书本之西文规律，而无牵强附会之弊……所立之说，悉以国文风味出之。”《中等国文典》虽然“驭之”以西文文法规律，可是作为国文典，又不甘心全盘搬抄西文规则，而对国文异于西文的文法特点置之不顾，“倘中文典亦必如英文典之所云，反予学者以歧途矣”。

那么，《中等国文典》在哪些方面以“国文风味出之”呢？以下略举一二。

其一，《序例》指出：“尝谓间以中文释西文而厘然至当者，其在中文，则不必有是法。”例一：如“夫子之至于是邦”的“之”字，当英文之关系代名词。例二：“臣闻之，树德莫如滋，去恶莫如尽”，

---

① 陈望道《文法简论》，上海教育出版社，1997年，第127页。

其“臣闻之”的“之”，当英文陪从接续词[1]。章士钊认为这两个句子皆有国文风味。

其二，《国文典》第九章“助词”一节又是一例。我国古代虽然有“助字”(助词)这个名称，但往往用来泛指虚字。《马氏文通》将助字分为两个小类：“传信助字”和“传疑助字”。章士钊的《中等国文典》对助词的定义和语法功能分析较详。他说：“助词分两种：一曰决定助词，所以表语意之已决定者也，省曰决词。一曰疑问助词，所以表语意之有疑难者也，省曰疑词。”在此，他用“疑词”和“决词”代替了《马氏文通》的“传疑助字”和“传信助字”的词类。有趣的是，“疑词”和“决词”本是柳宗元的用语。章士钊的《文律》指出：“子厚《复杜温夫书》：‘但见生用助字不当律令，唯以此奉答，所谓乎、欤、耶、哉、夫者，疑辞也，矣、耳、焉、也者，决辞也。’”[2]在此，章士钊将《马氏文通》的某个词类名称改成柳宗元的用语，表示“以国文风味出之”自然是毋庸置疑的。

其三，《国文典》解释词类引征大量中国古籍例句，这些例句自然会体现国文文法的某些规律。此外，在解释词性时不时地说明某词国文的文法功能，更是超出西文“词本位”文法的范围。如他在解释“助短语”时说：“助短语者，用以助名词短语为常。凡名词短语之立于主格之地位者，恒以‘也’字助之。在文法上，不助‘也’字，亦自可通，而惟势嫌不振，而气亦失之促。须‘也’字助之者，则所以顿住上文，呼起下文，蓄其势而舒其气也。”[3]此类例子不胜枚举。

章士钊关于“所立之说，悉以国文风味出之”的体例，以及对其所做的应用，则是他在西文文法体系下，尽可能地将“国文典”

---

① 章士钊《中等国文典・序例》，《章士钊全集》第一卷，第182页。

② 章士钊《文律》，《柳文指要》下卷，第1391页。

③ 章士钊《中等国文典》，《章士钊全集》第一卷，第344—345页。

编得与“英文典”显示出差异性。

第二，章士钊对《中等国文典》“处处以西文比附吾文”的弊端有过反省。

《中等国文典·序例》有言：“是书本之西文规律，而无牵强附会之弊……倘中文典亦必如英文典之所云，反予学者以歧途矣。……所立之说，悉以国文风味出之。”《国文法草创》(1922)作者陈承泽对此表示认同：“章行严先生在其所著《中等国文典》序文中有一段疏明此旨，甚为合理。”并且发挥说：“文法之建设，本以便于说明而已，非不可变易之法也。故或仿西文，或采古说，或本臆见(自然应有一定之系统，非武断之谓)，皆无不可，惟其便耳。”又说：“是故治国文法者，当认定其所治者为国文，务于国文中求其固有之法则，而后国文法乃有告成之一日。自有《马氏文通》以来，研究国文法者，往往不能脱模仿之窠臼，今欲矫其弊，惟有从独立的研究下手耳。”①

章士钊注意到陈承泽，对陈著《国文法草创》进行评析，并由此对《中等国文典》加以反省。

《甲寅》读者殷自泰就《国文典》事宜询问章士钊，章士钊在复函中特别提及陈承泽，认为“独闽侯陈慎侯(承泽)工力良足服人……然其所为《国文法草创》(商务印书馆发行)，仍是此类著录中巨擘，不可不读，余则钊不知也”。并且对旧作《中等国文典》作了反省，说“鄙著《中等国文典》，乃二十年前作，识解稚谬，处处以西文法比附吾文，谬执尤可哂”。又说“近十年来，钊时拟复为一书，稍盖前愆，而迄因循不就”，倘有机会重写《国文典》，“果有其成，或且于高邮王氏父子(王念孙、王引之)、刘武仲、马眉叔(马建忠)诸家之外，别立一帜”②。此处他以“识解稚谬，处处以西文比

① 陈承泽《国文法草创》，商务印书馆，1982年，第11—12页。

② 章士钊《文典——答殷自泰》(1927年1月8日)，《章士钊全集》第六卷，第395页。

附吾文"反省《中等国文典》，其认识要比"悉以国文风味出之"更进一步。

笔者不敢说此函标志着章士钊将抛弃西文文法体系，但敢肯定他若新编一本《国文典》，或许能够突破"处处以西文法比附吾文"的桎梏，而在"于国文中求其固有之法则"方面打开新天地，从而在马建忠诸家之外"别立一帜"。

第三，章士钊"习惯律"之论，对建立国文文法体系具有启发意义。

《中等国文典》附列凡例五指出："文法者，固一种习惯律也(以下简称'习惯律')。其习惯者，虽不必尽当，文法家有时亦必承认之，教授法则然也。"章士钊没有对"习惯律"进行定义，也没有对此作更多的发挥，不免有语焉不详之憾。

何谓"习惯律"？林语堂《国文讲话》曾论及于此，或许有助于理解这个问题："国文是'中国人的文章'之节略语，由中国人言之，不必说'中国'二字，大家已可了解。这样讲，'国文'二字所以与他国蟹行文字别，与国学、国术、国医、国食之义重在'国'字同，所以怎样才像中国人的文章，便是国文，反是便不是国文。""尝谓中文之所谓'通'，便是西文之所谓 idiomatic，通非通，乃合语言习惯问题，而非文法问题。凡合中国语法，或语言习惯者皆谓之通。""一国文字，为一国文化精英所寄托，所以各能表现其不同的民族精神。"[1]他指出了"习惯律"的精义所在。

国语的文法是对民族语言习惯的总结。先有语言习惯，后有语法。胡适认为语言习惯是一个民族几千年演化的结果，它是民族常识的结晶。他对此多有发挥："国语的文法不是我们造得出的，他是几千年演化的结果，他是中国'民族的常识'的表现与结

---

① 林语堂《国文讲话》(1933 年 4 月 14 日)，《林语堂批评文集》，珠海出版社，1998 年，第 39 页。

晶。""'寻常百姓'自然改变的功劳,文人与文法学者全不曾过问。我们这班老祖宗并不曾有意的改造文法,只是文法不知不觉的改变了。但改变的地方,仔细研究起来,却又是很有理的,的确比那无数古文大家的理性还高明的多! 因此,我们对于这种玄妙的变化,不能不脱帽致敬,不能不叫他一声'民族的常识的结晶!'"[1]各民族语言习惯不同,世界上没有两种语言的语法完全相同,汉语与印欧语言的语法都各有自己的面貌。陈寅恪认为:"夫所谓某种语言之文法者,其中一小部分属于世界语言之公律。除此之外,其大部分皆由研究此种语言之特殊现相,归纳为若干通则,成立一有独立个性之统系学说,定为此特种语言之规律,并非根据某一特种语言之规律,即能推之以概括万族,放诸四海而准者也。"[2]他们行文大同小异,题旨并无不同。

自《中等国文典》问世二十年以后,"习惯律"在国文文法学学界成为共识,并且作为国文文法建设的指导方针。后继者不乏其人,黎锦熙就是"习惯律"的信奉者。他在《新著国语文法·绪论》中说:"把汉语作祖国的标准语,这就叫做国语。""国语都有大家常用而公认的习惯和规律。把这些习惯和规律,从我们说话的实际上归纳出来,整理、排列,加以说明,这就叫'国语文法',简称'语法'。"[3]自诩为章士钊私淑弟子的黎锦熙,在《1925年国语界"防御战"纪略》一文中说:"章士钊先生,吾乡名士也。少读其《初等国文典》即私淑其人。""锦熙之粗知文法,实章先生启之也。"由此可知,其"习惯律"思想和章士钊无疑是有传承关系的。

章士钊对国语文法建设所产生的影响,无论是逻辑政论文还是《中等国文典》都不同程度上受限于文言文体。尽管章士钊的

---

① 胡适《国语与国语文法》,《中国新文学大系·建设理论集》,第232页。
② 陈寅恪《与刘文典教授论国文试题书》,《学衡》第79期,1933年7月。
③ 黎锦熙《绪论》,《新著国语文法》,商务印书馆,1956年,第1页。

古文有学理做底子，有逻辑做骨格，有文法做准绳，仍不免是胡适所谓“古文内的革新”。随着时移物换，文坛盟主章士钊换成了陈独秀、胡适，文言文的世界转移成白话文世界。章士钊的文法是古文的文法，非白话的文法，不再为时人所接受。章士钊弟子高承元说：“承元讲学南北十有余年，见学生之能通古文者，十不一二。苟大学生尚不能读此书，而冀其能普及于社会，岂非俟河之清哉！”[①]真所谓大势所趋，莫之奈何。

凡文化，古往今来总是血脉相承。“国语是古文慢慢的演化出来的！国语的文法是古文的文法慢慢的改革修正出来的。”[②]所以，章士钊仍不失为国文文法改革的先驱，今人不必刻意忽略章士钊的贡献。至于后来国文文法人才辈出，则是青出于蓝的另一番天地。

---

① 高承元《高序》，《逻辑指要》，第12页。

② 胡适《国语与国语文法》，《中国新文学大系·建设理论集》，第231页。

论黄远生在《新青年》团体形成过程中的影响

清王朝晚期，内政外交的一切黑暗都归咎于清政府，那么清政府被推翻之后又怎么样呢？辛亥革命建立起来的中华民国政体险象环生，先是终身总统制，继之总统变皇帝，连共和招牌也险些被摘下来，政治改革走到了山穷水尽的地步。此时热血知识分子中的一部分人在苦闷积压之下，不得不另觅新途。著名政论家、新闻记者黄远生经过对中国革命历史进程的反省和检讨，指出中国一切不良的本源在于思想不良。要想政治改良、社会改良，非先把思想改变了、风俗改变了不可。因此，他呼吁开展一场文学革新运动，引进西方现代文明，改造中国传统思想和观念，进而改造社会，改造政治。这个以思想改革为一切改革基础的新思路，使得原知识分子阵营中信奉政治革命可以替代一切的政论派，与拥护新政制、保守旧传统的传统文化派发生历史性的分裂，其中拥护新思路者集结起来，组成了著名的《新青年》团体。

一

以思想革新为一切改造基础的新思路酝酿已非一日，恰如泉水先有潜流，到1915—1916年之际才突然爆发出来，其源头至少可以追溯到20世纪初。

正如鲁迅所说，中国近代历史上文化改革运动的勃兴，并不是因为革命运动的高涨，反倒是由于革命运动的低落。戊戌改革失败之后，梁启超遭遇到登高一呼、应者寥寥的窘迫，才注意到公德私德的问题，因而在《新民丛报》《新小说》上提倡译介外国新文化，提倡通俗小说，普及平等自由观念，以图改造国人的传统思想。但他不敢批判孔教儒学，严格地说仍在“托古改制”范围。虽说如此，可梁启超毕竟启发了时人的思路，从非制度的角度来考虑中国的改革问题，此后便有人提出比梁启超更进一步的意见，认为要摆脱君权和外权的压制，则“必先脱数千年来牢不可破之风俗、思想、教化、学术之压制”[①]。1909 年的《越报》上载有《名说》一文，指陈纲常名教杀人于无形，“欲谋今日之中国，必先涤除尽旧日之陈朽，以改异社会之观念”，莫让“区区为腐儒陋说所惑”；同时呼吁“曲审乎时势，洞察乎东西，以求酌量乎适合国民心理之学说，贯输转移于其间，尽以铸造新国民”。

这些言论发生在辛亥革命以前，虽然对传统文化的反省和检讨达到一定的程度，但毕竟仅是非主流的少数人的意见。由于当时政治军事斗争如火如荼，这些思想尚未成为一种时代主潮，事实上，持这类主张的人自身都是政治军事斗争的热心投入者。直到辛亥革命以后，共和变色，专制复辟，社会普遍失望于政治、军事斗争的效果，革新文化思想的主张因受刺激方有所抬头。黄远生因为提出所谓的思想改革为一切改造基础的思路，而成为新文化派的先驱。黄远生，原名黄为基，字远庸，笔名远生，1885 年生，江西九江人。1904 年考中进士后，赴日本中央大学学习法科，1909 年秋学成归国，曾在邮传部任职，兼职新闻记者。辛亥革命后脱离官场，专门从事新闻记者之职。

黄远生作为一名法科毕业的政论家，自有他的鲜明立场。起先他以建立一个法治国家为理想，论人判事皆以此为准则。尽管承认秩序可以改变，却以为不能没有秩序，所以他对既存的社会

① 《说国民》，《国民报》第 2 期，1901 年 6 月 10 日。

政治秩序取尊重态度。既然当时的多数政派及其领袖(包括孙中山)都以为安定大局非袁莫属,无论是出于无奈还是心甘情愿,理应以袁为政治中心。与此同时,他又主张建立严明的监督体系,以法治国。他描绘的法治国度是:在这个国家里,人无尊卑,人格一律平等。“人人服从相当之法律,……袁总统泄溺于途,警察得而执之,罚金自数角至几元,与吾辈等。”为此,他撰写了大量的时评和政论,内容涉及政治、外交、法律、财经、政党、文化、文学各个领域,影响巨大。可是理想毕竟不是现实,新生共和国并未朝着法治国家的方向发展。所谓共和国家与清帝国无异,他从现实中认识到:“去皇帝而代以大总统,去督抚而我代为都督,去亲贵而我代为国务员,去军统标统而我代为师长旅长,去旧日之司官而我代为主事佥事。”“官僚之侵蚀如故,地方之荼毒如故”,“不过去一班旧食人者,而换取一班新食人者”[①]。所谓健全法治国家更是南柯一梦,袁世凯凌驾于法律之上,肆无忌惮,“约法上之所谓种种限制之不足以羁勒袁公,犹之吾国小说家所言习遁甲术者,虽身受缚勒,而先生指天画地,念念有词,周身绳索蜿蜒尽解”[②]。所谓“约法”,不过是一纸空文。所以,我国之政治舞台,“乃有暗幕而无明幕”。

辛亥革命在他心中燃起的希望幻灭了,对法制的神圣性也发生怀疑:“他国之当局,何以俭于为恶,而奢于为善?则必曰有法律之力足以制之之故。然则请问何以中国法律若枯朽,而外国法律若神圣?则必曰有社会之力足以防之。然则请问中国社会何以无力?”[③]原因在于中国国民缺乏与共和制度相应的新思想。这是因为政治变革需要社会力量的支持,社会又很腐败,社会上流

---

① 黄远生《游民政治》,《少年中国周刊》1912 年 12 月 26 日。

② 黄远生《遁甲术专门之袁总统》,《少年中国周刊》1912 年 12 月 4 日。

③ 黄远生《国人之公毒》,《东方杂志》第 13 卷第 1 号,1916 年 1 月 10 日。

行的思想不变革，社会也无法改革，于是从改造社会问题进而为思想革命的问题。辛亥革命后种种乱象都源于文化运动的基础太薄弱，中国的思想界太黑暗。

黄远生从法制观点评论袁世凯，偏向于“拥袁”，可是当他以思想文化观点评论袁世凯时却明白否定袁。在黄远生思想文化观念的视角里，袁世凯俨然是一个高坐总统宝座的皇帝。他指出，袁世凯的“思想终未蜕化，故终不能于旧势力外，发生一种独特的政治生面也”。袁世凯“一由智识之不能与新社会相接，一由公心太少，而自扶植势力之意太多。综言之，则新智识与道德之不备而已，故不能利用其长于极善之域，而反以济恶”。并断言“袁总统者……在吾民国历史上，将终为亡国之罪魁”，“吾国命运可以二言定之，盖瓦解于前清，而鱼烂于袁总统”[①]。袁世凯如此，那么新政派的领袖们呢？也令人失望。孙中山北上与袁世凯共商国是，黄远生特地采访他，要孙中山对袁世凯的思想作出评价，孙答曰“难得”，黄远生大失所望。其实，孙中山奔走革命，其功自不必说，而就其思想言之，不敢恭维。他的思想解释者说孙中山主张政治、理财、工商实业“宜取法欧美，力求进化”。“至于礼义道德，风俗刑教之微，不能不参酌旧社会之习惯，而保留其精美之特质。”[②]“今日之最要者，在于提倡旧有之道德，以植共和之基础。”“共和人民，首重道德”，“吾中国数千年之学说，其中坚不外‘道德’二字，足以挽江河日下之人心而大为之防”[③]。简言之，孙中山既要实行共和制度，又要保留传统思想文化道德。所以，为人所诟病的袁世凯祭孔祀孔还在孙中山之后，孙中山就任临时大总统时就有过一次祭孔了。再以文化界而言，素有同盟会宣传部

---

① 黄远生《少年中国之自白》，《少年中国周刊》1912 年 12 月 12 日。

② 鸡鸣《孙中山先生之政见》，《民国报》第 3 号，1911 年 12 月 11 日。

③ 朴庵《建设共和政府之研究》其二(续第 3 号)，《民国报》第 4 号，1912 年 1 月。

之称的南社,衡政好言革命,然而文学上却是复古的。至于顽朽中的名士"看得天下世界大事,无一不可照八股或语录模样做去",更不值得一谈了。

黄远生清晰地看到政治的腐败不仅在于制度,更在于思想界的陈腐昏谬,政治上山穷水尽的原因都与文化传统有关,都是受历史上传统思想支配的缘故,因而人们以旧思想运用新政体,便一事无成。他在《国人之公毒》一文中指出:"中国之病,由于政治不良,由于社会不良,由于道德不良,由于智识不良,皆是也,皆非也。以余武断,其受毒之地点,在思想界。"他还进一步指出:中国人思想有种种谬误,可统称为"笼统主义","凡无系统,无实质,无个性,无差别者皆是,其所发生之现象,则为武断、专制、沉滞、腐朽、因循、柔弱",等等。"无论圣凡贤愚贵贱老幼,无一人不受有若干此笼统之病",因此称之为"国人之公毒"。民主政治应该有一系列与之相应的思想原则。首先是思想自由的原则,共和人民有思想自由、信仰自由的权利。可"自汉以后,中国无学说,有之则惟孔子,尊孔子于独尊,而排斥百家。凡所谓百家,皆异端也。夫既定于一尊,则国人无复有怀疑,无复有研究",于是"渐养成独断主义"之风气。"又以中国之社会之制度言之,无复个性之存在。大抵人之一身,为其祖父之奴隶,为其家族之奴隶,为其亲党之奴隶,为其同乡人之奴隶","忍!忍!忍,一切皆忍。是可名为忍的笼统主义,故由家而国,乃以相忍为国也"[1]。

由此生发开去,黄远生指出,中国思想界中毒之深已到无药可救的地步,连外来思想输入也被同化。"自海通以后,所有欧美日本之学术文物政法制度,凡经输贯吾国人之脑筋中者,一一皆腐朽蠹害,不以益生,反速其死。"所以,国民思想没有改变,"任取何种新制度新文物以贯输之,而此等新有者,皆随旧质而同化,一

① 黄远生《国人之公毒》,《东方杂志》第13卷第1号,1916年1月10日。

一皆发出其固有之形式而后止”[①]。他因此觉悟到“向者之徒恃政论或政治运动以为改革国家之道者，无往而非迷妄”[②]。建立一个法制健全的国家需要有健全人格的国民。改革国家，必须改造社会；想要改造社会，必先改造个人。“社会者，国家之根柢也。个人者，社会之根柢也。”辛亥革命之所以有革命而无善果，就在于只注重政治制度的变革，却忽视了国民的思想素养即思想文化的更新。

既然断定中国传统文化已无生命力可言，那就必须引入西方现代文明，使中国国民思想与近世思潮接触，革故更新。所谓近代文明，“曰科学之分科，曰社会之分业，曰个性之解放，曰人格之独立，重理论，重界限，重分化，重独立自尊”。国民具备了这些素养，“则国家社会，虽永远陆沉，而吾之身心固已受用不尽矣”[③]。黄远生对古希腊罗马以及欧洲文艺复兴时代的哲学和文艺流变相当熟悉，对欧洲文艺复兴、法国启蒙运动、德国哲学革命均有较深入的了解，深信它们是中世纪改革之根本。他指出：“窃观西史，文艺改革，为彼土涤瑕荡秽，日月光华之首基。”[④]早在1914年，他便呼吁发动一场文艺复兴运动，并在他主编的《庸言》杂志上表示：“自今以往，将纂述西洋文学之概要，天才伟著，所以影响于思想文化者何如，冀以筚路蓝缕，开此先路。”[⑤]

受袁世凯预谋复辟的刺激，以及对近代中国革命历史进程中种种现象的反省，黄远生更觉得文艺复兴运动刻不容缓。1915年10月，他在《甲寅》杂志第10期上发表《致〈甲寅〉杂志记者》，简明扼要地提出了这个主张：过去“所作种种政谈，今无一不为忏悔之

① 黄远生《国人之公毒》，《东方杂志》第13卷第1号，1916年1月10日。
② 黄远生《本报之新生命》，《庸言》第2卷1、2号合刊，1914年2月15日。
③ 黄远生《忏悔录》，《东方杂志》第12卷第11号，1915年11月10日。
④ 黄远生《晚周汉魏文钞序》，《学生杂志》第3卷第1期，1916年。
⑤ 黄远生《本报之新生命》，《庸言》第2卷1、2号合刊，1914年2月15日。

材料。……居今论政，实不知从何处说起……至根本救济，远意当从提倡新文学入手。综之，当使吾辈思潮，如何能与现代思潮相接触，而促其猛省。而其要义，须与一般之人，生出交涉。法须以浅近文艺，普遍四周”。这个新思路的要旨是承认中国传统文化不适宜于现代环境，而提倡充分接受世界新文明，改造中国传统观念，为中国政治改革奠定基础。

黄远生的新思路对一部分知识分子来说，似乎是在山穷水尽处看到了柳暗花明，他们深表赞同，更有一批青年知识分子对此如饮甘泉。北京大学高材生、《新潮》杂志骨干人物之一汪敬熙当时描绘说：“自民国五年一月《东方杂志》发表黄远生先生的《国人之公毒》一篇文章之后，有许多人都同声说，我们中国各种坏处的根源就是思想界，并且又说，如想改革中国，第一步就须改革思想。”[①]《新青年》团体正是在此背景下酝酿形成的。

二

当黄远生的《致〈甲寅〉杂志记者》送达《甲寅》杂志主编章士钊之手时，章对黄的主张大不以为然。

老革命党人章士钊，二次革命后随党人亡命海外，从事反袁活动。袁世凯解散国会，废除临时约法，加强专制统治之时，章士钊“愤袁氏之专政，谋执文字以为殳，爰约同人”，创办《甲寅》杂志，自任主编。其协办人杨永泰、陈独秀，撰稿人李大钊、陈独秀、高一涵、张东荪等均为当时的政论家，胡适、吴虞也在此发表诗文。他们以西方政法理论批驳筹安会诸君子及客卿古德诺、有贺长雄的复辟说时有理有据，因而《甲寅》杂志成为声名远播的政论家大本营。又因为章士钊是此派代表人物，更是名声大振。可是

① 汪敬熙《什么是思想?》，《新潮》第1卷4号，1919年4月1日。

他始终认为一个面临着内忧外患、政治水平极低的国家，放弃政治改革而专注于文化思想运动，并想通过后者来推动前者，只是一种梦呓。所以，章士钊在刊出《致〈甲寅〉杂志记者》时，附载一封复信，对黄远生的主张严加驳斥：

提倡新文学，自是根本救济之法，然必其国政治差良，其度不在水平线下，而后有社会之事可言，文艺其一端也。

他还针对黄远生"史家以文艺复兴为中世纪改革之根本"的观点，指出欧洲文艺复兴运动得以发动，"幸其时政与教离，教能独立，而文人艺士，往依教宗，大院宏词，变为学圃，欧洲古文学之不亡，盖食宗教之赐之多也，而我胡望者，以知非明政事，使与民间事业相容，即莎士比，嚣俄(雨果)复生，亦将莫奏其技矣"[①]。由于当时袁世凯复辟活动正值紧锣密鼓之时，章士钊甚至怀疑黄远生的主张是出于缺乏勇气、知难而退的懦夫行为，所以复信中又说："今者有才以自用为期，民权非奋斗不得，而乃稍逢非议，辄思引避，将何以认艰贞于板荡，别宏毅于斗筲?"其神情大有不屑一顾之慨。

可是章士钊无法回避一个事实，那就是《甲寅》杂志的政论派们振振有词地谈政议政之时，杨度、严复、孙毓筠、刘师培、李燮和、胡瑛等筹安会诸君子早已把共和国宪法踩在脚下，这对政论家来说无疑是很大的嘲弄。章士钊没有觉醒，可是他麾下的大将陈独秀、李大钊、高一涵及撰稿人胡适和吴虞却完全接受了黄远生的主张，并且脱离《甲寅》杂志，自立门户，另起炉灶，开辟新天地去了。其中最早接受黄远生主张并付诸行动的是陈独秀和胡适。

陈独秀这位资深的革命党人，早期思想就有强烈的反传统色

---

① 章士钊《答黄君远庸》，《甲寅》杂志第1卷第10号，1915年10月10日。

彩。1903年,他与人在上海办《国民日日报》,介绍西方学术,对中国传统文化的批判极为激烈。他以卢梭《契约论》的国家观反对君主专制,主张立宪政府,指出“国民与奴隶是对立的”,“国家由国民组成”,“国家强弱靠国民的觉悟”(《发刊词》)。此报刊登非孔文章,认为孔子常为“独夫民贼所收买利用”,“孔子遂为养育各项奴隶之乳媪”等等。不过,其时陈独秀的宗旨在立宪政府,鼓动并参加政治军事斗争。二次革命失败后他流亡到日本,协助章士钊办《甲寅》杂志,对前途忧心忡忡。现实告诫他,中国国民,尤其是在青年人没有觉悟之前,要想摆脱袁世凯的统治近乎天方夜谭。国民愚昧如此,真叫他悲观失望。他作《爱国心与自觉心》一文说:“海外之师至,吾民必且有垂涕而迎之者矣”,所以,“其国也存之无所荣,亡之无所惜”,“亡国瓜分,亦以为非可恐可悲之事”[①],说出如此悲观丧气的话。

为了引进新文明,对青年人进行启蒙,陈独秀于1915年9月创办了《青年杂志》(《新青年》前身),标举不囿于党派运动,不批评时政,以“改造青年之思想,辅导青年之修养”为职志,准备花七八年功夫,专注于思想革新工作。但此时还不见他有什么激进的主张,言论缺乏足够的力度,撰稿人大抵是《甲寅》杂志的旧班底,只有吴稚晖是新面孔。直到黄远生的《致〈甲寅〉杂志记者》《国人之公毒》等文发表之后,陈独秀为其说所折服,立即在《青年杂志》上作出响应。《青年杂志》1卷5号(1916年正月)发表的《一九一六年》一文便是阐发《忏悔录》《反省》和《国人之公毒》里的观点,《吾人之最后觉悟》表达的是《新旧思想之冲突》里的思想,此外,《我的爱国主义》《驳康有为致总统总理书》《宪法与孔教》《孔子之道与现代生活》《再论孔教问题》等文均取《国人之公毒》的观点加以阐发。

① 陈独秀《爱国心与自觉心》,《甲寅》杂志第1卷第4号,1914年11月10日。

黄远生在《新旧思想之冲突》中说到西方文化输入中国以后所经历的三个阶段：最初为“枪炮工艺”；嗣后为“政法制度”；“而在今日已成为思想上之争”，“此犹两军相攻，渐逼本垒”。陈独秀的《吾人最后之觉悟》则指出自西洋文明输入我国，最初促人们觉悟的是“学术”，其次是“政治”，继今以往“为伦理问题”：“吾敢断言曰：伦理觉悟，为吾人最后觉悟之最后觉悟。”后者与前者辞旨相同，用语几乎一致。

陈独秀接受黄远生的思想革新为最根本革新的思想，指出：“一群之进化其根本在教育实业，而不在政治”，社会根本问题是伦理问题，“政治，学术皆技艺问题”，因为“腐旧思想布满国中，所以我们要诚心巩固共和国体，非将这班反对共和的伦理文学等等旧思想，完全洗刷得干干净净不可，否则不但共和政治不能进行，就是这块共和招牌，也是挂不住的”[①]。他以思想革命为一切改造基础的观点分析袁世凯的复辟事件，显得冷静而深刻。他认为一个社会组织的美恶，绝非一时代一个人一局部之所为，在此大机轴中，一切变故无不有它的因果关系。“袁世凯之废共和复帝制，乃恶果非恶因，乃枝叶之罪恶，非根本之罪恶。若夫别尊卑，重阶级，主张人治，反对民权之思想之学说，实为制造专制帝王之根本恶因。吾国思想界不将此根本恶因铲除净尽，则有因必有果，无数废共和复帝制之袁世凯，当然接踵应运而生，毫不足怪。”[②]思想革新的途径一是破坏，一是建设。他要破坏礼教，破坏礼法，破坏国粹，破坏贞节，破坏旧伦理，破坏旧艺术，破坏旧宗教，破坏旧文学，破坏旧政治，对于孔子攻击尤甚，决意“毁孔子庙罢其祀”，而建设欧洲式新文明，提倡法律上之平等人权、伦理上之独立人格、学术上之破坏迷信、思想之自由选择，等等。此即陈独秀对黄远

① 陈独秀《旧思想与国体问题》，《新青年》第3卷第3号，1917年5月1日。

② 陈独秀《袁世凯复活》，《新青年》第2卷第4号，1916年12月1日。

生作出的响应。

黄远生提出新信仰之时，远在太平洋彼岸的胡适，也接到了这个信息。胡适也是《甲寅》杂志撰稿人，《致〈甲寅〉杂志记者》刊出的《甲寅》杂志第10期就有胡适的文章，他既然能看到《甲寅》杂志，也就不难及时地阅读到黄远生的信。胡适读到此信，引起共鸣。他本来就对多灾多难的共和国忧心如焚，感到积重难返，认为“国事真成遍体疮，治头治脚俱所急”，应该想一个“万全之策”[①]。但这个万全之策又是什么呢？袁世凯称帝之心暴露之后，胡适俨然是一个政论家，接连撰写了《中国与民主》《古德诺与中国民主》，分别投寄纽约《外观报》和《新共和报》，虽然义正词严，总不免泛泛而论。当他读到《致〈甲寅〉杂志记者》之后，心被震撼了：“这封信，前半为忏悔，后半为觉悟。当日的政论家苦口苦心，确有很可佩服的地方。但他们的大缺点只在不能‘与一般之人生出交涉’。这一句话不但可以批评他们的‘白芝浩—戴雪—哈蒲浩—蒲徕士’的内容，也可以批评他们的精心结构的政论古文。黄远庸的聪明先已见到这一点了，所以他悬想将来的根本救济当从提倡新文学下手，要用浅近文艺普遍四周，要与一般的人生出交涉来。……这封信究竟可算是中国文学革命的预言。”[②]

1915年冬，胡适的一位朋友来信论及中国政治改革方略时，引用了佛教术语“造因”的概念，来表达政治制度改革与思想革命的关系，认为政治体制等是果，思想革命才是因。思想有了新因，政治上才能得到善果。他在1916年初的日记里三番五次提到“造因”问题：

---

① 胡适《将去绮色佳留别叔永》(1915年8月29日)，《胡适留学日记》卷十一，海南出版社，1994年，第145页。

② 胡适《五十年来中国之文学》，《最近之五十季——申报馆五十周年纪念》，申报馆，1923年2月。

> 我认识到，没有通向政治体面和政治效率的捷径。……没有某些必要的前提条件也不能保证有好的政府。那些主张中国为了国内和国力的强盛而需要帝制的人，与那些认为共和式政府会创造出奇迹的人一样愚蠢。没有我说的“必要的前提条件”，无论是帝制还是共和都不能拯救中国。我们的工作就是提供这些必要的前提条件——去“创造新的原因”(造因)。
>
> 我准备比我的君主制论的朋友们走得更远。我甚至不许外国人的征服改变我“创造新原因”的决心。更不要说眼下这点小变化了。①

胡适由此确立一个根本的信念：中国的根本问题不是政治的而是社会的和理性的，因而文化思想的更新必须先于政治的再造。1917 年 7 月，胡适由美返国，途中船到日本横滨，获悉张勋复辟的消息，再一次受到刺激，更坚定原有的信念，认为张勋复辟乃是“极自然的现象”，于是打定主意，回国后“二十年不谈政治，专在思想文艺方面努力”，从非政治的因子上为中国政治建筑一个革新的基础。

陈、胡同为《甲寅》杂志撰稿人，同时受到黄远生的新文学思想的影响，于是通信联络，建立起友谊。胡适又系统地读过《青年杂志》的文字，关于新文学的意见与陈独秀所见略同，一致主张从提倡文学改良入手改革国民思想，一面输入新文学，一面涤除旧文学。《文学改良刍议》《文学革命论》表达了他们最初的见解。胡适立足于思想改革必须有表现正确思想的工具，主张否定文言文，提倡白话文，先解决文体问题。“中国人无处不受形式主义的流毒，而以文学为尤甚。黄远生所谓‘乌龟八股’中‘顾字一承而

---

① 胡适《胡适留学日记》(1916 年 1 月 11 日)译文(鲁奇译)，《胡适与中国的文艺复兴》，江苏人民出版社，1989 年，第 73 页。

字一转'的形式，盖无所往而不宜。做古文则有幽渺冥玄的'家法'，做诗则有'蜂腰''鹤膝'的限制，……诸如此类，把人的性情，不容一点存在。"(引自罗家伦《近代中国文学思想的变迁》)这种旧文学不仅有王先谦、叶德辉、毛庆蕃诸人发动"存古"运动加以保护，而且当时的革命文学团体南社也是竭力加以提倡。胡适《文学改良刍议》就是以南社为背景，援引南社诸子诗文作例子，归纳当时诗文八大弊端，痛加批评[①]，试图突破文学旧形式，求得文体的大解放，创造一种白话文体，可以用来作新思想和新精神的载体。

陈独秀《文学革命论》开宗明义地指出：政治改革虽经辛亥革命、二次革命、护国战争等，但皆虎头蛇尾，未能以鲜血洗净旧污，所谓共和，有肉无骨，有形无神，"涂脂抹粉之美人"而已。究其原因，"其大部分，则为盘踞吾人精神界根深蒂固之伦理道德文学艺术诸端，莫不黑幕层张，垢污深积，并此虎头蛇尾之革命而未有焉。此单独政治革命所以于吾之社会，不生若何变化，不收若何效果也"。文人学士举着共和招牌，颂扬铺张宫殿田猎的汉赋，推崇思君明道的韩文杜诗，其内容仍是帝王权贵、神仙鬼怪、个人穷通利达那一套。因此，"今欲革新政治，势不得不革新盘踞于运用此政治者精神界之文学"。于是，陈独秀提出了文学革命的三大主义，反对"文以载道"，反对"代圣贤立言"的旧文学。

陈、胡通过《甲寅》杂志接受黄远生新文学思想的启发，提出文学改良主张，《新青年》团体于是产生了两位领袖。接着吴虞、易白沙、高一涵、李大钊等《甲寅》杂志台柱也纷纷加入《新青年》团体。

吴虞同《甲寅》杂志也不无关系。他于"戊戌以后，兼术新

---

① 沈永宝《文学革命"八事"系因南社而立言》，《复旦学报(社会科学版)》1996年第2期，第53页。

学”,1905年就读于东京法政大学,广泛接触了西方近代思想文化。他以孟德斯鸠、穆勒等人的近代西方启蒙思想为根据,排击中国传统思想与文化,非孔反儒,对于被定于一尊的孔圣人及其学识攻击尤甚,反对思想专制,主张思想自由。他的批判集中于“礼教”,认为“礼教”是中国家族制度的产物,而家族制度则是专制主义的根据,维系家族制度的“礼教”与封建法权本属一体,指出“礼教”为历代统治者统治人民工具的本质。吴虞思考这些问题,颇有所得,作成诗文。陈独秀协助章士钊编辑《甲寅》杂志时曾选载吴虞《辛亥杂诗》二十首。1917年《新青年》2卷5号发表了吴虞致陈独秀的信,此后他的非孔文章源源而来,他于是成为《新青年》团体中打倒孔家店的英雄。此外,加入《新青年》团体的还有高一涵、易白沙、李大钊等,他们同是日本留学生,也是《甲寅》杂志的编辑或撰稿人。

如果说《甲寅》杂志第10期上黄远生和章士钊的两封信分别代表两面旗帜的话,那么1916年后《甲寅》杂志这个政论派的旗帜就倒下去了,而由陈独秀高擎的由黄远生首创的新文学派的旗帜则高悬中天。1915年10月,《甲寅》杂志第10期停刊,章士钊虽几度试图复刊,却未能如愿,想来也绝非偶然。正如胡适所说:“当日的许多政论机关都烟消云散了。民国五年(1916)以后,国中几乎没有一个政论机关,也没有一个政论家;连那些日报上的时评也都退到纸角上去了,或者竟完全取消了。”这一切说明《新青年》团体的崛起,宣告政论派的衰落,标志着谈政议政时代的结束,预示着新的思想文化运动的到来,而黄远生的新思想为《新青年》团体奠定了思想基础。

三

继政论派之后,陆续加入《新青年》团体的是从民族主义文化派中分化出来的一部分知识分子。

清末民初十年间，以书报立场而言，大致可分为三派。其一为《国粹学报》《南社丛刻》等。《国粹学报》以章太炎为代表，宣传国粹主义，以排斥满清、光复旧物为职志。《南社丛刻》为南社社刊，“叹汉族的被专制，愤满人的凶横，渴望着‘光复旧物’……他们的理想是在革命以后，‘重见汉官威仪’，‘峨冠博带’”。其二为汪精卫、胡汉民、朱执信等人执编时期的《民报》，虽标举三民主义——民族、民权、民生，但偏重民族、民权方面的发挥，对民生极少涉及，而于传统文化思想不仅没有批判，反而对它表示相当的敬意。其三是吴稚晖等主撰的《新世纪》，在排满革命一点上与以上两者无异，然而反传统文化思想，主张“全盘承受”欧化。三派之中章太炎一派势力最大，此派中思想观念也非完全一致，甚至差异还很大，但都在“排满革命”的大前提下统一起来。这种思想观念上的差异在辛亥革命之前是隐伏的，但在“排满”目标达到之后，原本存在的差异由隐而显，站在近代主义立场的欧化思想派便从民族主义思想的范围内分裂出来，钱玄同、刘半农、鲁迅、周作人等加入《新青年》团体者就属于这一类。

钱、鲁、周等人与章太炎都有师承关系。1908—1909 年秋，章氏从上海西牢出狱，东渡日本继续进行反清活动，一面任《民报》主笔，一面设坛讲学，举办国学讲习班，灌输民族主义思想，鼓吹复古精神。钱、周、鲁均为其授业学生。就思想的演变来说，他们先是梁启超、严复的信徒，后渐渐转向章太炎。钱玄同对他所受章太炎复古思想的影响作了这样的描述：

> 1906 年秋天，我到日本去留学，……我那时对于太炎先生是极端地崇拜的，觉得他真是我们底模范，他底议论真是天经地义，真以他底主张为“绝对之是而不容他人之匡正”。但太炎先生对于国故，实在是想利用它来发扬种性以光复旧

> 物，并非以为它底本身都是好的，都可以使它复活的。而我则不然，老实说罢，我那时底思想，比太炎先生还要顽固得多呐。我以为保存国粹底目的，不但要光复旧物；光复之功告成以后，当将满清底政制仪文一一推翻而复于古。不仅复于明，且将复于汉唐；不仅复于汉唐，且将复于三代。总而言之一切文物制度，凡非汉族的都是要不得的，凡是汉族的都是好的，非与政权同时恢复不可；而同是汉族的之中，则愈古愈好。——说到这里，却有应该声明的话，我那时复古底思想虽极炽烈，但有一样“古”却是主张绝对排斥的，便是“皇帝”。所以我那时对于一切“欧化”都持“訑訑然拒之”的态度；惟于共和政体却认为天经地义，光复后必须采用它。[①]

钱玄同的复古思想至辛亥革命仍一如既往。1911年12月，他曾参照《礼记》《书仪》《家礼》及黄宗羲诸家关于“深衣”之说，做了一部《深衣冠服考》，并戴上“玄冠”，穿上“深衣”，系上“大带”，到任职所在的浙江教育司办公所上班。

钱玄同从“复古”到“反复古”的转折关口大约在1916年。他在《论应用文之亟宜改良》中自述说：“玄同自丙辰（1916年）春夏以来，目睹洪宪皇帝之反古复始，倒行逆施，卒致败亡也，于是大受刺激，得到一种极明确的教训。知道凡事总是前进，决无倒退之理……研究一九一六年以前的历史、道德、政治、文章，皆所谓‘鉴既往以察来兹’，凡以明人群之进化而已。故治古学，实治社会学也。”可以说，钱玄同先摆脱了民族主义思想，才有后来加入《新青年》团体之举。

周作人的思想历程与钱玄同大致相似。他经历了辛亥革命和张勋复辟两大事件，比较起来，周作人的思想受张勋复辟的刺

---

① 钱玄同《三十年来我对于满清的态度底变迁》，《语丝》第8期，1925年1月5日。

激大于洪宪帝制:“辛亥革命,洪宪帝制等,但因处在偏陬,‘天高皇帝远’,对于政治事情关心不够,所以似乎影响不很大,过后也就没有什么了。但是在北京情形就很不同,无论大小事情,都是在眼前演出,看得较近较真,影响也就要深远得多,所以复辟一案虽然时间不长,实际的害处也不及帝制大,可是给人的刺激却大得多,这是我在北京亲身经历的结果了。”[1]经过这次事变,他深感中国革命尚未成功,有思想革命之必要。他赞成文学改革,尤注重文学内容的更新,《思想革命》最能代表他的观点:

> 文学这事务,本合文学与思想两者而成。表现思想的文学不良,固然足以阻碍文学的发达,若思想本质不良,徒有文字,也有什么用处呢?我们反对古文,大半原是为他晦涩难解,养成国民笼统的心思,使得表现力与理解力,都不发达。但别一方面,实又因为他内中的思想荒谬,于人有害的缘故。[2]

鲁迅在日本就读期间便抱着启蒙主义的态度,他自己也以启蒙者自居,在《我怎样做起小说来》一文中就表白十多年前他自己抱着“启蒙主义”主张。后来“见过辛亥革命,见过二次革命,见过袁世凯称帝,张勋复辟,看来看去,就看得怀疑起来,于是失望,颓唐得很了”。一度放弃启蒙工作,抄古碑,看佛经,读墓志,校勘古书。鲁迅作为启蒙者,却存在着与启蒙工作极不相容的矛盾。他对启蒙任务的严峻性的清醒认识,使他对被启蒙者缺乏信心,认为中国国民不仅濡染现代文明程度太差,而且他们对启蒙者往往持敌视态度,乃至加以迫害。他认为启蒙对象当务之急非普通民众,而是知识分子,因为照他的说法,按照俄国知识阶级的标准,

---

① 周作人《一一三·复辟前后二》,《知堂回想录》,三育图书有限公司,1980年,第323页。

② 周作人《思想革命》,《每周评论》第11期第3版,1919年3月2日。

中国知识阶级还无从说起，所以，第一步先要启蒙知识阶级，至于“民众俟将来再说”。那么睡在“铁屋子”里的民众快要被闷死了怎么办？鲁迅以为睡着死去和醒着死去都是一死，与其醒着痛苦地死去，还不如让他们甜甜美美地睡着死去来得好。与此相关，他在文学主张上仍有明显的复古倾向。以他的译文论，无论是经他修改定稿的周作人所译《炭画》，还是《域外小说集》，都尽量采用古奥难懂的字句，难怪编辑要作“行文生涩，读之如对古书，颇不通俗”的评语了。

鲁迅加入《新青年》团体与钱玄同的劝说分不开。对于启蒙的必要性，鲁迅说得最多，“最要紧的是改革国民性，否则，无论是专制，是共和，是什么什么，招牌虽换，货色照旧，全不行的”（《两地书》）。所以，他把灌输正当学术文化、改良思想当作第一等重要的事情。鲁迅加入团体工作先须解除心中疑虑，即“铁屋子”里的人能否叫得醒，有无必要叫醒他们。对此，钱玄同说服了他，虽然他或多或少仍有疑虑。而钱玄同之所以能说服他，可能有两方面的原因：其一，原先的启蒙工作是散兵游勇式的个人行为，收效并不显著，现在是由“几个人”组成的团体，成功的把握系数增大；其二，从来的启蒙工作都是政治、军事斗争的附庸，其成败完全拴在政治、军事斗争的战车上，现在启蒙工作取得了独立的资格，似乎凌驾于军事、政治手段之上，因此不妨一试。尽管在不少问题上鲁迅仍持保留意见，但因为团体行动，必须按“将令”行事，所以他加入团体发表在《新青年》杂志上的第一篇小说《狂人日记》，既是痛诉家族制度和礼教弊害之作，又是一篇白话文。

刘半农加入《新青年》的时间仅次于钱玄同。他是以《我之文学改良观》刊出于《新青年》而成为《新青年》一员的。陈、胡、钱、刘是《新青年》最初的四个核心人物。1917 年 10 月 16 日，刘半农致钱玄同信中说到这一点：“譬如做戏，你、我、独秀、适之四人，当自认为‘台柱’，另外再多请名角帮忙，方能‘押得住座’；‘当仁不让’,是毁是誉,也不管他。”[①]他本是鸳鸯蝴蝶派中人。鸳鸯蝴蝶派实乃南社小说派,为复古派的一支。此派大多数人抱着种族革命志愿,同时又是国粹保存者,借学术来鼓吹种族革命并引起民族的爱国心,所以对固有文明抱着拥护颂扬的态度。包天笑所谓“拥护新政制,保守旧道德”是对此派最传神的说法。刘半农虽然不是此派代表人物,不过写写文章投寄《礼拜六》等,卖文为生而已,可是既然混在此派当中,不免沾些“才子佳人”的习气,染些“红袖添香”的毛病,所以他接受钱玄同给他的“本是顽固党”的称号。他说:“我们这班人,大家都是‘半路出家’,脑筋中已受了许多旧文学的毒。——即如我,国学虽少研究,在一九一七年以前,心中何尝不想做古文家,遇到几位前辈先生,何尝不以古文家相助。”他是在陈、胡、钱的影响下跳出鸳鸯蝴蝶派,加入《新青年》团体的。

《新青年》团体中还有几位学生,其中特别引人注意的是傅斯年和罗家伦。他们原来都是章太炎的信徒,由于对章氏学说的探求,博得了刘师培、黄侃、陈汉章等人的欢心,成为他们的得意门生。他们本应该是复古派的后继者,可是他们在新思想的影响下更弦易辙,响应陈、胡号召,宣扬师说。其转变之速,令陈独秀对他们的诚意曾一度表示怀疑,然而毋庸置疑,他们确实接受了黄远生的新思想。傅斯年指出,中国政治到了“水穷山尽”的地步,究其缘故,“由于思想不变,政体变了,以旧思想运用新政体,自然弄得不成一件事。回想当年鼓吹革命的人,对于民主政体的真像,实在很少真知灼见,所以能把满洲推倒,一半是由于种族上的恶感,一半由于野心家的投机。我仿佛记得孙中山在《民报》上拿唐太宗比自己,章太炎在《訄书》上居然有‘后王者起’的话头。……革新的主动人物既已如此,被鼓吹的人也就可想而知。”[②]

---

① 刘半农《刘半农致钱玄同信》影印件,1917年10月16日。

② 傅斯年《白话文学与心理的改革》,《新潮》第1卷第5号,1919年5月1日。

或许有人会说，此派人物加入《新青年》团体，似乎与黄远生少有关系，其实不然。黄远生的新思想经陈独秀、胡适等人在《新青年》上反复阐发，了解的人为数甚众。《新青年》和《新潮》上明确无误地提到黄远生及其《国人之公毒》的文章不下三十篇，黄远生将“国人之公毒”概括为“笼统主义”，“笼统主义”成了中国人昏谬思想的代名词。单是陈独秀便有六篇文章提及此语，其中《质问〈东方杂志〉记者》要求《东方杂志》记者就他所提出的问题作详明的答复，强调“慎勿以笼统不中要害不合逻辑的议论见教；笼统主义论，因前此《东方》记者黄远庸君之所痛斥也”。胡适的《差不多先生传》也是根据“笼统主义”演绎出来的，小说结尾所说的从此中国“人人都成了一个差不多先生”，与《国人之公毒》中所谓“中国人以笼统为国”一说完全一致。此外，周作人《思想革命》一文中所谓“我们反对古文，大半原是为他晦涩难解，养成国民笼统的心思”中的“笼统”，也是一个有特定含义的词。后来傅斯年作《白话文学与心理的改革》，引录此文阐发时便与黄远生的新思想联系起来。罗家伦的《近代中国文学思想的变迁》更是直截了当地大段征引黄远生的文字。正如前引汪敬熙在《什么是思想》一文中所指出的那样，自从黄远生发表《国人之公毒》之后，中国的各种坏处的根源在思想界，改革的第一步就须改革思想，已在相当一部分人之中达成共识。钱玄同、周作人、鲁迅、刘半农没有像傅、罗那样直言不讳地引用黄远生言论或许有他们的原因，因为黄远生政治上曾经“拥袁”，严词批评过某些政党，包括国民党，袁倒台后，人们对黄的所谓“操行”多有非议。作为教授的《新青年》大将们虽在课堂上对黄远生无所顾忌地大加推崇，可写入文章时却不能不有所顾忌。而青年学生傅、罗之辈较为单纯，不因人废言，采取直白言辞说了出来。我们还可以从《新青年》《新潮》所刊学生论文中诸多推崇黄远生新思想的言论，推断出北大课堂上教师推介黄远生的《致〈甲寅〉杂志记者》《国人之公毒》等文的情形。

总而言之，此派人物加入《新青年》团体，恰如一百零八将上梁山，虽然每人的路径各异，然而那指路的路标仍不离黄远生所提倡的新思想。

〔原载《海上论丛》，复旦大学出版社，1996 年〕

陈独秀与黄远生：《文学革命论》来源考

五四新文学运动初期擎起“文学革命”大旗的旗手，无疑是《新青年》主编陈独秀。他在《文学革命论》中提出的“三大主义”和“文学革命”的口号，一向被文学史家们公认为是对新文学运动的最大贡献。在探讨陈独秀的文学思想和文学运动的思想来源时，一般都认为有两个源头，一是自康、梁以来的改良主义文学观念，一是胡适从美国借来的西方文学思想。其实在这两者之间还存在着一个中介，对陈独秀以至《新青年》初期的文学思想发生过直接的影响，这就是当时著名记者黄远生的一系列文学主张。

20世纪30年代以前出版的几种近现代文学史（包括有影响的长篇论文）都注意到黄远生对新文学的贡献。罗家伦的《近代中国文学思想的变迁》(1920)说：“远生于民国三四年之际，颇有新文艺思想发现。”胡适所撰《五十年来中国之文学》(1922)以六七百字篇幅评述黄远生及其《致〈甲寅〉杂志记者》，认为这封信“可算是中国文学革命的预言”。陈子展的《中国近代文学之变迁》(1929)、钱基博的《现代中国文学史长编》(1932)都承认黄远生于新文学有发思想先声的地位。然而他们都以为黄远生的新文学思想像火焰一样燃烧了一阵之后，便随着他的去世而熄灭了。这实在是一种误解。火苗熄灭之后或不复燃，新思想却绝不会随着创造者的去世而停止传播。黄远生死后，他的思想仍活泼泼地存在着，并通过他的后继者发扬光大。本文所述陈独秀《文学革命论》与黄远生新文学思想的关系即是一个重要的证明。

一

黄远生,江西九江人。原名黄为基,字远庸,笔名远生。先后于1903年、1904年考中举人、进士,1904年赴日本留学,入日本中央大学专攻法科,1909年秋学成归国。回国后担任过邮传部员外郎、参议厅行走兼编译局纂修官。因愤慨于官场黑暗,辛亥革命后立志不作官,不作议员,而遁入于报馆,充当新闻记者。初为北京《亚细亚日报》撰文,兼为上海《东方日报》《时报》《申报》写通讯,还为《少年中国》《东方杂志》《庸言》《论衡》《国民公报》诸杂志撰稿。黄远生常说新闻记者须尊重彼此之人格,叙述一事,贵能恰如其分,调查研究,须有种种素养。所以,他的文章立场严正,思想新颖,接触社会人生,严于解剖自己,行文夹叙夹议,用事实说话,常有警策之论,不乏幽默感,曾风靡一时。

据李盛铎《黄君远庸小传》[①],黄远生1909年秋从日本归来后,与李盛铎同居于北京某寓所,当时他已经在"肆力于文学"了。黄远生的文章表现出深厚的西洋文学根底,关于古希腊、罗马以及欧洲文艺复兴时代的哲学思想与文艺源流的论述也相当精辟。他去世之后,清理者在其遗物中发现藏有商务版全套林纾翻译小说。黄远生在《朱芷青君身后徵赙序》[②]中说,浙江海盐朱芷青看到他发表"在某报所论新文学文,甚欲得全稿观之",于是频繁往来,一起探讨新文学问题,甚是投机,"如是者约三四月"。朱芷青对他曾有今日能谈新文学者"吾生几见"的评语。黄远生所作专论新文学或较多涉及新文学的论文有《朱芷青君身后徵赙序》《本

---

① 李盛铎《黄君远庸小传》,《东方杂志》第13卷第5号,1916年5月10日。

② 黄远生《朱芷青君身后徵赙序》,《论衡》第3号,1913年6月17日。

报之新生命》[①]《论衡(一)》[②]《晚周汉魏文钞序》[③]《致〈甲寅〉杂志记者》[④]《国人之公毒》[⑤],此外,还有《新剧杂论》《新茶花一瞥》《亲民电报汇编序》《小叫天小传》[⑥]等。

黄远生认为欧洲新文化发生于文艺复兴运动之中,而文艺又是一切文化之母。因此,他的文艺思想浸透着欧洲文艺复兴运动的精神。

首先,他认为文艺是一个独立的区域,有它独立的本义,所谓文学本义就是抒发情感。"欲发挥情感,沟通社会潮流,必须提倡新文学。"但是中国虽号称文学之国,"而文学为物,其又云何,或多未喻",长期以来陷于"文以载道"的泥淖,未能自拔。"古无分业之说,……故常以一科之学,包举万类。……凡此皆足明文与道之不分,其所谓道即学也。而学者常言文以载道,又以明文艺之不能独立。若由今之说言之,科学与文艺皆各有其独立之区域。"《晚周汉魏文钞序》把抒情的文学与载道的文学区别开来,重新规定了文学的独立身份。虽然王国维在黄远生之前也曾谈及这个问题,但仅仅是从美学的超功利观点去强调这一点,其批评的锋芒只是针对康、梁等人改良主义的"工具文学"论。而黄远生则直截了当地区分了文学与科学的界限,指出二者各有其独立的领域,同时以此为烛光,照见中国古典文学的痼疾:"自唐宋以后,古文派大兴,文必载道,所谓文章,既必附丽于他种确实之学术而后存。"(《晚周汉魏文钞序》)这种从文学本义立论,将中国旧文学

---

① 黄远生《本报之新生命》,《庸言》第2卷1、2号合刊,1914年2月15日。

② 黄远生《论衡(一)》,《庸言》第2卷第5号,1914年5月5日。

③ 黄远生《晚周汉魏文钞序》,《学生杂志》第3卷第1期,1916年。

④ 黄远生《致〈甲寅〉杂志记者》,《甲寅》杂志第1卷第10号,1915年10月10日。

⑤ 黄远生《国人之公毒》,《东方杂志》第13卷第1号,1916年1月10日。

⑥ 黄远生《新剧杂论》《新茶花一瞥》《亲民电报汇编序》《小叫天小传》等文,见《远生遗著》,商务印书馆,1984年。

一扫而空的态度，较之王国维的美学理论，显然更能启迪后来的新文学运动。

其次，黄远生提倡写实主义精神。他概括文艺复兴精神说："文艺复兴，继承希腊艺术科学而发挥之。""所谓希腊艺术科学之精神者，不拘泥于习惯，凡百事物，以实验为主，从实验所得之推论，以发见事物之真理是也。""希腊之思想特色，在认一切为自然之迳路，非其终极。凡人当以忠实之心，研究此径路所存，故其精神在实证不在虚定，在研究不在武断。"[①]黄远生的观点，显然来自左拉的自然主义理论，它接触到了写实主义文学关于如何进行创作、其方法论上的意义等问题。这在当时应该说是更深入一层的思考了。黄远生所主张的写实主义，其精神不仅仅是对生活的摹写，而且要通过独立的作家主体去反映生活，所以他把"写实"和"内照"视为一体，说："文学者，以热烈而有生命之思想，为其实质者也。亦有一义曰，文学者，心灵所演第二之自然。二义语异而实相同。"(《小叫天小传》)他认为文人一定要具备新思想，因为"凡中国文人之稍能传者，必其文于思潮有所接触"，而文人一旦与"近世思潮有所接触，其精神有异于常人者也"(《朱芷青君身后征赙序》)。所以他一再鼓励文人应"与现代思潮相接触"。

最后，黄远生提倡文体改革。他指出：中国人无处不受"形式主义"的束缚，而以文学为最甚。文章莫非八股体，做古文有"家法"，作诗则有"蜂腰""鹤膝"的限制。无论文戏、武戏，"其节目排场，必系千剧一律"；无论演神仙、妖怪，"其排场作法，开腔道白，亦犹之演官场也。乃至演其他各剧，无一不同一形式"。而"小说，十有八九，必讲妖怪，讲状元宰相，讲大团圆"，"不待说书之终而预料其结果之必如是云云"(《国人之公毒》)。所以，"今欲浚发智虑，输入科学，综事布意，明白可观，则必提倡一种近世文体"

---

① 黄远生《新旧思想之冲突》，《东方杂志》第13卷第2号，1916年2月10日。

(《晚周汉魏文钞序》)。在讲到翻译介绍文学、科学等著作时又说:“中国非创立一定之名词,通俗之文体,求其介绍之忠实而能普及”,不可“恃三四名流,以高华典丽之文章为之”(《国人之公毒》)。他还指出文体改革为大势所趋,并且在中国已见其端倪:“近世以来,学者病国群文质之俱敝,旧者重文词而谬于理解,新者重学说而拙于词章。故改革文体,非薄古人之风,颇复潜滋暗长。若二三名人之薄韩文而宗子厚。若梁君漱溟(《晚周汉魏文钞》编者)之欲举晚周汉魏为教科资料,而删唐宋以下,皆此新潮流所鼓荡而出者也。”

黄远生不仅提倡新文学,也进行新文学的实践。他曾热衷于科举道路,奉八股为神明,接触新文学之后,渐渐改变主张,作文“不假思虑,不假学说,感触而发,自成天籁者也。吾之主张真率之直觉,价值必过于饾饤而成之智慧”。虽然“此等文字,文不成文,话不成话”,“读之则又不成诵”,但“看之则思读”。又说:“余既有此直觉之思想,则不能不以直觉之文字发表之。余既不能修饰其思想,则亦不能修饰其文字。”对此,他不以为羞,反以为荣,说:“若真有见之发怒而冷笑者,则即余文之价值也。”(《国人之公毒》)虽然他的文章仍是句子很长,用了许多“之”字,但因为不加修饰,有什么话就说什么话,便渐渐改变了原先“典重深厚”的格调,变得较为通俗。《旧历新年之一瞥》开头写道:“今日已旧历新年元月初七矣。北京市中之现象,实足令吾人唤起儿时新年景象之记忆,而新历之新年景象,则决不能如此普遍,可见社会的新年仍是旧历也。”其风格可见一斑。他还曾进行过白话文写作的尝试,《远生遗著》里就收有一篇长达万字的白话译作《鞑蛮哥小传》(法国梅利曼原著),其时正值林琴南古文翻译小说风靡一时,由此可见黄远生的文学革新精神。

黄远生在《新旧思想之冲突》一文中说:“自西方文化输入以来,新旧之冲突莫甚于今日。”“在昔日仅有制造或政法制度之争者，而在今日已成为思想上之争。此犹两军相攻，渐逼本垒。”“新旧异同，其要点本不在枪炮工艺以及政法制度等等……本源所在，在其思想。”文学与思想有密不可分的关系，思想革新与文学革命应当同步而行。因此，黄远生提出：“居今论政……其选事立词，当与寻常批评家专就见象为言者有别。至根本救济，远意当从提倡新文学入手。综之，当使吾辈思潮如何能与现代思潮相接触，而促其猛省。而其要义，须与一般之人，生出交涉。法须以浅近文艺，普遍四周。”（《致〈甲寅〉杂志记者》）这几乎是文学改革的纲领。由此看去，他的新文学主张、新文学实践更具有指导性意义。

由上文不难看出，黄远生在20世纪第二个十年的前期（也就是文学革命运动发生的前几年），已经相当全面、深刻地对“新文学”作了思考，他所具备的文学思想，不但超过了康、梁等维新派人物的改良主义主张，即使把它放入几年之后的新文学运动中，放入文学革命论者的言论之中，也毫不逊色。在新文学运动发生之前几年中，中国思想文化界发生过激烈的分化，黄远生则由于他的新思想而独领风骚，成为中国新文学的先驱者。

二

黄远生去世于1915年底，一年以后，新文学运动方才真正发生。但他关于新文学的思想，则对此后的新文学倡导者产生过相当大的影响。陈独秀《文学革命论》一文的主要观点就源于黄远生。诚然，《文学革命论》为陈独秀所作，《文学革命论》所提出的“三大主义”是陈独秀所创造，这是毫无疑问的，陈独秀本人也从未说过他的这些观点来自何人，但是全面地考察陈独秀与新文化运动的关系，就会发现陈独秀对新文化运动的最大贡献，莫过于他以一个革命家的激烈与坚决否定中国旧文学，提倡新文学，高扬“德先生”与“赛先生”两大旗帜,促进了中国文学弃旧更新的前进步伐。

陈独秀关于文学艺术的论著极少,早期《安徽俗话报》所载他的《论戏曲》,实是对梁启超新小说理论在戏曲方面的移植与发挥,并无独创的见解。《青年杂志》创办之初,他把主要精力投诸思想文化方面的抗争,而文学方面涉及很少,即如《社告》中“本志以平易之文,说高尚之理”一句,也不是专对文学而言的,杂志虽也刊登一些文艺作品,但并不特别重视,与当时注重政法的《甲寅》等刊物并无二致。《青年杂志》1 卷 3 号与 4 号(1915 年 11 月 15 日与 12 月 15 日)连载陈独秀《现代欧洲文艺史谭》,介绍欧洲文艺思潮,提倡写实主义,但是他关于写实主义的解释却不能说是内行话。他说:“吾国文艺,犹在古典主义理想主义时代,今后当趋向写实主义。文章以纪事为重,绘画以写生为重,庶足挽今日浮华颓败之恶风。”[①]文章与文学是两回事,说文章以纪事为重则可,可是说文学以纪实为重却有偏颇,文学还要抒情。他的写实主义把文章和文学混为一谈。正因为他对于写实主义理论含混不清,所以《青年杂志》出现了提倡写实主义而录古典主义之诗,“已知古典主义之当废,而独啧啧称誉此古典主义之诗”[②]的自相矛盾的现象,为此,他收到胡适批评的来信。

就陈独秀新文学思想的发展来说,1916 年 9 月是个重要的节点。以 9 月为界,陈独秀的文学革命思想前后迥异。8 月以前,陈独秀还把文学与文章混为一谈,两个月以后却有大变化。《陈独秀复胡适信》[③]强调应用之文与文学之文应有严格的区分。文学有独立存在之价值,假若强调“言之有物”失度,就会导致文学本

① 陈独秀《答张永言信》,《青年杂志》第 1 卷第 4 号,1915 年 12 月 15 日。
② 胡适《胡适致陈独秀信》,《新青年》第 2 卷第 2 号,1916 年 10 月 1 日。
③ 陈独秀《陈独秀复胡适信》,《新青年》第 2 卷第 2 号,1916 年 10 月 1 日。

义的丧失，使之陷于“文以载道”的泥淖。同样的观点在陈独秀《致胡适信》(1916 年 10 月 5 日)、《答常乃德》(《新青年》2 卷 4 号，1916 年 12 月 1 日)中屡次出现。这给人以陡然一变之感。紧接着是《新青年》2 卷 5 号(1917 年 1 月 1 日)发表胡适的《文学改良刍议》，“文学革命八事”问世。陈独秀又趁热打铁，于 2 卷 6 号推出著名的《文学革命论》，使“文学改良”变为“文学革命”，而“三大主义”则成了新文学运动的纲领。此后，陈独秀虽有文学言论发表，却无甚影响。《新青年》由北京迁回上海以后，陈独秀在文学方面更无有影响的文字了。在其晚年，有人曾以回忆录的形式汇录了他在狱中谈到的一些关于文艺的看法，数量稀少，其可靠性也颇受怀疑。可以这样说，陈独秀的一生，主要的功劳在思想文化方面，对于新文学的建设，他只是在很短的时间内发表过惊世骇俗的看法，却也足使他名垂文学史。

使人感兴趣的是，为什么陈独秀不早不晚，恰在 1916—1917 年之间突然对新文学提出如此深刻的见解？这些见解的背景材料又来自何方？这一问题颇值得探究。

先说陈独秀的“文学有独立之价值”观点的来源。1916 年 10 月，《新青年》2 卷 2 号刊出胡适致陈独秀的信，提出学术意味浓厚的“文学革命八事”。同期刊载的陈独秀给胡适的回信中，一方面表示“合十赞叹”，另一方面又对“八事”中的两条提出不同意见。有一条是关于“言之有物”的，他指出：“若专求‘言之有物’，其流弊将毋同于‘文以载道’之说？以文学为手段为器械，必附他物以生存。窃以为文学之作品，与应用文字作用不同。其美感与伎俩、所谓文学美术自身独立存在之价值，是否可以轻轻抹杀，岂无研究之余地?”其实胡适提出“言之有物”也是指文学作品要有思想情感，与陈独秀的主张本无大异，可陈独秀偏要引申到“文以载道”上去，只能理解为陈独秀新近得到了一种文学观点，欲借题发挥，加以阐释。他提到的“文学有独立存在之价值”的观点，前有王国维、鲁迅的极力主张,五四后又有创造社等人“为艺术而艺术”的倡导。陈独秀的功绩在于他承上启下,把文学的独立价值作为新文学的一个要素提出来,从而构成新文学传统的内容之一,使之不至于在为人生的启蒙主义思想倾向下失去平衡。而且,陈独秀的这一主张显然与王国维、鲁迅当年从美学超功利的观点而来的文学思想不同,他多少带有实践的意义。就在同一封信中,他进而提出文章与文学相区分的观点:“文法之结构者……若谓为章法语势之结构,汉文亦自有之。此当属诸修辞学,非普通文法。且文学之文,与应用之文不同,上未可律以伦理学,下未可律以普通文法。其必不可忽视者,修辞学耳。”在另一封信中,他还对胡适说:“鄙意文学之文必与应用之文区而分为二,应用之文但求朴实说理纪事,其道甚简。而文学之文,尚须有斟酌处。”(《胡适往来书信选》,1916年10月5日)在《答常乃德》的信件中他又明确指出:“应用之文,以理为主;文学之文,以情为主。”这些反复强调的观点与陈独秀在一年前发表的《现代欧洲文艺史谭》中“文章以纪事为重”的论点相对照,可谓大相径庭。这种变化的契机在于他读到了黄远生的《晚周汉魏文钞序》等关于新文学的论述,并接受了他的观点。

黄远生在《晚周汉魏文钞序》文中提出:“若由今之说言之,科学与文艺皆各有其独立之区域,而文艺之中,文学与文章,又实为二事。文章者,梁君所谓综事布意,不以耀观览。在今则文法学修辞学之类属之。凡古文学家所称作文之法,意多主于修辞,若文法之学……”陈独秀的观点与这节文字几乎如出一辙。《晚周汉魏文钞》一书由梁漱溟所编,梁漱溟为了反对当时流行的古文文体,反对学校用唐宋八大家的文章做教材,自己动手编了一本《晚周汉魏文钞》,以古朴的文体来代替已经僵化的唐宋古文。黄远生在序中评论这本教材的作用时说:“近世以来,学者病国群文质之俱敝,旧者重文词而谬于理解,新者重学说而拙于词章。故改革文体菲薄古人之风，颇复潜滋暗长，若二三名人之薄韩文而宗子厚，若梁君漱溟之欲举晚周汉魏为教科资料，而删唐宋以下，皆此新潮流所鼓荡而出者也。梁君深病古文辞之眦于美术，不适于著述学术，以为适用文字，唯晚周汉魏为近，因辑此钞。且谓此非教科书，聊为世人破古文辞之迷执。”1915 年 9 月 27 日出版的《甲寅》杂志 1 卷 10 号发表梁漱溟的《国文教科取材私议》，即谈到了这部《文钞》的构想。同号还刊有黄远生的《致〈甲寅〉杂志记者》，陈独秀作为《甲寅》杂志的助理编辑，应当及时读到黄远生此信，而其《晚周汉魏文钞序》，也自然会引起他的注意。

还有一个旁证是陈独秀对韩愈的批评，几乎同黄远生在《晚周汉魏文钞序》中的观点完全一致。《文学革命论》中，陈独秀力辟韩愈，所费笔墨占全文十分之二篇幅，我们不妨把他的观点与《晚周汉魏文钞序》作个对照。《文学革命论》说：“吾人今日所不满于昌黎者二事”，“一曰，文犹师古”，“二曰，误于‘文以载道’之谬见。文学本非为载道而设，而自昌黎以讫曾国藩所谓载道之文，不过钞袭孔孟以来极肤浅极空泛之门面语而已。余尝谓唐宋八家文之所谓‘文以载道’，直与八股家之所谓‘代圣贤立言’，同一鼻孔出气”。《晚周汉魏文钞序》说：“韩退之…… 自述为文，谓非三代两汉之书不敢观，非圣人之志不敢存，行之乎仁义之途，游之乎诗书之源，无迷其途，无绝其源。”“古文家本以韩愈为宗，故大率为理学家之兼业，其所谓道，大抵言性理礼教，所谓是非不谬于圣人者也。以故义浅文薄，徒托于道统以自雄，气味神理以自晦，质而言之，专制之遗蜕，一孔之谬见而已。”当然，辟韩在当时知识分子的革新人士中是相当普遍的倾向，二者未必一定有直接的关系，但从上述对照看，陈独秀的观点与黄远生的《晚周汉魏文钞序》中的表述是何等相似。

再说陈独秀“三大主义”的材料来源。“三大主义”系陈独秀为声援胡适“文学革命八事”而提出的更为激烈的主张。将黄远生的《晚周汉魏文钞序》《朱芷青君身后徵赙序》《国人之公毒》等文章与《文学革命论》对照起来读,可以看出彼此不仅辞旨相近,而且笔法也有不少相似之处,个别地方用语相近。“三大主义”之一为“推倒雕琢的阿谀的贵族文学,建设平易的抒情的国民文学”。什么是贵族文学?《文学革命论》说:“贵族文学,藻饰依他,失独立自尊之气象也。”所谓“独立自尊”,即指文学的独立本性,或谓为文学的“本义”。陈独秀说:“何谓文学之本义耶?窃以为文以代语而已。达意状物,为其本义。文学之文,特其描写美妙、动人者耳。其本义原非为载道有物而设,更无所谓限制作用,及正当的条件也。状物达意之外,倘加以他种作用,附以别项条件,则文学之为物,其自身独立存在之价值,不已破坏无余乎?”[1]这样的观点,同样可以在黄远生的文章中能找到。如《晚周汉魏文钞序》说,古文家“文与道之不分,其所谓道即学也。而学者常言文以载道,又以明文艺之不能独立。若由今之说言之,科学与文艺皆各有其独立之区域,而文艺之中,文学与文章,又实为二事……”所谓“抒情”,即抒写真情实感之意。黄远生也曾说过,“文学之文,以情为主”,文学“所含之物有二,一所谓焦念之印象与观念,一即附著于此之情者是也”(《朱芷青君身后徵赙序》)。“向日持论,谓今欲发挥情感,沟通社会潮流,必须提倡新文学。”(《晚周汉魏文钞序》)两相对照,贵族文学与国民文学之对立的焦点,已相当清楚。

“三大主义”之二是“推倒陈腐的铺张的古典文学,建设新鲜的立诚的写实文学”。《文学革命论》关于古典主义说过:“古典文学,铺张堆砌,失抒情写实之旨也。”“古典文学,极其长技,不过如涂脂抹粉之泥塑美人。”“若夫七子之诗,刻意模古,直谓之抄袭可也。归方刘姚之文,或希荣慕誉,或无病而呻,满纸之乎者也矣焉哉。每有长篇大作,摇头摆尾,说来说去,不知道说些甚么,……

---

① 陈独秀《答曾毅》,《新青年》第3卷第2号,1917年4月1日。

其伎俩惟在仿古欺人……”所谓古典文学，要旨在于“模仿”，不说真话，一味铺张词藻，掩饰真情。陈独秀在这里解释的写实文学，却与《现代欧洲文艺史谭》不同，强调其“新鲜”和“立诚”。“新鲜”应是指面对现实，写“新事物”（与“陈腐”相对），“立诚”指诚意，说真话，不说套话和废话。这两点也正应和了黄远生的观点：“文艺家……其职在写象，象如是现，写工不能不如是写。写工之自写亦复如是，故文艺家第一义在大胆，第二义在诚实不欺，技之工拙，存乎其人，天才亦半焉。”（《朱芷青君身后徵赙序》）此外，《消极之乐观》《国人之公毒》《想影录》等文均提倡“立诚文学”。

“三大主义”之三是“推倒迂晦的艰涩的山林文学，建设明了的通俗的社会文学”。什么是山林文学？《文学革命论》说：“山林文学，深晦艰涩，自以为名山著述，于其群之大多数无所裨益也。”他所谓的“通俗的社会文学”，也就是“大多数”人能懂，读了之后又有所“裨益”的文学。此种观点正出自黄远生《晚周汉魏文钞序》说：“鄙人向日持论，谓今欲发挥情感，沟通社会潮流，必须提倡新文学，今欲浚发智虑，输入科学，综事布意，明白可观，则必提倡一种近世文体。”后来的《致〈甲寅〉杂志记者》《国人之公毒》又作进一步发挥，其中《致〈甲寅〉杂志记者》说得更明白，说要提倡新文学，“其要义，须与一般之人，生出交涉。法须以浅近文艺，普遍四周”。

凡此种种，不难看出二者相似相通之处。相似之处如此之多，想来也不会是偶然的巧合。所以，笔者认为陈独秀在新文学运动初期的主要观点，与黄远生的新文学观有着密切的联系，可以说陈独秀是吸收和综合了黄远生的新文学观点，而以一个革命家的立场给予改造和发挥后提出来的。

三

如果我们再深入一层去考察陈独秀与黄远生的文字姻缘，就会发现两者言论相近之处远不止于此。如《文学革命论》中关于文学革命的背景问题,陈独秀斥责当时盘踞在人们精神世界里的根深蒂固的旧伦理、旧道德、旧文学、旧艺术诸端,在黄远生的《国人之公毒》一文中早已一一作过评判,其相似之处即从某些文句的语序结构上看也是一目了然的。在其他一些谈论新文学问题的通信里,类似情况也不少。

笔者还发现,陈独秀吸取黄远生新思想撰为文章,并不限于文艺方面,其他方面则更多。陈独秀关注黄远生的言论,并传播他的观点,不会晚于1916年1月。黄远生赴美之前与《东方杂志》有供稿之约,因此《东方杂志》12卷11号至13卷2号(1915年11月10日至1916年2月10日)连续四期陆续发表了黄远生的《忏悔录》《反省》《国人之公毒》《新旧思想之冲突》等文,陈独秀紧随其后,在《青年杂志》1卷5号(1916年1月)、6号(1916年2月15日)上发表了《一九一六年》和《吾人最后之觉悟》两文。《一九一六年》的观点取自《忏悔录》《反省》《国人之公毒》三篇,《吾人最后之觉悟》的主要观点取自《新旧思想之冲突》。《一九一六年》阐述的三个观点,其中,第一,"自居征服地位,勿自居被征服地位",第二,"尊重个人独立自主之人格,勿为他人之附属品"来自《国人之公毒》;第三,"从事国民运动,勿囿于党派运动"取自《忏悔录》。此外,辞旨相近、用语相似的也不在少数,如《一九一六年》说:"集人成国,个人之人格高,斯国家之人格亦高。""吾人首当一新其心血,以新人格,以新国家,以新社会,以新家庭,以新民族。"《忏悔录》则说:"夫欲改革国家,必须改造社会,欲改造社会,必先改造个人。社会者,国家之根抵也。个人,社会之根柢也。"又如《反省》在忏悔和反省过去之后写道:"以前种种昨日死,以后种种今日生","吾曰今日乃复活之日,乃大觉悟大忏悔之日矣"。《一九一六年》说:"一九一五年与一九一六年间,在历史上画一鸿沟之界:自开辟以迄一九一五年,皆以古代史目之,从前种种事,至一九一六年死；以后种种事，自一九一六年生。”《新旧思想之冲突》与《吾人最后之觉悟》都说到自西方文化输入中国以后所经历的三个阶段，前者说最初为“枪炮工艺”，嗣后为“政法制度”，“而在今日已成为思想上之争”，“此犹两军相攻，渐逼本垒”。后者则说最初为“学术”，其次为“政治”，继今以往，“当为伦理问题”。两者用语虽有别，但辞旨却是相同的。

值得注意的是，黄远生这两篇文章的观点被陈独秀吸收到文章里的周期非常之短。如《国人之公毒》与《一九一六年》，《新旧思想之冲突》与《吾人最后之觉悟》，一前一后都不超过一个月，也就是说《东方杂志》上个月发表某文，《青年杂志》这个月便有反映。若非《青年杂志》至1卷6号后停刊一段时间，笔者推想一定会有更多这类文章发表。事实上，《青年杂志》半年后易名为《新青年》复刊后，自2卷1号起，陈独秀陆续发表《新青年》《我之爱国主义》《驳康有为致总统总理书》《宪法与孔教》《孔子之道与现代生活》《再论孔教问题》等文，都与黄远生的思想有密不可分的关系。如《国人之公毒》说：“自汉以后，中国无学说，有之则惟孔子。尊孔子于独尊，而排斥百家。凡所谓百家，皆异端也。”“致令全国之聪明智慧，皆锁置于‘形式’独断之沉狱。而在今日，人人皆受此毒。”而陈独秀的《宪法与孔教》(《新青年》2卷3号，1916年11月1日)则说：“今效汉武之术，罢黜百家，独尊孔氏，则学术思想之专制，其湮塞人智，为祸之烈，远在政界帝王之上。”又《再答常乃德》(《新青年》2卷6号，1917年2月1日)说：“惟自汉武以来，学尚一尊，百家废黜。吾族聪明，因之锢蔽。流毒至今，未之能解。”说法何其相似。

上面所列举的材料与《文学革命论》本无直接关系，但可用来说明《文学革命论》只是陈独秀与黄远生文字姻缘的一部分，从而更进一步证明《文学革命论》和黄远生的新文学观之间的渊源关系。

四

那么如何来解释陈独秀的文学主张受黄远生的影响这种现象呢?

这首先是因为新文学运动战斗要求的催逼。陈独秀长于政法之学而不擅长于文艺,这是先天的局限,但历史将他推到了发动新文学运动领导者的位置,给了他一个领导新文学文坛的机会。在《青年杂志》发刊之初,他一方面以倡导文学革命为己任,另一方面又不掩饰自己力不从心的窘状。《青年杂志》1卷3号上,他一面提倡写实主义,另一面又盛赞古典主义作品,胡适在给他的信中,以三百字篇幅批评这种“自相矛盾”的现象。陈独秀立即在《新青年》2卷2号上公开复信,坦然认错说:“以提倡写实主义之杂志,而录古典主义之诗,一经足下指斥,曷胜惭感!”他诚恳约请胡适撰文,助自己一臂之力。这种不藏拙、不掩饰自己文学素养不足的精神,体现了一个知识分子领袖的博大胸怀。在胡适“文学革命八事”的逼促下,陈独秀急于寻找新文学理论武器予以响应,而黄远生一系列深刻广博的见解,正好被他吸收作为思想理论的材料,并且加以发挥,结果产生划时代的影响。

其次,在晚清以降的学术风气下,知识分子以传播新思想、改造社会为己任,并不利用知识获取个人名利,也不把知识视作私产。他们在开一代风气之时,往往及时地攫取新思想、新学说为己用,其中又夹杂了许多个人的意见,结果究竟是转述还是著述不易分辨。譬如梁启超主编《清议报》和《新民丛报》时,许多观点取之于日本学者德富苏峰。有论者指出:“试举两报所刊之梁著《饮冰室自由书》,与当日之《国民新闻》论文及民友社国民小丛书一一检校,不独其辞旨多取材于苏峰,即其笔法亦十九仿效苏峰。”鲁迅著名的《摩罗诗力说》(1907),综论世界各大诗人,洋洋洒洒，为一时之名文。近据日本学者考证，其论点与当时日本学者介绍西洋文学的材料不无关系[①]。清末民初具有革命倾向的文人，非但不把新知识当作博取名利的“奇货”，反而视之为救世的“火种”加以传播。至于知识产权，并未措意。阅读当年的刊物，常常可以见到封底印着八个字：“如有翻印，功德无量。”陈独秀所为可视为此类遗风罢了。

笔者在本文中提出陈独秀《文学革命论》和黄远生的新文学观密不可分的看法，并不是想重新判定“三大主义”的专利权，也不是要为谁争“新文学”的最先发明权，这并无意义，而是想据此认识到，我国五四时期新文学运动的思想来源，不仅来自留学生携入的西方文学和哲学，也有从中国政治、经济以至文化的发展而来的土生土长的自发要求。黄远生的新文学主张，是在知识界普遍对政局感到失望和沉闷，文学界风靡鸳鸯蝴蝶派的时候提出来的，这正是中国文化之所以能够除旧革新，接受西方新思想而掀动自身革命的希望所在。黄远生视野甚宽，见识甚高，学识甚博，于中国转型时期的思想、文化、法律、政治、经济、新闻多所涉猎，时有惊世之论发表。他当时关于文学革命的思想深度，并不在之后的五四运动中所出现的各种学说之下。不但陈独秀，新文学运动的其他骨干都程度不同地受过他的影响。然而他的贡献却长期以来得不到正确认识，20 世纪 50 年代后出版的现代文学史，在论述新文学起源时则完全忽略了黄远生的存在，这一点需要引起我们的注意。

〔原载《复旦学报（社会科学版）》1992 年第 3 期〕

---

① ［日］北冈正子《〈摩罗诗力说〉材源考》，何乃英译，北京师范大学出版社，1983 年。

《文学改良刍议》探源：胡适与黄远生

自从《文学改良刍议》问世以来，谈论“文学革命八事”源流者不乏其人，关于它的来源至少有过四说，即桐城古文说、《文史通义》说、古文辞家胥能言之说、《意象派宣言》说。但据笔者考证，此四说皆不能成立（另文详述理由）。那么，“文学革命八事”究竟源出于何处呢？笔者曾在《陈独秀与黄远生：〈文学革命论〉来源考》一文中指出，黄远生的新文学思想，“不但陈独秀，新文学运动的其他骨干都程度不同地受过他的影响”[①]。这里所谓“新文学运动的骨干”首先是指胡适，他的“文学革命八事”与黄远生新文学思想不无关系。黄远生的“根本救济”“形式革命”“与一般之人，生出交涉。法须以浅近文艺，普遍四周”等即是“八事”重要理论支点，胡适以此为基础，多方吸取思想营养，衍生出完整的“八事”。

一

新文学运动是失望于辛亥革命的知识分子所发出的呐喊，先发其声者为黄远生。对中国政治的反省和忏悔，寄希望于文艺复兴式的思想文学改造，为黄远生新文学思想的一大特色。

自清王朝政府派遣五大臣出洋考察宪政起到民国三四年，是

① 沈永宝《陈独秀与黄远生：〈文学革命论〉来源考》，《复旦学报（社会科学版）》1992年第3期，第57页。

谈政议政潮流最为波澜壮阔的时期。此时先进的知识分子有一种共同的信仰，认为西洋物质文明和政治法律组织比中国的程度高，至于精神文明及各种社会伦理观念、文学思想等等，中国的还是至高无上的。前者可以学习西方，而后者则无必要。所以，当时人对于西洋政治观念极为热心，而对于西洋文学、伦理道德不愿提倡，对于中国的旧伦理、旧道德更不敢批评，文章还是以“汉魏六朝的八股”（吴稚晖语）为贵。可是辛亥革命后不久，原有的信仰破灭，人们发现西洋的富国强兵之策、政治法律几乎件件成功，而移植到中国之后令人大失所望。于是一部分人失望之余开始反省，领悟到真正的文明枢纽在于社会改造，而社会改造的前提则是国民思想的更新，即伦理道德、文学观念的再造。

黄远生也曾是谈政议政的政论家，由于他的敏感和觉醒，较早就领悟到旧政治、旧文学、旧伦理本属一体，政治改革只有辅以伦理、道德、文学观念的变革，才能收到成效。他以欧洲“文艺复兴为中世纪改革之根本”为鉴，提出从改革文艺入手，引进外来思想，改造国民精神，为政治改革奠定基础的改革方略。黄远生写下《致〈甲寅〉杂志记者》《反省》《忏悔录》《国人之公毒》《新旧思想之冲突》等一系列论文阐述这种新信仰，其中《致〈甲寅〉杂志记者》[①]对这种方略说得最为简洁明了。

这个以欧洲文艺复兴为模式，注重思想文学革命的新信仰，确实与“寻常批评家，专就见象为言者有别”（《致〈甲寅〉杂志记者》）。所谓“见象为言”的“寻常批评家”，主要是指以章士钊为代表，包括陈独秀、李大钊、高一涵、杨永泰、易培基、张东荪、渐生（陆鸿逵）、杨端六、李剑农、周鲠生等一批《甲寅》杂志骨干。当时他们正以白芝浩等政治理论为武器，抨击劳乃宣、刘廷琛及客卿古德诺的复辟说。他们的信仰是政治制度改革为一切改革的根

① 黄远生《致〈甲寅〉杂志记者》，《甲寅》第1卷第10号，1915年9月27日。

本，一切改革须从政治入手。因此，章士钊对黄远生的新信仰不以为然，在刊登《致〈甲寅〉杂志记者》的同时加了一则比黄远生《致〈甲寅〉杂志记者》更长的按语（复信），其中说："提倡新文学，自是根本救济之法，然必其国政治差良，其度不在水平线下，而后有社会之事可言。文艺其一端也。欧洲文事之兴，无不与政事并进。"章士钊主张政治改革为一切改革的根本，中国改革理所当然地应从政治改革着手。黄、章二人如两面旗帜，黄远生的旗帜上书写着思想革命、文学革命，而章士钊的旗帜上书写着政治改革、谈政议政。黄远生的旗帜竖起来之后不久，原先政论团体《甲寅》大将如陈独秀、李大钊、高一涵等先后来到黄远生的旗帜之下，以陈独秀为盟主，组织起《新青年》新文化团体，《甲寅》团体随即风流云散。五六年之后，章士钊站在《新青年》的对立面，反对文学革命和思想革命，则是黄、章主张分歧的延续和激化。

黄远生提出新信仰之时，胡适正在太平洋彼岸的美国留学。《致〈甲寅〉杂志记者》刊出于《甲寅》第 10 期（1915 年 10 月 10 日）。《甲寅》从第 4 期起由上海亚东图书馆出版经销。亚东老板汪孟邹是胡适同乡，两人交谊极深。汪曾托胡在美国留学生界销售《甲寅》，又由于汪孟邹的介绍，胡适与《甲寅》主编章士钊取得联系，从 1915 年 3 月起，他们开始通信往来，章向胡约稿，胡的译著《柏林之围》《非留学篇》先后刊出于《甲寅》第 4 期、第 10 期。作为《甲寅》撰稿人，胡适至少从第 4 期起应该每期得到一份《甲寅》，而刊登黄远生《致〈甲寅〉杂志记者》的第 10 期又有胡适所作的《非留学篇》一文，因此他得到《甲寅》第 10 期的可能是完全肯定的。

胡适身在美国，但一直关注着祖国的政局之变，袁世凯图谋复辟、扼杀共和国的野心暴露之际，他忧心如焚，感到中国之病是冰冻三尺非一日之寒，"此七年之病，求三年之艾"。但究竟什么是"艾"呢？他自己也不十分清楚。先是说建设中国的根本大计在于对外“增进世界之人道主义”，对内“兴吾教育，开吾地藏，进吾文明，治吾内政”(1914年底)。不久又说：“今日祖国百事待举，须人人尽力始克有济。位不在卑，禄不在薄，须对得住良心，对得住祖国而已矣……‘执事者各司其事’，此七字救国之金丹也。”[①]皆泛泛而论，并无多少新意。这“艾”绝对治不了“七年之病”。不久，当他读到《致〈甲寅〉杂志记者》时，身心被震撼了：“这封信，前半为忏悔，后半为觉悟。当日的政论家苦口苦心，确有很可佩服的地方。但他们的大缺点只在不能‘与一般之人生出交涉’。这一句话不但可以批评他们的‘白芝浩—戴雪—哈蒲浩—蒲徕士’的内容，也可以批评他们的精心结构的政论古文。黄远庸(黄远生)的聪明先已见到这一点了，所以他悬想将来的根本救济当从提倡新文学下手，要用浅近文艺普遍四周，要与一般的人生出交涉来。……这封信究竟可算是中国文学革命的预言。”[②]大概由于这封信当时对他的影响特别深刻的缘故，1932年10月30日，他在北大作讲演时再次提到《致〈甲寅〉杂志记者》，对其中的主要观点记忆犹新。

胡适读到此信不久，《留学日记》里出现了一个此前未曾涉及的话题“造新因”，1916年1月4日，在“国事坏在姑息苟安”标题下胡适写道：“今日国事败坏，不可收拾，决非剜肉补疮所能收效。要须打定主意，从根本下手，努力造因，庶犹有死灰复然之一日。若事事为目前小节细故所牵制，事事但就目前设想，事事作敷衍了事得过且过之计，则大事终无一成耳。”同年1月11日、1月25日日记又有《论〈造新因〉》《再论造因，寄许怡荪书》两则札记，后则写道：“适近来劝人，不但勿以帝制撄心，即外患亡国亦不足顾

---

① 胡适《救国在“执事者各司其事”》(1915年2月22日)，《胡适留学日记》卷九，海南出版社，1994年，第3页。

② 胡适《五十年来中国之文学》，《最近之五十季——申报馆五十周年纪念》，申报馆，1923年2月。

虑。倘祖国有不能亡之资，则祖国决不致亡……不如打定主意，从根本下手，为祖国造不能亡之因，庶几犹有虽亡而终存之一日耳。”1月31日，胡适致信韦莲司教授，再次提到这个观点，译文为：“我对现在中国的革命不抱太多的希望，然而我对这些革命者还是抱着很深的同情。作为我个人来说，我倒宁愿从基础建设起。”“我个人的态度则是：‘无论如何，总以教育民众为主，为下一代打下一个好的基础。’这一个缓慢的过程是必要的，而人却是极没有耐心！以我所见，这个缓慢过程是唯一必需的：它既是革命的先决条件，也是人类进化的先决条件。”在短短的一个月内，胡适四次提到“造新因”绝非偶然，正是《致〈甲寅〉杂志记者》“根本救济”思想给他的启发所致。此后，这一观点胡适反复提到，6月7日日记更用“根本救济”的观点来评论戊戌政变的得失。

这个“造新因”的思想逐渐演化，日后成为他所谓打定主意、二十年不谈政治、专在思想文艺方面努力、从非政治的因子上为中国政治建筑一个革新的基础。此为胡适奉行一生的信仰，并影响了他的文学观点，主张文学于世道人心有所作为。1916年7月13日日记写道：“吾又以为文学不当与人事全无关系。凡世界有永久价值之文学，皆尝有大影响于世道人心者也。”“文学革命八事”胎孕于1916年2月，而“造新因”思想产生于1916年1月，所以“造新因”思想正是孕育“文学革命八事”的母体之一。“文学革命八事”从萌芽到成熟都充满了“从根本下手，努力造因”的精神。在胡适看来，思想革命是一切改造的基础，政治社会的改造非先从思想改造下手不可。由此观照中国文坛，看到中国旧文学之弊与思想革命的历史使命格格不入，于是提出文学革命的要求。当他于1916年2月3日第一次提出“文学革命八事”中的“三事”时就指出，中国旧文学弊端所在为“无物可言”。1916年4月、8月，他又强调这个观点，指出今日言文学革命，“当注重言中之意，文中之质，躯壳内之精神”。在此观点指导之下，“不作无病之呻吟”

“不摹仿古人”二事又产生了。由于这“三事”均由“造新因”观点演化而来,因此胡适将三者统称为“精神上之革命”。不仅如此,他在具体阐述“三事”时更体现了思想革命的倾向。说到“言之有物”的所谓“物”,即为“高深之思想”,“动人之情感”。他还说:“思想之在文学,犹脑筋之在人身。人不能思想,则虽面目姣好,虽能笑啼感觉,亦何足取哉。文学亦犹是耳。”“情感者,文学之灵魂。文学而无情感,如人之无魂,木偶而已,行尸走肉而已。”说到“不无病呻吟”时,胡适痛斥暮气沉沉的感喟之文,提倡“奋发有为”、朝气蓬勃的战斗精神①。至于“不摹仿古人”一事,在给陈独秀信中则写成“不摹仿古人,语语须有个我在”。这更是提倡文学的“人生化”精神,要以人的文学排斥那“非人”的文学。

总之,《致〈甲寅〉杂志记者》中“根本救济”的思想,与胡适“造新因”思想的联系,无论从时间的衔接上,还是内容的一致性上都可以得到证明。可见这个观点正是“文学革命八事”的理论支点之一。

二

注重“文的形式”的革命是胡适“文学革命八事”又一重要理论支点。胡适对当时的文学状况下过一个结论:“以文胜质”,即“重形式而去精神”。而他认为形式上受到束缚,精神也不能自由发展,即使有良好的内容也不能充分表现,因此,文学革命必须从“文的形式”的革命开始,求得语言文字和文体的解放,打破那束缚人的精神的枷锁和镣铐。

笔者在考察胡适“文学革命八事”形成的过程中发现,“文学革命八事”就是在“文的形式”的革命的思想指导下由零碎的单个

---

① 胡适《文学改良刍议》,《新青年》第2卷第5号,1917年1月1日。

观点整理成系统思想的。“文的形式”的革命的思想形成于1916年初，随即“文学革命八事”也就开始发生了。2月3日，胡适提出了最初的文学革命的“三事”：须言之有物，须讲文法，当用“文之文字”时不可避之。作为提出这三事的理由是：“适以为今日欲救旧文学之弊，须从涤除‘文胜’之弊入手。今人之诗（南社之诗即其一例），徒有铿锵之均（韵）貌似之辞耳，其中实无物可言。其病根在于重形式而去精神，在于以文（form）胜质（matter）。”[①]4月17日又增加了不无病而呻、不摹仿古人二事，提出的理由为“文胜之敝，至于此极，文学之衰，此其总因矣”[②]。1916年8月又增加了不用典、不用陈套语、不讲对仗三事，至此提出了完整的“文学革命八事”。提出的理由为：“综观文学堕落之因，盖可以‘文胜质’一语包之。文胜质者，有形式而无精神，貌似而神亏之谓也。欲救此文胜质之弊，当注重言中之意，文中之质，躯壳内之精神。”[③]由此可以清楚地看到“文学革命八事”虽然是分三次提出的，但每次所阐述的理由，无一不是为了救治文学上的“文胜质”，即“重形式而去精神”的弊病。笔者以为，“文的形式”的革命的思想是“文学革命八事”的总纲，正是有了这个总纲之后，才有文学革命意义上的“文学革命八事”的诞生。胡适在1916年8月21日日记《文学革命八条件》中曾将“文学革命八事”分为“形式上之革命”和“精神上之革命”两部分。划入“形式上之革命”的五条固然注重形式改革，就是属于“精神之革命”的三条也无不针对“重形式而轻精神”而言，从内容角度来纠正“文胜质”的弊端。所以，偏重于形式革命确是“文学革命八事”最显著的特色。

那么胡适这种“文的形式”的革命思想源于何处呢？是梁启

---

① 胡适《胡适致任鸿隽函》（1916年2月2日），《新文学史料》1991年第4期，第44页。

② 胡适《吾国文学三大病》（1916年4月17日），《胡适留学日记》卷十二，第227页。

③ 胡适《胡适致陈独秀信》，《新青年》第2卷第2号，1916年10月1日。

超吗？不是，因为梁启超在这个问题上一直主张“旧瓶装新酒”。他说：“过渡时代，必有革命。然革命者，当革其精神，非革其形式……能以旧风格含新意境，斯可以举革命之实矣。”[①]那是时人的看法吗？更不是。梅光迪对于胡适的主张简直不屑一顾，说那是“徒于文学字形式上诗论，无当也”[②]。南社盟主柳亚子对于胡适的主张表现出不以为然的态度，说文学革命“两言尽之矣”，“所革当在理想，不在形式。形式宜旧，理想宜新”。我们寻找“文学革命八事”的源头，不能不揭开这种特色来源的秘密。据种种迹象显示，黄远生的《忏悔录》《国人之公毒》等文即是其源头所在。

《忏悔录》与《国人之公毒》先后发表于《东方杂志》第12卷11号(1915年11月10日)与第13卷1号(1916年1月10日)。《忏悔录》论及中国人之思想束缚、桎梏于旧日习惯形式之下，“有形不死而魂先死者”，“有形而无神”，“见有形而不见有身”，触及形质问题。《国人之公毒》更是一篇清算和声讨中国传统文学形式主义弊端的檄文。《国人之公毒》认为：“自汉尊孔之后，已渐养成独断主义、形式主义之空气，至宋而其毒益深。至明立八股之制以来，亦既若干百年矣。”形式主义根深蒂固，“八股云云即任取圣贤之大义微言作为题目，而在彼皆用顾字一承而字一转为已足”。这种形式主义无往而不相宜，致使“吾国所有一切现象，莫非八股”，文学艺术更是如此，“任是何种武戏，何种文戏，其节目排场，必系千剧一律。夫戏剧与小说，盖今日欧美人文艺之大宗，认为时代思潮之产物者也。以吾国戏剧言之，演一神仙，则其排场作法，开腔道白，犹之演官场也。……乃至演其他各剧，无一不同一形式”。“小说，十有八九，必讲妖怪，讲状元宰相，讲大团圆。《红

---

① 梁启超《饮冰室诗话》，人民文学出版社，1959年，第51页。

② 胡适《叔永答余论改良文学书》(1916年2月10日)，《胡适留学日记》卷十二，第197页。

楼梦》中贾母不待说书之终，而预料其结果之必如是云云”。如此等等，不一而足，中国文学“莫非八股”。黄远生的这个论断，推倒了梁启超和时人的看法，可谓独树一帜。

此文震撼了当时文坛，不少人由此获得理论力量。胡适指导的《新潮》杂志骨干人物之一汪敬熙就说：“自民国五年一月《东方杂志》发表黄远生先生的《国人之公毒》一篇文章之后，有许多人都同声说，我们中国各种坏处的根原就是思想界，并且又说，如想改革中国，第一步就须改革思想。”[①]可见《国人之公毒》发表时读者之多、影响之大。以后来成为《新青年》同人的几位新文学闯将而论，几乎没有人不知道此文的。陈独秀至少在六篇文章中提到此文主张，胡适高足罗家伦、傅斯年更有多篇文章阐述和评价此文观点。傅斯年在《新潮》第1卷第2号所刊《对于旧家庭的感想》附启说，中国国民思想受三种主义主宰，“第一是形式主义”，“一般人只管形式，不管事实”。又在《中国学术思想界之基本误谬》中指出的中国学术思想七大基本谬误，均是对《国人之公毒》基本观点的阐发，其中“重形式而不管精神”列为第七项。罗家伦所作《近代中国文学思想的变迁》把“文学革命八事”与《国人之公毒》直接联系起来，他指出：“国语文学的精神就是‘人生化’的精神”，“既然大家发现人生的价值，而想造成一种‘人生化’的文学，所以凡是‘非人’的，防害人生的东西，都应当放在排斥之列。但是最没有人性，缚束人生最利害的，就是旧文学了！中国人无处不受‘形式主义’的流毒，而以文学为尤甚。黄远生所谓‘乌龟八股’中‘顾字一承而字一转’的形式，盖无所往而不宜。做古文则有幽渺冥玄的‘家法’，做诗则有‘蜂腰’‘鹤膝’的限制，……诸如此类，把人的性情，不容一点存在。所以弄到后来，稍微有点天才的人都不愿意做古文律诗，也是这个道理。这样‘非人’的出品，

---

① 汪敬熙《什么是思想?》,《新潮》第1卷4号,1919年4月1日。

一旦‘人’觉悟了，那里能够容他存在呢？”[①]原文还有这样几句话："远生于民国三四年之际，颇有新文艺思想发现；惜其未能充分发表，即已早死。此段见《国民之公毒》一文。”

此外，涉及《国人之公毒》反对形式主义的文章简直不可胜数，由此可见黄远生文学上反对形式主义思想在整体上的影响，也说明胡适“文学的形式”革命主张的出现绝非偶然。

胡适的《五十年来中国之文学》高度评价了《致〈甲寅〉杂志记者》在新文学运动中的意义，但也没有忘记《国人之公毒》。即使到 1932 年，他还在《独立评论》第 18 号（1932 年 9 月 18 日）上发表的《惨痛的回忆与反省》中说：“‘八股’，岂但是一种文章格式而已！把全国的最优秀分子的聪明才力都用在变文字戏法上，这种精神上的病态养成的思想习惯也是千百年不容易改变的。——这些老祖宗遗留下的孽障，是我们这个民族的根本病。”这似乎是对《国人之公毒》精神的最简要概括。胡适文中不少文字与《国人之公毒》里如出一辙，如至明代立八股之制以来，“数千年以上，至少亦数百年之遗传，种之吾人，至今虽欲不受其毒，亦可得乎”？“静思吾国所有一切现象，莫非八股”，“致今全国之聪明智慧，皆锁置于‘形式’独断之沉狱。而在今日，人人皆受此毒”，“既全受之，乃曰公毒”。再说，《东方杂志》第 12 卷第 11 号（1915 年 11 月 10 日）至第 13 卷第 1 号（1916 年 1 月 10 日）连续发表黄远生的文章，其中有中国人受八股之毒、满国形式主义、“有形不死而魂先死者”、“有形而无神”、“见有形而不见有身”等相关意见，而胡适 1916 年 2 月起提出中国文学之病在于“文胜质”“有形而无神”“存形式去精神”之类的观点，两者之间无论是精神还是时间上都存在着内在联系。

笔者确信胡适读到过《国人之公毒》。此文发表于 1916 年 1

---

① 罗家伦《近代中国文学思想的变迁》，《新潮》第 2 卷第 5 号，1920 年 9 月。

月10日《东方杂志》第13卷第1号。胡适留美期间，从未中断过与国内的联系，除本文第一节提到他与《甲寅》杂志的关系之外，其他联系也实在密切。胡适一度主编过《留美学生季报》，该报出版发行地不在美国而在上海，先后由中华书局、商务印书馆代印。《胡适留学日记》里时常有阅读上海报刊的记载，所提到的阅读的报刊有《国粹学报》《国风报》《小说月报》《时报》《民国报》《大中华》《大共和日报》《新共和国周报》，有时未写出报刊名称，而只写"读上海报纸"。胡适并非每天写日记，所记读报情况仅为一小部分，漏记或不记的应该比所记的多。汪孟邹托胡适催收《甲寅》杂志代售款项，并寄《青年杂志》第1、2、3号都有案可查，可是胡适的日记里均无记载。又据胡适1917年初统计，1916年他收到来信超过千件，复信也接近此数，可日记中有记载的不过十来件。这大量的遗漏里就可能有与《东方杂志》上《国人之公毒》有关的材料。

笔者不妨推测一下胡适接触《国人之公毒》的几种可能。其一，他读到《致〈甲寅〉杂志记者》，心灵受到极大震撼，由此产生进一步了解黄远生的愿望，因而关注、搜求黄远生的文字，并通过上海的朋友，特别是亚东图书馆老板汪孟邹获得《国人之公毒》。其二，黄远生本是报道袁世凯政府消息、发表政治评论的著名记者，1915年9月从袁世凯的羁縻下挣脱出来，南逃上海，在《申报》等大报上连续刊出反对帝制、拥护共和的启事。他赴美后不久，12月在美国旧金山被暗杀更是一大新闻，这本来就容易引起各界的注意。再说《东方杂志》从第12卷第11号（1915年11月10日）至第13卷第2号（1916年2月10日），连续刊出黄远生长篇论文《忏悔录》《反省》《国人之公毒》《新旧思想之冲突》《想影录》，除《忏悔录》放在第二条，余均放在第一条刊出，影响之大可想而知。胡适在上海的朋友如汪孟邹认为特别重要，有供胡适一读之价值，因此主动给他寄去以上诸文，使胡适有机会读到。其三，《东方杂志》不仅牌子老，历史悠久，而且材料丰富，在学术界有很高声誉，或许留美同学中就订有该刊物的，胡适可以读到它，如同他们能看到《时报》一样。其四，《青年杂志》1915 年 9 月创刊后，陈独秀每期寄给胡适。陈独秀读到《东方杂志》上黄远生的文字，推崇备至，并改写成社论，对黄远生的观点大加发挥。此时陈、胡已就文学改革问题通信讨论，陈独秀将刊登《国人之公毒》的《东方杂志》和《青年杂志》一起寄给胡适，也不是没有可能。以上四种可能性只要有一处是事实，胡适就是《国人之公毒》的读者。

胡适在《逼上梁山——文学革命的开始》里说，在 1916 年 2—3 月间，"我已仿佛认识了中国文学问题的性质。我认清了这个问题在于'有文而无质'"。这个时间段值得注意。《国人之公毒》刊出于 1916 年 1 月 10 日《东方杂志》第 13 卷 1 号，此刊辗转传到美国胡适的手中也就二三十天，两者时间上正好吻合。

三

"文学革命八事"中充满着"普及行远"思想，而这种思想同样与黄远生有关。早期的胡适有他的文学"普及行远"观。明李东阳《麓堂诗话》中有两句话："作诗必使老妪听解，固不可。然必使士大夫读而不能解，亦何故耶?"胡适对此颇为欣赏，抄在《自胜生随笔》(1907)中。此时胡适有改革思想，然而只主张变革那些连"士大夫读而不能解"的弊病，却并不希望改到连"老妪"也能"听解"的程度。他对古文并无好感，甚至有些讨厌，1911 年 8 月 25 日写完《康南耳传》结论部分，胡适如释重负，不无感慨地写道："约三百余字，终日始成；久矣余之不亲古文，宜其艰如是也。"之后他对古文的不满与日俱增，痛骂古文为"半死"文字云云，然而至 1915 年年底，他还没有想到否定古文，更没有主张白话文，所谓革新思想未能超越古文变革的范围。1915 年 6 月 6 日他在《留学日记》中还认为："吾国文本可运用自如。今之后生小子，动辄毁谤祖国文字，以为木强，不能指挥如意，徒见其不通文耳。"同年8月26日又作《如何可使吾国文言易于教授》一文，虽然指出"汉文乃是半死之文字"，然而并不认为应该加以废除，他说："汉文所以不易普及者，其故不在汉文，而在教之之术之不完。同一文字也，甲以讲书之故而通文，能读书作文；乙以徒事诵读，不求讲解之故，而终身不能读书作文。可知受病之源，在于教法。"基于这种认识，他提出了一些改良措施，如提倡古文文法，提倡古文标点符号，提倡"用逐调分读之法"读词等等，所有这一切虽意在"普及"，然其基本立场在维护古文，所谓革新不过如此。

在此期间，胡适虽然不曾主张以白话代替文言，可是他写过不少白话文章。他在《安徽白话报》《国民白话报》《竞业旬报》上发表为数不少的白话文字，尤其是他主编《竞业旬报》时特设"白话"一栏，所写的如《爱国》《独立》《苟且》《名誉》等杂感，连载小说《真如岛》均为白话。这些白话文字的实践与他的主张似乎存在着矛盾，其实不然。当时的胡适把"士大夫"与"老妪"分得十分清楚，一整天才写三百来字的《康南耳传》《如何可使吾国文言易于教授》和《去国集》中的诗是给士大夫阅读的，而那些白话文字则是给"老妪"们看的。胡适在《五十年来中国之文学》一文中说晚清白话文提倡者，"他们最大的缺点是把社会分作两部分：一边是'他们'，一边是'我们'。一边是应该用白话的'他们'，一边是应该做古文古诗的'我们'。我们不妨仍旧吃肉，但他们下等社会不配吃肉，只好抛块骨头给他们吃去罢"。这不仅是胡适对晚清白话文运动所作的历史评价，也是对他自己言行的反省和忏悔。总而言之，1915年底之前的胡适，虽有在古文范围内进行变革的言行，却并无以白话替代文言的思想。胡适在1919年写的《我为什么要做白话诗》一文里也坦承当时他还不曾主张白话代替文言。可见，当时的胡适仅是古文补救派，"普及行远"云云的"普及"只到士大夫,"行远"只到少数读书人,所以称赞这些言论为革命未免过誉。

从1916年起,胡适的"普及行远"观为之一变,"普及"的对象从士大夫扩大到"老妪","行远"的目标由少数读书人转变为"最大多数之国人",与之相应的是由原来主张保守文言转向以白话代替文言,这保守与革命之间的桥梁就是黄远生的"普遍四周"思想。胡适思想的变化就发生在1915年底读到黄氏《致〈甲寅〉杂志记者》和《国人之公毒》之后不久。1915年前,胡适的文学改革主张固然未逾越古文的范围,然而他毕竟是有改革志向的人,他写文章分为"他们"与"我们",而那些给"他们"看的文章写得多了,潜移默化地改变着他的观念,渐渐地产生了从古文改革走向白话文改革的内在要求。黄远生的《致〈甲寅〉杂志记者》"普遍四周"的思想又给胡适以极大启发,从根本上改变了他的"普及行远"的观点。《胡适留学日记》1916年7月13日的追记《觐庄对余新文学主张之非难》写道:"吾以为文学在今日不当为少数文人之私产,而当以能普及最大多数之国人为一大能事。"同月26日致任叔永信又说:"我辈生于今日,与其作不能行远不能普及的五经、两汉、六朝、八家文字,不如作家喻户晓的《水浒》《西游》文字。"后来,他把这个观点正式写入《文学改良刍议》。"普及行远"的观点发生这种根本性的变化,正是胡适接受《致〈甲寅〉杂志记者》等文观点所留下的痕迹。

胡适在此种新的"普及行远"观点的触发之下,对文坛进行反省。在梁启超新文体之后,以章士钊为代表的政论文学继之而起,《甲寅》即其阵地,它们以修饰、谨严、逻辑、有时不免掉书袋的风格流行于世,但因为"读的人须十分用气力,方才读懂",效果大受限制。至1916年,"当日的许多政论机关都烟消云散了。民国五年以后,国中几乎没有一个政论机关,也没有一个政论家;连那些日报上的时评也都退到纸角上去了,或者竟完全取消了。这种政论文学的忽然消灭，我至今还说不出一个所以然来”。但《甲寅》最后一期里有黄远生写给章士钊的两封信，至少可以代表一个政论大家的最后的“忏悔”。胡适还说黄远生所谓“不能‘与一般之人生出交涉’”这句话，正是《甲寅》政论家的“大缺点”，这不仅是批评他们的政治思想，“也可以批评他们精心结构的政论古文”。胡适也是《甲寅》作者之一，这反省和忏悔当然也包括他自己，他从此方才领悟到“一边是应该用白话的‘他们’，一边是应该做古文古诗的‘我们’”，“这种态度是不行的”[①]。

“普及行远”作为新文学的目标，胡适为此进行了艰难的探索。在“普及行远”观点的指导下，1916 年 2 月 3 日，胡适提出的文学改良“三事”，其中便有作诗“当用‘文之文字’时不可避之”一条，认为“诗之文字，原不异‘文之文字’”。虽然胡适提出这一条立意在强调言之有物，但“因为注重之点在言中的‘物’，故不问所用的文字是诗的文字还是文的文字”[②]。其主张“文之文字”可以入诗，无疑在提倡用浅近平易的文字写诗，使之“普及行远”。

同是在这种“普及行远”思想的指导下，“不用典”“不讲对仗”二事也诞生了。关于用典与否问题，胡适前后主张并不一致。《留学日记》1915 年 8 月 3 日的《读白居易与元九书》一文认为，文学分为理想与实际两派，理想主义“以理想为主，不为事物之真境所拘域……假借譬喻：‘楚宫倾国’，以喻蔷薇；‘昭君环佩’，以状梅花。是理想派之文学也”。这里的“楚宫倾国”“昭君环佩”均是用典，胡适认为这是理想主义文学的必备特征。一年以后，在 1916 年 8 月致陈独秀信（刊出于《新青年》第 2 卷第 2 号，1916 年 10 月 1 日）中，胡适却振振有词地批评刊于《新青年》的谢无量的

---

① 胡适《五十年来中国之文学》，《最近之五十季——申报馆五十周年纪念》，申报馆，1923 年 2 月。

② 胡适《我为什么要做白话诗》，《新青年》第 6 卷第 5 号，1919 年 5 月。

长律“古典套语一百事”，说：“尝谓凡人用典或用陈套语者，大抵皆因自己无才力，不能自铸新辞，故用古典套语，转一湾子，含糊过去，其避难趋易，最可鄙薄！在古大家集中，其最可传之作，皆其最不用典者也。”《文学改良刍议》更是甲乙丙丁、一二三四数落“用典”之非，前后判若两人。至于“不讲对仗”，同样立足于“普及行远”，其概括的意思就是“文当废骈，诗文废律”——正因为要“普及行远”，所以有废骈废律之论。

应该指出，黄远生的“普遍四周”“与一般之人，生出交涉”的思想，固然如胡适所说，具有从根本上否定“精心结构”的古文的意义，然而由于黄远生的早逝，其主张并未能充分发表。对胡适来说，黄远生的“普遍四周”说的意义主要在于帮助他破除了对于古文的迷信，理清了文学改革的思路，从追求通过古文内部改革达到“普及行远”的牛角尖里钻出来，另辟蹊径。胡适正是以黄远生的“普遍四周”“与一般之人，生出交涉”的主张为目标进行探索的。在此探索过程中，以 1916 年 4 月 5 日的日记《吾国历史上的文学革命》为标志，胡适受到易鼎新的《文言改良浅说》[①]中文言进化论表述的影响和启发，举一反三，产生了“历史进化的文学观念”。这一观念的基本精神是“白话文学之为中国文学正宗，又为将来文学必用之利器”，白话必然代替文言。通过白话代替文言的改革，将新文学“普及行远”至“最大多数之国人”。至此，文学革命不仅确立了渡向彼岸的伟大目标，而且寻找到抵达彼岸的有效工具。不过当时胡适还没有意识到白话代替文言应为文学革命的基本理论，所以至撰写《文学改良刍议》时，这个观点的运用仅限于“不避俗语俗字”一事，到了《文学改良刍议》发表之后，由于受到钱玄同“白话体文学说”的启发，胡适才产生了更为成熟的思想。此前《新青年》3 卷 1 号（1917 年 3 月 1 日）所载钱玄同写给

① 易鼎新《文言改良浅说》，《留美学生季报》第 2 卷第 3 号，1915 年 9 月。

陈独秀的信中说，胡适“不用典”着墨虽多，而论述并不圆满，究其原因，在于立论不在白话，“白话中罕有用典者。胡君主张采用白话，不特以今人操今语，于理为顺，即为驱除用典计，亦以用白话为宜”。胡适大为折服，说这“正是一针见血的话”[①]。他由此触类旁通，感悟到“白话体文学说”应是他“文学革命八事”的“基本理论”，它可以解释“八事”中任何一事，因为“向来旧文学的一切弊病，——如骈偶，如用典，如烂调套语，如摹仿古人，——都可以用一个新工具扫的干干净净”。此后胡适把一切枝叶的主张全部抛开，只认定这一个中心的文学工具革命论是“我们作战的‘四十二生的大炮’”[②]。与此同时，胡适将“文学革命八事”改成四项条件和“国语的文学，文学的国语”十字方针。至此，黄远生的改革文学，使之能与“一般之人，生出交涉”，“普遍四周”的思想得到十分完满的阐发。由此可知，黄远生的“普遍四周”的思想确实也是“文学革命八事”又一重要理论支点。

我们对“文学革命八事”来源可以作这样的概括：黄远生的新文学思想奠定了“文学革命八事”的思想基础，为其注入了现代意义上的革命精神。但是，这并不是说“文学革命八事”就是照抄黄远生的类似文字，恰恰相反，胡适以黄远生新文学思想为基础，架构起“八事”框架，而将它充实和丰富起来的则是多方面的因素。从纵向说是接受了前人的革新理论主张，从横向说是接受了同时代人的新文学思想，整个过程呈现出错综复杂的关系，对此笔者将另行撰文详加论述。

〔原载《上海社会科学院学术季刊》1995年第2期〕

① 胡适《新文学的建设理论》，《中国新文学大系导论集》，上海良友图书印刷公司，1945年，第37页。

② 胡适《新文学的建设理论》，《中国新文学大系导论集》，第36页。

“文学革命八事”系因南社而立言

关于胡适《文学改良刍议》提出的“文学革命八事”的渊源所自，最有影响的莫过于“意象派宣言”说。此说于20世纪20年代由梁实秋首创，50年代海外学者旧话重提，80年代大陆学者全盘接受，于是便成定论。但笔者对此颇不以为然，曾撰成《“八事”源于〈意象派宣言〉质疑》(《上海文化》1994年第5期)一文，认为“意象派宣言”说不能成立。本文则对“文学革命八事”与南社的密切关系作一初步探讨，认为它不仅是针对南社创作倾向提出的主张，而且论证这些主张的材料十之八九也出自《南社丛刻》。

一

胡适曾在《中国新文学大系・建设理论集》导言和《什么是“国语的文学”、“文学的国语”》等文中反复强调，他所提出的“文学革命八事”全从中国一方面着想，是“对当时文艺状况而言的”。细检《胡适留学日记》和《文学改良刍议》，查核《南社丛刻》，不难发现，胡适的自白乃由衷之言，而所谓“当时文艺状况”主要是指南社的创作倾向。可以肯定地说，胡适的《文学改良刍议》是以南社为背景，而“文学革命八事”是因南社而立言的。

众所周知，完整的“文学革命八事”分三次提出于1916年2月至8月间，并且在同年11月撰写的《文学改良刍议》一文中逐一详加阐发。“文学革命八事”从胎孕到成熟无不与南社相关联。

1916年2月2日，胡适致任鸿隽（叔永）的信中说：“适以为今日欲救旧文学之弊，须先从涤除‘文胜’之弊入手。今日之诗（南社之诗即其一例），徒有铿锵之均（韵）貌似之辞耳，其中实无物可言。其病根在于重形式而去精神，在于以文胜质。”[1]

对症下药，胡适提出了须言之有物、须讲求文法、当用“文之文字”时不可避之三事。在胡适看来，“以文胜质”为诗坛之弊，而“南社之诗即其一例”，此犹言南社乃诗坛“以文胜质”风气的代表者。可见“文学革命八事”在胎孕时期便与南社挂上了钩。

当用“‘文之文字’时不可避之”一项，不久改称为“不避俗语俗字”。此项在胡适“文学革命八事”中最富于理论价值，遭到的批评自然也最多，而胡适所作反驳便直接以《南社丛刻》为对立物。1916年6月16—24日，胡适往克利夫兰途经绮色佳，在绮色佳期间与任鸿隽、杨杏佛、唐钺争论文学改良问题，胡适极力主张以白话作文、作诗、作戏曲、作小说，而未获赞同，与众人不欢而散。回到纽约之后数日，胡适收到杨杏佛寄来的一首打油诗《寄胡明复》，诗曰：“自从老胡去，这城天气凉。新屋有风阁，清福过帝王。境闲心不闲，手忙脚更忙。为我告夫子（赵元任也），科学要文章。”不无调侃意味，完全可以看作绮色佳争论的余波。可胡适是认真的。杨杏佛为南社社员，胡适读到此诗，立即联想到《南社丛刻》中的诗词，在7月6日日记中追录下该诗之后加评语曰：“此诗胜《南社》所刻之名士诗多多矣。”1916年7月，胡适与南社社员梅光迪关于白话文学问题的争论达到白热化的程度，梅攻击白话诗文等的主张，胡适作《答梅觐庄——白话诗》予以还击，又语涉《南社丛刻》：“诸君莫笑白话诗，胜似南社一百集。”[2]这再次

① 胡适《胡适致任鸿隽函》（1916年2月2日），《新文学史料》1991年第4期，第44页。

② 胡适《答梅觐庄——白话诗》（1916年7月22日），《胡适留学日记》卷十四，海南出版社，1994年，第270页。

透出一个信息,他的白话文学主张就是针对着南社诗人的骈文律诗的。

“不模仿古人”一事的思想奠定于1916年4月5日日记《吾国历史上的文学革命》和历经近十次修改的《沁园春》誓诗(笔者已撰成《试论胡适的“历史进化的文学观念”的成因》[①]一文,对此加以阐述),但其现实背景则离不开南社。胡适1916年8月21日致陈独秀信中说:“更进,如樊樊山、陈伯严、郑苏盦之流,视南社为高矣,然其诗皆规摹古人,以能神似某人某人为至高目的,极其所至,亦不过为文学界添几件赝鼎耳,文学云乎哉!”[②]此论把樊、陈、郑三位与南社混为一谈显系失误,然而就其“规摹古人”一点而言,南社与樊、陈、郑并无根本不同。所以,胡适始终把笔锋对准南社,在《文学改良刍议》“二曰:不模仿古人”一节引录这段话时,仅删去了“南社”字样。直至胡适作《五十年来中国之文学》,仍在不指名地批评南社“规摹古人”的倾向,批评其“努力模仿古人,努力作诗匠”,“志在‘作古’”云云。

不用典一事亦因南社而发。《新青年》杂志前身《青年杂志》1卷3号(1915年11月15日)刊登南社诗人谢无量的《寄会稽山人八十四韵》,主编陈独秀所加按语将此诗推为“希世之音”。半年之后,谢作刊于《南社丛刻》第17集(1916年5月),据笔者推测,胡适对于《青年杂志》上刊登的谢作似乎并未留意,未加评论,而后读到《南社丛刻》上的谢作,才仔细研究,发现了问题,于8月21日致信陈独秀,说重读《青年杂志》,对其推崇谢无量之作不以为然,指出:“细检谢君此诗(《八十四韵》),至少凡用古典套语一百事。……适尝谓凡人用典或用陈套语者,大抵皆因自己无才力,

---

① 沈永宝《试论胡适的“历史进化的文学观念”的成因》,《海南师院学报》1995年第3期,第54页。

② 胡适《胡适致陈独秀信》,《新青年》第2卷第2号,1916年10月1日。

不能自铸新辞,故用古典套语,转一湾子,含糊过去,其避难趋易,最可鄙薄。”接着由此推至南社,“尝谓今日文学之腐败极矣,其下焉者,能押韵而已。稍进,如南社诸人,夸而无实,滥而不精,浮夸淫琐,几无足称者(南社中间亦有佳作,此所讥评,就其大概言之耳)”。《文学改良刍议》也指出:“今人作长律则非典不能下笔矣。尝见一诗八十四韵而用典至百余事,宜其不能工也。”在此虽然隐去南社和谢无量,但仍保留了致陈独秀信中的观点。可见胡适由谢无量推及南社,正是把南社当作用典过滥的一个典型事例。

“务去滥调套语”与南社也不无关系。此项最初称为“陈言套语”,是胡适批评南社社员任鸿隽的《泛湖即事诗》时概括出来的观点。任鸿隽作《泛湖即事诗》,曾两次请胡适批评改削,胡适毫不客气地评论说:“写翻船一段,所用字句,皆前人用以写江海大风浪之套语。足下避自己铸词之难,而趋借用陈言套语之易,故全段一无精彩。”(《答叔永(任鸿隽)》,1916 年 7 月 16 日)《文学改良刍议》重申批评任鸿隽的观点,不过已将对任的批评推为一个普遍的文学现象:“今之学者,胸中记得几个文学的套语,便称诗人。其所为诗文处处是陈言滥调。”可是,所举之例已非《泛湖即事诗》,而是他的另一位朋友,也是南社社员的胡先骕发表于《留美学生季报》3 卷 2 号(1916 年 6 月)的《齐天乐·听临室弹曼陀铃》一词的后半阕。全词如下:

> 玉楼飞度天风远,悠扬乍低还住。凤拨频挥,鸾丝碎响,无限幽情低诉。愁魂黯伫。听急管哀筝,和成凄楚。一曲凉州,天涯游子泪如雨。　　荧荧夜灯如豆,映幢幢孤影,凌乱无据。翡翠衾寒,鸳鸯瓦冷,禁得秋宵几度。幺弦漫语。早丁字帘前,繁霜飞舞。袅袅余音,片时犹绕柱。

胡适引录下阕之后批评说:“此词骤观之,觉字字句句皆词也,其实仅一大堆陈套语耳。‘翡翠衾’‘鸳鸯瓦’,用之白香山《长恨歌》则可以，其所言乃帝王之衾之瓦也。‘丁字帘’‘幺弦’皆套语也。此词在美国所作，其夜灯决不‘荧荧如豆’，其居室尤无‘柱’可绕也。至于‘繁霜飞舞’，则更不成话矣。谁曾见繁霜之‘飞舞’耶？”不仅如此，胡适还在此一节的开头列举了“蹉跎”“身世”“寥落”“飘零”“虫纱”“寒窗”“斜阳”“芳草”“春闺”“愁魂”“归梦”“鹃啼”“孤影”“雁字”“玉楼”“锦字”“残更”等十七个所谓“滥调套语”。据笔者查检，其中十五个词语可以在胡先骕发表于《南社丛刻》第13、15、17集，《留美学生季报》第三年(1916)第一、二期的诗词中找到，如上引《齐天乐·听临室弹曼陀铃》中便有“玉楼”“愁魂”“孤影”三词。

不作无病之呻吟与南社关系也甚为密切。《文学改良刍议》论到此项时说：“今之少年往往作悲观，其取别号则曰‘寒灰’‘无生’‘死灰’；其作为诗文，则对落日而思暮年，对秋风而思零落，春来则惟恐其速去，花发又惟惧其早谢，此亡国之哀音也。老年人为之犹不可，况少年乎？其流弊所至，遂养成一种暮气，不思奋发有为，服劳报国，但知发牢骚之音，感喟之文；作者将以促其寿年，读者将亦短其志气；此吾所谓无病之呻吟也。国之多患，吾岂不知之？然病国危时，岂痛哭流涕所能收效乎？”此节文字与南社关系有三。其一，“少年”即南社别称，任鸿隽致胡适信(1916年7月24日)中就有“以诗论，其老者如郑苏盦、陈三立辈……其幼者如南社一流人”的说法。胡适在《新文化运动与国民党》一文中明确地称南社为“少年”。该文指出：“这运动有两方面。王先谦、叶德辉、毛庆蕃诸人的‘存古运动’，自然是完全反动的，我们且不论。还有一方面是一班新少年也起来做保存国粹的运动，设立‘国学保存会’，办《国粹学报》，开‘神州国光社’，创立‘南社’。”其二，所举“寒灰”“无生”“死灰”为南社人物别号。“寒灰”即杨笃生，杨撰稿发表于报章杂志，则以“椎印寒灰”为笔名。此人与南社的关系，柳亚子在《我和南社的关系》一文中曾说道：“南社的人物，除掉作为发起人的陈巢南、高天梅和我，次第加入社籍的……还有……杨笃生……笃生和秋枚后来始终没有加入社籍。笃生名守仁，号寒灰。”至于“死灰”，虽不见于《南社丛刻》，却见于杨杏佛戏和任鸿隽《春日》诗。胡适的《老树行》有“既鸟语所不能媚，亦不为风易高致”之语，杨杏佛、任鸿隽传览之后均不以为然，以为不当入诗。杨杏佛戏和任鸿隽《春日》诗云：“既柳眼所不能媚，岂大作能燃死灰？”胡适将此录入1915年6月23日的日记。或许由于杨杏佛诗句中“死灰”本有自喻之意，所以胡适也将其列入别号之中。“无生”则是南社社员王钟麒的别号。他是《南社丛刻》的主要作者之一，所著诗文均署名“无生”。1914年，他在自杀前所作《长别诸知好书》，即署“无生绝笔”四字。其三，胡适所言“亡国哀音”正是袁世凯统治下大部分南社诗人精神颓败的写照。“无生绝笔”写道：“呜呼！‘一棺附身，万事都已’，鲍明远之言也。‘人生到此，天道宁论’，江文通之言也。文人末路，千古伤心，生为无告之民，死作含冤之鬼。忍痛书此，长与诸公生死辞矣。”在胡适看来，这自然可谓“痛哭流涕”之言、“亡国之哀音”了。

八事中惟“不讲对仗”一项虽不能找到与南社诗人对应的直接证据，不过亦有蛛丝马迹可寻。此项正式提出于1916年8月21日胡适致陈独秀信，提法为“不讲对仗（文当废骈，诗当废律）”。可见此项所指为骈文律诗。南社诗人都抱着传统的文学观念，以为中国文学为世界各国之最，他国未有伦比，所作以追慕古人为最高境界。南社发起人高旭说过，“诗文贵乎复古，此固不刊之论也”，“用陈旧语句为愈有味也”。柳亚子的“形式宜旧”更能反映南社的见解。可见，南社诗文固守传统形式。不仅如此，更有视骈四俪六体为文学之正宗。南社社员雷铁厓担任临时总统府秘书时，千方百计寻觅骈文高手，以为堂堂总统府无骈文家会使“钟阜蒙羞，石城含垢”。《南社丛刻》也不乏骈文，第一集（1910年1月）首篇陈巢南撰写的《南社叙》便是骈四俪六体。此类文字每集均备,就第16集(1916年4月)而言,则有林学衡的《梅花同心馆词话序》、张廷华的《香艳丛书序》两篇文字。至于1912年出版风靡一时的《玉梨魂》,作者徐枕亚更是一位有案可查的南社社员。胡适在《新文化运动与国民党》一文中,针对所谓"历代能文之士,其所创作,突过外人"的说法,以嘲弄的笔调说:"怪不得一班不能读外国文学的国粹家和南社文人要拥护古文骈文了!"虽然当时并非只有南社诗人才作骈文律诗,但南社以千余人阵营的社团、一二十本《南社丛刻》进行提倡、号召,胡适把他们当作传统风气的代表加以评论也就不足为奇了。

二

南社成为"文学革命八事"的背景材料不是不可理解的。众所周知,南社为清末民初鼓吹革命的文学团体,它的"惟一使命是提倡民族气节"(《新南社发起宣言》),从所谓"士不帝秦,人思覆楚"的誓言里尽见其精神。当年南社诗人以少壮的豪情、淋漓泼辣的如椽之笔写下"磨石盾以草檄,闻清笳而拔营""光祖宗之玄灵,振大汉之天声"的号角式文句,那长歌当哭的调子,确曾振奋了社友们的情感,同时也鼓动了当时的青年人。南社曾经是黑夜里的星斗。可是,其狭隘的民族主义思想和传统的文学观念以及19世纪遗老式的头脑,使他们在辛亥革命之后渐渐地暗淡无光。洪宪称帝之时,南社虽有反袁的悲壮一幕,却也有社中中坚人物筹安劝进的不光彩表现,此时就连作为南社安身立命的"气节"二字,也说得不那么理直气壮了。

南社"虽衡政好言革命,而文学依然笃古"。他们以复古和保存国粹为己任,执迷于所谓国粹。南社发起人之一的陈巢南曾有"辫发胡妆三百载,几曾重睹汉官仪"(《癸卯除夕别上海,甲辰元旦宿青浦,越日过淀湖归于家》)之句,很可以表达他们的理想。

他们想在光复之后,恢复汉族的一切文物典章制度,不但复于明,进而复于汉,乃至复于三代。南社另一发起人高旭的《南社启》宣称欲存国魂,必自存国学始,而中国国学之尤为可贵者,端推文学。他认为“中国文学为世界各国冠,泰西远不逮也”。由于本着保存国粹的宗旨,所以对于外来文化,他抱着敌视的态度,凡赞许外来文化,他便斥其为“醉心欧风者”,并且认为由于这些“醉心欧风者”“奴此而主彼”,才使“今之学为文章,为诗词者,固无一不丧其国魂者也”。南社的使命就是要“挽既倒之狂澜,起坠绪于灰烬”,“以作海内文学之导师”,呼唤“国魂乎！尽归来乎”。他们视诗界革命、文界革命为“季世一种妖孽”,斥责梁启超的报章文体“浅陋空疏”,“无复文法之可言”[①]。

南社借文学以鼓吹革命,信奉文学救国论。可是,二次革命后国事日非,他们一筹莫展,便转而视文学为无用之物,甚至当作发泄牢骚和游戏的工具,所作诗词大多为伤春悲秋、痛哭流涕之作。如柳亚子的绝句:“花底妆成张丽华,相逢沦落各天涯。妇人醇酒寻常事,谁把钧天醉赵家?”颇有英雄末路的感慨。柳亚子素有南社灵魂之誉,其作尚且如此,其余就可想而知了。诚如他后来所说,当时“抱着‘妇人醇酒’消极的态度,做的作品,也多靡靡之音,所以就以‘淫滥’两字,见病于当世了”(《新南社成立布告》)。看到这种以诗酒佯狂的风气,连在美国的南社同仁也心有不安。杨杏佛写信(1914 年 10 月 18 日)给柳亚子,指出:“铨意以为《丛刻》诗文多歌坛酒阵之辞、厌世伤心之语,于文学之价值虽无增损,然当衰世,颓风暮气正深,益以沸泪狂歌,使读者凄然生复社东来之感,亦非所宜也。”[②]任鸿隽则更以“淫滥委琐”评价南

---

① 胡蕴玉《中国文学史序》,《南社丛刻》第 8 集,1914 年 3 月。

② 杨杏佛《杨杏佛致柳亚子的书信》,《上海文史资料选辑》第 66 辑,上海人民出版社,1991 年,第 25 页。

社作品(《致胡适信》,1916年7月24日)。

南社社员以小说家为多。所谓“鸳鸯蝴蝶派”,其实就是南社小说派。宁远先生的《关于鸳鸯蝴蝶派》一文说,所谓鸳鸯蝴蝶派,“只在人们心目中约略有个数而已”,“历来不曾在哪儿见过一份完整的名单”,似乎是说事出有因,查无实据。可是,说他们是南社小说家却是证据确凿。鸳鸯蝴蝶作家王钝根、王莼农、朱鸳雏、包天笑、徐枕亚、周瘦鹃、范烟桥、姚民哀、姚鹓雏、徐天啸、赵苕狂、陈蝶仙等无一非南社名士。他们所创办的《小说时报》《小说月报》《妇女时报》《自由杂志》《游戏杂志》《香艳小品》《民权素》《小说丛报》《七襄》《礼拜六》《好白相》《白相朋友》《销魂语》《香艳杂志》等均为此派阵地。《民权素》素有“鸳鸯蝴蝶派”发祥地之称,可是无论该报主编刘铁冷,还是该报文艺版主编蒋箸超也都是南社社员。而徐枕亚主编的《小说丛报》公认为“鸳鸯蝴蝶派”的大本营。南社编辑出版过一本《南社小说集》,所收均为鸳鸯蝴蝶派中人物作品。此派基本倾向是歌颂共和制度,抨击违背共和的言行,而思想文化上则主张复古,以“国术小说家”自命,鼓吹三纲五常,歌颂忠臣义士,表彰节妇烈女,主张纳妾,欣赏缠足,等等。愈到后来内容愈杂,流品愈下,日趋没落,不能自拔。至此,南社真是无药可救了。

三

南社诞生的第二年,胡适便远涉重洋到美国留学,但大洋毕竟挡不住胡适遥望南社的视线。在胡适留学美国的同学中就不乏南社社员,如任鸿隽、杨杏佛、梅光迪、胡先骕等皆是。胡适曾说过,“文学革命八事”是几位留美同学“乱谈”出来的,此话值得注意。胡适与同学的“乱谈”至少有过两次,第一次在1915年9月,任鸿隽、梅光迪、杨杏佛、唐钺、胡适聚首绮色佳度假;第二次在1916年6月，胡适往克利夫兰途经绮色佳，停留近十天。两次争论均涉及南社。据笔者推断，这两次争论都是因《南社丛刻》而起。南社自1910年起不定期出版《南社丛刻》，至1916年5月已出版到第17集。杨杏佛自第11集起发表诗词，任鸿隽、胡先骕、杨杏佛在第13集(1915年3月)、第15集(1916年1月)、第17集(1916年5月)发表的诗词更为集中。1910年8月16日，南社第三次雅集，通过《南社第三次修改条例》，其中第九条规定：“初稿出版后，分赠社友每人一册。”可知胡适的这几位同学都能按时收到《南社丛刻》，据杨杏佛致柳亚子信中记载，杨杏佛1912年底抵达绮色佳康乃耳大学之后，可以如期收到《南社丛刻》，如“南社六集已得”，“南社八集已由少屏兄寄来”，“南社十九集及新刊《社友姓氏》第一册均拜收”等等[①]。信中还透露，任鸿隽、梅光迪、胡先骕三人都是由杨杏佛介绍加入南社的。按社章规定，他们三人也应该得到《南社丛刻》。胡适与杨杏佛、梅光迪、任鸿隽都是康奈尔大学的同学，所以他可以很方便地阅读到《南社丛刻》。《胡适留学日记》从1916年2月起屡屡提及《南社丛刻》及其诗作，如“胜似南社一百集”“南社所刻名士诗”“南社之诗即其一例”“视南社为高”“南社诸君”，等等，还指名道姓地提到诸多南社诗人，想来绝非偶然。总之，远在大洋彼岸的胡适通过阅读《南社丛刻》，对南社及其诗人的创作倾向并不陌生。

胡适留美期间接受了现代哲学、文学观念的训练，但原先的知识积累则主要是中国传统学问，因此以现代思想和文化作酵母，而以中国传统学问作材料，探求中国哲学、文学发展的历史轨迹，推断未来历史的走向，就成了胡适学术道路的一种选择。他在《介绍我自己的思想》一文中说：“我的文学革命论也只是进化

① 杨杏佛《杨杏佛致柳亚子的书信》，《上海文史资料选辑》第66辑，第25页。

论和实验主义的一种实际应用。”[1]1915 年 9 月，胡适转学到哥伦比亚大学，师从杜威教授，胡适深受其影响。杜威给他的启迪即思必验诸实。即一切学说与理想，不过为待证之假设，而非天经地义的真理；一切假设须经过实验证明。1921 年，他将此概括成“大胆假设，小心求证”的思维原则，“假设不大胆，不能有新发明。证据不充足，不能使人信仰”[2]。

胡适自命为杜威忠实信徒，他研究、作文谨守师训。《历史的文学观念论》即其一例：“愚以深信此理，故又以为今日之文学，当以白话文学为正宗。然此但是一个假设之前提，在文学史上，虽已有许多证据，如上所云，而今后之文学之果出于此与否，则犹有待于今后文学家之实地证明。若今后之文人不能为吾国造一可传世之白话文学，则吾辈今日之纷纷议论，皆属枉费精力，决无以服古文家之心也。”[3]

此节文字三个关键句：一、白话文学为正宗之说只是一个假设；二、文学史上已有许多证据可以证明此说；三、此说究竟能否成立有待今后文学家实践证明。这就是胡适遵循的假设和证明的思维模式。

胡适做学问凡所主张，并不止于主张，乃在实行这种主张。他把“文学改良八事”视为假设，然后加以一一证明。证明需要相关文学材料，当时胡适身在美国，手头文学材料有限。当时占据文坛要津的南社便成了胡适视野里的一个主要对象。

南社成立于 1909 年 11 月。其前身可以追溯到黄社、神交社、匡社、秋社，各地还有分社，如绍兴的越社、沈阳的辽社、广州的广南社、南京的淮南社。南社社员多达 1 180 余人，至 1923 年

---

① 胡适《介绍我自己的思想》，《新月》第 3 卷第 4 号，1930 年。

② 胡适《清代学者的治学方法》，《胡适文集》第 2 册，北京大学出版社，1998 年，第 302 页。

③ 胡适《历史的文学观念论》，《新青年》第 3 卷第 3 号，1917 年 5 月 1 日。

解体。南社机关刊物为《南社丛刻》(1910 年 1 月至 1923 年 12 月),共出版 22 集。设文选、诗选、词选三大类,其中诗选占比最大,达 90%左右。该刊除少数几集由高旭、陈去病主编外,其余均由柳亚子主编。

胡适留美同学及友人中不少是南社社员,同时又是《南社丛刻》的作者。胡适与他们为文字改良争论不休。于是《南社丛刻》及某些南社社员的言论便被胡适用来作为“文学改良八事”的材料。

此时,国内新文学运动暗潮涌动,著名新闻记者、政论家黄远生大声疾呼创建新文学,其方案略谓:“其选事立词,当与寻常批评家专就见象为言者有别。至根本救济,远意当从提倡新文学入手,综之,当使吾辈思潮如何能与现代思潮相接触,而促其猛省,而其要义,须与一般之人,生出交涉,法须以浅近文艺普遍四周。”[①]又说:“鄙人向日持论,谓今欲发挥情感,沟通社会潮流,必提倡新文学。今欲浚发智虑,输入科学,综事布意,明白可观,则必提倡一种近世文体,使之合于文法及名学。”[②]

金鸡报晚,黎明即将到来,暮霭沉沉的文学界开始苏醒。此时的文坛形势如地火在地底涌动,即将喷薄而出。

1915—1916 年之交,胡适已确立一个根本的信念:中国的根本问题不是政治的,而是社会的和思想的,即文化思想的更新必须先于政治的再造。因此,他主张从提倡新文学入手,引进西方现代思潮,涤除传统观念,重铸现代国民精神。这与高举民族主义大旗、标举保存国粹的南社格格不入。胡适曾在《新文化运动与国民党》一文指出:南社之流“大都是抱着种族革命的志愿的,同时又都是国粹保存者。他们极力表彰宋末明末的遗民,借此鼓

---

① 黄远生《致〈甲寅〉杂志记者》,《甲寅》杂志第 1 卷第 10 号,1915 年 10 月 10 日。
② 黄远生《晚周汉魏文钞序》,《学生杂志》第 3 卷第 1 期,1916 年。

吹种族革命;他们也做过一番整理国故的工作,但他们不是为学问而做学问,只是借学术来鼓吹种族革命并引起民族的爱国心。他们的运动是一种民族主义的运动……柳亚子,陈去病,黄节,叶楚伧,邵力子……诸先生都属于这个运动。……狭义的民族主义的运动,总含有一点保守性,往往倾向到颂扬固有文化,抵抗外来文化势力的一条路上去”。“文学革命八事”中的“须言之有物”“不作无病之呻吟”“不模仿古人”所指对象,正是上述思想。中国旧文学无不受形式主义之毒,致使“徒有形式而无精神,徒有文而无质”。胡适既立足于思想革命,就须先求得表现正确思想的工具,因此主张废除文言文,提倡白话文,解决文体问题。可是南社固守传统形式。柳亚子就主张“文学革新,所革当在理想,不在形式。形式宜旧,理想宜新”。对此胡适严加驳斥:“理想宜新是也,形式宜旧则不成理论。”他的“不用典”“不用陈套语”“不讲对仗”“不避俗语俗字”等形式革命的主张,就是在此思想基础上提了出来。所以,胡适批评南社是他以现代思想观照中国文坛的必然结果。

正因为“八事”以南社为背景,所以,“八事”不但在酝酿时期就遭到胡适同学中的南社社员梅光迪、任鸿隽、杨杏佛的白眼,而且面世之后更是受到他们的公开批评。梅光迪、胡先骕以《南京高等师范日刊》《学衡》为阵地发表诸多文字,对“八事”进行全面驳斥,提出“八事”源于桐城古文说、《文史通义》说、古文家胥能言之说。在他们笔下,“八事”几乎成了抄袭古文家的大杂烩。由于《文学改良刍议》“五曰务去滥调套语”皆取证于胡先骕,所以该作发表之后,胡先骕接连发表了《中国文学改良论(上)》《评〈尝试集〉》《论批评家之责任》《评胡适五十年来中国之文学》等文,驳斥“文学革命八事”。其中《中国文学改良论(上)》指出:胡适“就其前所主张之八事言之,如不用陈套语……固历代诗人所通许,初非胡君所独创”。对于“八事”以南社为背景的这种倾向,南社盟主之一的柳亚子更是愤愤不平。1916 年 8 月 21 日,胡适致信陈独秀,认为南社之诗尚不及亡清废吏樊樊山、陈伯严、郑孝胥之作。对此柳亚子多次著文驳斥。1917 年 4 月 23 日,柳亚子《与杨杏佛论文学书》指出:“胡适自命新人,其谓南社不及郑、陈,则犹是资格论人之积习。南社虽程度不齐,岂竟无一人能摩陈、郑之垒而夺其鍪弧者耶?”[①]1936 年 2 月,他致信曹聚仁,犹耿耿于怀,说:“胡适之博士论南社,以‘淫滥’两字一笔抹杀,反而推崇海藏(即郑孝胥)之流,我自然也不大信服。”就是杨杏佛对胡适也颇有微词,1917 年 3 月 16 日,他致信柳亚子说:“胡适之好为大言欺世,以此颇为人知,其赠叔永有‘我诗君文两无敌’句,其为人可知矣。”这都可视为“文学革命八事”以南社为背景的佐证。

〔原载《复旦学报(社会科学版)》1996 年第 2 期〕

① 柳亚子《与杨杏佛论文学书》(1917 年 4 月 23 日),《柳亚子选集》上,人民出版社,1989 年,第 166 页。

《文学改良刍议》两种版本及由来

一、差异文字对照

《文学改良刍议》(以下简称《刍议》)最初分别发表于《新青年》1917年1月第2卷第5号和《留美学生季报》(以下简称《季报》)1917年3月春季第1号。两种版本颇多文字差异。这些文字差异散见于全篇,前面三分之一差异较多,后面三分之二差异则较少。"一曰须言之有物"一段,差异文字尤为集中。为使读者能够看到两种版本文字差异的全貌,笔者抄录两刊有关文字进行对照。对照文字以《季报》版本为底本,《新青年》版本为修改本。删去的文字用"(　)"表示,增加的文字用"【】"符号表示。标点符号悉照《季报》旧貌。

今之谈文学改良者众矣。记者未学不文、何足以言此。然年来颇于此事再四研思、辅以友朋辩论、(自信所见虽浅陋怪癖、终)【其结果所得、颇】不无讨论之价值。因(总)【综】括所(抱)【怀】见解、列为八事、分别言之、以与当世【之】留意文学改良(之君子)【者】一研究之。

(记者)【吾】以为今日【而言】文学改良、(宜)【须】从八事入手。八事者何。

……

三曰须讲【求】文法。

……

一曰须言之有物……今人徒知“言之无文、行之不远”。【而】不知(若)言之无物、又何用文为【乎】。吾所谓“物”(者)、非古人所谓“文以载道”之说也。吾所谓“物”、约有二事。

(一)情感　诗序曰“情动于中而形诸言。言之不足、故嗟叹之。嗟叹之不足、故永歌之。永歌之不足、不知手之舞之、足之蹈之也。”此吾所谓情感也。(是为)【情感者】文学之灵魂。文学而无情感、(譬)【如】人之无魂、木偶而已、行尸走肉而已。今人所谓美感、(亦属此项)【者亦情感之一也】。

(二)思想　【吾所谓“思想”盖兼见地、识力、理想、三者而言之。】思想不必皆(以)【赖】文学而传。而文学以有思想而益贵。(既有理想、又能以文学之笔力达之。)【思想亦以有文学的价值而益贵也。】此庄(子)【周】之文(也)、渊明老杜之诗(也)、稼轩之词(也)、施耐庵之小说(也)。【所以敻绝千古也。】思想之在文学。犹脑筋之在人身。人不能思想、则虽面目姣好、虽能(喜怒)【笑啼】感觉、亦何足取哉。文学亦犹是耳。(此所谓思想、指见地识力而言。非但今人所谓理想而已也。)

文学无此二物、便如无灵魂无脑筋之美人。虽有秾丽(工致)【富厚】之外观、(何足道也)【抑亦末矣】。近世文人沾沾于声调字句之(微)【间】、(而)既无高(深)【远】之思想、又无(动人)【真挚】之情感。文学之衰微、此其大因已。【此文胜之害、所谓言之无物者是也。欲救此弊、宜以质救之。质者何、情与思二者而已。】

二曰不摹仿古人。……宋人不当作相如子云之赋。即令作之亦必不工。逆天背时违进化之迹。故不能工也。【观明代何李诸人之作可见也】既明文学进化之理，然后可(与)

言吾所谓“不摹仿古人”之说。

此大足代表今日“第一流诗人”摹仿古人之心理也。……不作古人的诗而惟作我自己的诗则决不致如此失(望)【败】矣。

……

早丁字帘前,……以其(为)【所言乃】帝王之衾之瓦也。

无所谓务去滥调套语者、……所亲身阅历之事物一一(为)自【己】铸词以形容描写之。

六曰不用典。……吾友江(元)【亢】虎君来书曰。

……

(一)广义之典(可用可不用也)【非吾所谓典也】。广义之典约有五种。

(甲)古人所设譬喻、……今人虽不读(子)书【者】、亦知【用】“自相矛盾”之(义也)【喻】。【然不可谓为用典也。】

……

(丁)引古人作比……又(曰)【云】“伯仲之间见伊吕、指挥若定失萧曹。”

……

上述诸例、……尝见一诗八十四【韵】、而用典至百余事。宜其不能工也。

……

(5)古事之实有所指、……今之懒人不能状别离之情、(则)【于是】虽身在滇越亦言灞桥。

七曰不讲对仗。……“故常无、欲以观其妙、常有、欲以观其(徼)【微】。”

今人犹有鄙夷白话小说为文学小道者。……而骈文律诗乃(其)【真】小道耳。

后四条引文中第一条里的【韵】，显系《季报》漏排，还有一些文字更换如“曰”改为“云”等，都不能归入差异文字之列，但既然是两种版本对照，也只能一并抄录于此。

二、两种版本的缘由

《胡适口述自传》中“孤独的文学实验，大胆的革命宣言”一节说：“那一篇对中国文学做试探性改革的文章，是 1916 年 11 月写的。我一共复写了三份。一份给由我自己做主编的《中国留美学生季报》（笔者注：应为《留美学生季报》）发表……另一份则寄给当时一份新杂志《新青年》。”按理说既然《留美学生季报》和《新青年》刊登的是一式两份复写稿，那么，两份刊物上的《文学改良刍议》的文字应该完全一致，而事实却如对照文字所显示，它们是两种不同版本。

关于两种版本的由来，想来作者胡适和编者陈独秀应该一清二楚，可是，他们并没有留下说明文字。以笔者之见，《季报》刊登的《文学改良刍议》是胡适所谓“复写了三份”的复写原稿之一，而《新青年》刊登的则是陈独秀以胡适寄给他的复写原稿为蓝本的修改本。

对照两种版本不难发现：《新青年》版本对《季报》版本的修改可分两种情况：一是《新青年》版本对《季报》版本“一曰须言之有物”的某些论述的修正和补充；二是文字上的技术性处理。

第一，《新青年》版本对《季报》版本“一曰须言之有物”的某些论述的修正和补充是出于陈独秀之手。陈独秀与胡适开始讨论文学革命理论问题，不会晚于 1916 年 2 月。1916 年 8 月“文学革命八事”撰成，胡适即于 8 月 21 日致信陈独秀，提出原则性的“文学革命八事”。陈独秀于 9 月间复信胡适，对其中“六事”“合十赞叹”，而对其余“须言之有物”等二项表示“不甚解”，他写道：

> 尊示第八项“须言之有物”一语，仆不甚解。或者足下非古典主义，而不非理想主义乎？鄙意欲救国文浮夸、空泛之弊，只第六项“不作无病之呻吟”一语足矣。若专求“言之有物”，其流弊将毋同于“文以载道”之说？以文学为手段、为器械，必附他物以生存。窃以为文学之作品，与应用文字作用不同。其美感与伎俩，所谓文学、美术自身独立存在之价值，是否可以轻轻抹杀，岂无研究之余地？况乎自然派文学，义在如实描写社会，不许别有寄托，自堕理障。盖写实主义与理想主义不同也。①

在此之前，胡适虽多次提及“言之有物”，但从未作过较为详尽的阐述。1916 年 4 月提到“言之有物”，也不过“语必由衷”之意。陈独秀致胡适信中所论可概括为三个要点，而《文学改良刍议》“一曰须言之有物”整段文字就是围绕这三个要点展开的，陈独秀所修改的也恰恰是胡适对三个要点阐发的文字，笔者引录有关材料，以作证明。

其一，1916 年 9 月，陈独秀致信胡适：“若专求‘言之有物’，其流弊将毋同于‘文以载道’之说?”《季报》版本《刍议》说：“吾所谓‘物’，非古人所谓‘文以载道’之说也。吾所谓‘物’约有二事：情感和思想。”《新青年》修改本“一曰须言之有物”一段结尾处添上了“此文胜之害，所谓言之无物者是也。欲救此弊，宜以质救之。质者何，情与思二者而已”几句话，以示对“言之有物”含义的概括和强调，划清了与“文以载道”理论的界限。

其二，陈独秀致胡适信中写道：“第八项‘须言之有物’一语，仆不甚解。或者足下非古典主义，而不非理想主义乎?”《季报》版本《刍议》解释说：“此所谓思想，指见地识力而言，非但今人所谓

---

① 陈独秀《陈独秀复胡适信》，《新青年》第 2 卷第 2 号，1916 年 10 月 1 日。

理想而已也。"《新青年》版本则改为"吾所谓'思想'盖兼见地、识力、理想，三者而言之"，并且将这句话从括号里拿出来，放到"(二) 思想"之后，作为对"理想"的一个定义。

其三，陈独秀致胡适信中认为提倡"言之有物"，可能会"抹杀"文学"自身独立存在之价值"，如否定"美感"之类。《季报》版本《刍议》回答说："吾所谓情感也，是为文学之灵魂，文学而无情感，譬人之无魂，木偶而已，行尸走肉而已(今人所谓'美感'亦属此项)。"《新青年》版本则改为："此吾所谓情感也。情感者，文学之灵魂。文学而无情感，如人之无魂，木偶而已。(今人所谓'美感'者，亦情感之一也。)"而下段"文学以有思想而益贵"之后，增添"思想亦以有文学的价值而益贵也"一句，以表示对文学审美意义的强调。

这样说来似乎太巧，实乃必然。本来陈独秀对胡适"言之有物"的提法不太理解，抱有戒心，唯恐由此滑入"文以载道"的歧途，所以他对"一曰须言之有物"一段文字特别关注，尤为仔细，对复写原稿中他以为"言之有物"与"文以载道"理念界限不够分明的地方，便用更准确而鲜明的词语加以表达，在结尾处又添上了那几句对"言之有物"含义总结性的话。他以为唯有如此，才在理论上不至于将"言之有物"与"文以载道"的界限混淆起来。或许陈独秀修改之后意犹未尽，在撰写《文学革命论》[1]时，又谈到"文以载道"问题，说韩昌黎误于"文以载道"，"文学本非为载道而设，而自昌黎以讫曾国藩所谓载道之文，不过抄袭孔孟以来极肤浅极空泛之门面语而已。余尝谓唐宋八家文之所谓'文以载道'，直与八股家之所谓'代圣贤立言'同一鼻孔出气"。可以说，这又是陈独秀对《刍议》"言之有物"一段中关于"文以载道"论述的补充。如果把《新青年》版本中增删过的段落，同 1916 年 9 月陈独秀致

---

① 陈独秀《文学革命论》，《新青年》第 2 卷第 6 号，1917 年 2 月 1 日。

胡适的信，再同《文学革命论》中辟韩部分有关“言之有物”和“文以载道”的论述对照起来，联系起来，即可发现彼此之间的吻合绝非出于偶然。因此，《刍议》的《新青年》修改本较之复写原稿所增删的文字，完全出自陈独秀的手笔，就十分可信了。

第二，《新青年》版本的《刍议》对《季报》版本《刍议》所作文字上技术性处理（修改），也同样出自陈独秀之手。陈独秀作为《新青年》主编，对《刍议》的文字作技术性处理本属应有之举，修改过的文字便留下了他的印记。首先，从增删过的文字的风格上来辨别，陈独秀和胡适虽然同是文学革命的倡导者，但他们的个性有平和与激烈之分，胡适的文学革命立场固然坚定不移，然而对于文学革命理论允许有不同意见，“决不敢以吾辈所主张为必是，而不容他人之匡正也”；而陈独秀则不然，说文学革命主张“必不容反对者有讨论之余地，必以吾辈所主张者为绝对之是，而不容他人之匡正也”。他们二人的不同个性，在比较增删文字的异同上，亦看得出来。且不说增删的文句，就以文字的修改而言，某些地方虽仅一字之差，却仍不难看出胡适的平和与陈独秀的激烈来。《季报》版本《刍议》“近世文人沾沾于声调字句之微”一句，《新青年》修改本《刍议》将“微”字改作“间”。在陈独秀看来，“声调字句”之间本无精深奥妙的东西，谈不上什么“微言大义”。“间”即缝隙，让那些“沾沾于声调字句”者在“声调字句”的缝隙里去钻来钻去吧。又《季报》版本《刍议》说：“若能洒脱此种奴性，不作古人的诗而惟作我自己的诗，则决不致如此失望矣。”在陈独秀看来，摹仿他人之作岂止令人“失望”，简直是“失败”！“失望”至多表示主观愿意的落空，而“失败”则表示客观现实的倒退，是对于“尚文害质”文学的彻底否定，因此他将“失望”改为“失败”。再如《季报》版本《刍议》说“今日文学改良宜从八事入手”，《新青年》修改本《刍议》将“宜”改为“须”，也就是说，“八事”不仅“应当”，而且“务必”。这里，也显示出陈独秀对文学革命必要性的强调。以上诸例，都可以证明《新青年》版本《刍议》的增删文字出之于陈独秀手笔的推论。

其次，从编辑改稿与作者改稿的区别来辨别。一、行文中称谓的改动。《季报》版本《刍议》作者两次以“记者”自称，而《新青年》版本《刍议》将第二处“记者”改为“吾”，此举明显为陈独秀所为。胡适《刍议》一稿两投（《季报》与《新青年》），因为当时他是《季报》主编，以记者自许完全合适，而对于《新青年》来说，胡适只是一个作者，自称“记者”便有不妥。可是，当时胡适没有意识到这一点，寄给陈独秀的《刍议》复写稿上未能改过来。要是他当时想到这一层，就一定会把两处“记者”均改为“吾”。陈独秀审稿时发现了这个错位，便随手改过，可是他只注意到其中一处，而另一处便成了漏网之鱼。二、编辑的通病。编辑改稿往往前紧后松，尤其遇到修改量大、改不胜改的时候，对那些可改可不改的就不改了，为了省事，那些已改的也不再改回来。这个毛病陈独秀也没有避免。那么短的一个引言改动达七八处之多，均为文字技术上的修改，而在后半篇却没有这种情况。胡适在引言里先将“八事”一一罗列，正文里再分别阐述。《季报》版本《刍议》引言和正文关于讲求文法一则，均写作“三曰须讲文法”，《新青年》版本《刍议》引言改为“三曰须讲求文法”，多一“求”字，而正文里未作改动。三、习惯用语。《季报》版本《刍议》引言里“自信所见”一句，在《新青年》版本《刍议》里被划掉，而改为“其结果”云云，《文学革命论》里也出现“其结果”云云，可见“其结果”是陈独秀的习惯用语。《季报》版本《刍议》“又无动人之情感”一句中“动人”一词，《新青年》版本改为“真挚”。胡适在《什么是文学》《建设的文学革命论》二文里谈到文学三要件时，关于情感一项也使用了“能动人”这个词，而不是真挚，可见，“能动人”才是胡适的话，“真挚”是陈独秀的用语。总而言之，无论是从思想观点，还是语言风格上来辨别，《新青年》修改本所增删的文字，均出之于陈独秀之手并无问题。

查阅《胡适文存》和《中国新文学大系·建设理论集》所收《刍议》,均为《新青年》修改本。这说明胡适是认可了陈独秀所作的修改。陈独秀与胡适共同发起文学革命运动,在实践上的合作众所周知,而在磨砺理论武器方面的携手却很少有人提及。要说确认《新青年》刊登的《刍议》应为陈独秀的修改本有什么意义的话,大概就在于此。

〔原载《文艺报》1993 年 5 月 29 日〕

试论胡适的“历史进化的文学观念”的成因

胡适曾经反复强调，他的文学革命思想来自一个历史进化的态度，“历史进化的文学观念”则是其“基本理论”。这一新观念给当时的学者提供了一个新的视角，从而使天地变色，美丑重新定位，原先所谓“宇宙古今之至美”的文言文成为“妖孽”，而不登大雅之堂的白话文反而有幸成为中国文学的正宗。因此，探讨胡适的“历史进化的文学观念”的成因，是了解胡适文学革命理论来源的重要环节。

一

“历史进化的文学观念”产生于 1916 年 2—3 月间。胡适在《我为什么要做白话诗》中明确表示：“民国四年至五年春间”，“那时影响我个人最大的，就是我平常所说的‘历史的文学进化观念’”[①]。并且把 1916 年 4 月 5 日和 13 日分别所作的《吾国历史上的文学革命》和《沁园春》誓诗（后者先后修改达十次之多）[②]作为标志。细读这两篇作品，笔者总觉得“历史进化的文学观念”与《留美学生季报》1915 年 9 月发表的易鼎新的《文言改良浅说》（以

---

① 胡适《我为什么要做白话诗》，《新青年》第 6 卷第 5 号，1919 年 5 月。

② 胡适《吾国历史上的文学革命》、《沁园春》誓诗，《胡适留学日记》卷十二，海南出版社，1994 年，第 209、225 页。

下简称《浅说》)[①]不无关系,认为"历史进化的文学观念"是胡适受到《浅说》思想的影响,并且举一反三而提出来的一个文学见解。

易氏的《文言改良浅说》极言中国文言文的艰难,指出"今日吾国之文字,非人民之文字,乃贵族之文字也。学文十载,尚不能保其必能作文,识字一万,尚不能保其必能阅书","故聪明俊秀之人以不能读书,淹没而无闻者,殆不可胜数",所以对一般中国人而言,中国文字"虽有若无"。易氏主张改革书面语言与口头语言背离状况,须走"文言合一"之路:"不仅宜变语言以合于文字,亦必变文字以合于语言。故文字必求其粗浅,语言必求其高深。如两人自一直线之两端同时相向而行,必有相遇之一日。"其改革主张虽然立论于社会需要,然而更以文字语言历史进化的必然趋势为依据,指出"时代有迁移,即文言有变化","人类日进化,故文字语言不能不随之"。并且以此为理论根据,批评"模仿古人之文,惟恐不肖"和"通例,作文不用俗语"两大弊病,认为两者皆违背了文字语言的演进规则。

文字语言变迁之说并非始于《浅说》,晚明袁宏道兄弟、清代袁枚与王照均有涉及。尤其是王照发表过很精辟的意见:"吾国古人造字,以便民用,所命音读必与当时语言无二,此一定之理也。语言代有变迁,文亦随之。……后世文人欲藉此以饰智警愚,于是以摩古为高,文字不随语言而变,二者日趋日远。"[②]但他们并没有提出以口头语言为源头的白话文可以替代古文的主张,所以不能从根本上解决文字、语言相背驰的问题。易鼎新《浅说》主张以口头语言为书面语言之本,断定背离口头语言的文言已"不适于用","必变文字以合于语言",无疑为后人以白话代替文言的改革提供了颇有启发意义的观点。

---

① 易鼎新《文言改良浅说》,《留美学生季报》第2卷第3号,1915年9月。

② 王照《官话合声字母原序》,《官话合声字母》,文字改革出版社,1957年,第2页。

《浅说》作者易鼎新字修吟，生于1887年，湖南醴陵人。早年赴美留学，入纽因大学，1915年获理科硕士学位。胡适与易鼎新早有神交。1914年1月，胡适在《留美学生年报》第三本上发表《非留学篇》，直言对官费留学生及改革国内高等教育的意见，引起留学生界的争议，易鼎新发表《与友人论留美学生之成效书》《论工程师之当自重》《留学生之过去与将来》[①]等文，均涉及胡适的《非留学篇》。据胡适日记记载，1915年1月，胡适到哥伦比亚大学访友叙旧，该校留学生严敬斋告诉他，此间有许多人批评《非留学篇》，幸得王鉴、易鼎新等为之出力辩护云云。胡适与易鼎新均为《留美学生季报》骨干，易鼎新列名为撰稿人，从1914年3月1日出版1卷1号至1915年9月出版的2卷3号间，共发表八篇论文。而胡适虽然到1916年才担任该刊主编，但早在季报前身《留美学生年报》时期便是主要撰稿人，几乎每期都有诗文。即以刊登《浅说》的2卷3号而言，就有胡适的《满庭芳》词一首、英国吉百令的《百愁门》短篇译作一篇。可见胡适读到易氏《浅说》应该是没有疑问的。笔者以为《吾国历史上的文学革命》和《沁园春》誓诗应是胡适获读《浅说》后写下的心得和感怀。胡作与《浅说》存在的联系单就内容说至少有如下数端。

第一，关于语言文学随时代变迁的思想。《浅说》指出：“时代有迁移，即文言有变化”，“人类的日进化，故文字语言不能不随之”。并以我国历史上发生的语言变革为例，指出“即以吾国文言论，变更亦多矣”，“吾国文字革命，亦已非一次矣”，等等。而胡适在《吾国历史上的文学革命》中将易氏用以观察文字语言变迁的方法移作观察文学历史的变迁，认为“文学革命，在吾国历史上非

① 易鼎新《与友人论留美学生之成效书》《论工程师之当自重》《留学生之过去与将来》，分别载《留美学生季报》第1卷1号(1914年)、第1卷3号(1914年)、第2卷第2号(1915年)。

创见也”，不仅诗、词、曲，而且“文亦遭几许革命矣”。顺便说一下，根据《吾国历史上的文学革命》稍加改削而成的《文学改良刍议》中便有“文学，随时而变迁者也”之类的话。

《吾国历史上的文学革命》揭示论述对象变迁的表述方式也有借鉴《浅说》的痕迹。《浅说》指出：“吾国文字革命，亦已非一次矣。由结绳而书契，是为第一次。由篆书而隶书，是为第二次。由楷书而草书，是为第三次。由正写而简写，是为第四次。盖皆由繁而趋简，由难而就易。古人所以出此者，岂有他哉？不得已也。”《吾国历史上的文学革命》移用了同样的思路，把历史上的文学分为韵文和散文两部分，分别加以叙述。其中关于韵文写道：“文学革命，在吾国史上非创见也。即以韵文而论：三百篇变而为骚，一大革命也。又变为五言，七言，古诗，二大革命也。赋之变为无韵之骈文，三大革命也。古诗之变而为律诗，四大革命也。诗之变为词，五大革命也。词之变为曲，为剧本，六大革命也。”关于散文写道：“文亦遭几许革命矣。孔子以前无论矣。孔子至于秦、汉，中国文体始臻完备，……六朝之文……然骈俪之体大盛……韩退之‘文起八代之衰’，其功在于恢复散文，……此亦一革命也。……然宋人谈哲理者似悟古文不适于用，于是语录体兴焉。语录体者，以俚语说理纪事。……此亦一大革命也。”《浅说》以“第几次”来表示文字语言变迁的递进关系，《吾国历史上的文学革命》则代之以“一大革命也”，而写作《文学改良刍议》时稍作变化，改为“一时期也”“又一时期也”。尽管用语有变，其思维方式、表达方式如出一辙。

更有甚者，二者在论述中采用的比附中西语言文学史的材料亦相似。

《浅说》援引英德意法语言史材料作例子，指出：“泰西文字，原出一宗，英德法意，今异昔同，即一国文言，亦今音相殊。五百年前英文，与今日英文，相差已远。”而《吾国历史上的文学革命》

中亦引意大利文、德意志文、英吉利文为例证，写道：“但丁之创意大利文，却叟诸人之创英吉利文，马丁路得之创德意志文，未足独有千古矣。”《浅说》在引中国文言变化例证时指出：“即以吾国文言论，变更亦多矣，书法异同，今且无论，即用字造句，亦今古相殊，同一字也，义有变迁，同一义也，音有更换。自秦汉唐宋以来，至于今日，其间音义变迁，学者类能道之。”《吾国历史上的文学革命》在“文亦遭几许革命矣”的观点之下从秦汉唐宋说到元明清。两者论证取材之相似由此可见。

第二，《吾国历史上的文学革命》效法《浅说》，在“文学随时代而变迁”的思想指导下批评了“摹仿古人”和“作文不用俗语”的偏颇。

《浅说》认为“由繁而趋简，由难而就易”，乃是文字语言发展的自然趋势。“今日人事之繁，学问之广，已百倍于五十年前，而犹取千数百年前之文字而用之，以为不可变易，呫哔小儒，反模仿古人之文，惟恐不肖，是犹以周秦之世，而欲结绳纪事也，安可得乎？”胡适后来曾把“摹仿古人之文”作为旧文学一大病症加以批评。《沁园春》誓诗虽经多次修改，可是批评“摹仿古人之文”的观点始终不变，反复强调“不师古人”，誓言“傍人门户，不是男儿”，“不师秦七，不师黄九；但求似我，何效人为”(4 月 16 日)，“文不师韩，诗休学杜，但求似我，何效人为”(4 月 18 日)，“要不师汉、魏，不师唐、宋”(4 月 26 日)，等等，这些可称为“不摹仿古人”的别说。4 月 17 日胡适为该诗作跋，确认“摹仿古人”为“吾国文学大病”之一，从另一角度提出“不摹仿古人”的主张。

《浅说》指出：“文字之所以见重于世者，非以其文也，以其所载之事所传之情也。”“今日文字宜以浅显为主”，“文字既浅显矣，易学矣，将见人人皆能文，而文言合一之事，乃可计日而待”。所以，“通例，作文不用俗语，此为大误。外国文字多重熟语，盖其传神达意，过于灿烂之文辞远甚也。中国通行成语甚多，虽东西南北，方言互异。而俗语之相同者，比比皆是。苟取而用之，不惟文字可浅显易读，而统一语言文言合一之基础，在乎是矣。”胡适的4月5日日记以“言文一致”为旨归，认为“文学革命，至元代而登峰造极。……其时吾国真可谓有一种‘活文学’出世。倘此革命潮流……不遭明代八股之劫，不受明初七子诸文人复古之劫，则吾国之文学必已为俚语的文学，而吾国之语言早成为言文一致之语言，可无疑也”，并由此得出以白话文学为主流的观点。继而在7月6日日记中主张“以白话作文作诗作戏曲小说”，并为白话辩护：“白话是一种活的语言”，“白话并不鄙俗，俗儒乃谓之俗耳”。“白话不但不鄙俗，而且甚优美适用。”“今日所需，乃是一种可读，可听，可歌，可讲，可记的言语……不如此者，非活的语言也，决不能成为吾国之国语也，决不能产生第一流的文学也。”可见“文学改良八事”中的“不避俗语俗字”一条与《浅说》中“通例，作文不用俗语，此为大误”的观点存在着内在联系。

有意思的是，《吾国历史上的文学革命》和《沁园春》誓诗吸取了易氏在《浅说》中阐明的“文字语言随时代而变迁”的思想及批评“摹仿古人”“作文不用俗语”的观点之后，这便成为胡适当年4月至12月间论述文学革命思想的一个思维定式，《答梅觐庄——白话诗》[①]《文学改良刍议》均按此思路阐述见解。后者“二曰，不摹仿古人”一条，是在“文学者，随时代而变迁者也。一时代有一时代的文学”的总观点下阐述的：“既明文学进化之理，然后可与言吾所谓‘不摹仿古人’。”至阐述“八曰，不避俗语俗字”一条时，胡适又特地加上一个注，提醒读者“参看上文第二条下”，第二条即“不摹仿古人”，该条下正是“文学随时代而变迁，一时代有一时代的文学”的观点。由此可见，至《文学改良刍议》，胡适仍将“不摹仿古人”“不避俗语俗字”置于“文学随时代而变迁”的总观点之

① 胡适《答梅觐庄——白话诗》(1916年7月22日)，《胡适留学日记》卷十四，第270页。

下,与易氏在《浅说》的思路完全相同。

或以为《浅说》所论在于通过文字语言改革,来普及教育,似乎与胡适文学革命思想不完全一致。但是,中国文学革命原本就是从文字语言改革发展而来,而且到后来也没有完全脱离这个主题,两者在文体革命上并无不同。“文学是根据文字,而文字是根据语言;说话是文字的根本,文字是文学根本,也是一切文学的工具。”[①]至于文学革命,与教育普及问题也是密不可分的,“我们讲文学革命,提倡用语体文,这些问题,时常与教育问题发生了关系”[②]。其实胡适本人就是最好的说明。1915 年他所作的《如何可使吾国文言易于教授》[③]就是主张通过对文言教授方法的改革,使之普及教育,只是到了 1916 年二三月间,才由文字改革问题转向以诗文为主体的文学改良问题。所以,《浅说》偏重于文字语言,立足于普及教育的主旨,不但不妨碍胡适接受《浅说》,反而由于思维一致而发生亲和感。胡适文学革命思想始于文字语言改革,后又以“文的形式的解放——语言文字或文体的解放”为特色,这一点或许同《浅说》也不无关系。

二

1915 年暑期,胡适发奋攻读杜威哲学著作,边读边作英文日记,兴味盎然,后来觉得光阅读杜威著作已经很难满足,便于同年 9 月转学到杜威任教的哥伦比亚大学,直接受教于杜威。从此以后,实验主义哲学成了他的“哲学基础”及“生活和思想的一个向

---

① 胡适《白话文的意义》,《胡适讲演》,中国广播电视出版社,1992 年,第 253 页。

② 胡适《新文化运动与教育问题》,《胡适讲演》,第 280 页。

③ 胡适《如何可使吾国文言易于教授》(1915 年 8 月 26 日),《胡适留学日记》卷十一,第 139 页。

导”[①]。照胡适的理解,实验主义是一种方法,其要义是一切学理都只是一个假设,必须要经过证实,然后可算是真理。

胡适获读易鼎新《浅说》之时,正值他对实验主义初有心得之际,他将其中“文学随时代而变迁”的观点及“不摹仿古人”“不避俗字俗语”作为两个假说,从中外文学、语言文字历史,特别是中国文学、语言文字历史上寻觅事实加以证实,其结果如愿以偿。“历史进化的文学观念”虽然“是达尔文以来进化论的影响,但中国文人也曾有很明白的主张文学随时代变迁的”[②]。胡适早就读过袁枚的文集,很爱其中论诗文变迁的文字,要证实此说自然就想到了袁枚。1916 年 7 月 11 日至 12 日的《胡适留学日记》大段摘录了《答沈大宗伯论诗书》《答施兰垞论诗书》《答程蕺园论诗书》《与洪稚存论诗书》《答祝芷塘太史》《答孙俌之》等六件书信中关于“文学随时代而变迁”之说的材料:

> 孟子曰:“今之乐犹古之乐。”乐,即诗也。唐人学汉、魏,变汉、魏,宋学唐,变唐。其变也,非有心于变也,乃不得不变也,使不变,则不足以为唐,不足以为宋也。子孙之貌莫不本于祖父,然变而美者有之,变而丑者亦有之。若必禁其不变,则虽造物有所不能。先生许唐人之变汉、魏,而独不许宋人之变唐,惑也。且先生亦知唐人之自变其诗,与宋人无与乎?初盛一变,中晚再变。至皮、陆二家,已浸淫乎宋氏矣。风会所趋,聪明所极,有不期其然而然者。故枚尝谓变尧、舜者,汤、武也;然学尧、舜者,莫善于汤、武,莫不善于燕哙。变唐诗者,宋、元也;然学唐诗者,莫善于宋、元,莫不善于明七子。何也?当变而变,其相传者心也。当变而不变,其拘守者迹

① 胡适《胡适自序》,《胡适留学日记》,第 3 页。

② 胡适《新文学的建设理论》,《中国新文学大系导论集》,上海良友图书公司,1945 年,第 37 页。

也。鹦鹉能言而不能得其所以言,夫非以迹乎哉?

关于“不摹仿古人”摘录数条:

尝谓诗有工拙而无今古。自葛天氏之歌至今日,皆有工有拙。未必古人皆工,今人皆拙。即三百篇中,颇有未工不必学者,不徒汉、晋、唐、宋也。今人诗有极工极宜学者,亦不徒汉、晋、唐、宋也。然格律莫备于古,学者宗师,自有渊源。至于性情遭际,人人有我在焉,不可貌古人而袭之,畏古人而拘之也。……天籁一日不断,则人籁一日不绝。

来谕谆谆教删集内缘情之作,云:“以君之才之学,何必以白傅、樊川自累?”大哉! 足下之言,仆何敢当? 夫白傅、樊川,唐之才学人也,仆景行之尚恐不及,而足下乃以为规,何其高视仆,卑视古人耶? 足下之意,以为我辈成名,必如濂、洛、关、闽而后可耳。然鄙意以为得千百伪濂、洛、关、闽,不如得一二真白傅、樊川。……古人之文,醇驳互殊,皆有独诣处,不可磨灭。自义理之学明,而学者率多雷同附和,人之所是是之,人之所非非之。问其所以是、所以非之故,而茫然莫解。

古之学杜者无虑数千百家,其传者皆其不似杜者也。唐之昌黎、义山、牧之、微之,宋之半山、山谷、后村、放翁,谁非学杜者? 今观其诗,皆不类杜。稚存学杜,其类杜处,乃远出唐、宋诸公之上,此仆之所深忧也。……足下前年学杜,今年又复学韩。鄙意以洪子之心思学力,何不为洪子之诗,而必为韩子、杜子之诗哉? 无论仪神袭貌,终嫌似是而非。就令是韩是杜矣,恐千百世后人,仍读韩、杜之诗,必不读类韩类杜之诗。使韩、杜生于今日,亦必别有一番境界,而断不肯为从前韩、杜之诗。得人之得而不得其得,落笔时亦不甚愉快。萧子显曰:“若无新变,不能代雄。”庄子曰:“迹,履之所出,而迹非履也。”此数语愿足下诵之而有所进焉。

> 阁下之师，专取杜、韩、白、苏四家，而其他付自郐无讥，有托足权门、自负在太师门下之意，则身分似峻而反卑，门户似高而反仄矣。况非天宝之时世，而强为呻吟，无起衰之文章，而徒袭謦咳声，抑末也。古作家最忌寄人篱下。陆放翁云："文章切忌参死句。"陈后山云："文章切忌随人后。"周亮工云："学古人只可与之夜中通梦，不可使之白昼现形。"顾宁人答某太史云："足下胸中总放不过一韩一杜，此诗文之所以不至也。"董香光论书法亦云："其始要与古人合，其后要与古人离。"凡此皆作家独往独来、自树一帜之根本，亦金针度世之苦心。阁下诗有大似韩、苏处，一开卷便是。后人读者，既读真韩真杜之诗，又谁肯读似韩似杜之诗哉？[①]

袁枚虽然主张文学随时代而变迁的观点，然而他不了解那个时代的文学正宗已不是古文古诗，而是同时代的吴敬梓、曹雪芹了，因此他不会主张白话为文学正宗。胡适对"不避俗语俗字"一条的证明，主要取资于历史上许多用白话填诗作词，尤其是白话小说的材料。1916 年 5 月 18 日、5 月 29 日的《胡适留学日记》以"谈活文学"为题，摘录李后主、苏东坡、黄庭坚、辛稼轩、柳耆卿、李笠翁诗、词、曲中的某些段落作为"活文学的样本"，断定"吾国'活文学'仅有宋人语录，元人杂剧院本，章回小说，及元以来之剧本、小说而已"。8 月 4 日又有"死语""活语"的举例，其结果得出这样的结论："今日之文言乃是一种半死的文字，……今日之白话是一种活的语言，……白话不但不鄙俗，而且甚优美适用，……白话并非文言之退化，乃是文言之进化，……白话可以产生第一流文学。白话的诗词，白话的语录，白话的小说，白话的戏剧。此四者皆有史事可证，……白话的文学为中国千年来仅有之文学。其

---

① 胡适《记袁随园论文学》(1916 年 7 月 11 日)，《胡适留学日记》卷十三，第 256 页。

非白话的文学……皆不足于第一流文学之列。”①

袁枚的这些论述就其本身说都是死材料，并不具备现代意义上的文学革命精神，倘无新的文学思想照耀，其革命精神和价值便无由发现和昌明，所以胡适说：“国内一班学者文人并非不熟中国历史上的重要事实，他们所缺乏的只是一种新的看法。”②当胡适应用“文学随时代而变迁”“今日当造今日之文学”的新看法来观察这些材料时，这些材料顿时平地生辉，焕然一新。所以，他评价袁枚文论说：“袁简斋之眼光见地有大过人处，宜其倾倒一世人士也。其论文学，尤有文学革命思想。”③经过这一番“上穷碧落下黄泉，动手动脚找材料”的功夫，“文学随时代而变迁”的思想以及“不摹仿古人”“不避俗语俗字”的观点得到了证实，一个基于历史事实的中国文学演变论产生了。由此我们可以清楚地看到这个演变论是西洋科学哲学思想与中国文学语言历史材料相碰撞的产物，胡适在介绍自己的思想时就说：“我的文学革命论也只是进化论和实验主义的一种实际应用。”④

三

1915—1916年在大洋彼岸进行的关于文学革命问题的争论，应该是由胡适“历史进化的文学观念”所诱发的事件。这两年中，胡适与梅光迪、任鸿隽等朋友就“文之文字”与“诗之文字”有无区别问题发生争论，胡适主张二者本无不同，而梅、任等人认为“诗文截然两途”，“若移‘文之文字’于诗，即所谓的革命，则不可也”。

---

① 胡适《白话文言之优劣比较》(1916年7月6日追记)，《胡适留学日记》卷十三，第253页。

② 胡适《新文学的建设理论》，《中国新文学大系导论集》，第39页。

③ 胡适《记袁随园论文学》(1916年7月11日)，《胡适留学日记》卷十三，第256页。

④ 胡适《介绍我自己的思想》，《胡适散文》第四集，中国广播电视出版社，1992年，第456页。

此论不能使胡适心服，他辩解说："吾所持论，固不待以'文之文字'入诗而已。然不避'文之文字'自是吾论诗之一法。"并列举白居易、杜甫、黄山谷诗为例，说他们的诗"何一非用'文之文字'，又何一非用'诗之文字'耶"。从这些论争中不难看到，当时胡适虽有事实可举，却无理论可依，知其然而不知其所为然，显得力不从心。1916 年 1 月 29 日，胡适作《和叔永题梅(觐庄)、任(叔永)、杨(杏佛)、胡(适)合影诗》，在"附言"中说："近来作诗颇同说话，自谓为进境，而张先生甚不喜之，以为'不象诗'。适虽不谓然，而未能有以折服其心，奈何?"此时的胡适并非不熟悉中国历史上、文学上的重要事实，只是缺乏一种文学上的"新看法"。正是这种需要"新看法"的欲望，推动了胡适去寻求新的理论武器。

自"文之文字""诗之文字"有无区别的争论之后，胡适沉默了四个月，可是在 4 月 5 日写下日记之后，争论又开始了。此时胡适已有理论武装，今非昔比了。《答梅觐庄——白话诗》(7 月 22 日)是其诸多文字中最具代表性一篇。它以从《浅说》中获得启发而产生的中国文学演变论，阐述文学随时代变迁的观点，证明摹仿古人、作文作诗避用俗语俗字之非。胡适以袁枚的"当变而变，其相传者心，当变而不变，其拘守者迹"来揭示文学随时代而变迁的中国文学历史演变论，批评"事事必须从古人"的做法，主张"文字没有古今，却有死活可道"，从而将梅光迪驳得体无完肤。1931 年，胡适应美国《论坛报》之约撰写《信仰的自述》，其中写道："我曾用进化的方法去思想，而这种有进化性的思想习惯，就做了我此后在思想史及文学工作上的成功之钥。尤更奇怪的，这个历史的思想方法并没有使我成为一个守旧的人，而时常是进步的人。例如，我在中国对于文事革命的辩论，全是根据无可否认的历史进化的事实，且一向都非我的对方所能答复得来的。"①

---

① 胡适《我的信仰》，《胡适散文》第四集，第 480 页。

以上所述“历史进化的文学观”，均属酝酿阶段，到胡适写作《文学改良刍议》才正式公开发表，称呼虽是“历史的眼光”“历史进化的眼光”，但基本的思想已经形成：“文学者，随时代而变迁者也。一时代有一时代的文学。……今日之中国当造今日的文学。”并以此为根据批评“摹仿古人”“作文避俗语俗字”的观点：“既明文学进化之理，然后可言吾所谓‘不摹仿古人’之说。”“以今世历史眼光观之，则白话文学之为中国文学的正宗，又为将来文学必用之利器，可断言也。以此之故，吾主张今日作文作诗，宜采用俗语俗字。”可谓气势磅礴，称雄一代。

综上所述，笔者以为，胡适出于与梅光迪、任叔永辩论的需要而产生寻求理论的欲望，易鼎新的《文言改良浅说》使他找到了用进化论来观察文学问题的钥匙，而杜威的实验主义则成为他验证“新看法”的方法，于是，在进化论的指导下，依据于中国文学历史事实的文学演变论便产生了。

〔原载《海南师院学报(社科版)》1995 年第 3 期〕

“八事”源于《意象派宣言》质疑

——《文学改良刍议》探源

关于胡适在《文学改良刍议》(以下简称《刍议》)中提出的“文学革命八事”(以下简称“八事”),其来源一向众说纷纭,除了《文史通义》说、桐城古文说、古文辞家说三种外,还有影响较大者,即来自美国的《意象派宣言》(以下简称《宣言》)说。此说最早由梁实秋提出,时间是1926年,胡适本人一再否定此说。20世纪50年代,海外学者方志彤(Achilles Fang)在一篇论文里重新提出这个说法,周策纵、夏志清、王润华等学者均表赞同。此说在海外汉学研究界遂成定论。到80年代,中国大陆学术界接受此说,继而写入论著、辞书和文学史著作。本文所质疑的这些观点虽然来自海外,但基本的材料依然取自五四前后的一些文献,所以讨论还必须从头做起。

一

此说始作俑者是梁实秋。梁氏1923年赴美留学,受业于哈佛大学新人文主义提倡者白璧德教授,在文艺理论上深受其影响。1926年,他发表《现代中国文学之浪漫的趋势》的长文,批评新文学运动中的浪漫倾向,其中语涉美国《宣言》,更信口牵涉到胡适的“八事”来源,原文如下:

> (意象派)唯一的特点,即在不用陈腐文字,不表现陈腐

> 思想。我想，这一派十年前在美国声势最盛的时候，我们中国留美的学生一定不免要受其影响。试细按影象主义者的宣言，列有六条戒条，主要的如不用典，不用陈腐的套语，几乎条条都与我们中国倡导的白话文的主旨吻合。所以我想，白话文运动是由外国影响而起。①

虽然梁实秋并非文学革命孕育结胎时期参加争论的当事者，但他既然是留美学生，当然比较了解美国当时文化的背景。因此，时人对他的说法就信以为真了。后来朱自清在《中国新文学大系导论集》里就直接引了梁氏的这段话作为论据：

> 梁实秋氏说外国的影响是白话文运动的导火线；他指出美国印象主义者六戒条里也有不用典，不用陈腐的套话；新式标点和诗的分段分行，也是摹仿外国；而外国文学的翻译，更是明证。

朱氏后来在清华大学开设“中国新文学”课程时，也一再强调了这个观点，他的这些带有文学史性质的论述无疑强化了这一观点的可靠性。不过有一点应该指出：梁氏和朱氏都没有直接说胡适的“八事”来自《宣言》，梁实秋用了“我想……”式的推断，但他又武断地说：“条条都与我们中国倡导的白话文的主旨吻合。”既然用了“条条吻合”，那白话文的主旨不会不是胡适的“八事”。朱自清所谓“外国的影响是白话文运动的导火线”的出处则是梁实秋。后来到了一些海外学者的文章里，这就变成确凿无疑的定论了。

梁实秋、朱自清说胡适“八事”与印象主义诗派六戒条“条条吻合”，但例句只有不用典、不用陈腐的套语两条。真相究竟如

---

① 梁实秋《现代中国文学之浪漫的趋势》，《浪漫的与古典的文学的纪律》，人民文学出版社，1988年，第8页。

何，有一探之必要。

胡适1917年1月曾在《留学日记》中录入《印象派诗人的六条原理》，即《意象派宣言》。笔者特邀复旦大学教授、《英汉大辞典》主编陆谷孙先生翻译《宣言》如下：

《意象派宣言》：

> 1. 使用普通的语言，但始终要找到最确切的字眼，而不是近乎确切或仅起装饰作用的字眼；
>
> 2. 创造新的节奏，以为新的心境之表现方式，而不是袭用仅仅作为唱出旧的心境的旧的节奏。我们并不坚持把"自由诗体"作为写诗的惟一方法。我们把它作为一种自由的原则来奋力争取。我们相信由自由诗体来表现一名诗人的个性比之习俗的形式，通常更为合适。在诗歌领域，一种新的顿挫节律意味着一种新的思想；
>
> 3. 在题材选择方面允许绝对的自由；
>
> 4. 表现意象（"意象派"由此得名）。我们并非一个画家的流派，但我们相信诗歌应当准确地表现细部，而不是描写含糊笼统的概念，不管这些概念何其堂皇又铿锵悦耳；
>
> 5. 创作实在又明豁的诗篇，决不含糊其辞或模棱两可；
>
> 6. 最后，我们之中的多数人认为凝聚集中乃是诗歌创作的精髓。

胡适"八事"：

> 一曰，须言之有物。
>
> 二曰，不摹仿古人。
>
> 三曰，须讲文法。
>
> 四曰，不作无病之呻吟。
>
> 五曰，务去烂调套语。
>
> 六曰，不用典。

七曰，不讲对仗。

八曰，不避俗字俗语。

将两者放在一起对照，很难得出“条条吻合”的结论。首先是两者条目数不同，六条对八条，相差两条，“条条吻合”的说法就有毛病。其次是论述对象不同，《宣言》论的是诗，谈的是诗歌的节奏、心境、题材选择、表现细节、诗的明豁、凝练和集中；而“八事”则诗文兼论，强调的是文学的思想和情感、人性化的自我、意气风发的进取精神，强调务去陈词烂调和僵死的典故、废骈废律，等等。或许有人会说《宣言》的“使用普通的语言”一条与“八事”中的“不避俗字俗语”可以吻合，其实并不尽然。《宣言》所谓“使用普通的语言”一条，仅是指诗的语言而言，《刍议》中“不避俗字俗语”的含义却根本不是诗的语言所能包括。胡适指出：“吾惟以施耐庵曹雪芹吴趼人为文学之正宗，故有‘不避俗字俗语’之论也。”“以今世历史进化的眼光观之，则白话文学之为中国文学之正宗，又为将来文学必用之利器，可断言也。……以此之故，吾主张今日作文作诗，宜采用俗语俗字。”这是胡适文学革命思想的基本理论，是精髓。而意象派宣言所谓的“使用普通的语言”一条并不包括“文”的内容。

更有意思的是，梁实秋以“不用典，不用陈腐的套语”来概括《宣言》的主要内容，也未免太随意了一点。且不说《宣言》并没有这些用语，连类似的意思在《宣言》里也找不到。笔者很怀疑梁氏所说的“不用典，不用陈腐的套语”云云并非出自《宣言》，而是出自胡适本人的文章。因为胡适致朱经农（1916 年 8 月 19 日）和致陈独秀（1916 年 8 月 21 日）的两封信中，所列“八事”主张，开头两条均是“不用典，不用陈套语”，与梁氏对“六条戒条”的概括几乎完全一样（梁氏仅多了一个“腐”字）。梁实秋与胡适虽然都是留美学生，但时间上有先后之分。胡适在美国提倡“八事”之时，梁氏尚在北京清华大学读书，可能他那时对刊登在《新青年》上的胡适致陈独秀的信留有深刻的印象，以至若干年以后对其中某些观点仍然记忆犹新。1923年，美国的意象派诗歌运动已经成为明日黄花，梁氏未必对其了解得很真切，雾里看花，影影绰绰，发生误记并不奇怪。笔者甚至怀疑梁氏在写作《现代中国文学之浪漫的趋势》时并没有仔细研读过《宣言》原文，而是从“十年前在美国声势最盛的时候，我们中国留美的学生一定不免要受其影响”的推断出发，张冠李戴，把原是胡适的话误记成意象派“六条戒条”的主要内容，再拿来对照胡适的“八事”，那当然是“条条吻合”了。

且不说“条条吻合”的说法不符合事实，它也不合情理。即便胡适确实接受过“六条戒条”的影响，也不至于要当文抄公。其时胡适与梅光迪等人的争论正处于白热化程度，他的反对派都在美国，对当时美国的文化背景很是了解的，精明细心如胡适者，岂能“条条吻合”地去抄袭美国意象派的《宣言》而授人以柄？

也许梁氏的“条条吻合”不过是信手拈来的一个说法，但对后来的研究者却造成很大的影响，不但让朱自清信以为真，而且也误导了后来的海外研究者。

二

当然，梁氏之断言也并非空穴来风。早在文学革命初期，胡适的论敌梅光迪、胡先骕等人在批评新文化运动和新文学创作时便一再暗示胡适受了美国意象派诗歌的影响。这可能无形中成为梁实秋推论的前提，海外学者也同样依据梅、胡诸人的言论，可见梁实秋和海外学者所依据的是同一个来源。但是笔者在阅读中发现，许多论者都混淆了两个不同的概念，即胡适提倡并尝试写作的新诗和他关于文学改良的“八事”是两回事。前者受到美国意象派诗歌的启发和影响，当是事实；而说后者来自美国意象派诗人的一些理论(诸如庞德的《几个"不"》、罗威尔的《意象派宣言》等)却大可怀疑。这两者本不应混同,更不能因为胡适接触过美国意象派诗歌,就断言胡适的"八事"来自《宣言》的"六条"。

最为明显的例证就是胡先骕的言论。胡先骕学的是自然科学,却擅长作旧诗,胡适在《刍议》中引了他的一阕词作为"陈腐套语"的例子,这可能是激怒他的主要原因。在《刍议》发表后,胡先骕随即发表了《中国文学改良论(上)》加以驳斥;在胡适的《尝试集》出版后,他又发表《评〈尝试集〉》进行批评,较之梅光迪,他的文字似更有学术意味,论述对象具体而且明确。他针对的只是胡适所创作的新诗:

> 胡君于作中国诗之造就,本未升堂。不知名家精粹之所在,但见斗方名士哺糟啜醨之可厌,不能运用声调格律以泽其思想,但感声调格律之拘束;复摭拾一般欧美所谓新诗人之唾余,剽窃白香山、陆剑南、辛稼轩、刘改之之外貌,以白话新诗号召于众,自以为得未有之秘。
>
> 欧洲之印象诗……在中国则有胡君之《权威》,《你莫忘记》,沈尹默《鸽子》,陈独秀《相隔一层纸》(笔者按:此诗其实为刘半农所作)等劣诗。

胡先骕只是把胡适和其他人的一部分新诗与欧美新诗人联系起来,认为胡适提倡白话诗运动是学了西方的"新诗人之唾余",然而,对于胡适的"八事"理论,他非但没有把它与西方印象派诗相联系,反而认为是中国"古已有之"的,他在同一篇文章里指出:

> 就其前所主张之八事言之,如不用陈套语,不避俗字俗语,须讲求文法,不作无病之呻吟,须言之有物,固古今诗人所通许,初非胡君所独创。至不用典,不讲对仗,不摹仿古人,则大有可讨论之处。……历来诗人,鲜有不用俗字俗语

者。……不摹仿古人，须句句有我在一语，高格之诗人与批评家皆知之，初非胡君之创见。

胡先骕与梅光迪同为《学衡》主将，而《学衡》派对文学革命的基本看法，并非持来自《宣言》说，而是认为胡适等人在理论上并无创新，只是拼凑了一些古文辞家的言论。《学衡》曾发表或转载过一批文章来说明这种主张，提出“八事”来源于桐城古文说、《文史通义》说和“古文辞家胥能言之”说等，并旁征博引，可谓“条条吻合”。梅、胡作为《学衡》主将，并未对此提出异议，也说明他们并没有认为“八事”与美国的《宣言》存在联系。

当然，说胡适的“八事”主张没有受《宣言》的影响，并不是否定胡适后来曾经读过《宣言》，也不是否定胡适后来曾经接触过意象派诗歌。关于后者，胡适本人也不曾否认过。譬如海外有些学者举出胡适《论新诗》中的某些观点，认为其与《宣言》颇为相似，以此证明“八事”源于《宣言》。其实这个“证据”也早有人说过，1922 年，《诗》月刊发表刘延陵的《美国的新诗运动》[1]一文，在评述《宣言》第四条“求表现出一个幻象，不作抽象的话”时，特地加一个注云：“详见胡适之先生《论新诗》。”这个“证据”其实是毫无说服力的，因为即使肯定了《论新诗》受过《宣言》的影响，仍不能认定“八事”也是受其影响的产物。《论新诗》作于 1919 年 10 月，而胡适早在 1916 年 12 月的日记里就声明看到过《宣言》，并且承认自己的主张与它颇有相似之处，所以《论新诗》里出现意象派的观点并不奇怪。然而以此推出结胎于 1916 年 8 月的“八事”也一定受其影响，未免太随意了一点。同样的例子是有些学者举出胡适所译的《关不住了！》一诗，原作为美国女诗人蒂丝黛尔的 *Over the Roofs*，曾于 1914 年 3 月发表在美国意象派诗人的主要阵地

① 刘延陵《美国的新诗运动》，《诗》第 1 卷第 2 号，1922 年 2 月 15 日。

Poetry 第 3 卷第 6 期上，以证明胡适在 1913—1914 年间确实接触过意象派诗歌。但这个论证同样存在着逻辑上的问题。因为即使证明胡适和胡先骕都看到过这一期的 *Poetry*，也无法推论出他们一定读过意象派的《宣言》，更何况胡适译出这首诗的时间是 1919 年 2 月 26 日，那时胡适与意象派的联系已经不是什么秘密，“八事”问世也已经两年多了。

更进一步说，胡适的白话诗到底有没有受过意象派诗歌的影响还是一个疑问。胡适读过意象派的诗歌创作和理论，并不就等于他在创作上就一定受其影响。这主要表现为二者的诗歌观念上的差别。胡适诗重实用，轻美感，这是人所共知的，而意象派并非如此。这点甚至连主张《意象派宣言》说者也不会否认，他们承认胡适所创作的诗，“是否能很好地体现意象派的特色，尚是值得研究的问题”。“意象派诗人一般者都善于使用比喻，使诗给读者带来充满激情的一瞬，但是胡适的诗作却暴露出想象力不丰富的毛病。”可见，连胡适的白话诗实践到底有多少是受意象派诗歌的影响都很难说，而主张“八事”来源于意象派就更如五里雾中了。

三

不过我们看到，前面所引胡先骕的批评里，不仅把胡适等新诗人的创作与外国意象派相联系，而且还隐隐包含了另外一层意思，即中国新文化提倡者是拾取西方现代文化思潮的“唾余”。这个看法一直可以追溯到 1916 年梅光迪与胡适在美国时的争论，最初提出这个观点的是梅光迪。后来海外有些学者抓住当时胡、梅争论时用过的“新潮流”一词而大做文章(有的文章把胡适诗中的“新潮”一词与“新潮流”混为一谈，这是另外一个错误，下面还将说到)。他们把它说成一个“关键语”，甚至危言耸听，断定它是新文学运动发动前夕一句机密性的“暗语”。他们破译的结果，据说能“证明”美国的新诗运动与中国的新诗革命起源存在一定关系。

“新潮流”一语最初出自梅光迪，时间是 1916 年 7 月。梅氏就读于哈佛大学，与梁实秋一样，深受白璧德教授新人文主义的影响，崇尚古典，批评浪漫派文学，对刚刚兴起的现代主义文化和文学思潮怀有极大的鄙视。也许梅光迪认为胡适如此胆大妄为地鼓吹白话诗，正是一种与欧美标新立异的“新潮流”同样可恶的行径，所以就随手拾取“新潮流”的帽子，往胡适头上一扣。有些海外学者认定梅氏是“唯一了解胡适受意象派的影响”并最早指出这个问题的人，但笔者在梅氏给胡适的信中并没有找到这种确凿无疑的证据，因为梅氏在信中完全是泛泛地列举了当时他所认为的“新潮流”：

> 文学：Futurism（未来主义）、Imagism（意象主义）、Free Verse（自由诗）；
>
> 美术：Symbolism（象征派）、Cubism（立体派）、Impressionism（印象派）；
>
> 宗教：Bahaism（波斯泛神教）、Christian Science（基督教科学）、Shakerism（震教派）、Free Thought（自由思想派）、Church of Social Revolution（社会革命教会）、Billy Sunday（星期日铁罐派）。①

很显然，即使梅光迪把“新潮流”与胡适的“新文学”联系在一起，也没有专指意象派的意思，更没有将“八事”与《宣言》联系在一起。在梅光迪眼里，胡适提倡的文学革命，不过是世界诸多的“新潮流”中的“一流”而已。

至于胡适所提到的“新潮流”，与意象派更不相关。1915 年 9

---

① 胡适《一首白话诗引起的风波》（1916 年 7 月 30 日补记），《胡适留学日记》卷十四，海南出版社，1994 年，第 278 页。

月 17 日，胡适在一首六十行长诗《送梅觐庄往哈佛大学诗》中首次提到“新潮”一语，1916 年 7 月 24 日答梅氏信中又提到“新潮流”，海外有些学者为了强调这“暗语”的神秘性，故意将二者混淆起来，似乎胡适 1915 年那首诗中“新潮之来不可止，文学革命其时矣”句中的“新潮”一语充满了神秘的性质。其实胡适在这里所说的“新潮”与梅氏的“新潮流”完全是风马牛不相及，胡适后来在《中国新文学大系导论集》的《新文学的建设理论》中讲到文学革命的历史背景时说得很清楚：

> 这个背景有不相关联的两幕：一幕是士大夫阶级努力想用古文来应付一个新时代的需要，一幕是士大夫之中的明白人想创造一种拼音文字来教育那“芸芸亿兆”的老百姓。这两个潮流始终合不拢来。

胡适所谓的“新潮”一词应是指这两个潮流，因为前一个潮流中就包括胡适本人。1915 年的胡适只是站在“想用古文来应付一个新时代的需要”的士大夫的立场上。当时的胡适只有改革之志，却无先进的改革思想，从根本上说还是一个文言的维护者。所谓的“文学革命”也未能超出文言文改革的范围。他对废除文言文、改用拼音文字的主张持否定的态度，曾于 1915 年 6 月 6 日说：“吾国文本可运用自如。今之后生小子，动辄毁谤祖国文字，以为木强，不能指挥如意，徒见其不通文耳。”在 1915 年 8 月 26 日日记《如何可使吾国文言易于教授》中，他还在维护文言文：“汉文所以不易普及者，其故不在汉文，而在教之之术之不完。同一文字也，甲以讲书之故而通文，能读书作文；乙以徒事诵读，不求讲解之故，而终身不能读书作文。可知受病之源，在于教法。”[1]其见

---

① 胡适《如何可使吾国文言易于教授》(1915 年 8 月 26 日)，《胡适留学日记》卷十一，第 139 页。

解与胡先骕在《中国文学改良论(上)》中的主张相去不远:“我国文言分离,故学问之道苦。而教育亦受其障碍,而不能普及。实质近来文学之日衰,教育之日敝,皆司教育之职者之过,而非文学有以致之也。”[①]胡适当时只想如何改革文言文的教法,他说:“汉文所以不易普及者,其故不在汉文,而在教授之术之不完……可知受病之源,在于教法。”并且提出了一些改进意见,如“讲书”,译“死语”为“活语”,古体与今体同列教科书中,小学教科书之新字须遵六书之法,中学以上皆习字源学,提倡文法学,实行文言文的标点符号,等等[②]。这期间他认真撰写了《标点符号释例》《论句读及文字符号》《读词偶得》等与此主张有关的文章。我们在此看到了一个在“士大夫阶级努力想用古文来应付一个新时代的需要”的潮流中奔波的胡适,由此也不难了解他所谓的“新潮”一词的真实意义。

关于“新潮流”一语,可见诸胡适答梅光迪信(1916 年 7 月 24 日),原文如下:

> ……来书云:“所谓‘新潮流’‘新潮流’者,耳已闻之熟矣。”此一语中含有足下一生大病。盖足下往往以“耳已闻之熟”自足,而不求真知灼见。即如来书所称诸“新潮流”,其中大有人在,大有物在,非门外汉所能肆口诋毁者也。[③]

可见胡适在这里所说的“新潮流”,完全是指梅氏信中用语而言的,用意是指出梅氏笼统含糊的思维特点。梅氏博闻强记,知识面广,但似缺乏实证的态度,易犯胡适所指出的“不求甚解”“以

---

① 胡先骕《中国文学改良论(上)》,《东方杂志》第 16 卷第 3 号,1919 年 3 月。

② 胡适《如何可使吾国文言易于教授》(1915 年 8 月 26 日),《胡适留学日记》卷十一,第 139、140 页。

③ 胡适《一首白话诗引起的风波》(1916 年 7 月 30 日补记),《胡适留学日记》卷十四,第 278 页。

耳代目"等毛病。1916年6—7月间,胡适与梅氏讨论"造新文学",胡适认为:"凡世界有永久价值之文学,皆尝有大影响于世道人心者也。"梅氏即攻击此说为功利主义,是偷得托尔斯泰之绪余,属19世纪之旧说,久为今人所弃置云云,轻而易举地把它否定了。按梅氏的思路,"文学当于世道人心有所影响"的观点即是托尔斯泰的观点,托尔斯泰的观点即是19世纪的"旧说",既是"旧说",那就应该"弃置"。逻辑就是这么简单,所以对胡适提倡文学革命,也照搬了这种逻辑推理。胡适对此十分反感,曾在1916年7月13日日记的追记中批评说:"觐庄治文学有一大病:则喜读文学批评家之言,而未能多读所批评之文学家原著是也。如此道听途说,拾人牙慧,终无大成矣。此次与觐庄谈,即以直言告之,甚望其能改也。"二十多天以后,他又在8月4日的日记里记下"不要以耳代目"的杂感:"我最恨'耳食'之谈,故于觐庄来书论'新潮流'之语痛加攻击。"胡适与梅光迪来往甚密,他三番五次指出其毛病,确能够击中梅光迪的要害。

由此可见,梅光迪的"新潮流"仅为"耳食"之谈、笼统之论,尽管之后梅氏还是坚持自己的看法,在1922年发表的《评提倡新文化者》中仍然把新文化运动与欧美的"晚近之堕落派"文艺联系在一起,并特别指出这"堕落派"中有自由诗和意象主义两支,但其态度也和胡先骕一样,认为胡适的白话诗创作受到包括意象派在内的西方现代文学的影响而已,对于胡适的"八事"是否来源于美国的《宣言》,仍没有提出有说服力的证明。

四

通过以上所述,可见梁实秋关于"八事"与《宣言》"条条吻合"之说,只是一件事出有因、查无实据的冤假错案,它误导了后来一些海外的学者,然后再由出口转内销,进而误导了大陆的许多学者。在这场学术“风波”中，值得注意的是一些海外学者研究学问的逻辑和方法。

其实，关于胡适与美国意象派的关系，虽有梅光迪披露于前，梁实秋揭发于后，但最早承认看到过《宣言》的，却是胡适自己。在《胡适留学日记》1916 年 12 月 25 日条下贴有胡适从《纽约时报》上剪下来的一则书评，上面有《宣言》的六条原则的引文。胡适在剪贴后加批语说：“此派所主张，与我所主张多相似之处。”这清楚说明胡适接触《宣言》的时间为 1916 年 12 月，而“八事”结胎于 1916 年 8 月，《刍议》成稿于 11 月，以时间而论即可证明“八事”与《宣言》没有什么关系。可是海外有些学者为了证明胡适确曾受过《宣言》影响，则对这条日记持不信任的态度。他们一口咬定这则日记是胡适故意伪造的，是胡适推行白话文运动而采取的“聪明策略”。何谓“聪明策略”？有些研究者认为胡适之所以要掩饰他受《宣言》的影响，是为了避免被保守的和民族主义很强的中国人指责为激进主义、拾人牙慧和追求时髦。他的“见风使舵”表现在企图“以历史眼光来寻找文学改良借口与理由”，主张“白话文学之为中国文学之正宗，他不是要打破旧传统，而是继续原来已有的好传统”，这样便隐瞒了“八事”与意象派诗歌在理论上的联系。否则，他的主张一定会被人视作“邪派”而“不被人接受，文学改革必然不会成功取代旧文学，成为正宗的中国文学”[①]。这种解释当然很有想象力，可惜太过离奇，不仅不符合事实，也不符合逻辑。因为照这种解释，胡适不像个文学家，倒像个纵横捭阖的阴谋家。

事实上，认为胡适伪造了这条日记的说法根本没什么根据，这条日记的基本材料是剪报，其内容和年月都无法编造，从当时

---

① ［新加坡］王润华《从“新潮”的内涵看中国新诗革命的起源》，《中西文学关系研究》，东大图书公司，1987 年，第 227 页。

的背景看也没有什么可怀疑的理由。罗威尔的《宣言》首次刊于1915年4月出版的 *Some Imagist Poets*（《意象派诗人》）的序言中，彼时胡适还在绮色佳，此城"乃小城，居民仅万六千人，所见所闻皆村市小景"。"此间地小，书籍皆不敷用。"为此他于1915年9月离开此城去纽约。"《意象派诗人》那选集……事实上第一年在美国只卖出去1 301本"，似乎很难证明胡适一定读到过这本书。"这宣言……1916年6月出版第二册《意象派诗人》的时候又重印了一次。"[①]待第二册出版时，已经在胡适提出"八事"中的五项，包括须言之有理、须讲文法、当用俗语俗字时不可避之、不摹仿古人等之后了，二者显然并不相干。何况意象派诗人当时在美国诗坛属少数派，影响不大，其在诗坛上的地位和价值也未被承认，学院派批评家还把他们排斥在研究对象之外，胡适是否能读到《意象派诗人》尚属未知。直到1916年12月出版的《纽约时报》书评栏在评论意象派诗时仍然要从《宣言》原文摘录六条原则，可见《宣言》在当时还是鲜为人知，登在报纸上仍不失新闻价值。而胡适在此时看到《纽约时报》的书评栏上引录的《宣言》，觉得所见与己略同，就将有关内容剪下来贴在日记本上，加上简短的评语，这完全合乎逻辑和情理。若是胡适真像有些学者所说的玩"策略"，他又何苦要不打自招地承认"此派所主张，与我所主张多相似之处"呢？

再退一步说，即使胡适在"八事"结胎以前读过《宣言》，又有什么必要否认这个事实呢？系统读过胡适著作的人都知道，胡适向来不隐瞒自己与西洋文学的关系，从他的文章里到处可见他对西洋文学和思想的赞辞，对中国传统文学反而只有检讨和反省。

胡适在《文学进化观念与戏剧改良》里曾痛心疾首地说："现在

---

① [新加坡]王润华《从"新潮"的内涵看中国新诗革命的起源》，《中西文学关系研究》，第227页。

的中国文学已到了暮气攻心，奄奄断气的时候！赶紧灌下西方的'少年血性汤'，还恐怕已经太迟了；不料这位病人家中的不肖子孙还要禁止医生，不许他下药，说道，'中国人何必吃外国药！'……哼！"[①]如此崇拜西方文学的人，还会对自己受过西方文学影响遮遮掩掩吗？有些海外学者自作聪明地认为，胡适只是掩饰自己受过意象派的影响，因为意象派诗在美国还未被正统的批评家承认，他为了抬高新文学运动的地位，故意把白话文的改革比作意大利和英国的文艺复兴运动，而对自己受过的美国意象派诗的影响却讳莫如深。这种说法实在是异想天开，胡适虽然对西方刚刚兴起的现代文学思潮能否被中国人所接受确实抱有怀疑，但还不至于顾虑到这种程度。他似乎并没有要掩盖自己与意象派诗的关系，证明之一，就是他一看到《纽约时报》上引录的《宣言》的六条原则，马上就将它剪贴到日记本上，并且引为同道；证明之二，他在以后写作的《论新诗》等论文中并未避讳地引用意象派诗的观点，在《尝试集序》里他也称自己"颇读了一些西方文学书籍，无形之中，总受了不少的影响"，都没有迹象表明他要想掩饰什么。

如果胡适真想见风使舵，"不是要打破旧传统，而是要继续原来已有的传统"，那他有更顺当的路可走。20世纪20年代初，反对文学革命论者提出过"八事"源于桐城古文、《文史通义》、古文辞家等说法，胡适对这些传统学派不会不熟悉，倘若他真想继续"已有的传统"，那他何不顺水推舟，来一场文学界的"托古改制"，岂不更好？可惜新旧文学水火不容，其理论界限极为分明，小策略、小聪明在这样一场彻底的文学革命中并不起什么作用。反对文学革命论者的文学观念虽然保守陈旧，但较为顽固，纵然胡适煞费苦心写作了《白话文学史》，证明"白话为中国文学的正宗"，梅光迪等人也不曾就此接受了新文学。这足以证明所谓文学革

① 胡适《文学进化观念与戏剧改良》，《新青年》第5卷第4号，1918年10月15日。

命若以“本土”面目示之国人可以减少阻力，赢得成功之说无法成立（至于胡适提出“白话为中国文学之正宗”之说，也不是出于什么策略，而是胡适关于文学革命思想的一个基本理论，其来源笔者另有文章论说）。

所谓源于《宣言》说者还有一个“证据”，就是胡适在《逼上梁山——文学革命的开始》里说过的那段话：“我受了在美国的朋友的反对，胆子变小了，态度变谦虚了，所以此文标题但称《文学改良刍议》，而全篇不敢提起‘文学革命’的旗子。”有的论者以此证明胡适的胆子小，连“革命”二字都不敢提，他要讳言意象派影响也足见是策略。可是我们若把文学革命运动发起前后的有关文献仔细研读，不难发现当时“文学改良”和“文学革命”的用法并没有太大的区别。在《刍议》以前，胡适已经用过“文学革命”“诗国革命”等语，原意不过是变革之意，与“改良”无异。《留学日记》1916 年 4 月 5 日《吾国历史上的文学革命》下说到“革命潮流”一语时，胡适加一注说：“革命潮流即天演进化之迹。自其异者言之，谓之‘革命’。自其循序渐进之迹言之，即所谓之‘进化’可也。”同样的意思在《留学日记》1916 年 1 月 31 日《论革命》下又有论及，可见胡适当时对这两个词的含义并未作本质上的区分。1915 年 9 月，胡适在一首诗中说：“文学革命其时矣”，然而那时他还是一个古文的拥护者，断言“汉文所以不易普及者，其故不在汉文，而在教之之术之不完”。所以，“革命”即为教法上的“改革”，如提倡古文文法、提倡标点符号等等，意义仍在改良。而《刍议》虽言改良，但根本主张却是要求废除文言，代之以白话，恰恰属于革命的主张。而且从《刍议》发表前后的情况看，“改良”与“革命”二词的应用也不像后人想象的那么微言大义。就在《刍议》发表两个月前即 1916 年 10 月 1 日出版的《新青年》2 卷 2 号上，胡适致陈独秀的信里就一连用了三次“革命”：“今日欲言文学革命，须从八事入手”，“此皆形式上之革命也”，“此皆精神上之革命也”，这是正式向陈独秀建议“八事”。然而陈独秀在致胡适的两封信(1916年8月13日、10月5日)中,却都用了“改良”一词,并明确要求胡适“切实作一改良文学论文,寄登《青年》”。胡适写成《刍议》,听从陈独秀之要求,把标题写作“改良”,也是很正常的事。后来陈独秀写作《文学革命论》,并没有表示自己比胡适更激进,或要纠正胡适的意思,《文学革命论》开篇就说:“文学革命之气运,酝酿已非一日,其首举义旗之急先锋,则为吾友胡适。”又说:“魏晋以下之五言,抒情写事,一变前代板滞堆砌之风,在当时可谓为文学一大革命,即文学一大进化。”[①]在此,陈独秀将革命与进化相提并论,可见当时在陈独秀的笔下,“改良”“革命”没有太大差别。即便胡适在确定《刍议》标题时有过谨慎的考虑,但也不至于到使用“策略”的程度。同样,我们也不能排除另外一种可能,即胡适1933年写的《逼上梁山——文学革命的开始》中所谓“文字题为‘刍议’”,正是胡适所欲塑造的一个学成归来的“留学生对于国内学者的谦虚态度”的自我形象。但要从此改良抑或革命的区别引申出胆子大小进而再找出“八事”源于《宣言》的证据,则未免太不可思议了。

结　语

总而言之,历来关于“八事”来源的上述几种说法均难以自圆其说,胡适的“八事”思想另有其来源,外国的和传统的影响对于其文学革命思想的形成至多起过一些间接作用,更直接的来源当是国内酝酿已久的思想文化变革。

〔原载《上海文化》1994年第4期〕

---

① 陈独秀《文学革命论》,《新青年》第2卷第6号,1917年2月1日。

答钟扬的《胡适与“文学革命”》

钟扬先生的《胡适与“文学革命”——就胡适研究与沈永宝商榷》[①]一文拜读，领教。

笔者《论从“八不主义”到“四条主张”的演变》（以下简称《演变》）[②]一文，在《文艺报》发表已是二十五个月前的事了。这是一时兴到之作，写过也就淡忘了。不意钟先生提出批评，将笔者的文章说得一无是处，文中又有“沈君或如沈君之类的胡适研究……故作惊人之论，是不足为训”一类的话。笔者赶紧找出《演变》来一读，觉得钟先生的批评实在难以让人信服。

《演变》一文的基本论点在结论部分说得很明白：

> 综上所述可以断言：胡适从提出“文学革命八事”到宣布“四条主张”乃是他“以白话文学为正宗之说”作为文学革命思想的局部观点，扩展为整个文学革命基本理论的标志，而钱玄同坚持的“白话体文学说”，以及陈独秀强调的“以白话文学为正宗之说”、“不容匡正”等意见，则是在促进胡适的文学革命思想深化和转变问题上发生了重大的影响，起到了关键的作用。

钟先生对此不以为然，认为从“文学革命八事”（以下简称“八事”）到“四条主张”之间根本没有理论演变，仅有“消极的，破坏

---

① 钟扬《胡适与“文学革命”——就胡适研究与沈永宝商榷》，载《文艺报》1996年4月5日。

② 沈永宝《论从“八不主义”到“四条主张”的演变》，载《文艺报》1994年3月5日。

的”与“一半消极，一半积极”的态度，或者说是“否定”与“肯定”的“口气”的不同，根本无“秘密”可言，“有意淡化”更无从说起。笔者与钟先生的意见分歧就在于此，所以笔者的答复就不能不围绕着由“八事”到“四条主张”，其间有无理论演变的根本问题而展开。

一

笔者曾说过，“以白话文学为正宗之说”在《文学改良刍议》里仅是局部观点，至《建设的文学革命论》才扩展为一个统领胡适文学革命思想的基本原则。钟先生则以为“以白话文学为正宗之说”成为“胡适‘八事’之中心思想”，“早在1916年与留美同学讨论文学革命时就形成了，沈文所引《吾国历史上的文学革命》之札记即是明证”。这让笔者无所适从，因为钟先生所指的时段包括四个时间：其一，胡适与留美同学讨论文学革命问题一般都认为始于1915年秋；其二，《吾国历史上的文学革命》作于1916年4月；其三，完整的“八事”则要到1916年10月才成形；其四，1917年1月发表的《文学改良刍议》标志着“八事”脱胎而出。在这四个时间里，不知道钟先生所指是哪一个。据笔者的猜测，钟先生可能想说从“八事”酝酿期至《文学改良刍议》公开发表，“以白话为文学正宗之说”一直是一个统领全文的观点，对此，笔者并不以为然。

笔者先对“八事”由来作一番考求。1916年2月2日，胡适致信任鸿隽，提出“八事”最早的三事：须言之有物；须讲求文法；当用“文之文字”时，不可故意避之①。在此，“八事”只有三事，“以白话文学为正宗之说”又从何说起呢？4月17日，胡适又提出吾国

① 胡适《致任鸿隽信》(1916年2月2日)，《新文学史料》1991年第4期，第44页。

文学三大病：一曰无病而呻，二曰摹仿古人，三曰言之无物[1]。2月2日之“须言之有物”对应“三曰言之无物”，而“不无病而呻”“不摹仿古人”两事，前后凑成了“五事”。至此，连“不避俗字俗语”一条都尚未出现，何谈“以白话文学为正宗之说”统领“八事”全体呢？8月19日胡适致朱经农信、8月21日胡适致陈独秀信，提出了完整的“八事”，其中“当用‘文之文字’时，不可故意避之”改为“不避俗字俗语，不嫌以白话作诗词”，到《文学改良刍议》才改为“八曰，不避俗字俗语”。

胡适在酝酿“八事”过程中，对“以白话文学为正宗之说”的问题有较长时间的思考。他与留美同学的争论大多也关乎此。1915年秋，胡适发表中国文学为半死文字的看法，提出“作诗如作文”的主张，但到1916年2月，仅有不避“文之文字入诗”的意见。这无非是在保留文言和旧诗格律的前提下进行文学革新，由此产生的诗作也只能收入《去国集》，作为《尝试集》的一个附录，进不了白话新诗的正册。此前，胡适所论“作诗如作文”“文之文字入诗”仅限于诗。大约到1916年3月间，则诗文兼论。他运用历史进化的观点来考察中国文学发展的历史，发现中国文字语言已经历了一连串由繁入简、由难趋易的变革，此种变革“至元代而登峰造极。其时，词也，曲也，剧本也，小说也，皆第一流之文学，而皆以俚语为之。其时吾国真可谓有一种‘活文学’出世。倘此革命潮流……不遭明代八股之劫，不受明初七子诸文人复古之劫，则吾国之文学必已为俚语的文学，而吾国之语言早成为言文一致的语言，可无疑也”[2]。同年6月18—24日间，胡适在绮色佳与同学任叔永、杨杏佛、唐擘黄讨论文学革命问题，将文言、白话作了对照比较，断言白话优于文言。7

---

① 胡适《致陈独秀信》(1916年8月21日)，《新青年》第2卷第2号，1916年10月1日。

② 胡适《吾国历史上的文学革命》(1916年4月5日)，《胡适留学日记》卷十二，海南出版社，1994年，第209页。

月的一则札记说:“文言乃是一种半死的文字”,“白话是一种活的语言”。“白话不但不鄙俗,而且甚优美适用。”“凡文言之所长,白话皆有之。而白话之所长,则文言未必能及之。”“白话并非文言之退化,乃是文言之进化。”“白话可产生第一流文学”,“其非白话的文学,如古文,如八股,如札记小说,皆不足于第一流文学之列”。“文言的文字可读而听不懂;白话的文学既可读,又听得懂。”[①]这都是极为重要的思想。更令人惊叹的是,《文学改良刍议》“八曰,不避俗字俗语”里提出了以下光彩夺目的思想:

> ……以今世历史进化的眼光观之,则白话文学之为中国文学之正宗,又为将来文学必用之利器,可断言也。以此之故,吾主张今日作文作诗宜采用俗语俗字。与其用三千年前之死字,不如用二十世纪之活字;与其作不能行远不能普及之秦汉六朝文字,不如作家喻户晓之《水浒》《西游》文字也。[②]

但令人惋惜的是,尽管此论断言白话可为将来文学必用之利器,然而所提倡的不过是浅近平易、不避俗语俗字的文学,或谓之以“俗语俗字”入诗入文而已。即使如此,胡适还小心翼翼地持着商榷的态度,不敢断然主张非写白话文学不可。总而言之,“以白话文学为正宗之说”在《文学改良刍议》里仅是一个局部观点,为“八事”之一;虽然它是“八事”中最有理论价值的观点,却不是“八事”全部的“基本理论”。由此可见,钟扬先生认为“以白话文学为正宗之说”早已是胡适“八事”之中心思想的看法不能成立。

二

笔者曾说过,自从胡适将“以白话文学为正宗”之说作为文学

---

① 胡适《白话文言之优劣比较》(1916年7月6日追记),《胡适留学日记》卷十三,第253页。

② 胡适《文学改良刍议》,《新青年》第2卷第5号,1917年1月1日。

革命思想的基本理论以后，就把《建设的文学革命论》作为他的文学革命思想成熟的标志，而《文学改良刍议》则是成熟以前的作品。1930年，胡适编选《胡适文选》就透露说：“第四组六篇代表我对中国文学的见解。”而《文学改良刍议》并未在六篇之内。该集序言《介绍我的思想》称：“我在十几年的中国文学革命运动上，如果有一点点贡献”，只在于“指出了‘用白话作新文学’一条路子”，“供给了一种根据于历史事实的中国文学演变论”[①]。照此标准，《文学改良刍议》尚未完全运用“历史进化的文学观念”作为基本理论依据，没有完全“以白话文学为正宗”诠释所有“八事”，其落选完全在情理之中。

钟先生手拿一本《胡适学术文集·新文学运动》，口里说着“只要随便翻翻胡适文集，略知新文学运动历史”，就以为笔者的看法不值一驳。但看他所提出的三条批驳笔者的理由，没有一条说得通。其一，他说《胡适文选》所录六篇文章，其叙述运动经过的几篇“已经言及《文学改良刍议》和‘八事’”，所以《文学改良刍议》就没有再录入的必要。那么笔者要问：《建设的文学革命论》同样在叙述运动经过的几篇文章中被言及，为什么照收不误呢？其二，因为《胡适文选》是“贡献给全国少年朋友的，《文学改良刍议》不适合中学生阅读”，所以不录。笔者又要问：我们姑且把《文学改良刍议》当作不适合中学生的读物，但选入的《文学革命运动》《〈词选〉自序》等五篇，难道适合中学生阅读吗？其三，胡适一生都把《文学改良刍议》作为“新文学运动的第一次宣言书”，不录无关宏旨。笔者再要问：胡适“这十几年的中国文学革命运动上”的贡献，“只在……指出了‘用白话作新文学’的一条路子”，《文学改良刍议》则是起点，没有起点，又何谈终点呢？

① 胡适《介绍我自己的思想》，《胡适文选》，亚东图书馆，1931年，第15页。

三

笔者曾提出：胡适的“以白话文学为正宗”之说，由一个局部观点提升为整个文学革命的基本理论，钱玄同的“白话体文学说”，以及陈独秀强调的“以白话文学为正宗”之说、“不容匡正”等意见，曾对之发生过极为重要的影响。对此，后来的胡适是回避的，所以笔者才有所谓的“有意淡化”或“不愿披露”之说。钟先生批驳笔者说：对于新文学运动中钱玄同、陈独秀的贡献，胡适从来没有“有意淡化”，也无“不愿披露”的事情，相反，他曾多次明确肯定他们的功绩。这里笔者与钟先生虽然都在说“贡献”，但所指实际内容大相径庭。笔者所强调的“贡献”是指钱、陈给予胡适理论上的影响，而这也是有案可查的。

钱玄同读《文学改良刍议》，对“白话体文学说”情有独钟。《文学改良刍议》发表次月，《新青年》就刊登了钱玄同致陈独秀信，他颇为急切地说：“顷见六号（笔者注：应为五号）《新青年》胡适之先生《文学刍议》，极为佩服。其斥骈文不通之句，及主张白话体文学说，最精辟。”[1]同年 2 月 25 日再致信陈独秀，进一步发挥“白话体文学说”的主张：

> 语录以白话说理，词曲以白话为美文，此为文章之进化。实今后言文一致之起点。此等白话文章，其价值远在所谓“桐城派之文”，“江西派之诗”之上，此蒙所深信而不疑者也。至于小说为近代文学之正宗，此亦至确不易之论……[2]

钱玄同评论《文学改良刍议》，“断章取义”地强调和突出其中

---

① 钱玄同《致陈独秀信》，《新青年》第 2 卷第 6 号，1917 年 2 月 1 日。

② 钱玄同《致陈独秀信》(1917 年 2 月 25 日)，《新青年》第 3 卷第 1 号，1917 年 3 月 1 日。

的“白话体文学说”，并决意要把一个局部观点提升到统领“八事”基本理论的地位。并据此批评胡适关于“不用典”一事的阐述，视其为理论上的一大破绽。在钱玄同看来，《文学改良刍议》论述“不用典”一事之所以花费全文四分之一的篇幅，仍然说不到点子上，其原因就在于没有把“白话体文学说”作为“不用典”一事的基本理论，他不无遗憾地写道：

> 戏曲小说，为近代文学之正宗。小说因多用白话之故，用典之病少。（白话中罕有用典者。胡君主张采用白话，不特以今人操今语，于理为顺，即为驱除用典计，亦以用白话为宜。蒙于胡君采用白话之论，固绝对赞成者也。）①

在钱玄同看来，胡适关于“八事”在整体上缺少统一理论基础是一大缺陷。平心而论，钱玄同的“白话体文学说”虽出自胡适《文学改良刍议》“八事”之一“八曰不避俗字俗语”，然比之《文学改良刍议》更见深刻。其深刻性何在？就在于“以白话文学为正宗”之说（白话体文学说）的论述原来只是局部的理论依据，钱氏将之推而广之，使之覆盖到“八事”全体。

陈独秀敏锐地发现“以白话文学为正宗”说的理论价值，他在《文学改良刍议》的编后记中指出：白话文学将为中国文学之正宗，“余亦笃信而渴望之。吾生倘亲见其成，则大幸也”。所以，他引钱玄同为同调。二人在《新青年》上公开讨论有关理论问题，并在“白话体文学说”的问题上达成共识。

陈独秀答钱玄同第一封信（载《新青年》第2卷第6号）说：“以先生之声韵训诂大家，而提倡通俗的新文学，何忧全国之不景从也？可为文学界浮一大白！”答钱玄同第二封信（载《新青年》第3卷第1号）又说：“崇论宏议，钦佩莫名。……国人恶习，鄙夷戏

---

① 钱玄同《致陈独秀信》（1917年2月25日），《新青年》第3卷第1号，1917年3月1日。

曲、小说为不足齿数，是以贤者不为，其道日卑。此种风气倘不转移，文学界决无进步之可言。”这可看作陈独秀公开对钱玄同“白话体文学说”理论主张的认同与推崇。

事也凑巧，陈独秀编完《新青年》第3卷第2号（1917年4月1日）之后不久，就收到胡适寄自美国纽约的一封信（作于4月9日），此信大半篇幅针对林纾《论古文之不当废》[①]一文观点而发。林文极言“古文之不当废”，胡适为驳斥这种观点，集中论述古文应该废除的理由，便取《文学改良刍议》中“八曰不避俗字俗语”一事提出的“以白话文学为正宗”之说大加发挥：

> 白话之文学，不足以取富贵，不足以邀声誉，不列于文学之“正宗”，而卒不能废绝者，岂无故耶？岂不以此为吾国文学趋势，自然如此，故不可禁遏而日以昌大耶？愚以深信此理，故又以为今日之文学，当以白话文学为正宗。[②]

胡适之所以要把“以白话文学为正宗”的观点阐述得较为充分，无疑是为了突出“以白话文学为正宗”的观点，显示“白话体文学说”批判旧文学的巨大的理论力量。令人遗憾的是胡适仅此而止，未能由此再进一步突破《文学改良刍议》的思路定式，举一反三地重新构造他的文学革命理论体系，反而将其轻轻放过。在同一封信中，胡适还说了些观点互相冲突的话。他一方面说今日当造今日之文学，今日文学应以白话为正宗；另一方面又说这仅是一个假设前提，还“有待于今后文学家之实地证明”。此外，他还批评了钱玄同。之前钱玄同致信陈独秀，曾十分肯定地说：主张白话体文学说，其结果必佳良无疑，“惟选学妖孽，桐城谬种，见此又不知若何咒骂。虽然得此辈多咒骂一声，便是价值增加一分

---

① 林纾《论古文之不当废》，《民国日报》1917年2月8日。

② 胡适《历史的文学观念论》，《新青年》第3卷第3号，1917年5月1日。

也”。胡适对此不以为然，批评说：

> 今吾所主张之八事，已各有详论（见第五号），则此诸书，当不须一一答复。中惟钱玄同先生一书，乃已见第五号之文（即《文学改良刍议》）而作者。……此事之是非，非一朝一夕所能定，亦非一二人所能定。甚愿国中人士能平心静气与吾辈同力研究此问题！讨论既熟，是非自明，吾辈已张革命之旗，虽不容退缩，然亦决不敢以吾辈所主张为必是而不容他人之匡正也。[①]

可见此时胡适尚未把“以白话文学为正宗”之说举为文学革命的基本理论。他一方面“以白话文学为正宗”，有力地否定文言诗文，另一方面又似乎表示“白话体文学说”仍需商榷，尚有讨论余地。这无疑反映了其见解仍停留在《文学改良刍议》阶段，与将“白话体文学说”作为文学革命的基本理论尚有距离。

陈独秀清楚地看到胡适此信的矛盾性，不过他自有主张。他肯定胡适对《文学改良刍议》中关于“以白话文学为正宗”观点的发挥，而惋惜胡适没有把“以白话文学为正宗”的观点举为文学革命思想的基本理论，尤其不满意他在“以白话文学为正宗”的理论问题上抱着“谦谦君子”的态度。陈独秀是革命者，不会对此袖手旁观，听之任之。半年前，他曾按自己的意愿修改了胡适来信中《文学改良刍议》的某些观点。这一次又如法炮制，以主编身份，运用编辑“艺术”，将胡适来信中辟林（林纾）部分单独成文，自说自话地标以“历史进化的文学观念论”的题目，成为一篇专门阐发“以白话文学为正宗”观点的论文，从而与《新青年》2 卷 6 号、3 卷 1 号所载钱玄同、陈独秀在通信中关于“白话体文学说”最精辟的观点相一致。同时，又将胡适来信的剩余部分作为胡适来信，附

---

① 胡适《致陈独秀信》（1917 年 4 月 9 日），《新青年》第 3 卷第 3 号，1917 年 5 月 1 日。

上他自己的复信，一并刊出于《新青年》3卷3号(1917年5月1日)。针对胡适虽主张“以白话文学为正宗”之说，却又表示“决不敢以吾辈所主张为必是，而不容他人之匡正也”的言论，陈独秀在复信中指出：

> 改良中国文学，当以白话文学为正宗之说，其是非甚明，必不容反对者有讨论之余地，必以吾辈所主张者为绝对之是，而不容他人之匡正也。

在此，陈独秀表达了“以白话文学为正宗”作为文学革命思想基本理论的鲜明立场。

钱玄同与陈独秀互通声气，彼此心领神会。他在致胡适信中说：“玄同对于用白话说理抒情，极端赞成独秀先生之说。亦以为‘其是非甚明，必不容反对者有讨论之余地，必以吾辈所主张者为绝对之是，而不容他人之匡正’。”[①]陈独秀、钱玄同的这一番表述，其意义在于把胡适《文学改良刍议》里提出的一个局部观点，提升到文学革命思想基本理论的地位。

当胡适获读《新青年》3卷1号(1917年3月1日)、3卷3号(1917年5月1日)上所载钱玄同致陈独秀信、陈独秀答胡适信，及陈独秀从胡适来信中抽取大部分文字、单独成篇的《历史的文学观念论》之后，他在《文学改良刍议》里的思维定式终于被打破了。

5月10日，胡适致信陈独秀，对于2月25日钱玄同所发表的见解表示折服，并检讨“八事”理论，写道：

> 昨得《新青年》3卷1号……通信栏中有钱玄同先生一书(2月25日钱致陈信)，读之尤喜。适之改良文学一论虽积思于数年而文成于半日，故其中多可指摘之处。今得钱先生一一指出之，适受赐多矣。中如论用典一段，适所举五例，久知

① 钱玄同《致胡适信》(1917年7月2日)，《新青年》第3卷第6号，1917年8月1日。

其不当。所举江君二典，尤为失检。钱先生之言是也。钱先生所论文中称谓，文之骈散，文之文法诸条，适皆极表同情。[①]

至此，胡适已意识到“八事”基本理论的缺陷问题。他从钱玄同、陈独秀的主张里举一反三，认识到《文学改良刍议》里的“八事”，最基本的是彻底放弃文言，采用白话。这是根本，其他都是枝叶问题：“凡向来旧文学的一切弊病——如骈偶，如用典，如烂调套语，如摹仿古人，——都可以用一个新工具(即白话)扫的干干净净。……例如我们那时谈到‘不用典’一项，我自己费了大劲，说来说去总说不圆满；后来玄同指出用白话就可以‘驱除用典’了，正是一针见血的话。”[②]可以毫不夸张地说，钱玄同、陈独秀的主张给胡适留下了刻骨铭心的记忆。在20世纪五六十年代的某次座谈会上，胡适答陈纪滢提问，虽然他“连八项细目都记不清了”，可是对钱玄同的“白话体文学说”作为“不用典”的理论基础的主张却能记忆犹新，他说：“八项中最重要的是‘用白话’，有了这一项，另一项的‘不用典’便不成问题，能用道地的、地道的白话，便用不着用‘典’。”[③]简而言之，钱、陈的主张使胡适获得一个新的认识，即把《文学改良刍议》中的一个局部观点升华为统领“八事”的基本理论，确定中国所需要的文学革命是以白话代替文言的革命，是否定文言正统、确立白话正统的革命。

钱玄同和陈独秀的探讨意义甚大，大就大在他们把“以白话文学为正宗”之说从一个局部理论观点推而广之，使之覆盖到全体“八事”，使文学革命有了一个无坚不摧的基本理论。

由于胡适的“基本理论”发生了变化，因此枝节的观点便随之作

---

① 胡适《致陈独秀信》(1917年5月10日)，《新青年》第3卷第4号，1917年6月1日。

② 胡适《新文学的建设理论》，《中国新文学大系导论集》，上海良友图书公司，1945年，第36页。

③ 胡适《什么是“国语的文学”、“文学的国语”》，《胡适讲演》，中国广播电视出版社，1992年，第269页。

出相应的调整，他“决心把一切枝叶的主张全抛开，只认定这一个中心的文学工具革命论是我们作战的‘四十二生的大炮’”[①]。据此胡适着手修改“文学改良八事”，重新阐述文学革命思想，把原先的“八事”无一例外地置于“以白话文学为正宗”之说的统领之下。总而言之，胡适的“以白话文学为正宗”之说，由一个局部观点扩展为整个文学革命基本理论，是其文学革命理论由稚嫩走向成熟的标志，而在此过程中，钱玄同的“白话体文学说”以及陈独秀所强调的“以白话文学为正宗”之说“不容匡正”的态度曾对胡适的白话文学的学说产生过极为重要的影响。这就是笔者所认为的钱、陈的“贡献”。

四

再来看钟先生所谓钱、陈的“贡献”是什么呢？他在文中写道：

> 胡适一再检讨自己历史癖太深，态度太和平，不配作革命的事业，若照他这个态度做去，文学革命至少还须经过十年的讨论与尝试。文学革命的进行，最重要的急先锋是他的朋友陈独秀；陈独秀的勇气恰好补救了胡适太持重的缺点。他将“国语的文学，文学的国语”视为“把从前胡适陈独秀的种种主张都归纳到十个字”而成的，从未独贪其功。胡适更有《陈独秀与文学革命》专文总结陈独秀对于文学革命的三大贡献：“一、由我们的玩意儿变成了文学革命，变成三大主义；二、由他才把伦理政治的革命与文学合成一个大运动；三、由他一往直前的精神，使得文学革命有了很大的收获。”

引文中满是“勇气”“一往直前”“文学革命”“伦理革命”“大运动”等字眼，能说胡适没有肯定钱、陈的“贡献”吗？但仔细想想，

① 胡适《新文学的建设理论》，《中国新文学大系导论集》，第40页。

问题就来了。这些字眼哪一个涉及钱、陈对于白话体文学理论的贡献呢？把上述标榜“贡献”的字眼归纳一下，无非两方面，其一伦理革命，其二一往无前的“勇气”。陈独秀在没有和胡适取得联系之前就极力提倡伦理革命，《青年杂志》1卷6号（1916年2月）所刊《吾人最后之觉悟》已经系统地论述过“伦理的觉悟，为吾人最后觉悟之最后觉悟”的主张，钟先生说胡适肯定陈独秀伦理的革命的贡献，等于把原来属于陈独秀的贡献，以胡适名义再授予陈独秀，只能说钟先生是在慷他人之慨了。其余剩下来的仅存“勇气”二字。所谓“勇气”，说得直白一点，无非是“匹夫之勇”，与白话体文学理论无关。再说对钱玄同的评价，不见得比陈独秀高。《五十年来中国之文学》涉及这段史实时写道：“民国六年的《新青年》里有许多讨论文学的通信，内中钱玄同的讨论很多可以补正胡适的主张。”补正了胡适的什么主张呢？不得而知。总之，胡适在“肯定”钱、陈的所谓贡献时，说得忽明忽暗，若有若无，模糊笼统。可是，当说到他自己时就完全不同，一点也不含糊，一点也不笼统。《介绍我自己的思想》就指出：“我在这十几年的中国文学革命运动上，如果有一点点贡献，我的贡献只在：（一）我指出了‘用白话作新文学’的一条路子。”两相对照，不能说明问题吗？笔者认为胡适“有意淡化”乃至“不愿披露”钱、陈的“贡献”，究竟是“天方夜谭”，还是历史事实？钟先生自鸣得意地从“沈文用以揭秘的材料”里找到胡适肯定钱、陈的“铁证”，可是，正如笔者上文所说，钟先生所引用的材料，无一不是“含糊”“笼统”的议论。非常遗憾，所谓的“铁证”反倒为笔者所说的“有意淡化”乃至“不愿披露”之说增添了证据。

五

从“八事”到“四条主张”的演变，是胡适文学革命思想由稚嫩走向成熟的标志。钟先生则说从“八事”到“四条主张”，固然是胡适文学革命思想进步的表现，但“四条主张”绝不是胡适文学革命思想成熟的“最佳表述”，“最佳表述”是“国语的文学，文学的国语”等等。对于这样的问题，笔者不知该如何回答。笔者文章的题目叫《论从“八不主义”到“四条主张”的演变》，意在探讨“八事”与“四条主张”之间的关系。至于是不是“最佳表述”，并非这篇文章的应有之义，这个问题应由另一篇文章来回答。但既然钟先生提出这个问题，笔者不妨把相关意见写在下面。

胡适“国语的文学，文学的国语”不是凭空而来，它是从“八事”途经“八不主义”“四项主张”，最后才落到“国语的文学，文学的国语”十个大字的。

既然有“最佳表述”，那一定有“欠佳表述”存在，而“欠佳表述”得从“八事”的几种版本说起。

以时间先后而论，见于1916年8月19日胡适致朱经农信的“八事”是第一种版本。此版“八事”为：“一曰，不用典；二曰，不用陈套话；三曰，不讲对仗；四曰，不避俗字俗语（不嫌以白话作诗词）；五曰，须讲求文法（以上为形式的方面）；六曰，不作无病之呻吟；七曰，不摹仿古人；八曰，须言之有物（以上为精神内容的方面）。”

“八事”第二种版本见于1916年8月21日胡适致陈独秀信，后刊登于《新青年》2卷2号。此版“八事”为：“一曰，不用典。二曰，不用陈套话。三曰，不讲对仗。文须废骈，诗须废律。四曰，不避俗字俗语。不嫌以白话作诗词。五曰，须讲求文法之结构。此皆形式上之革命。六曰，不作无病之呻吟。七曰，不摹仿古人，话语须有个我在。八曰，须言之有物。此皆精神上之革命也。”[①]

以上两种版本大同小异。同者，“八事”均分为形式方面的革

① 胡适《致陈独秀信》(1916年8月21日)，《新青年》第2卷第2号，1916年10月1日。

命和内容(精神)方面的革命两部分。异者,与第一种版本相比照,第二种版本“三曰,不讲对仗”之后加了“文须废骈,诗须废律”二语,“七曰,不摹仿古人”之后加了一句“话语须有个我在”。

“八事”第三种版本见于《文学改良刍议》:“一曰,须言之有物。二曰,不摹仿古人。三曰,须讲求文法。四曰,不作无病之呻吟。五曰,务去烂调套语。六曰,不用典。七曰,不讲对仗。八曰,不避俗字俗语。”[①]

第三种版本与前两种版本区别有三:其一,“八事”不分形式革命与内容革命,采用混排方式;其二,“不用陈套语”改成“务去烂调套语”;其三,第一、第二种版本由于是在朋友通信中披露的,仅供讨论,因此“八事”相当于一个提纲,而第三种版本逐“事”论述,并公开发表。

以上三种版本有一个共同点,第一、第二种版本所列“八事”,明确标明形式方面的革命与内容方面的革命,而第三种版本采用混排方式,虽不见区分形式与内容的字样,但兼论形式与内容二者并没有改变。我们要问形式与内容兼论因何而来?这还得从“八事”胎孕期说起。

“八事”因南社而立言。南社“虽衡政好言革命,而文学依然笃古”。中国旧文学无不受形式主义之毒,致使“徒有形式而无精神,徒有文而无质”。胡适既立足于思想革命,又必求表现正确思想的工具,因此主张废除文言,提倡白话文,解决文体问题。可是,南社诸子固守旧文学传统,不思进取,柳亚子就主张“文学革新,所革当在理想,不在形式。形式宜旧,理想宜新”。胡适对此严加驳斥:“理想宜新是也,形式宜旧则不成理论。”那么革命理想何在?南社发起人之一的陈巢南曾有“辫发胡妆三百载,几曾重睹汉官仪”(《癸卯除夕别上海,甲辰元旦宿青浦,越日过淀湖归于

---

① 胡适《文学改良刍议》,《新青年》第2卷第5号,1917年1月1日。

家》)之句,很可以表达他们的理想。

南社另一发起人高旭的《南社启》宣称欲存国魂,必自存国学始,而国学中尤以文学为最,认为“中国文学为世界各国冠,泰西远不逮也”。他们视诗界革命、文界革命为“季世一种妖孽”,斥责梁启超报章文体“浅陋空疏”,“无复文法之可言”[①]。南社的使命就是要“挽既倒之狂澜,起坠绪于灰烬”,“以作海内之导师”。

胡适视南社为旧文学风气的代表加以研究,“大胆假设,小心求证”,“八事”于1916年2—8月间分三次提出来并于第三次告成。“八事”由“形式革命”与“内容(精神)革命”两部分构成的情形就是由此而来。

谓予不信,笔者抄一段胡适推出“八事”第二种版本时所说的话在下面:

> 尝谓今日文学之腐败极矣:其下焉者,能押韵而已矣。稍进,如南社诸人,夸而无实,滥而不精,浮夸淫琐,几无足称者。南社中间亦有佳作。此所讥评,就其大概言之耳。更进,如樊樊山、陈伯严、郑苏盦之流,视南社为高矣,然其诗皆规摹古人,以能神似某人某人为至高目的,极其所至,亦不过为文学界添几件赝鼎耳,文学云乎哉!
>
> 综观文学堕落之因,盖可以“文胜质”一语包之。文胜质者,有形式而无精神,貌似而神亏之谓也。欲救此文胜质之弊,当注重言中之意,文中之质,躯壳内之精神。古人曰:“言之不文,行之不远。”应之曰:若言之无物,又何用文为乎?
>
> 年来思虑观察所得,以为今日欲言文学革命,须从八事入手。八事者何?

胡适的所谓“文”,即形式,所谓“质”,即内容(精神)。形式上

① 胡蕴玉《中国文学史序》,《南社丛刻》第8集,1914年3月。

“言之不文，行之不远”，内容上“若言之无物，又何用文为乎”？可见胡适当时想从形式与内容（精神）两方面双管齐下，以解决文学腐败的问题。据此，笔者认为这就把“八事”的三种版本形式与内容（精神）兼论的由来说清楚了。

“八事”的第四种版本在1918年4月《建设的文学革命论》中出现。这一版“八事”除了某些条目的用语小有变化之外，与前三个版本最大的区别是“八事”一律改成由“不”字当头。因此，“八事”便变为“八不主义”：“一，不做言之无物的文字；二，不做无病呻吟的文字；三，不用典；四，不用套语烂调；五，不重对偶——文须废骈，诗须废律；六，不做不合文法的文字；七，不摹仿古人；八，不避俗话俗字。”对此，胡适解释说：“我且先把我从前所主张破坏的八事引来做参考的资料。”[①]

这个说法并不符合事实。前三种版本中“不”字当头的有六事，“须”字当头的有两事：“须言之有物”，“须讲求文法”。将“不”字当头的六事归入消极的破坏固然可以，而“须”字当头的两事归入破坏范围则不可，因为这两事分明是积极的、建设的。

那么为什么会出现这种情形呢？这里有胡适的寓意。其寓意就在于胡适文学革命思想至此将从形式革命与内容革命兼论转向单从形式革命论述过渡，这是对此转向所做的技术性处理。

《文学改良刍议》发表后，钱玄同认为该文“八曰，不避俗字俗语”一事中，“以白话文学为正宗”之说最具理论价值，并称其为“白话体文学说”[②]，一再加以发挥和强调，希望将其提升为统领“八事”的基本理论。钱玄同“白话体文学说”就是注重形式的革命。陈独秀表示赞同，并在1917年5月1日致胡适信中指出：“‘以白话为文学正宗’之说，其是非甚明，必不容反对者有讨论之

---

① 胡适《建设的文学革命论》，《新青年》第4卷第4号，1918年4月15日。

② 钱玄同《致陈独秀信》，《新青年》第2卷第6号，1917年2月1日。

余地,必以吾辈所主张者为绝对之是,而不容他人之匡正也。其故何哉?盖以吾国文化,倘已至文言一致地步,则以国语为文,达意状物,岂非天经地义,尚有何种疑义必待讨论乎?其必欲摈弃国语文学,而悍然以古文为文学正宗者,犹之清初历家排斥西法,乾嘉时人非难地球绕日之说,吾辈实无余闲与之作无谓之讨论也。"

钱玄同也极赞成陈独秀的态度,认为"此等论调,虽若过悍,然对于迂谬不化之选学妖孽,桐城谬种,实不能不以如此严厉面目加之"[①]。

胡适受到陈、钱"悍化"的影响,断定"中国若想有活文学,必须用白话,必须用国语,必须做国语的文学",从此由形式革命与内容革命兼论转向了单论形式革命。这种倾向,胡适在《谈新诗》中说得最为清楚:"文学革命的运动,不论古今中外,大概都是从'文的形式'一方面下手,大概都是先要求语言文字文体等方面的大解放。……这一次中国文学的革命运动,也是先要求语言文字和文体的解放。新文学的语言是白话的,新文学的文体是自由的,是不拘格律的。初看起来,这都是'文的形式'一方面的问题,算不得重要。却不知道形式和内容有密切的关系。形式上的束缚,使精神不能自由发展,使良好的内容不能充分表现。若想有一种新内容和新精神,不能不先打破那些束缚精神的枷锁镣铐。"[②]

既然这一次文学革命的目标是先要求语言文字和文体的解放,即文的形式方面的革命,那么前三版形式与内容兼论的表述需要转型,而"八不主义"正是转型的产物。这么一转,"八事"都改成否定的语气,模糊了形式革命与内容革命的界限。

---

① 钱玄同《致胡适信》(1917 年 7 月 2 日),《新青年》第 3 卷第 6 号,1917 年 8 月 1 日。
② 胡适《谈新诗——八年来一件大事》,《星期评论》双十节纪念号,1919 年 10 月 10 日。

胡适的理论转型并未到此为止，他又想出一个“四条主张”，把“八不主义”装入“四条主张”里，而“四条主张”都属于形式革命方面的。请看：

> 一，要有话说，方才说话。这是“不做言之无物的文字”一条的变相。
>
> 二，有什么话，说什么话；话怎么说，就怎么说。这是(二)(三)(四)(五)(六)诸条的变相。
>
> 三，要说我自己的话，别说别人的话。这是“不摹仿古人”一条的变相。
>
> 四，是什么时代的人，说什么时代话。这是“不避俗话俗字”的变相。

胡适将“四条主张”称为“建设的文学革命论”，至此，胡适终于完成“八事”由形式革命与内容革命兼论到单从形式方面革命的理论转型。这是“八事”第四种版本的意义。

在此文学革命理论转型的基础上，胡适进一步提出“建设的文学革命论”，其精神简括为“国语的文学，文学的国语”十个字。胡适对这十个字作了这样的解释：

> 我们所提倡的文学革命，只是要替中国创造一种国语的文学。有了国语的文学，方才可有文学的国语。有了文学的国语，我们的国语才可算得真正国语。国语没有文学，便没有生命，便没有价值，便不能成立，便不能发达。①

大道至简，“国语的文学，文学的国语”的提炼概括精辟至极。可是，我们不能看走眼，其实这十个字的正身仍为“八曰，不避俗字俗语”的思想。“八事”的不同版本都包含这一事。（顺便说明一下，前三种版本均称作“不避俗字俗语”。《刍议》开头所列“八

① 胡适《建设的文学革命论》，《新青年》第4卷第4号，1918年4月15日。

事”也是如此，但在正文里写作“不避俗语俗字”，而《建设的文学革命论》则称作“不避俗话俗字”。）1917 年 11 月 20 日，胡适致钱玄同信说：“白话的‘白’，是戏台上‘说白’的白，是俗语‘土白’的白。故白话即是俗话。”[1]这可作为对俗字俗语的注释。其实“俗语”“俗话”“俚语”“土白”就是“国语的文学，文学的国语”的正身。对此，胡适在《新文学的建设理论》中说得很直白：

> 我们当时抬出“国语的文学，文学的国语”的作战口号，做到了两件事：一是把当日那半死不活的国语运动救活了；一是把“白话文学”正名为“国语文学”，也减少了一般人对于“俗语”“俚语”的厌恶轻视的成见。[2]

由此可知，《文学改良刍议》发表之际，钱玄同关于胡适“主张白话体文学说最精辟”的见解可谓目光如炬。这也是笔者对文学革命思想的“最佳表述”的大致理解。

六

笔者认为，至《文学改良刍议》发表，胡适的“历史进化的文学观念论”尚处在萌芽状态，还未被当作整个文学革命的基本理论。钟先生批驳笔者说：早在 1904—1908 年，胡适在上海求学时就接受了“进化论”思想，胡适原名（学名）胡洪骍，改名胡适，就取“物竞天择，适者生存”之意。他在《我的信仰》中说：“就是我自己的名字，对于中国以进化论为时尚，也是一个证据。”怎么到他留美归国的前夕，其历史进化的文学观念尚处在萌芽状态呢？

这一问真叫笔者哭笑不得。胡适改名那年才十六岁，难道钟先

---

① 胡适《论小说及白话韵文——致钱玄同信》（1917 年 11 月 20 日），《新青年》第 4 卷第 1 号，1918 年 1 月 15 日。

② 胡适《新文学的建设理论》，《中国新文学大系导论集》，第 43 页。

生非要笔者承认当时的胡适已是进化论者,“历史进化的文学观念论”也已进入成熟期不可吗？先撇开胡适是否因改名而掌握进化论这个问题不谈,在进化论与“历史进化的文学观念论”之间画上等号也是不妥当的。《天演论》译者严复不会不知道进化论吧,可是在文白之争时,他却用进化论来批驳白话文学的主张:“设用白话,则高者不过《水浒》、《红楼》,下者将同戏曲中之簧皮脚本。就令以此教育,易于普及,而遗弃周鼎,宝此康匏,正无如退化何耳。须知此事全属天演。革命时代,学说万千;然而施之人间,优者自存,劣者自败;虽千陈独秀,万胡适、钱玄同,岂能劫持其柄?”[①]钟先生对此作何感想呢？一般原理可以统领具体问题,但一般原理不能代替对具体问题的研究和认识。考察进化论与“历史进化的文学观念论”之间的关系同样不能违背这个常识。要不然,文学革命首倡者就非《天演论》译者严复莫属了;梅光迪、胡先骕、任鸿隽这些文学革命的否定者,对进化论岂非更是一无所知了?

从我国现代历史演进的轨迹看,进化论传入中国,被运用到各个领域的时间有先后之分。陈独秀曾经说过:“进化公例,适者生存。……最初促吾人之觉悟者为学术,……其次为政治,……伦理的觉悟,为吾人最后觉悟之最后觉悟。”[②]事实正是如此,文学思想的觉醒比之政治改革、教育改革意识的觉醒迟了数十年。这一点在胡适身上也有充分的反映。关于改名,他在《四十自述》中说得很明白:当时人读了《天演论》,“‘天演’、‘物竞’、‘淘汰’、‘天择’等等术语都渐渐成了报纸文章的熟语,渐渐成了一班爱国志士的口头禅,还有许多人爱用这种名词做自己或儿女的名字”。“读这书的人,很少能了解赫胥黎在科学史和思想史上的贡献。他们能了解的只是那‘优胜劣败’的公式在国际政治上的意义。

---

① 严复《严幾道与熊纯如书札节钞·六十四》,《学衡》第20期,1923年8月。

② 陈独秀《吾人最后之觉悟》,《青年杂志》第1卷第6号,1916年2月15日。

在中国屡次战败之后，在庚子、辛丑大耻辱之后，这个‘优胜劣败，适者生存’的公式确是一种当头棒喝，给了无数人一种绝大刺激。”胡适的二哥便从“物竞天择，适者生存”中抽取“适”字给他作表字，留美后，“胡适”变成为他正式的名字[①]。胡适把自己列入这“无数人”之中，可见当时“历史进化的文学观念论”尚无从说起。其实，不但到1915年还没有“历史进化的文学观念论”，而且当时的他还是一位文言的维护者。胡适在《新文学的建设理论》中讲到文学革命的历史背景时说：

> 这个背景有不相关联的两幕：一幕是士大夫阶级想用古文来应付一个新时代的需要，一幕是士大夫之中的明白人想创造一种拼音文字来教育那“芸芸亿兆”的老百姓。这两个潮流始终合不拢来。[②]

在前一个潮流中就包括胡适本人。1915年的胡适还站在“想用古文”来应付一个新时代的需要的士大夫立场上，只有改革之志，却无先进的改革思想，从根本上说还是文言的维护者。虽然当时有“文学革命其时矣”之说，然而所谓的“文学革命”并未能超出文言文内部改革的范围。1915年8月，胡适作《如何可使吾国文言易于教授》一文还在维护文言，说：“汉字所以不易普及者，其故不在汉文，而在教之之术之不完。同一文字也，甲以讲书之故而通文，能读书作文；乙以徒事诵读，不求讲解之故，而终身不能读书作文。可知受病之源，在于教法。”[③]其见解与稍后胡先骕在《中国文学改良论（上）》中的主张相去不远：“我国文言分离，故学问之道苦。而教育亦受其障碍，而不能普及。实则近来文学之日

---

① 胡适《四十自述》，远东图书公司，1985年，第56页。

② 胡适《新文学的建设理论》，《中国新文学大系导论集》，第29—30页。

③ 胡适《如何可使吾国文言易于教授》（1915年8月26日），《胡适留学日记》卷十一，第140页。

衰，教育之日弊，皆司教育之职者之过，而非文字有以致之也。”[①] 当时胡适只想改革文言文的教法，提出了一些措施，如提倡古体与今体列于教科书，小学教科书之新字须遵六书之法，中学以上皆学习字源学，提倡文言文法学，实行文言文的标点符号，等等。其时他认真写了《标点符号释例》《论句读及文字符号》《读词偶得》等与此主张相关的文章。在此，我们看到了一个在“士大夫阶级努力想用古文来应付一个新时代的需要”的潮流中搏击的胡适。由此可见，在接触进化论十余年之后，胡适才发明“历史进化的文学观念论”，并不是一件值得惊讶的事。

进化论与“历史进化的文学观念论”之间固然不能画等号，“历史进化的文学观念”与具体的文学主张同样不能混为一谈。“历史进化的文学观念”可以对具体主张的研究进行指导，却不能取而代之，因为具体的文学主张需要具体的文学知识和文学材料来支持。胡适 1916 年 4 月 5 日所作《吾国历史上的文学革命》，只能算其初步获得“历史进化的文学观念”的起点，离建立这个理论体系还有很长的路要走。直到《文学改良刍议》发表，“历史进化的文学观念”的称呼还只是“历史的眼光”“历史进化的眼光”，等等。到 1917 年 5 月《历史的文学观念论》的发表才算有了稳定的名称。需要指出的是，此文标题还是陈独秀加上去的。可见胡适的文学革命思想并非胡适根据“历史进化的文学观念”推导出来的，而是他在历史进化观念的照耀下，从中国文学语言发展历史和当时现状的结合中悟出来的道理。

〔原载《文艺报》1996 年 6 月 21 日〕

附记：

1996 年 4 月 5 日，《文艺报》刊出钟扬先生的《胡适与“文学革

① 胡先骕《中国文学改良论(上)》，《东方杂志》第 16 卷第 3 期。

命”——就胡适研究与沈永宝商榷》一文，对笔者的胡适研究提出批评。笔者觉得钟先生的批评实在难以令人信服，便以《答钟扬的〈胡适与“文学革命”〉》的文章予以回复。因篇幅过长，编辑要求压缩文章，于是便压缩为5000字，发表于1996年6月21日的《文艺报》。原来的长稿一直放在抽屉里。这次因为编集子，便翻出这个稿子，重读一遍，觉得文中的议论或许并非只为钟先生而发，所以决定全文编入本书。

胡适“以白话文学为正宗”说的最后完成

——兼论钱玄同、陈独秀对《文学改良刍议》观点的修正

胡适的文学革命理论的根本主张归结起来，就是根据中国文学历史演变论推断出来的“用白话作新文学”的思想。这个思想现在看起来似乎平平无奇，当时却是中国文学史上的“哥白尼天文革命”。毫无疑问，白话文学理论体系为胡适所创立，但这个理论体系在创立过程中，钱玄同、陈独秀曾作出过重要贡献。对此，胡适在《我为什么要做白话诗》《五十年来中国之文学》《逼上梁山——文学革命的开始》《中国新文学大系·建设理论集导言》等文中虽有提及，但无系统的描述，致使这条线索显得若明若暗。本文着重讨论钱玄同、陈独秀在修正《文学改良刍议》意见的过程中怎样推动了胡适“以白话文学为正宗”的文学革命思想发展形成完整的理论体系。

一

1915 年秋，胡适发表中国文学为半死文字的看法，提出“作诗如作文”的主张，1916 年 2 月又有不避“文之文字入诗”的意见。可是，这都要在保留文言和旧体诗格律的前提下进行文学革新，胡适由此而产生的诗作也只能收入《去国集》，作为《尝试集》的一个附录，而进不了白话新诗的正册。大约于 1916 年 3 月间，他受

到易鼎新的《文言改良浅说》的影响[1]，运用历史进化的文学观念来考察中国文学发展的历史，发现中国文学语言已经历了一连串的由繁入简、由难趋易的变革，此种变革“至元代而登峰造极。其时，词也，曲也，剧本也，小说也，皆第一流之文学，而皆以俚语为之。其时吾国真可谓有一种‘活文学’出世。倘此革命潮流……不遭明代八股之劫，不受明初七子诸文人复古之劫，则吾国之文学必已为俚语的文学，而吾国之语言早成为言文一致的语言，可无疑也”[2]。同年6月18—24日间，胡适在绮色佳与任叔永、杨杏佛、唐擘黄讨论文学革命的问题，将文言、白话作了对照比较，断言白话优于文言。7月的一则札记又说：“文言乃是一种半死的文字”，“白话是一种活的语言”，“白话不但不鄙俗，而且甚优美适用”。“凡文言之所长，白话皆有之。而白话之所长，则文言未必能及之。”“白话并非文言之退化，乃是文言之进化”，“白话可产生第一流文学”。“其非白话的文学，如古文，如八股，如札记小说，皆不足于第一流文学之列。”“文言的文学可读而听不懂；白话的文学既可读，又听得懂。”这些白话胜于文言的言论在当时可谓是石破天惊。

认识的规律告诉我们，只有理解的东西才能全部感觉它，而仅是感觉到的东西还不能完全理解它。毋庸讳言，在当时来说，胡适对白话文学的认识仅止于感觉，尚未达到完全理解的程度。1916年11月，胡适撰写《文学改良刍议》，概括“文学改良八事”（以下简称“八事”），大多就文艺现状立论[3]，尚无完整系统的理论结构体系，甚至还没有一个基本理论来统领这“八事”。“一曰，须

---

① 沈永宝《试论胡适的“历史进化的文学观念”的成因》，《海南师范学院学报》1995年第3期。

② 胡适《吾国历史上的文学革命》（1916年4月5日），《胡适留学日记》卷十二，海南出版社，1994年，第209页。

③ 沈永宝《“文学革命八事”系因南社而立言》，《复旦学报（社会科学版）》1996年第2期。

言之有物”,注重言中之物,而所谓“物”即情感和思想:“文学无此二物,便如无灵魂无脑筋之美人,虽有浓丽富厚之外观,抑亦末矣”;“二曰,不摹仿古人”,强调今日之文学不必摹仿周秦唐宋,应“实写今日社会之情状”;“三曰,须讲文法”,胡适在《留学日记》1915年8月26日对此已有论述:“吾国文本有文法,而古来从未以文法教授国文。今《马氏文通》出世已近廿载,而文法之学不治如故。夫文法乃教文字语言之捷径。今当提倡文法学,使普及国中;又当列‘文法’为必须之学科,自小学至于大学,皆当治之。”所以在此从略,仅以“此理至明,无待详论”一笔带过;“四曰,不作无病之呻吟”,着眼点在提倡“志气”,呼唤“奋发有为,服劳报国”的精神;“五曰,务去烂调套语”,更是强调“不失真”,即“求能达其状物写意之目的”;“六曰,不用典”,是在指责旧文人偷懒和不肯下功夫的不良习气;“七曰,不讲对仗”,犹言排偶使用应去刻削而近自然。以上七事各有依据,但都是独立的存在。唯有“八事”中排名最后的“八曰,不避俗语俗字”一事才涉及白话文学,给人灵光一闪之感,它指出:

> ……以今世历史进化的眼光观之,则白话文学之为中国文学之正宗,又为将来文学必用之利器,可断言也。以此之故,吾主张今日作文作诗宜采用俗语俗字。与其用三千年前之死字,不如用二十世纪之活字;与其用不能行远不能普及之秦汉六朝文字,不如作家喻户晓之《水浒》、《西游》文字也。

尽管此事断言白话可为将来文学必用之利器,然而所提出的主张不过是浅近平易、不避俗语俗字的文学,或是以“俗语俗字”入诗文而已,即便如此,胡适还小心翼翼地持着商榷态度,不敢断然主张非写白话文学不可。而且这一事所谓白话文学为正宗的观点仅作为“八曰,不避俗语俗字”的理论依据,换言之,白话文学为正宗的观点在《文学改良刍议》里只是一个局部观点,与其他七个观点平行并列，并无轻重之分。

二

继陈独秀之后，钱玄同是第二位对《文学改良刍议》作出反应者，可是他感兴趣的似乎唯有"白话体文学说"。《文学改良刍议》发表当月，他便急切地写信给陈独秀发表感想："顷见六号（笔者注：应为五号）《新青年》胡适之先生《文学刍议》，极为佩服，其斥骈文不通之句，及主张白话体文学说，最精辟。"[①]此信虽寥寥数语，却抓住了《文学改良刍议》中最有理论价值的思想"白话体文学说"。同年2月25日再次致信陈独秀，进一步发挥"白话体文学说"的主张：

> 语录以白话说理，词曲以白话为美文，此为文章之进化。实今后言文一致之起点。此等白话文章，其价值远在所谓"桐城派之文"，"江西派之诗"之上，此蒙所深信不疑也。至于小说为近代文学之正宗，此亦至确不易之论……[②]

钱玄同评论《文学改良刍议》，无视"八事"中的其他七事，只是"断章取义"地强调和突出第八事的"不避俗语俗字"，并决意要把这一个局部观点提升到统领"八事"的基本理论的地位。由于立足于"白话体文学说"，钱玄同便对胡适的其余各点提出诸多批评，特别对胡适关于"不用典"一事阐述的批评更见尖锐，认为这是一种理论上的大破绽。在钱玄同看来，《文学改良刍议》论述"不用典"一事虽然花费全文四分之一的篇幅，但其说服力甚弱，究其原因，就在于没有把"白话体文学说"作为"不用典"的理论基础，他不无遗憾地写道：

---

① 钱玄同《致陈独秀信》，《新青年》第2卷第6号，1917年2月1日。

② 钱玄同《致陈独秀信》（1917年2月25日），《新青年》第3卷第1号，1917年3月1日。

> 戏曲小说，为近代文学之正宗。小说因多用白话之故，用典之病少(白话中罕有用典者。胡君主张采用白话，不特以今人操今语，于理为顺，即为驱除用典计，亦以用白话为宜。蒙于胡君采用白话之论，固绝对赞同者也)。传奇诸作，即不能免用典之弊。元曲中喜用四书文句，尤为拉杂可厌。弟为此论，非荣古贱今。弟对于古今文体造句之变迁，决不以为古胜于今，亦与胡君所谓“有尚书之文，有先秦诸子之文，有司马迁班固之文，有韩柳欧苏之文，有语录之文，有施耐庵曹雪芹之文，此文之进化”同意。惟用典一层确为后人劣于前人之处，事实昭彰，不能为讳也。[①]

在钱玄同笔下，胡适关于“不用典”的理论破绽显而易见，同时“八事”在整体上缺少统一理论基础的缺陷也至为明显。平心而论，钱玄同的“白话体文学说”虽然是从胡适《文学改良刍议》的“八事”之一“不避俗语俗字”中提炼出来，并给予支持，然而此论实具有高屋建瓴之概。

《文学改良刍议》发表后，钱玄同和陈独秀曾就有关理论问题交换意见，而且取得共识，认为“白话体文学说”应为《文学改良刍议》“八事”的基本理论，是批判旧文学、建设新文学最有效的理论武器。

陈独秀答钱玄同的第一封信说：“以先生之声韵训诂大家，而提倡通俗的新文学，何忧全国之不景从也？可为文学界浮一大白！”[②]答钱玄同的第二封信又说：“崇论宏议，钦佩莫名。……国人恶习，鄙夷戏曲小说为不足齿数，是以贤者不为，其道日卑。此种风气，倘不转移，文学界决无进步之可言。章太炎先生，亦薄视小说者也，然亦称《红楼梦》善写人情。夫善写人情，岂非文字之

---

① 钱玄同《致陈独秀信》(1917年2月25日)，《新青年》第3卷第1号，1917年3月1日。

② 陈独秀《复钱玄同信》，《新青年》第2卷第6号，1917年2月1日。

大本领乎。庄周、司马迁之书，以文评之，当无加于善写人情也。八家、七子以来，为文者皆尚主观的无病而呻，能知客观的刻画人情者盖少，况夫善写者乎。”[1]这可看作陈独秀对钱玄同的“白话体文学说”理论主张的认同。

事有凑巧，陈独秀编完《新青年》3 卷 2 号（1917 年 4 月 1 日）之后不久，便收到胡适寄自美国纽约的一封信（作于 4 月 9 日），此信大半篇幅针对林纾《论古文之不宜废》（《民国日报》1917 年 2 月 8 日）一文观点而发。林文极言“古文之不当废”，说“文无所谓古也，唯其是”，“马班韩柳亦自有其不宜废者”云云。胡适为驳斥这种观点，便要集中论述古文应该废除的理由，这样《文学改良刍议》“八曰不避俗语俗字”里的“白话为文学正宗”之说便成了最有力的思想武器。胡适大加发挥，在《新青年》3 卷 3 号（1917 年 5 月 1 日）上发表的《历史的文学观念论》中指出古今文学变迁的大趋势，其中一节指出：

> 白话之文学，不足以取富贵，不足以邀声誉，不列于文学之“正宗”，而卒不能废绝者，岂无故耶？岂不以此为吾国文学趋势，自然如此，故不可禁遏而日以昌大耶？愚以深信此理，故又以为今日之文学，当以白话文学为正宗。

他还为白话文学争正统，指出：“吾辈以为今人当造今人之文学，而古文家则以为今人作文必法马班韩柳。其不法马班韩柳者，皆非文学之‘正宗’也。……此说不破，则白话之文学无有列为文学正宗之一日，而世之文人将犹鄙薄之，以为小道邪径，而不肯以全力经营造作之。”如此一来，就把“白话为文学正宗”的观点阐述得较为充分。尽管其基本观点仍不出《文学改良刍议》“八曰不避俗语俗字”所论范围，然而由于他抽取其中白话文学为正宗

---

① 陈独秀《复钱玄同信》，《新青年》第 3 卷第 1 号，1917 年 3 月 1 日。

的观点大加发挥，无形中将白话文学的观点突显出来，则显示了白话文学为正宗的观点批判旧文学的巨大的理论力量。令人遗憾的是，胡适未能由此举一反三，重新构造他的文学改良理论体系，反而将之轻轻放过。在同一封信中他还说了些观点与态度互相冲突的话。他一方面说今日当造今日之文学，今日文学应以白话为正宗；另一方面又说这仅是一个假设前提，还“有待于今后文学家之实地证明。若今后之文人不能为吾国造一可传世之白话文学，则吾辈今日之纷纷议论，皆属枉费精力，决无以服古文家之心也”。此外，他还批评了钱玄同。钱玄同曾致信陈独秀，曾十分肯定地说：主张白话体文学说，其结果必佳良无疑。“惟选学妖孽，桐城谬种，见此又不知若何咒骂。虽然得此辈多咒骂一声，便是价值增加一分也。”胡适对此不以为然，在 4 月 9 日致陈独秀信中批评说：

> 今吾所主张之八事，已各有详论（见第五号），则此诸书，当不须一一答复。中惟钱玄同先生一书，乃已见第五号之文（即《文学改良刍议》）而作者。此后或尚有继钱先生而讨论适所主张八事及足下所主张之三主义者。此事之是非，非一朝一夕所能定，亦非一二人所能定。甚愿国中人士能平心静气与吾辈同力研究此问题。讨论既熟，是非自明，吾辈已张革命之旗，虽不容退缩，然亦决不敢以吾辈所主张为必是而不容他人之匡正也。[①]

可见胡适尚未把“白话体文学说”视为“文学改良八事”思想的基础理论。他一面以“白话为文学正宗”的思想有力地否定文言文，另一面又似乎表示“白话体文学说”仍需商榷，尚有讨论余地。这无疑反映了胡适在“白话体文学说”理论问题上还缺乏坚

① 胡适《致陈独秀信》(1917 年 4 月 9 日)，《新青年》第 3 卷第 3 号，1917 年 5 月 1 日。

定的立场和鲜明的理论原则。

此时引钱玄同为同调的陈独秀清楚地看到胡适此信的矛盾性，不过他自有主张。他肯定胡适对《文学改良刍议》中关于"白话为文学正宗"观点的发挥，而惋惜胡适没有把"白话为文学正宗"的观点作为文学革命思想的基本理论，尤不满意他在"白话为文学正宗"理论问题上不够鲜明的态度。陈独秀是革命家，是非清楚，旗帜鲜明。半年之前，他即按自己的意愿修改过《文学改良刍议》的某些观点[1]。这一次他又如法炮制，以主编身份，运用编辑"艺术"，将胡适来信一分为二，其中辟林部分单独成篇，标以"历史的文学观念论"的题目，成为一篇专门阐发"白话文学为正宗"观点的论文，与《新青年》2卷6号、3卷1号所载钱玄同与陈独秀在通信中的观点相呼应。同时，陈独秀又将胡适来信的另一部分作为胡适来信，附上他的复信一起刊出于《新青年》3卷3号(1917年5月1日)。复信针对胡适所谓"决不敢以吾辈所主张为必是而不容他人之匡正也"的言论，专门写了一节文字表明其理论态度，陈独秀指出：

> 鄙意容纳异义，自由讨论，固为学术发达之原则，独至改良中国文学，当以白话为文学正宗之说，其是非甚明，必不容反对者有讨论之余地，必以吾辈所主张者为绝对之是，而不容他人之匡正也。其故何哉？盖以吾国文化，倘已至文言一致地步，则以国语为文，达意状物，岂非天经地义，尚有何种疑义必待讨论乎？其必欲摈弃国语文学，而悍然以古文为文学正宗者，犹之清初历家排斥西法，乾嘉时人非难地球绕日之说，吾辈实无余闲与之作此无谓之讨论也！

在此，陈独秀"武断"地坚持"白话为文学正宗"之说，坚持"白

---

① 参见沈永宝《〈文学改良刍议〉两种版本及由来》，《文艺报》1993年5月29日。

话体文学说”为“八事”的基本理论的立场。

钱玄同与陈独秀声气相通，所以对陈独秀所言心领神会，他在致胡适信中说：“玄同对于用白话说理抒情，极端赞成独秀先生之说。亦以为‘其是非甚明，必不容反对者有讨论之余地，必以吾辈所主张者为绝对之是，而不容他人之匡正’。此等论调，虽若过悍，然对于迂谬不化之选学妖孽，桐城谬种，实不能不以如此严厉面目加之。因此辈对于文学之见解，正与反对开学堂，反对剪辫子，说洋鬼子脚直，跌倒爬不起者，其见解相同。知识如此幼稚，尚有何种商量文学之话可说乎？”[①]陈独秀与钱玄同的这一系列文字，可看作他们以《文学改良刍议》为话题研讨“白话体文学说”心得的交流，其理论意义在于将胡适《文学改良刍议》“八曰不避俗语俗字”中提出的一个局部观点，升华为文学革命的基本理论。

行文至此，不能不提到与白话体文学相关的另一件事：中国文学史的分期问题。钱玄同在“白话体文学说”的观照之下，对中国文学史分期的看法别有洞天。此前陈独秀作为北大文科学长，为中国国学门草拟了一份课程表，以魏晋至唐宋为第二期，元明清为第三期。

钱玄同看到这张课程表，向陈独秀提出异议，略谓：“鄙意宋世文学，实为启后，非是承前。词开曲先，固不待言，即欧、苏之文，实启归、方，其与昌黎、柳州，谅为貌同而心异。又如说理之文，以语录为大宗，以白话说理，尤前此所无。小说是近世文学中之杰构，亦自宋始。（以前小说如《虞初》、《世说》，为野史而非文学作品。唐代小说，描画淫亵，称道鬼怪，乃轻薄文人浮艳之作，与纪昀、蒲松龄所著相同，于文学上实无大价值，断不能与《水浒》、《红楼》、《儒林外史》诸书相提并论也。）故鄙意中国文学，当

① 钱玄同《致胡适信》(1917年7月2日)，《新青年》第3卷第6号，1917年8月1日。

以自魏至唐为一期，自宋至清为一期，质之高明，以为然否？”[①]

陈独秀复信表示接受钱玄同的意见：“先生前所见之课程表，日来各门均小有更改。中国文学则拟以自魏至北宋为一期，自南宋至清为一期，未审安否？尚希赐教。”[②]

胡适读到钱、陈通信，表示赞同钱玄同的意见。他说：“钱玄同先生论足下所分中国文学之时期，以为有宋之文学不独承前，尤在启后，此意适之以为甚是。”[③]

胡适对钱玄同的“白话体文学说”和中国文学分期的论述钦佩莫名，半年之后又邀请钱玄同为《尝试集》作序。钱玄同所作《尝试集》的序简直是一篇白话文学史大纲，其中论及周秦以前的文章，认为“大都是用白话；像那《盘庚》、《大诰》，后世读了，虽然觉得佶屈聱牙，异常古奥，然而这种文章，实在是当时的白话告示”[④]。

钱玄同不仅以“白话体文学说”支持了胡适白话为文学正宗的理论主张，而且其在白话文学史方面精辟的论述给胡适的《白话文学史》提供了启发性的思路。

胡适的《白话文学史》的基本观点形成于1921年前后，他在《自序》里说明此书是1921年应教育部办第三届国语讲习所之需，他在八周内编了十五篇讲义，作为讲授国语文学史的教材。这份讲义的史识、史料有不少就取材于钱玄同的文章(通信)。新月书店发行的《白话文学史》1928年6月初版印出时，封面上还有钱玄同的题签。从这里或许不难看出钱玄同对胡适白话文学理论和白话文学史方面的影响。

---

① 钱玄同《赞文艺改良附论中国文学之分期》，《钱玄同文集》第一卷，中国人民大学出版社，1999年，第1页。

② 陈独秀《致钱玄同信》，《新青年》第2卷第6号，1917年2月1日。

③ 胡适《胡适致陈独秀信》(1917年4月9日)，《陈独秀书信集》，新华出版社，1987年，第135页。

④ 钱玄同《〈尝试集〉序》(1918年1月10日)，《新青年》第4卷第2号，1918年2月15日。

三

胡适在《文学改良刍议》一文中的思路一直到1917年4月9日他致陈独秀信(《新青年》3卷3号)时仍无多大改变,如本文所说,他对于钱玄同的“白话体文学说”不以为然,甚至还嫌其武断。然而当他获读《新青年》3卷3号(1917年5月1日)上所载钱玄同致陈独秀信、陈独秀答胡适信及陈独秀从胡适来信中抽出来单独成篇的《历史的文学观念论》之后,他的思路终于改变了。从此,“白话体文学说”由原先仅为《文学改良刍议》的局部观点,演化成胡适文学革命思想的基本理论。

5月10日,胡适致信陈独秀,对2月25日钱玄同所发表的见解表示折服,他写道:

> 昨得《新青年》3卷1号……通信栏中有钱玄同先生一书(即2月25日钱致陈之信),读之尤喜。适之改良文学一论虽积思于数年而文成于半日,故其中多可指摘之处。今得钱先生一一指出之,适受赐多矣。中如论用典一段,适所举五例,久知其不当。所举江君二典,尤为失检。钱先生之言是也。钱先生所论文中称谓,文之骈散,文之文法诸条,适皆极表同情。①

在此,胡适似乎没有明说钱玄同促使他的文学革命思想总体上的变化,其实,这正是胡适接受钱玄同以“白话体文学说”作为文学革命思想基本理论的开端。胡适从钱玄同的主张举一反三,认识到《文学改良刍议》的八条主张里最重要的是彻底放弃文言,采用白话,这是最基本的观点:“凡向来旧文学的一切弊病——如骈偶,如用典,如烂调套语,如摹仿古人,——都可以用一个新工

① 胡适《致陈独秀信》(1917年5月10日),《新青年》第3卷第4号,1917年6月1日。

具(即白话)扫的干干净净。……例如我们那时谈到‘不用典’一项,我自己费了大劲,说来说去总说不圆满;后来玄同指出用白话就可以‘驱除用典’了,正是一针见血的话。”[1]可以毫不夸张地说,钱玄同、陈独秀的主张给胡适留下了刻骨铭心的记忆。在20世纪五六十年代的一次座谈会上,胡适回答陈纪滢的提问,虽然他“连八项细目都记不清了”,可是对钱玄同的“白话体文学说”作为“不用典”的理论基础的主张却能记忆犹新,他说“八项中最重要的是‘用白话’,有了这一项,另一项的‘不用典’便不成问题,能用道地的、地道的白话,便用不着用‘典’”[2]。其实早在1922年他撰写《五十年来中国之文学》时也涉及于此,文中说:“民国六年的《新青年》里有许多讨论文学的通信,内中钱玄同的讨论很多可以补正胡适的主张。”简而言之,钱、陈的主张使胡适获得一种新的认识,即将《文学改良刍议》中的一个局部观点升华为统领文学革命思想的基本理论,确定中国所需要的文学革命是以白话代替文言的革命,是否定文言正统、确立白话正统的革命。

由于胡适的基本理论发生了变化,因此枝节的看法便随之作了相应的调整,他“决心把一切枝叶的主张全抛开,只认定这一个中心的文学工具革命论是我们作战的‘四十二生的大炮’”[3]。据此,胡适着手修改“文学改良八事”,重新阐述文学革命思想。1918年4月,他写作《建设的文学革命论》,将“文学改良八事”改为“四条主张”:不做言之无物的文字一条改为“要有话说,方才说话”;不做无病呻吟的文字、不用典、不用套语烂调、不重对偶——文须废骈,诗须废律、不做不合文法的文字五条,改为“有什么话

① 胡适《新文学的建设理论》,《中国新文学大系导论集》,上海良友图书公司,1945年,第36页。

② 胡适《什么是“国语的文学”、“文学的国语”》,《胡适讲演》,中国广播电视出版社,1992年,第269页。

③ 胡适《新文学的建设理论》,《中国新文学大系导论集》,第40页。

说什么话，话怎么说就怎么说”；不摹仿古人一条改为“要说我自己的话，别说别人的话”；不避俗语俗字一条改为“什么时代的人，说什么时代的话”[①]。至此，原先的“文学改良八事”无一例外地归于“白话为文学正宗”之说的统领之下。诚如胡适在《介绍我自己的思想》一文中所说：“我在十几年的中国文学革命运动上，如果有一点点贡献”，就在于“指出了‘用白话作新文学’的一条路子”，“供给了一种根据历史事实的中国文学演变论”。

此后，胡适对以前的一些言论作了反省，并作重新评说。因为《新青年》2卷6号所载钱玄同致陈独秀信中有“选学妖孽，桐城谬种”的说法，胡适4月9日致信陈独秀，嫌其武断，说了“决不敢以吾辈所主张为必是而不容他人之匡正也”之类的话，现在则改口说：“历史进化的文学观用白话正统代替了古文正统，就使那‘宇宙古今之至美’从那七层宝座上倒撞下来，变成了‘选学妖孽，桐城谬种’——（这两个名词是玄同创的）从‘正宗’变成了‘谬种’，从‘宇宙古今之至美’变成了‘妖魔’‘妖孽’，这是我们的‘哥白尼革命’。”[②]

总而言之，胡适的“白话文学为正宗”之说，由一个局部观点推广、扩展为“八事”的基本理论，是其文学革命理论由稚嫩走向成熟的标志，而在此过程中，钱玄同的“白话体文学说”以及陈独秀所强调的“白话为文学正宗”之说、“不容匡正”等意见都曾对之发生过极为重要的影响。

四

最后还应提到，钱玄同与陈独秀不仅在“白话体文学说”的主

---

① 胡适《建设的文学革命论》，《新青年》第4卷第4号，1918年4月15日。

② 胡适《新文学的建设理论》，《中国新文学大系导论集》，第40页。

张上启发过胡适，而且也促使《新青年》同人将这个主张付诸实施。胡适认为他的白话文学理论得到了陈独秀这样坚强的革命家做宣传者、推行者，不久就演变成一个文学改革的大运动。至于钱玄同，虽然胡适后来提得不多，但他主张当时作诗作文应立即放弃文言，采用白话，并且呼吁《新青年》同人身体力行，这对白话文学的发展产生过极大的影响。1917年7月，钱玄同致信陈独秀指出："我们既然绝对主张用白话体做文章，则自己在《新青年》里面做的，便应该渐渐的改用白话。我从这通书信起，以后或撰文、或通信，一概用白话。就和适之先生做《尝试集》一样的意思。并且还要请先生，胡适之先生，和刘半农先生，都来尝试尝试。……'标准国语'，一定是要由我们提倡白话的人实地研究'尝试'，才能制定。我们正好借这《新青年》杂志来做白话文章的试验场。"①稍后，钱玄同又直接写信给胡适，建议完全使用白话作文，指出："现在我们着手改革的初期，应该尽量用白话去做才是。倘使稍怀顾忌，对于'文'的一部分不能完全舍去，那么便不免存留旧污，于进行方面，很有阻碍。"(1917年10月31日)胡适1917年7月回国，看到《新青年》3卷6号(1917年8月1日)所刊钱玄同致陈独秀信中的提议深表赞同。胡适虽早已倡导"诗国革命"，进行以俗语俗字入诗的尝试，然钱玄同认为此类尝试之作仍"未能脱尽文言窠臼"，"亦嫌太文"，胡适复信表示："先生今年10月31日来书所言，也极有道理。""我极以这话为然，所以在北京所做的白话诗，都不用文言了。"②后来作《〈尝试集〉自序》，又提到此事，他说：

> 我在美洲做的《尝试集》……实在不过是一些刷洗过的旧诗！这些诗的大缺点就是仍旧用五言七言的句法。句法太整齐了，就不合语言的自然，不能不有截长补短的

---

① 钱玄同《致陈独秀信》，《新青年》第3卷第6号，1917年8月1日。

② 胡适《致钱玄同信》(1917年11月20日)，《新青年》第4卷第1号，1918年1月15日。

> 毛病，不能不时时牺牲白话的字和白话的文法，来牵就五言七言的句法。……因此我到北京以后所做的诗，认定一个主义：若要做真正的白话诗，若要充分采用白话的字，白话的文法，和白话的自然音节，非做长短不一的白话诗不可。这种主张，可叫做"诗体的大解放"。……把从前一切束缚自由的枷锁镣铐，一切打破：有什么话，说什么话；话怎么说，就怎么说。……《尝试集》第二集中的诗虽不能处处做到这个理想的目的，但大致都想朝着这个目的做去。这是第二集和第一集的不同之处。[①]

由此不难发现，胡适作真正意义上的白话诗——采用白话的字、白话的文法和白话的自然音节，是从北京开始的。这中间的转机便是钱玄同所提出的从事白话体文学创作的人应该首先带头用白话作诗作文章的倡议。大概由于胡适忘不掉钱玄同的诤言，当《尝试集》付印时，他特意请钱玄同作序，深信钱玄同最能了解《尝试集》白话诗的价值，而作出最恰当的评价。而钱玄同也不负胡适所望，他立论于"白话体文学说"评论道："《文学改良刍议》，主张俗语俗字入文，现在又看见这本《尝试集》，居然就采用俗语俗字，并且有通篇用白话做的。"由此不难看出钱玄同不仅在"白话体文学说"的主张上，而且在对这个主张的实践上也对胡适起到推动的作用。钱玄同在《〈尝试集〉序》中赞扬胡适"'知'了就'行'，以身作则，做社会的先导"。正因为文学革命号召者的言行一致，才会有他们登高一呼，文学革命运动便如火如荼地推广开来。

〔原载《中西学术》第一辑，学林出版社，1995 年〕

---

① 胡适《〈尝试集〉自序——我为什么要做白话诗》，《新青年》第 6 卷第 5 号，1919 年 5 月。

论钱玄同的"白话体文学说"

胡适发表《文学改良刍议》之后，陈独秀推崇其中的"白话为文学之正宗"的思想，而钱玄同则据此提出"白话体文学说"。此说集诸家之大成，认为秦汉以前是言文一致的，西汉之后才分为两途；到宋代以后又出现言文一致的趋势，宋代儒家、禅家语录，元代戏曲，明清小说又为言文合一之起点，若不受阻遏，很可能发展成言文合一的局面，可惜为复古势力所阻，但言文一致的发展趋势是谁也改变不了的。因此，他以"古人用古语，今人用今语"的口号来注释"白话体文学说"。这个"古今一体，言文合一"的"白话体文学说"具有极大的革命意义，它有力地推动了胡适所倡导的白话文学理论体系的最后完成，以摧枯拉朽之势摧毁了阻碍言文合一的文派——桐城派、选学派，为建设新文学确定了一个明白无误的目标。因此，中国新文学史应该对钱玄同的"白话体文学说"作出应有的评价。

一

"白话体文学说"是以"白话为文学之正宗"的观点作历史根据的。这个根据包括两层意思：其一，周秦以前是言文合一的；其二，宋代以后言文又趋向一致。

关于周秦之前言文一致的说法，可谓源远流长，至少在晚周已具形态。公安派发起者袁宗道的《论文》已经指出了这一点。他认为古时是言文合一的，他说："夫时有古今，语言亦有古今，今人所诧谓奇字奥句，安知非古之街谈巷语耶？"此论闪现出的白话文学思想的火花，离“以白话为文学之正宗”之说不过一步之遥。到了晚清末年，主张此论者更不乏其人，黄遵宪的《杂感诗》有言：“我手写我口，古岂能拘牵！即今流俗语，我若登简编。五千年后人，惊为古斓斑。”如果说袁宗道指出了古时言文一致的历史事实，即“今人所诧谓奇字奥句”就是“古之街谈巷语”，那么黄遵宪则作了进一步的推论，断定今人所用“流俗语”，千年之后，“也成为奇字奥句了”，以古例今，指出言文合一则是历史的必然。

与黄遵宪同时的梁启超对周秦的言文一致之论多有发挥，他在《小说丛话》中说：“中国先秦之文，殆皆用俗语，观《公羊传》、《楚辞》、《墨子》、《庄子》，其间各国方言错出者不少，可为佐证。”① 稍后，更有章太炎“今之文言，乃古之白话”一论的出现，而他作于1907年的《新方言》对此多有论证，其文指出：“考中国各地方言，多与古语相合，那么古代的话就是现代的话，现代所谓古文，倒不是真古，不如把古语去代替所谓古文，反能古今一体，言文一致。”此论看似平常，其实包含极大的革命意义。既然今日居为奇货的文言不过是古时“街谈巷语”的平常白话，那么也就没有比今日白话高出一等的资格。再进而言之，今日所谓“街谈巷议”的白话，千年之后自然将成为“文言”，所以也就没有理由鄙视今日的白话文章。因此，“今之文言，乃古之白话”一论，既能破除今人对文言的迷信，又可提高白话的历史地位，真是惊世骇俗之论。或许由于袁宗道、黄遵宪、梁启超等人论及于此只是随意发挥，未能引起文界足够的重视，而章太炎的《新方言》则是专著，足以左右视听，所以对后来的影响就特别大。

《新方言》出版之时（1909），正值章太炎在东京聚徒讲学之际，“今之文言，乃古之白话”一论对他的学生产生了深远的影响。作为章氏学生之一的鲁迅曾在《做文章》一文中说：“骈文后起，唐

---

① 梁启超《小说丛话》，《新小说》第7期，1903年。

虞三代是不骈的,称‘平文’为‘古文’便是这意思。由此推开去,如果古者言文真是不分,则称‘白话文’为‘古文’,似乎也无所不可。”[①]这可算是章太炎“今之文言,乃古之白话”一论影响的一例吧。钱玄同作为章氏的学生还早于鲁迅,而且他对语言文字问题的兴趣也超过鲁迅,钻研得更深。他曾为章氏抄写过许多书稿,其中就包括《新方言》。钱玄同的“白话体文学说”实也根植于此。1910年,钱玄同协助章太炎创办《教育今语杂志》,旨在向一般失学的人灌输文学、历史等国学常识,提倡种族革命思想。刊名中所谓“今语”即为白话,所刊文章都是白话文。他以“浑然”笔名发表《刊行〈教育今语杂志〉之缘起及章程》《中国文字略说》《共和纪年说》《说文部首今语解》四篇文章。据说,该刊但凡署名“太炎”的各篇,实际上也都出自他的手笔。所以有人以此推及其他,所谓《章太炎的白话文》一著,其实应该改名为《钱玄同的白话文》。

钱玄同对周秦以前的文章都是言文一致的论点有精深的理解。他说:“《盘庚》、《大诰》,后世读了,虽然觉得佶屈聱牙,异常古奥,然而这种文章,实在是当时的白话告示。又像那《尧典》专用‘都’、‘俞’、‘吁’、‘咈’等字,和现在的白话文专用‘阿呀’、‘嗄’、‘咊’、‘唉’等字有什么分别?”既然《盘庚》《大诰》用的都是当时的白话,为何今天读来觉得格外难懂呢?这是因为这些古书都是一方土语。如殷朝建都在黄河以北,周朝建都在陕西,用的都是北方的土话,所以不容易懂得它们的意思。《汉书·艺文志》说:“读《尚书》应用《尔雅》。”这是因为《尔雅》是诠释当时土话的书,所以《尚书》中很难理解的地方,看了《尔雅》以后就可以明白了。钱玄同又说:“《公羊》用齐言,《楚辞》用楚语,和现在的小说里搀入苏州、上海、广东、北京的方言有什么分别?……再看李耳、孔丘、墨翟、庄周、孟轲、荀况、韩非这些人的著作,文笔无一相

① 鲁迅《做文章》,《花边文学》,鲁迅先生纪念委员会,1934年,第115页。

同，都是各人做自己的文章，绝不摹拟别人。所以周秦以前的文章很有价值。”[①]他的这些言论都是周秦言文合一的例证。

宋代以后，言文又趋向一致，对于这个问题，梁启超、胡适、陈独秀都曾发表过意见。梁启超《变法通议·论幼学》指出：“夫小说一家，《汉志》列于九流，古之士夫，未或轻之，宋贤语录，满纸‘恁地’、‘这个’，匪直不事修饰，抑亦有微意存焉。”[②]他的《小说丛话》更有明晰的论述：“自宋以后，实为祖国文学之大进化。何以故？俗语文学大发达故。宋后俗语文学有两大派，其一则儒家、禅家之语录，其二则小说也。小说者，决非以古语之文体而能工者也。”梁启超的这个论点为胡适、陈独秀所接受。胡适的《文学改良刍议》以为元、明之际，“中国之文学最近言文合一，白话几成文学的语言矣”。陈独秀也持此说，认为“元明剧本、明清小说，乃近代文学之粲然可观者”。

钱玄同对此更在行，他对宋代以后言文合一的状况描述说：“白话小说能曲折达意，某也贤，某也不肖，俱可描摹其口吻神情。故读白话小说，恍如与书中人面语。新剧讲究布景，人物登场，语气神情务求与真者酷肖，使观之者几忘其为舞台扮演，故曰与白话小说为同例也。”又说：“语录以白话说理，词曲以白话为美文，此为文章之进化，实今后言文一致之起点。此等白话文章，其价值远在所谓‘桐城派之文’、‘江西派之诗’之上，此蒙所深信而不疑者也。至于小说为近代文学之正宗，此亦至确不易之论，惟此皆就文体言之耳。”[③]

如果把“白话体文学说”两层意思归并起来，就可以得出一个结论：周秦以前是言文合一的，宋代以后又趋向言文合一，尽管其

① 钱玄同《〈尝试集〉序》（1918 年 1 月 10 日），《新青年》第 4 卷第 2 号，1918 年 2 月 15 日。

② 梁启超《幼学·论学校五》（《变法通议》三之五，续第十七册），《时务报》第 18 期，1897 年。

③ 钱玄同《钱玄同致陈独秀信》（1917 年 2 月 25 日），《新青年》第 3 卷第 1 号，1917 年 3 月 1 日。

间言文合一的趋势曾为复古势力所阻遏，“未及出台，竟尔流产”，但历史事实表明：“言文应该一致；什么时代的人，使用什么时代的话。”钱玄同还把这个意见编成一个偶句：“古人用古语，今人用今语。”如果把这话翻译一下，就是既然古代人用古代语言做文章，现代人就应该用今日的白话来叙事、说理、抒情。

钱玄同对于“白话体文学说”一论抱有坚定信念，曾与陈独秀一致表示：“其是非甚明，必不容反对者有讨论之余地，必以吾辈所主张者为绝对之是，而不容他人之匡正也。”他以此来观察中国文学史，评论历史人物。

钱玄同以“白话体文学说”梳理文学史，一通百通，发表意见，见解不俗。陈独秀拟就大学文科中国文学门课程表，拟以魏晋至唐宋为第二期，元明清为第三期。钱玄同从白话体文学发展线索着眼，认为“宋世文学，实为启后，非是承前。词开曲先，固不待言，即欧苏之文，实启归方。其与昌黎柳州，谅为貌同而心异。又如说理之文，以语录为大宗。以白话说理，尤前此所无。小说是近世文学中之杰构，亦自宋始”。因此，他建议修改课程表“自魏至唐为一期，自宋至清为一期”[①]。以“白话体文学说”立论，钱玄同在评论近代文坛人物时，以梁启超为新文学开山祖。他指出：“梁任公实为创造新文学之一人，虽其政论诸作，因时变迁，不能得国人全体之赞同，即其文章，亦未能尽脱帖括蹊径，然输入日本新体文学，以新名词及俗语入文，视戏曲小说与论记之文平等。(梁君之作《新民说》、《新罗马传奇》、《新中国未来记》，皆用全力为之，未尝分轻重于其间也。)此皆其识力过人处。鄙意论现代文学之革新，必数梁君。”[②]同时，指出其缺点也以“白话体文学说”为

---

① 钱玄同《钱玄同致陈独秀信》，《新青年》第2卷第6号，1917年2月1日。

② 钱玄同《钱玄同致陈独秀信》(1917年2月25日)，《新青年》第3卷第1号，1917年3月1日。

准绳，认为：“梁任公的文章，颇为一班笃旧者所不喜，据我看来，任公文章不好的地方，正在旧气未尽涤除，八股调太多，理想欠清晰耳。至于用新名词，则毫无不合。”[①]所以，“白话体文学说”有理有据，真是了不起的发明。

二

胡适的《文学改良刍议》因南社而立言，指出以南社为代表的旧文学弊病八条，即所谓“文学改良八事”。可是，此文正如胡适在检讨时所说：“虽积思于数年，而文成于半日，故其中多可指摘之处。”而笔者以为其最可指摘之处就在于“文学改良八事”之间的关系是并列的，而无统领全局的基本理论。尽管第八条提到以“白话文学为正宗”的问题，然而所提倡的主张不过是浅近平易、不避俗字俗语的文学，或者谓之以“俗字俗语”入诗入文而已。即便如此，他还小心翼翼地持着商榷态度，不敢断然主张非写白话文学不可。总而言之，白话文学为正宗的思想在《文学改良刍议》里仅是一个局部观点，未能统领全局。当年傅斯年看到了这一点，认为胡适标举“文学改良八事”，“照这个方案做下去，只有做白话一路。他在这篇文章的末段也露出这个意思，而未曾作绝对的主张”。所谓“这篇文章的末段”，就是“八曰，不避俗字俗语”这一段。

钱玄同与陈独秀一样，也是最早对《文学改良刍议》作出响应者之一，而他感兴趣的似乎唯有“白话体文学说”。《文学改良刍议》发表当月，他便急切写信给陈独秀抒发感想，认为该文中“主张白话体文学说，最精辟”。此信虽寥寥数语，却抓住了《文学改

---

① 钱玄同《钱玄同致刘半农信——新文学与今韵问题》(1917 年 11 月 21 日)，《新青年》第 4 卷第 1 号，1918 年 1 月 15 日。

良刍议》中的最有价值的思想。钱玄同评价《文学改良刍议》，无视“文学改良八事”中的其他七项，只是“断章取义”地强调和突出第八项“白话体文学说”的思想，并决意要把《文学改良刍议》里的一个局部观点提升到统领“文学改良八事”基本理论的地位。

钱玄同由于立足于“白话体文学说”，所以对胡适的其余论点提出了一系列批评，特别是对他关于“不用典”一事的批评更见尖锐，认为这是一种理论上的大破绽。胡适感到“不用典”一事最易引起误解，受到的攻击也最多，因而阐发时小心翼翼，分典故为广、狭二义：广义之典五种，狭义之典又有工拙之别。广义之典非他所谓之典，可用可不用；狭义之典，其工者偶一用之未为不可，其拙者则当痛绝之等等。此节文字占全文四分之一篇幅，但并未说清要旨。

钱玄同以“白话体文学说”立论，把不用典问题说得清清楚楚。他指出：“齐梁以前之文学，如《诗经》、《楚辞》及汉魏之歌诗、乐府等，从无用典者。（古代文学，白描体外，只有比兴。比兴之体，当与胡君所谓‘广义之典’为同类，与后世以表象之语直代实事者迥异。）短如《箜篌引》，（文为‘公无渡河，公竟渡河，堕河而死，当奈公何’。）长如《焦仲卿妻》诗，皆纯为白描，不用一典。而作诗者之情感，诗中人之状况，皆如一一活现于纸上。《焦仲卿妻》诗，尤与白话之体无殊，至今已越千七百年，读之，犹如作诗之人与我面谈。此等优美文学，岂后世用典者所能梦见。（后世如杜甫、白居易之‘写实体’亦皆具此优美。然如《长恨歌》中，杂用‘小玉’‘双成’二典，便觉可厌。）自后世文人无铸造新词之材，乃力竞趋于用典，以欺世人。不学者从而震惊之，以渊博相称誉，于是习非成是。一若文不用典，即为俭学之征，此实文学窳败之一大原因。”[1]他认为：“古代文学，最为朴实真挚，始坏于东汉，以其

① 钱玄同《钱玄同致陈独秀信》(1917年2月25日)，《新青年》第3卷第1号，1917年3月1日。

浮词多而真意少也。弊盛于齐梁，以其渐多用典也。唐宋四六，除用典外，别无他事，实为文学《燕山外史》中之最下劣者。”由此可知，原来用典之弊就出在言文背驰，而只有“言文合一”一药才是疗此痼疾的灵丹妙药。

在钱玄同看来，《文学改良刍议》论述“不用典”一事虽然花费全文四分之一篇幅，但说服力甚弱，究其原因，就在于没有把“白话体文学说”作为“不用典”的理论基础。他不无遗憾地写道：“戏曲小说，为近代文学之正宗。小说因多用白话之故，用典之病少(白话中罕有用典者，胡君主张采用白话，不特以今人操今语，于理为顺，即为驱除用典计，亦以用白话为宜。蒙于胡君采用白话之论，固绝对赞同者也)。”[①]在钱玄同笔下，胡适关于“不用典”的理论破绽显而易见，同时“文学改良八事”在整体上缺少统一的基本理论的缺陷也就至为明显。这些言论给胡适以极大启发。

胡适《文学改良刍议》一文中的思想一直到1917年4月9日他致陈独秀信(《新青年》3卷3号)仍无多大改变，对钱玄同的“白话体文学说”很不以为然，甚至还嫌其武断。然而，当他获读《新青年》3卷3号(1917年5月1日)上钱玄同致陈独秀信、陈独秀答胡适信，及陈独秀从胡适来信中抽出来单独成篇的《历史的文学观念论》之后，他的《文学改良刍议》里的思路来了一个急转弯。从此“白话体文学说”由原先仅为《文学改良刍议》的局部观点，渐渐演化成胡适文学革命思想的基本理论。

5月10日，胡适致信陈独秀，对钱玄同发表的见解表示折服，胡适写道：“昨得《新青年》3卷1号，……通信栏中有钱玄同先生一书(即2月25日钱致陈书)，读之尤喜。适之改良文学一论虽

① 钱玄同《钱玄同致陈独秀信》(1917年2月25日)，《新青年》第3卷第1号，1917年3月1日。

积思于数年而文成于半日，故其中多可指摘之处。今得钱先生一一指出之，适受赐多矣。中如论用典一段，适所举五例，久知其不当。所举江君二典，尤为失检。钱先生之言是也。钱先生所论文中称谓，文之骈散，文之文法诸条，适皆极表同情。”[①]

在此，胡适虽然没有明说钱玄同的意见促使他的文学革命思想的基本理论发生根本变化，但我们可以认为，这正是胡适接受钱玄同以“白话体文学说”作为文学革命思想理论的开端。此后胡适从钱玄同的主张里举一反三，认识到在《文学改良刍议》里的“文学改良八事”最重要的是彻底放弃文言，采用白话，因为“凡向来旧文学的一切弊病——如骈偶，如用典，如烂调套语，如摹仿古人，——都可以用一个新工具(即白话)扫的干干净净。……例如我们那时谈到‘不用典’一项，我自己费了大劲，说来说去总说不圆满；后来玄同指出用白话就可以‘驱除用典’了，正是一针见血的话”[②]。可以毫不夸张地说，钱玄同、陈独秀的主张给胡适留下了刻骨铭心的记忆。在 20 世纪五六十年代的某次座谈会上，胡适答陈纪滢的提问，虽然他“连八项细目都记不清了”，可是对钱玄同的“白话体文学说”作为“不用典”的理论基础的主张却能记忆犹新，他说：“八项中最重要的是‘用白话’，有了这一项，另一项的‘不用典’便不成问题，能用道地的、地道的白话，便用不着用‘典’。”[③]

其实早在 1922 年，他撰写《五十年来中国之文学》就涉及于此，文中说：“民国六年的《新青年》里有许多讨论文学的通信，内

---

① 胡适《胡适致陈独秀信》(1917 年 5 月 10 日)，《新青年》第 3 卷第 4 号，1917 年 6 月 1 日。

② 胡适《新文学的建设理论》，《中国新文学大系导论集》，上海良友图书公司，1945 年，第 36 页。

③ 胡适《什么是“国语的文学”、“文学的国语”》，《胡适讲演》，中国广播电视出版社，1992 年，第 269 页。

中钱玄同的讨论很多可以补正胡适的主张。”简而言之，钱玄同的主张使胡适获得一个新的认识，即把《文学改良刍议》中的一个局部观点升华到了统领文学革命思想的基本理论，确定中国所需要的文学革命是以白话代替文言，是否定文言正统、确立白话正统的革命。

凡事变甲必变乙，变乙必变丙。由于胡适的“基本理论”发生了根本的变化，因此枝节的观点便随之作了相应的调整。他“决心把一切枝叶的主张全抛开，只认定一个中心的文学工具革命论是我们作战的‘四十二生大炮’”。据此胡适着手修改“文学改良八事”，重新阐述文学革命思想。1918 年 4 月他所作《建设的文学革命论》将“八不主义”改为“四条主张”：不做“言之无物”的文字一条，改为“要有话说，方才说话”；“不作无病之呻吟”“不用典”“不用套语烂调”“不重对偶——文须废骈，诗须废律”“不做不合文法”的文字五条，改为“有什么话说什么话，话怎么说就怎么说”；“不摹仿古人”一条改为“要说我自己的话，别说别人的话”；“不避俗语俗字”一条改为“什么时代的人，说什么时代的话”。至此，原先的“八不主义”无一例外地置身于“白话体文学说”观点的统领之下。诚如胡适在《介绍我自己的思想》一文中所说：“我在十几年的中国文学革命运动上，如果有一点贡献”，就在于“指出了‘用白话作新文学’的一条路子”，“供给了一种根据历史事实的中国文学演变论”。

此后，胡适对以前的一些言论作了重新评说。因为《新青年》2 卷 6 号所载钱玄同致陈独秀信有“选学妖孽，桐城谬种”的说法，胡适 4 月 9 日致陈独秀信嫌其武断，说了“决不敢以吾辈所主张为必是而不容他人之匡正也”之类的话，现在也改口了，说：“历史进化的文学观用白话正统代替了古文正统，就使那‘宇宙古今之至美’从那七层宝座上倒撞下来，变成了‘选学妖孽，桐城谬种’——（这两个名词是玄同创造的）从‘正宗’变成了‘谬种’，从‘宇宙古今之至美’变成了‘妖魔’‘妖孽’，这是我们的‘哥白尼革命’。”[1]

总而言之，胡适的“白话文学为正宗”之说，由一个局部观点扩展为整个文学革命基本理论，为胡适文学革命理论由稚嫩走向成熟的标志，而在此过程中，钱玄同的“白话体文学说”曾对之发生过极为重要的影响。钱基博曾评论说：“自陈独秀为文科学长，用适之说，一时新文学之思潮，又复澎湃于大学之内，浙士钱玄同者，尝执业于章炳麟之门，称为高第弟子者也；为人文理密察，雅善持论；至是折而从适，为之疏附。适骤得此强佐，声气腾跃；既倡新文艺以摧毁古文，又讲新文化以打倒礼教。”[2]此种评价不愧为史学家的眼光。

三

“白话体文学说”既然主张“古人用古语，今人用今语”，势必对于阻遏“言文合一”趋势的文派加以排击，而桐城、选学文派及其追随者就被视为主要的攻击目标。

中国散文流派繁多，而清代以桐城、选学文派为文坛正宗，可是到了晚清，它们气数将尽。自鸦片战争之后，国内改革呼声日高，特别到了19世纪后半期，传媒报章杂志兴起，谈政议政风气大开。这是一个需要政论的时代。虽然桐城、选学文派面对现实，试图因时适变，可是终不可能脱胎换骨。桐城古文生来就有一个致命弱点：拙于说理。曾国藩曾承认这一点，桐城支脉阳湖派人士已知桐城古文之短，认为姚鼐的文章“才短不敢放言高论”(《大云山房言事》)，吴汝纶所作“桐城诸老……独雄奇瑰玮之境尚少”(《与姚仲实》)的评语，已明白无误地点出桐城古文拙于说

① 胡适《新文学的建设理论》，《中国新文学大系导论集》，第40页。

② 钱基博《现代中国文学史》，岳麓书社，1986年，第491页。

理的短处了。

选学文派说理的功夫似乎更在桐城派之下。骈体文的法则讲对偶，本来一句话爽快直说，清楚明白，非要用“四六”体，或先四后六，或先六后四，又要上下对句，动词对动词，形容词对形容词，对得整整齐齐，弄得别别扭扭，完全失去语言自然之真。桐城文派也讲摹拟，但选学文派摹拟手段似乎更进一步，不但说理，就是抒情、叙事也只是空说华辞，很少联系实际。其中纵有极少数讲究修辞立诚的人，也不免在外表上多费些功夫。

历史的选择是无情的，适者生存，不适者被淘汰。梁启超的“报章文体”的崛起，桐城古文、选学骈文就此衰落。政论家非难桐城、选学文派，只因它们拙于说理，其改革目标仅以能够勉强说理为限。那么，此后的文学改革目标何在，桐城、选学的命运又如何呢？梁启超作了肯定的回答，即彻底摆脱桐城、选学文派的影响，用白话写一切文章（“俗语体……非徒小说家当采用而已，凡百文章，莫不有然”）。当年，对梁启超主张多有发挥的狄葆贤在《论文学上小说之位置》中指出：桐城、选学文派早在 19 世纪末已失去影响，未来前途当属于白话派，他说：“十年以来，前此所谓古文、骈文家数者，既已屏息于文界矣，若能百尺竿头，更进一步，剥去铅华，专以俗语提倡一世，则后此祖国思想言论之突飞，殆未可量。”[①]如果说政论家已将桐城、选学挤到文坛的角落，那么即将出现的新文学派最终将它们彻底地抛弃。

胡适的《文学改良刍议》和陈独秀的《文学革命论》都批评了桐城、选学文派。胡适没有鲜明地以白话文学说彻底否定桐城、选学，只说今日“文学大家”摹仿桐城、选学，制造假古董不好，至于桐城、选学本身如何则避而不谈。钱玄同比之胡适、陈独秀批评桐城和选学派更见锋芒。他在叙述现代文学史时，甚至把那些

① 狄葆贤《论文学上小说之位置》，《新小说》第 7 期，1903 年。

阻挠自宋元以后便以白话小说发轫的文学革命的古文大家斥为“十八妖魔”。桐城祖师归有光，开山人物方苞、刘大櫆、姚鼐名列其中。至于选学派，被指为“雕琢的阿谀的铺张的空泛的贵族古典文学，极其长技，不过如涂脂抹粉之泥塑美人”。

钱玄同与胡适、陈独秀持论明显不同，他始终立足于“白话体文学说”，以“古人用古语，今人用今语”为尺度衡量对象，判断是非，对于古今一切阻挠白话文学发展的文派一概加以排斥。他表示：我们既然“认定白话是文学的正宗，……对于那些腐臭的旧文学，应该极端驱除，淘汰净尽，才能使新基础稳固”[①]。所以他对桐城、选学派的批评言论没有不以“白话体文学说”立论的，诸如“学选体者滥填无谓之古典，宗桐城者频作摇曳之丑态”；“惟选学妖孽所尊崇之六朝文，桐城谬种所尊崇之唐宋文，则实在不必选读”；“彼选学妖孽，桐城谬种，方欲以不通之典故，肉麻之句调，戕贼吾青年”之类。而“无谓之古典”“摇曳之丑态”“尊崇六朝文”“尊崇唐宋文”“不通之典故”“肉麻之句调”都与“白话体文学说”不相容。

他在《〈尝试集〉序》中则直接用“白话体文学说”批评桐城、选学文派。他批评选学派为弄坏白话文学的第一种文妖，桐城派是弄坏白话文学的第二种文妖：“这两种文妖，是最反对那老实的白话文章的。因为做了白话文章，则第一种文妖，便不能搬运他那垃圾的典故，肉麻的词藻；第二种文妖，便不能卖弄他那可笑的义法，无谓的格律。并且若用白话做文章，那么会做文章的人必定渐多，这些文妖，就失去了他那会做文章的名贵身份，这是他最不愿意的。”[②]

---

① 钱玄同《〈尝试集〉序》(1918 年 1 月 10 日)，《新青年》第 4 卷第 2 号，1918 年 2 月 15 日。

② 钱玄同《〈尝试集〉序》(1918 年 1 月 10 日)，《新青年》第 4 卷第 2 号，1918 年 2 月 15 日。

钱玄同以“白话体文学说”立论批判旧文学，确能击中要害，得到《新青年》学子的赞同。傅斯年就曾在《新青年》上著文力数桐城痼弊，认为“钱玄同先生以为‘谬种’，盖非过情之言也”。

其实，钱玄同面对的桐城派已非吴汝纶、曾国藩，更非方、刘、姚，而是严复、林纾之辈；选学派也不是阮元，而是刘师培、黄侃等国故派。诚如鲁迅所说：“五四时代的所谓‘桐城谬种’和‘选学妖孽’，是指做‘载飞载鸣’的文章和抱着《文选》寻字汇的人们的。”所谓“载飞载鸣”，是章太炎批评严复文章的用语，所谓从《文选》里寻字汇的人就是黄侃。鲁迅在此把严复、黄侃当作“谬种”“妖孽”的代表人物了。当然，钱玄同对严复、林纾都有批评。

严复、林纾并非桐城嫡传，他们与桐城的关系只能算自托门墙。严复用词遵守桐城“义法”，讲究“雅洁”，要纯不要杂，所造“拓都”“幺匿”“罔两”之类的词实在令人费解，还有人为了避免用日本新名词造了“百”和“空”代替日本名词“微生物”，真叫人哭笑不得。本来，时代在发展，理应创造出过去没有的词语来满足今日之需要，怎么可以用几本古书加以限制呢？再说近代各国有了来往，文化彼此交流，吸收新名词是理所当然的。所以，钱玄同主张采用外国新名词。他说：“至于用新名词，则毫无不合，我以为中国旧书上的名词，决非二十世纪时代所够用；……则非将‘东洋派之新名词’大掺特掺，掺到中国文里来不可。”至于林纾，以“今人用今语”而论，非加以批评不可。小说正格为白话，而他“与人对译欧西小说，专用《聊斋志异》文笔，一面又欲引韩柳以自重，此其价值，又在桐城派之下。然世固以大文豪目之矣”[①]。

刘师培、黄侃主张以骈体为文学的正宗，文必骈俪。本来，文章骈散应该顺其自然，而无刻削的痕迹就好。刘师培迷信阮元，

---

① 钱玄同《钱玄同致陈独秀信》(1917年2月25日)，《新青年》第3卷第1号，1917年3月1日。

行文必取骈俪，“其所撰经解，乃似墓志”。而黄侃抱着《文选》，从中寻找词汇，“专务改去常用之字，以同训诂之隐僻字代之，大有‘夜梦不祥开门大吉’改为‘宵寐匪祯闼札洪休’之风”。黄侃又颇自负，自认为散文并世无双；在选学方面又下过功夫，对于白话文学家嫉之如仇，贬称“驴鸣狗吠”。钱玄同曾作《随感录·五五》与他开了个玩笑。他引了黄侃一首词，开头几句为“故国颓阳，环宫芳草，秋燕似客谁依。箛咽严称，漏停高阁，何年翠辇重归”，认为此类文字是“模棱之词，含胡之言”，读起来有点像“遗老”口吻，并有希望“复辟”的意思，弄得黄侃暴跳如雷。

四

在钱玄同的意识里，“白话体文学说”既要理论革新，又该将理论付诸实践，知行合一。因此，他在提出“白话体文学说”的同时，又呼吁将“白话体文学说”付诸行动。他表示：既然以白话为文学的正宗，“正是要用老实的文章，去表明文章是人人会做的，做文章是直写自己脑筋里的思想，或直叙外面的事物，并没有什么一定的格式”。他相信，只要大家都来参与实践，必定会取得成功，自古所无的东西，而今一定会有。

《新青年》本是文言刊物，无论小说还是论文都用文言，都是旧式圈点，苏曼殊、陈嘏和刘半农或创作或翻译小说，无一例外。虽然至2卷6号(1917年2月)略有变化，所刊胡适的白话诗是创体，3卷1号(1917年3月)以后刊出的是胡适的翻译白话小说《二渔夫》以及稍后发表的白话短剧、讲演词，但就体裁而言，它们历来是可以用白话的。唯有议论文比较扭扭捏捏，不敢放胆地采用白话。陈独秀、胡适标举文学革命，视“白话文学为正宗”之说天经地义，也仅仅是持论而已，并未曾提到要把白话文学主张立即付诸实践的问题。钱玄同则不然，他强调要将“白话体文学说”

付诸行动。他认为：既然《新青年》杂志拿除旧布新做宗旨，则自己便应该首先施行之。凡是认为合理的说法，说了可以做得到，总宜尽快实行，以为社会的先导。他表示：“我们既然绝对主张用白话体做文章，则自己在《新青年》里面做的，便应该渐渐地改用白话。”他身先士卒，率先垂范，在《新青年》4卷2号（1918年2月）上立下誓言：“我从这次通信起，以后或撰文，或通信，一概用白话。”钱玄同言而有信，此后凡是公开发表的文字都采用白话（其实《新青年》3卷6号所刊钱致陈独秀信已采用白话）。

不仅如此，他还倡议《新青年》同人陈独秀、胡适、刘半农等人，将《新青年》杂志做白话文章的试验场，都来实践“白话体文学说”主张，写诗作文都采用白话体。为此他批评胡适，胡适虽是白话文学理论最早的尝试者，但所谓改革不过是“不避俗语俗字”而已，而且范围仅限于诗，其在《新青年》上发表的“白话诗”不过是洗刷过的文言诗，未曾脱尽五言七言的窠臼。钱玄同坦率地指出了这一点，说其中有几首还是“词”的句调，有几首诗因为被“五言”的字数所拘，似乎不能与语言恰合。至于所用的文字，有些似乎还嫌太文。对于新诗，他以为：“今后当以‘白话诗’为正体，（此‘白话’，是广义的，凡近于言语之自然者皆是。此‘诗’亦是广义的，凡韵文皆是。）其他古体之诗，及词曲，偶一为之，固无不可，然不可以为韵文正宗也。”据此，他还更进一步指出在改革的初期，无论诗文都应该放胆用白话去作，倘若稍怀顾忌，对于“文”的一部分不能完全舍去，那就难免存留旧污，于白话文学运动的开展大有阻碍。胡适对此表示折服，以为“此等诤言，最不易得”，立誓“力屏文言，不杂一字”，并且行动起来，他到北京以后所作的诗没有再用文言。

在“白话体文学说”的理论框架下，钱玄同还提出改革应用文的任务。胡适不仅不承认文之文字与诗之文字的区别，还视文学之文与应用之文为一体，因此对应用文未发表过意见。钱玄同则始终认为应用文改革是文学革命的一部分。1917年2月25日，他致信陈独秀指出："若普通应用之文，尤须老老实实讲话，务期老妪能解。如有妄用典故，以表象语代事实者，尤为恶劣。""对于应用之文，以为非做到言文一致地步不可。"不久，又对此大加发挥，拟定应用文改革大纲(《论应用之文亟宜改良》)十三条，指出应用文"根本上之改革"必须"以国语为之"；"凡一义数字者，止用其一，亦取最普通常用者"；"关于文法之排列，制成一定不易之语典，不许倒装移置"；"书札之款或称谓，务求简明确当，删去无谓之浮文"；"绝对不用典"；"凡两等小学教科书，及通俗书报、杂志、新闻纸均旁注'注音字母'"；"无论何种文章，必施句读及符号，惟浓圈密点，则全行废除"；"印刷用楷体，书写用草体"；"数目字可改用'亚拉伯'号码，用算式书写，省'万''千''百''十'诸字"；"凡纪年，尽改用世界通行之耶稣纪元"；"改右行直下为左行横迤"等。以上建议，除"左行横迤"一条当时未被采纳之外，均付诸实施。

但是，钱玄同对"左行横迤"这个问题并没有放弃。中国最早采用横排的刊物是1915年创刊的《科学》，稍后则有《观察丛报》杂志，因为所刊论文颇多科学公式，非采用横排不可。中文由右至左直下改为"左行横迤"的主张早就有人提出过，但他们的理由是在中文中夹着西文，中文直下，西文横迤，写起来很麻烦，写中文时本子直过来，写西文时本子就要横过去，有诸多不便。要解决这个问题，只有照西文写法"左行横迤"。当然，钱玄同对此表示完全赞同，不过他还有更充分的理由。他认为即使不嵌西文，单是直行也有理由改革的，他说："人目系左右相并，而非上下相重；试立室中，横视左右，甚为省力，若纵视上下，则一仰一俯，颇为费力。以此例彼，知看横行较易于直行。且右手写字，必自左至右，均无论汉文西文，一字笔势，罕有自右至左者。然则汉文右行，其法实拙。若从西文写法，自左至右横迤而出，则无一不便。"

因此，他建议：“希望今后新教科书从小学起，一律改用横写，不必专限于算学、理化、唱歌教本也。”尽管《新青年》主编陈独秀对此“极以为然”，“样样赞成”，可是仍然没有实行。其中的原因，《新青年》某些编者有过一个解释，即出于印刷上的困难。笔者以为这仅是原因之一，而且还不是根本原因。钱玄同当时曾说，“横迤”未曾施行，“实因同人意见对于这个问题未能一致”。笔者以为这个说法才是实情。当时《北京大学月刊》有人提出改直行为横排，自左至右书写，并加标点，曾遭到另外一些人的反对。后来闹到由校长蔡元培出面，主持研究所主任会议裁决，结果是凡自然科学性质的论文横排，而国学论文则竖排，有“文理两治”的味道。所以，这个问题的原因远非“印刷上的困难”那么简单。左行横迤问题虽争论不休，但不久后还是施行了。至于原因，就是钱玄同关于应用文改革的意见都是内行话，不仅可以说得通，而且可以做得到。

钱玄同对于“白话体文学说”抱着坚定的信念，大有不达目的决不罢休的精神。1919年春夏之交，文学革命的反对者结成联盟反对白话文学。一些支持文学革命的青年学生，对于《新青年》提倡白话文学一两年以来还没见到有多大效果，觉得非常悲观，而钱玄同信心十足，坚信“白话体文学说”必将胜利。他说：“我们但本于自己所已见到的真理，尽力鼓吹，尽力建设，用愚公移山的方法去做，必有达到目的之一日。不要自馁！不要灰心！人家杀我是杀不了的；自馁、灰心便是自杀，自杀便完了。所以我希望我们《新青年》同人不要自馁、灰心。”[①]这无疑给文学革命的支持者以极大的鼓励和鞭策，让他们义无反顾，勇往直前。

从前的士大夫虽然也阅读用近代白话写成的宋词、元曲、明

---

① 钱玄同《钱玄同复读者信》(1919年2月4日)，《新青年》第6卷第2号，1919年2月15日。

清小说，但都不敢放胆地用白话写散文或应用文。他们在心理上存在无形的精神压力，难道连文言文也作不好的人有资格作文学家，称得上学者吗？此种遗传的心理连“文学革命”的倡导者也不能幸免。陈独秀的主张可称激烈，可他对于钱玄同要求《新青年》全体同人都使用白话撰稿的倡议就持保留态度，他曾在《新青年》上声明：“改用白话一层，似不必勉强一致。社友中倘有绝对不能做白话文章的人，即偶用文言，也可登载。”他给同人保留了选择文体的权利。其实，此种心理压力直至白话文学运动成功之后仍然未能完全消除。胡适作《中国哲学史》，鲁迅作《中国小说史略》，都没有使用白话而采用文言，说到底，还是忘不掉旧派文人说的“新文学家不会作古文才以白话藏拙”这句话。蔡元培回答林纾对白话文学非难的那封信，也不免流露出此种心理。他把陈独秀、胡适、钱玄同、刘半农、周作人一个个点过来，说他们个个都是文言文的行家里手，提到钱玄同时，他说：“钱君所作之文字学讲义，学术文通论，皆古雅之古文。”可见，蔡元培给文言是留出了一定空间的。他在《国文之将来》中说：“用今人的话来传达今人的意思”的“白话派一定占优胜”，但又说：“文言是否绝对地排斥，尚是一个问题。照我的观察，将来应用文一定用白话，但学术文，或者有一部分仍用文言。”

《新青年》的同人们经钱玄同这么一激，愧不可当，终于被逼上梁山。《新青年》出到3卷6号（1917年8月1日）后，因张勋复辟事件而停刊，从4卷1号（1918年1月）起，《新青年》渐渐改为白话刊物，连带着使用新式标点，正式向世人宣告白话文学的诞生。稍后《新青年》创刊的《每周评论》、呼应《新青年》的青年学生创办的《新潮》均为白话。至五四时期，有四百余种白话报刊出版，白话文学已成燎原之势。对此，胡适在《五十年来中国之文学》中有过反省，他说，他的“尝试态度太平和”，若照这个态度做去，“文学革命至少还须经过十年的讨论与尝试”。笔者以为钱玄同虽不是白话文学的播种者，却是一位催生者，正是在他的“赶紧去做”的催促声中，白话文的新生儿才降生到人间，并日渐成长。

黎锦熙说钱玄同得章太炎的真传，能够综合顾炎武、江永、孔广森、段玉裁、戴震、严可均诸家之长，所得超过其师，可谓“学有本原，语多行话”。他的“白话体文学说”并非随意提出的口号，它以精深的学术底子做依托，又有进化论做理论，具有极大的理论力量，因此，批评旧文学如排山倒海，建设新文学若雨露春风。当然，钱玄同行文常说过头话，一般人十分话只说八分，他则要说到十二分(鲁迅语)。但比起他思想的新锐、见解的深刻，以及言行一致来，还是瑕不掩瑜的。

〔原载《复旦学报(社会科学版)》2000 年第 3 期〕

鲁迅的从文之路

一

鲁迅从文的原因很多，但从根本上说则是天性使然。

鲁迅出身于书香门第，童年就受到文学的熏陶。他的祖父在教诲子孙的“恒训”中就有“读书不成，倒不如去学做豆腐”之类的话，很有一点文学家的幽默感。尽管他是科甲出身，却并不一本正经，非但没有阻止儿孙们看“闲书”，反而向他们推荐阅读《西游记》《镜花缘》《儒林外史》之类的小说。此种习性，通过先天的遗传、后天的潜移默化，传给了鲁迅。鲁迅童年就爱读《山海经》之类的书籍，神往于人面兽、九头蛇、三脚鸟、长翅膀的人、两乳作眼的无头怪兽等等，忘情于图文并茂的草木虫鱼鸟兽。至十二三岁已阅读过家藏的《三国演义》《西游记》《封神演义》《镜花缘》《聊斋志异》等小说，弹词《义妖传》，及《阅微草堂笔记》《容斋随笔》《淞隐漫录》《板桥全集》等杂书。

鲁迅入南京水师学堂读书完全出于无奈。周家由于周福清科场舞弊案下狱，以及周伯宜三年大病后谢世(1896)，以致经济崩溃，家道中落。因为生活无着，鲁迅三兄弟常常要寄食在亲戚家里，过着近似“乞食者”的生活，至于升学所需学费，更是无从去想。因此“无须学费”的南京水师学堂便是鲁迅最好的选择了。在当时人心目中，“读书应试”才是正路。咸丰初年，“我国士大夫震于西兵之强也，乃求西艺。谓西兵之长，长于西艺也，于是求之三十年”。可是其成效令人大失所望。1884 年马尾海战，福建水师军舰大部分被毁,连马尾船厂也被法国军舰摧毁。1895 年中日甲午战争,北洋水师全军覆没。大家对洋务运动由希望变为失望,由崇尚变成怀疑。当时,"所谓学洋务,社会上便以为是一种走投无路的人,只得将灵魂卖给鬼子,要加倍的奚落而且排斥的"。这话并非言过其实。鲁迅入学注册时,他的族叔祖周椒生认为本族后辈进学堂当兵有失体面,不宜使用家谱上的名字,于是将鲁迅本名"樟寿"改为"树人"。可以说,鲁迅离家前他母亲给他八元川资,叫他"自便",也就是自寻一条生路罢了。鲁迅是在走投无路的状况下,抱着无可奈何,甚至屈辱的心情接受水师学堂的,谈不上志愿。

令人啼笑皆非的是入学之后,鲁迅被安排在管轮班的机关科。这属于培养技工人才的专业,与鲁迅的特长、兴趣、爱好格格不入。本来,作为一名未来的轮机技师,应该老老实实地待在轮船舱底的机房里,与轮机的轰鸣声为伴。可是鲁迅志不在此,他身在舱底,心却留在甲板上,俯视浩瀚的大海,仰望无际的蓝天。所以,他在水师学堂待了不足半年就想退学。彼时江南陆师学堂附设的矿路学堂开设并招生,于是,鲁迅投考该学堂,并于 1898 年 10 月被录取。

矿路学堂是培养工程师之所。鲁迅作为一名未来的采矿工程师,应该以从二十丈深的地下找出"黄金黑铁"为乐,可他在矿井里总有些心不在焉,而把眼睛盯在"鬼一般工作着"的矿工身上,见人不见物。尽管他在矿路学堂以第一等第三名的成绩毕业,可是对于工程技术似乎毫无信心,说:"听了几年讲,下了几回矿洞,就能掘出金、银、铜、铁、锡来么?实在连自己也茫无把握,没有做'工欲善其事,必先利其器'论的那么容易","结果还是一无所能"。可是在此期间,他却忘情于文学,阅读大量文学书籍,乐此不疲。据他的同学张协和说,鲁迅下课后从不复习课业,终日阅读小说,过目不忘,对《红楼梦》几能背诵。鲁迅在此期间阅读了柯南道尔的侦探小说《包探案》、哈葛德的蛮荒小说《长生术》、林纾翻译的《巴黎茶花女遗事》等，1899 年 12 月还参加了李伯元主编的《游戏报》的征稿活动，揭晓时，他的名字竟列在获奖名单的前十名。

1902 年 4 月，鲁迅到日本留学，进入弘文学院补习日语，为修习采矿冶金专业做准备。可是，他对文学爱好本性使然，“课余喜读哲学与文学之书”。1903 年，他购置日文文艺书籍，如拜伦的诗、尼采的传记以及希腊、罗马的神话。1904 年 6 月，鲁迅在弘文学院补习日语结束，按照规定，他应该入东京帝大工科所属采矿冶金科深造，可是他却放弃采矿冶金科，而选择了医学。那么，医学是否是鲁迅心爱的专业呢？也不尽然。因为他无论到哪里，心里唯有文学。他借到《黑奴吁天录》，“乃大欢喜，穷日读之，竟毕”（1904 年 8 月 29 日致蒋抑卮）。入仙台医学专门学校仅一个月（1904 年 10 月），他就写信给蒋抑卮，诉说入仙台医学专门学校后，因没有时间“旁及”文学的苦恼，他说：“校中功课大忙，日不得息”，所授各课“皆奔逸至迅，莫暇应接”，“只求记忆，不需思索，修习未久，脑力顿困，四年而后，恐如木偶人矣”，以至感喟：“从今以后，只能修死学问，不能旁及矣，恨事，恨事！”

再者，鲁迅的思维方式是文学家类型的，充满着想象力。有一次做实验，他把自己的血与青蛙的血搅和在一起，发现完全融合，他惊讶地说：“我的血同青蛙的血一模一样。”又有一次做解剖图作业，他出于艺术的考虑，故意把一条血管的位置做了改动。他还说自己初次上解剖台，分解女人和儿童的尸体感到不安；在解剖乞丐、死囚和病死在监狱里犯人的尸体时，心里总是感到阵阵的刺痛。

纵观鲁迅青少年时期的兴趣爱好，可以看到他天生就热爱文学，不是当水兵、工程师和医生的料。当然，他在这些方面所学虽无所成，但也不可否认，这些学习经历为他日后的文学创作准备了一种特殊的知识和文化背景。

二

鲁迅到日本留学半年后，即 1902 年 11 月，梁启超主编的《新小说》创刊。创刊号刊载梁启超的转移文坛风气的名文《论小说与群治之关系》。该文强调小说的宣传功能，认为小说能够牢笼一世，化育群伦。欧洲教主利用它来创立教门，政治家利用它来组织政党；日本明治维新的改革家借它做宣传工具，推动政治变革。在梁启超看来，小说简直无所不能，因此，尊之为“文学之最上乘”。

大概由于鲁迅早已是梁启超主编的《清议报》《新民丛报》的读者，所以当《新小说》创刊号面世不久，鲁迅很快地就注意到它。1902 年 12 月 16 日，他在给家人的信中赞《新小说》为“佳书”，并向家人推荐。次年 4 月，又托回国的同学把《新小说》捎回家。这本杂志对鲁迅发生深远的影响。

《新小说》发表过诸多科学幻想小说，其中连载的《海底旅行》令他感到耳目一新。三十年后他对此回忆说：“在《新小说》上，看见了焦士威奴(即儒勒·凡尔纳)所做的号称科学小说的《海底旅行》之类的新奇。”(《南腔北调集·祝中俄文学之交》)这类小说不仅与中国的言情、谈故、刺时的小说不同，就是与《山海经》《玉历钞传》也大异其趣。

鲁迅在矿路学堂接受了现代科学技术的训练，到日本之后，感受到落后的中国与工业化的日本存在的极大差距，并且知道科学知识及其应用是国家进步不可缺少的前提，同时，西方科学技术启发了日本人的聪明才智，而确信科学幻想小说是进行科学普及和思想启蒙的理想工具。他在《中国地质略论》一文中说：“工业繁兴，机械为用，文明之影，日印于脑，尘尘相续，遂孕良果……”于是，便萌生了借助科学幻想小说服务于祖国复兴和解放事业的念头。

此时，鲁迅写了一首诗《自题小像》："灵台无计逃神矢，风雨如磐暗故园。寄意寒星荃不察，我以我血荐轩辕。"《山海经·大荒西经》说：西方有个轩辕（黄帝）台，在它东面部落里的人，因为惧怕触犯黄帝的神灵，不敢向西方射箭。"灵台"也就是轩辕台，喻指中国；"神矢"也就是以先进科学技术为背景的枪炮工艺。鲁迅作诗明志，决心要用自己的心血进行科学启蒙，激起国人对于科学技术的热情，发展科学技术，壮大国力，恢复昔日神"矢"不可西射"轩辕灵台"的旧观。

1903 年 8 月以后，鲁迅便开始翻译科幻小说，译有《月界旅行》《地底旅行》《北极探险记》《造人术》等，期间还为周作人校其译作《侠女奴》《黄金虫》文稿。鲁迅从事科学幻想小说翻译，在译风上完全接受梁启超的影响。梁启超译《十五小豪杰》，"纯以中国说部体段代之"，改成章回体；在用语方面，采用半文半白的所谓"文俗并用"的文体。鲁迅译《月界旅行》，结构上同样采用章回体，也是文言、白话参用。对于新小说的见解，鲁迅与梁启超如出一辙。梁启超说本拟采用通俗体，但在译述过程中发现，纯用俗语甚为困难，而文言、白话参用，劳半功倍，反觉方便。鲁迅则说："初拟译以俗语，稍逸读者之思索，然纯用俗语，复嫌冗繁，因参用文言，以省篇页。"据说他译《北极探险记》，"叙说用文言，对话用白话"。此种半文半白、亦文亦白的文字格调正是梁启超当年极力提倡，又遭非议的新小说。此时的鲁迅实为地道的梁启超的新小说派。

其实，鲁迅所受梁启超新小说的影响远不止于科学幻想小说。据周作人的《知堂回想录》推断，鲁迅从事文学活动，是读了梁启超的《新小说》，以及受其《论小说与群治之关系》的一点影响罢了。鲁迅论及五四时期作小说的原因，说：我仍抱着十多年前的"启蒙主义"，以为必须是"为人生"，而且要改良这人生。可见虽然鲁迅后来的文学活动向文学革命方向发展，但是《新小说》的影响无疑是一个良好的开端。

三

鲁迅“弃医从文”，从仙台跑到东京。这个时候，恰巧章太炎从上海西牢出来，流亡到日本东京。章太炎既是同盟会健将，又是国学大师。他的革命思想由于他的好古心理所促成。他以排满革命为旨归，不只是打倒清朝皇帝，还要推翻二百六十年来清朝统治下的一切文物制度，恢复汉族的制度。因此，他的言论“大抵发思古之幽情，追溯汉唐文明之盛”，渗透着复古的精神。他以复古为解放，倡导“文学复古”论，并把“文学复古”论与意大利的文艺复兴运动相提并论，认为“彼意大利之中兴，且以文学复古为之前导，汉学亦然，其于种族，固有益无损也”[①]。他主张“用国粹激动种性，增进爱国热肠”。他的复古连文字也不例外，认为“文辞的本根，全在文字”，“可惜小学（文字学）日衰，文辞也不成个样子，若是提倡小学，能够达到文学复古的时候，这爱国保种的力量，不由你不伟大的”。因此，他倡导“本字古义”。由于他坚信复兴古代文化就能复兴祖国，因此复古的同时就是排外，认为中国的典章文物足以复兴祖国，没有必要乞灵于“远西”文物。

章太炎被公认为有学问的革命家，青年学子趋之若鹜。胡朴安说留日学生多“受章氏之感动，激于种族之观念，皆归于民族旗帜之下，风起云涌，各自发行杂志，宣传种族学说，以为革命之武器”。至于章太炎的学生则有过之无不及，“同门诸人奉先生如泰山北斗，所以都以复古为解放”。钱玄同后来曾说：我那时复古的思想虽极炽烈，但有一样“古”即“皇帝”是绝对排斥的，唯于共和

① 章太炎《革命之道德》，《民报》第8号，1906年10月。

政体却认为天经地义，光复后必须采用它。此外，不仅要光复旧物，“将满清底政制仪文一一推翻而复于古”，不仅复于明，且将复于汉唐；不仅复于汉唐，且将复于三代。一切文物制度固然是汉族的好，但更重要的是，“同是汉族的之中，则愈古愈好”。周作人也是如此，《知堂回想录》写道：“我那时又是民族革命的一信徒，凡是民族主义必含有复古思想在里边，我们反对清朝，觉得清以前或元以前的差不多都好。”鲁迅自从进了矿路学堂之后就把科学技术当作主业来对待，文学只是“旁及”。他对科学技术抱着美好的理想，认定只要科学技术发展了，人们的精神也会随之而进步。他写《说钼》《中国矿产志》，翻译科学幻想小说，乃至到仙台学医都是顺着这个思路走的。可是，随着接受“文学复古”思想的影响，他对科学技术的看法很快发生了变化。科学无疑有启迪理性的作用，然而民族主义思想中所包含的伦理和政治内容却是科学力所不能及的。在日益高涨的民族主义气氛中，鲁迅原先以科学促进维新思想的信念发生动摇。1907 年，鲁迅写的《人之历史》《科学史教篇》对无保留地相信科学表示怀疑。《科学史教篇》认为过分强调科学而忽视道德、美学和宗教的价值难免会走向偏颇。鲁迅就是在此背景下“弃医从文”。所作除上文已经提及的《人之历史》《科学史教篇》之外，还有《文化偏至论》《破恶声论》《摩罗诗力说》，以及《域外小说集》。这些作品充满了民族主义精神。

《文化偏至论》既名为“偏至”，显然对于外来思潮有所批评。所谓偏至有二，一为“物质”，二为“众数”。鲁迅当时于“物质文明”贬词甚多。他认为因受西洋思潮的影响，人们对于物质文明“崇奉逾度”，无止境地追求物质利益和物质享受，造成精神颓丧，道德堕落，罪恶丛生，社会停滞。救弊之道在于提倡中国的精神文明。这是一个古老的药方。精神文明与物质文明本来紧密相连，不可分离。西洋对于物质文明不知疲倦地追求，其结果物质文明高度发展，精神文明日益提高，并以两者的优势傲视世界；中国人知足常乐，不求物质享受的进步，安于贫穷，崇尚简朴的生活，得过且过，精神上毫无进取之心，安于天命，安分守己，精神文明无从说起。过了一百年以后的今天尚且有相当多的人尚未脱贫，何况当年，生产力极度低下，物质贫乏，人民饥寒交迫，哪里谈得上“崇奉逾度”？由此可见，一旦受了传统观念的束缚，人的聪明才智就会大打折扣。

因为鲁迅主张“掊物质”，因而反对“制造商估”。本来农业、工业与商业相辅而行，“农工无商，则有货不行；商人得法，于农工大有益也”。可是，中国历来重耕读，轻工商。晋代贱视商人，律法规定：经商者须有特别标志，一是额头上做有标记，称为“白额帖人”；二是穿的鞋子必须一白一黑，而“西汉摧折富商，俾不得与齐民齿”，并禁止商人从政。因此，西方人跨洋过海到中国来做生意，而国人对于商人则贬之为“铜臭”，斥之为“守财奴”。章太炎是主张制裁“制造商估”的。他的《讨满洲檄》认为：今人“震于泰西文明之名，劝工商，汗漫无制，仍使豪强兼并，细民无食”。《五朝法律索隐》还说，汉代为商人规定特别标志，是汉代法律的长处。鲁迅反对“制造商估”，实在是被章太炎引入了误区。

鲁迅对于“物质文明”的看法后来改弦更张了。章太炎《救学弊论》认为：“凡学者贵其攻苦食淡，然后能任艰难之事，而德操亦固。”鲁迅认为此论值得商榷。他说，要“使学子勿慕远西物用之美，而安守其固有之野与拙，则是做不到的。因为穷不是好事，必须振拔的”（许寿裳《亡友鲁迅印象记》）。到了五四时期，更有鲜明的见解，他把“外国物质文明虽好，中国精神文明更好”的观点列为“爱国自大”者的特征之一。

鲁迅的所谓“众数”与“个人”是对应的。“个人”不是自由民主意义上的个性，与五四时期所谓解放个性并不是同一概念，而是指“天才”(英哲)。鲁迅说,英、美、法“扫荡门第,平一尊卑,政治之权,主以百姓,平等自由之念,社会民主之思,弥漫于人心。流风至今,则凡社会政治经济上一切权利,义必悉公诸众人,而风俗习惯道德宗教趣味好尚言语暨其他为作,俱欲去上下贤不肖之闲,以大归乎无差别。同是者是,独是者非,以多数临天下而暴独特者,实十九世纪大潮之一派,且曼衍入今而未有既者也”(《文化偏至论》)。从这里看,此时的他其实是并不欢迎五四时期成为主流的自由、民主、平等的思潮。鲁迅对于民众抱着不信任的态度,认为民众缺乏判断是非的能力,并因此认为:是非道理,政治上的事情不可公之于众,公之于众必遭败绩。所以,他追随章太炎反对代议制。章太炎的《代议然否论》认为:“代议政体,必不如专制为善。满洲行之非,汉人行之亦非,君主行之非,民主行之亦非。”既然“民众”不可依靠,唯有相信天才。“惟超人出,世乃太平。苟不能然,则在英哲。”所以,《破恶声论》呼唤超人出世,认为否则的话,中国难免“沦没”。

《摩罗诗力说》按民族主义文学的标准取舍外国文学。民族主义文学家是排斥外来文化的,但如果理解为对外来文化一概排斥又不尽然。黄节解释国粹论说:“本我国之所有而适宜焉者,国粹也,取外国之宜于我国而吾足以行焉者,亦国粹也。”《摩罗诗力说》就属于“外国之宜于我国而吾足以行焉者”。波兰诗人密茨凯维支的《先人祭》有诗句曰:“喝血喝血,复仇复仇!仇吾屠伯!天意如是,固报矣;即不如是,亦报矣!”这与章太炎提倡的报“九世之仇”的精神一致,所以,鲁迅赞之为“复仇诗人”。鲁迅推崇拜伦,因为拜伦“花布裹头,去助希腊独立”,与苏曼殊赞赏拜伦“谋人家国,功成不居”并无高下之分。所以,鲁迅推崇的“摩罗”精神,完全是民族主义的应有之义。鲁迅后来评《摩罗诗力说》的动机时也说到这一点,他说:“绍介波兰诗人,还在三十年前,始于我的《摩罗诗力说》。那时满清宰华,汉民受制,中国境遇,颇类波兰,读其诗歌,即易于心心相印。"[①]又在《坟·题记》中说:《摩罗诗力说》等文,"先前是怎样地使我激昂呵,民国告成之后,我便将他们忘却了"。周作人论鲁迅,认为这一时期鲁迅的思想可以用民族主义来概括,细读《文化偏至论》等文,可知周说为不易之论。

鲁迅初涉文坛,翻译科幻小说走的是梁启超新小说的路子,后来接触西方思想和文学,大半通过严复、林纾的介绍,并且受到他们的影响。而对于章太炎的"本字古义"不免头痛,他说,木板《訄书》出版,他"读不断,当然也看不懂"。后来受"文学复古"思想的影响,读《民报》上章太炎的文章,渐渐发生兴趣,并成为文字上的好古派。鲁迅和周作人翻译《域外小说集》,曾请教过章太炎。俄国斯蒂勃咢克的《一文钱》译成后,曾"请太炎先生看过,改定好些地方",并由章太炎发表在《民报》第21号(1908年6月)上。他为着"了解古训,以期用字妥贴",曾向章太炎学习《说文解字》《尔雅》等,于是就"受了章太炎先生的影响,古了起来","写文多喜用本字古义","又喜欢做怪句子和写古字"。写"鸟"字下面必只有两点,见"樑"字必觉得讨厌。译稿内换上许多古字,如"踢"改为"踶","耶"改为"邪","域"改为"或"之类。《域外小说集》中大都如此,译文"不但句子生硬,'佶屈聱牙',而且也有极不行的地方"[②]。1920年重印《域外小说集》时,考虑到排印困难,鲁迅才把有些古字再改为通用字。此种习惯以后还保留了很长时间。1914年,《黄蔷薇》译成,因为蔷薇的名称不见于经传,改名《黄华》,以求古雅。当年蔡元培得到鲁迅赠送的《域外小说集》,通读一过,大为感慨,说:"译笔古奥,比林琴南君所译的,还要古奥。只要看书名'域外'写作'或外',就可知先生那时候对于小学的热心了。"(《记鲁迅先生轶事》)鲁迅在杭州两级师范学校任教,

---

① 鲁迅《"题未定"草·三》,《且介亭杂文二集》,人民文学出版社,1973年,第116页。
② 周作人《序》,《域外小说集》,上海群益书社,1921年。

习惯使然，还用这种古字编写讲义。当时白话文尚未流行，古文的风气尚盛，鲁迅用《域外小说集》式的古文译述动物、植物学讲义，被人称赞，也受到学生的尊敬。但是，他的讲义不容易看懂。如生理卫生生殖系统的讲义写得很简单，而且还故意用了许多古字，用“也”字表示女阴，用“了”字表示男阴，用“手”字表示精子，诸如此类，在无文字学素养的人看来，好比在看天书。

鲁迅追求“本字古义”耗费了不少的时间和精力，作为回报，便是“此路不通”。由于文字过于古奥，鲁迅的投稿往往被退回。有一位编辑在退稿信上说：“行文生涩，读之如对古书，颇不通俗。”《域外小说集》初版第一、二册，东京、上海两个寄售地总共卖了八十册左右，古奥必是原因之一吧。尽管如此，鲁迅并未及时反省，继续在“本字古义”的道路上一往直前。1917 年，《新青年》倡导白话文，鲁迅仍无动于衷。正因为如此，五四以后，鲁迅对这些文章作过反省和检讨。《集外集·序言》称其为“少作”，还说重读它们犹如看“婴儿时代的出屁股，衔手指的照相一样”。对此，虽然“悔却从来没有过”，而“愧则有之”。《俄文译本〈阿 Q 正传〉序及著者自序传略》还承认那是“几篇不好的东西”。

由于受民族主义思想的影响，鲁迅试图“新生”却走向了复古。民族主义文学家有“试从国故稽文献，异代精灵傥在兹”之论，于是有人搜集南宋、明末遗民的著作以及清代暴行记录之类，编辑出版，以表彰宋、明志士，鼓励“排满革命”的士气。鲁迅则有整理乡邦文选、荟集古逸书、刊印“越先正著述”之举。民族主义文学家有“断简飘零，访残碑于荒野”的主张，章太炎则发挥说：“古事古迹，都可以动人爱国的心思。当初顾亭林要想排斥满洲，却无兵力，就到各处去访那古碑古碣传示后人，也是此意。”（《东京留学生欢迎会演说辞》，1906 年 7 月 15 日）于是，鲁迅便孜孜不倦地抄古碑。就这样，抄旧书，抄古碑，一抄就抄了将近十年。清末的南社，是鼓吹排满革命的文学团体，诚如钱基博所说：南社衡政好言革命，文学则主张“复古”。鲁迅参加南社分支机构越社绝非偶然。他后来评论南社说：“他们叹汉族的被压制，愤满人的凶横，渴望着‘光复旧物’。但是民国成立以后，倒寂然无声了。我想，这是因为他们的理想，是在革命以后，‘重见汉官威仪’，峨冠博带。而事实并不这样，所以反而索然无味，不想执笔了。”[①]联系到鲁迅在辛亥革命前的慷慨激昂，辛亥革命后的默不作声，我们不难推断，他对南社的历史评价也包含着自己真切的感受。

四

张勋复辟事件对于新文化运动的兴起有着至关重要的意义，对于唤醒沉寂了十年的鲁迅也同样有非同小可的作用。在张勋复辟之际，鲁迅已经历了袁世凯镇压二次革命以及称帝事件，见过了这些事件，“看来看去，就看得怀疑起来，于是失望，颓唐得很了”。这是可以理解的。人们试问，此类复辟活动是否还会再次发生呢？杜绝其发生的秘方藏于何处呢？这些都促使鲁迅开始寻觅“药方”。

其实，鲁迅所寻找的“药方”早已有人在做探求了。当袁世凯紧锣密鼓地准备做皇帝的时候，著名政论家黄远生对这个事件的根源及杜绝其发生的办法就撰写了一批文章，提出自己的看法，其基本思想是：中国问题的症结“不在枪炮工艺以及政法制度等等，若是者犹滴滴之水，青青之叶，非其本源所在，本源所在，在其思想”[②]。中国人的思想不革新，任取何种改革都是事倍功半。因此，他认为应该采取釜底抽薪的办法，参照欧洲文艺复兴模式，发

---

① 鲁迅《现今的新文学的概观》，《三闲集》，人民文学出版社，1973 年，第 110 页。

② 黄远生《新旧思想之冲突》，《东方杂志》第 13 卷第 2 号，1916 年 2 月 10 日。

起一场文艺改革运动，以新文学为载体，引入现代思潮，破除传统思想，为政治制度改革奠定思想基础，为科学技术的发展开拓道路。袁世凯称帝事件发生之后，黄远生的看法受到重视，他的思路首先为陈独秀所接受。陈独秀承认思想觉悟为最后的觉悟，倘若没有思想革新的前导，政治改革绝不会收到成效的。他在《旧思想与国体问题》中指出："袁世凯要做皇帝，也不是妄想。他实在见得多数民意相信帝制，不相信共和。就是反对帝制的人，大半是反对袁世凯做皇帝，不是真心从根本上反对帝制。……所以我们要诚心巩固共和国体，非将这班反对共和的伦理文学等等旧思想，完全洗刷得干干净净不可。否则不但共和政治不能进行，就是这块共和招牌，也是挂不住的。"此论不幸而言中，这篇文章发表不到两个月，张勋复辟事件就发生了，"共和招牌"果然被摘了下来。事实胜于雄辩。既然"共和招牌"说揭示出社会发展的逻辑，自然会得到人们的认同。张勋复辟事件发生之时，胡适正在由美返国途中，1917 年 7 月 5 日，船到横滨港，始知张勋拥宣统复辟的消息。此时他已获读《新青年》3 卷 3 号，读着《旧思想与国体问题》，感慨系之，在日记中不无信服地写道：陈独秀"所言今日竟成事实矣"。钱玄同是最早支持陈独秀的"共和招牌"说的，他致信陈独秀说："先生前此著论，力主推翻孔学，改革伦理，以为倘不从伦理上根本解决，那就这块共和招牌一定挂不长久（约述尊著大意，恕不列举原文），玄同对于先生这个主张，认为救现在中国的唯一办法。"①

由于张勋复辟事件的影响，《新青年》出版至 3 卷 6 号（1917 年 8 月）而休刊，当复刊的 4 卷 1 号问世，已是 1918 年 1 月的事了。在其间四个月中，老同学钱玄同频繁造访鲁迅，每次都要谈

① 钱玄同《致陈独秀信——中国今后之文字问题》（1918 年 3 月 14 日），《新青年》第 4 卷第 4 号，1918 年 4 月 15 日。

上五六个小时，因为谈得深入，往往触及一些敏感的话题。鲁迅与钱玄同交谈之时，周作人也是参与者，他的日记中多有“睡后失眠”的记载。至于他们所谈内容，据钱玄同1923年7月9日致周作人信说，涉及积极“铲除‘东方化’”，“提倡‘非圣’，‘逆伦’”，“烧毁中国书”等等。由此推断，当时所谈正是这个“共和招牌”说。钱玄同说话极富煽动性，十分的话，一般人只说到八分，他却要说到十二分，态度最为激烈，比起陈独秀可谓有过之而无不及。或许正是这一见解打动了鲁迅，认为这就是良医的脉案，因此接受了“共和招牌”说。

鲁迅认为当务之急，首先是“改良思想”，否则，即使是白话文学，也还是无济于事。“倘若思想照旧，便仍然换牌不换货”，“所以我的意见，以为灌输正当的学术文艺，改良思想，是第一事”。这个主张把当时正在进行的文学革命运动由“介壳”层面推向“内核”层面。对此他后来说得更清楚：“最初的革命是排满，容易做到的，其次的改革是要国民改革自己的坏根性，于是就不肯了。所以此后最要紧的是改革国民性，否则，无论是专制，是共和，是什么什么，招牌虽换，货色照旧，全不行的。”[①]这就在“共和招牌”说的基础上，演化出思想革命的主张。鲁迅有“听将令”和“遵命文学”之说，其实两者所指就是“共和招牌”说。

从此开始，《新青年》由提倡文学革命（白话文学），进而提倡思想革命。经此一番思想的整理，鲁迅确认了“思想革命”的主题，突然兴奋起来，多年来的消极悲观情绪一扫而空，充满着乐观和信心。1918年8月20日，他写信给许寿裳说：“历观国内无一佳象，而仆则思想颇变迁，毫不悲观。”鲁迅对《新青年》的态度发生根本性的改变，由冷淡变为热情。1918年1月以后的通信和日

---

① 鲁迅《致许广平信》（1925年3月31日），《两地书》，上海青光书局，1933年，第18页。

记频繁出现《新青年》的刊名，同年5月《新青年》4卷5号发表了他的《狂人日记》，自此以后，《新青年》上常有他的文章发表，形式有论文、随感录、诗、译稿等，新文学家鲁迅就此诞生了。

〔原载《收获》2000年第6期〕

论林语堂笔调改革的主张

中国旧文学在“礼教蝉化”之下生成了“板面孔的文学”。它们以庄重、严正的笔调喋喋不休地叙述着仁义道德或“天经地义”的道理，有寒气逼人之感。林语堂指出了这一点，并试图通过提倡小品文笔调来进一步推进文学改革，主张以一种轻松闲适、清新自然的文体来言志立说，在以抒情为主的现代白话散文之外，另创以说理议论为主，却不威严、不拘泥、不端架子的现代散文。他还提出要把这种文体推广到更广大的范围去使用，除了政社宣言、商人合同及科学考据论文之外，无不可夹入个人笔调。只有这样，新文学才能彻底摆脱“板着面孔”训话式的弊端。尽管林语堂的小品文理论不无偏颇之处，然就其笔调改革主张而言，无疑是继白话替代文言之后对散文发展产生过深远影响的理论主张。

一

如今林语堂的书十分畅销，他提倡的“幽默”再次被文化市场热炒，林语堂式“宇宙之大，苍蝇之微”的小品文已经一发不可收地从当代文人高谈戒烟戒酒发展到“小女人散文”和“小男人散文”一类的畅销书。可笔者感兴趣的还是他另外一类文字，即关于“小品文笔调”的主张。林语堂在编《人间世》时直白地说过：“余意此地所谓小品，仅系一种笔调而已。”并说他之所以提倡这种文体，是为了“使其侵入通常议论文及报端社论之类，乃笔调上之一种解放，与白话文言之争为文字上之一种解放同其意义”。为此，林语堂做了一生的努力。

所谓“小品文笔调”，只是个总称，别号繁多，诸如言情笔调、言志笔调、闲适笔调、闲谈笔调、幽默笔调、谈话笔调、娓话笔调、散文笔调、个人笔调，等等，不胜繁多，却又不尽准确。但这些说法所表达的基本含义是清楚的，皆指取法于西洋 Essay 又暗合于中国古代散文的一种文体，并与五四以来新文学的论说文章相对立：“大体上，小品文闲适，学理文庄严，小品文下笔随意，学理文起伏分明；小品文不妨夹入遐想及常谈琐碎，学理文则为题材所限，不敢越雷池一步。”以一种轻松闲散、清新自然的文体来立志立言，在以抒情为主的现代白话散文之外，另创说理议论为主却又不威严、不拘泥、不端架子的现代散文，这就是“小品文笔调”的要义。林语堂甚至想把这种写作文体推广到更大的范围里去使用：“此种个人笔调已侵入社会及通常时论范围，尺牍，演讲，日记，更无论矣。除政社宣言，商人合同，及科学考据论文之外，几无不夹入个人笔调，而凡足称为‘文学’之作品，亦大都用个人娓语笔调。故可谓个人笔调，即系西洋现代文学之散文笔调。”

这种新的散文文体，无论在当时为纠正新文学初期理论建设中出现的文体缺点论，还是为以后的新文学散文创作的繁荣计，都是具有创新性的。20 世纪 30 年代林语堂倡导的小品文文体与鲁迅倡导的杂文文体并立于世，可以说是说理言志类的散文创作的两大流派。而观今日散文创作之繁荣，杂文的战斗性与讽刺性难免受到现实的种种限制；小品文从积极的一面而言，用个人笔调与自己的声音依然沉重地履行着五四以来的知识分子的使命。这也是有目共睹的文化现象。因此，从这一角度来追根溯源，重提林语堂在当年文学批评中的某些主张及其实践，是十分有趣的事情。

二

1918年，林语堂从上海圣约翰大学毕业后入清华大学担任英文教员的第二年，陈独秀、胡适发动的文学革命运动已经进入对历史传统的全面反省，反对文言、提倡白话也成为当时文化界新旧两派争论的焦点。林语堂置身于中国思想解放、文学改革的潮流里，不免跃跃欲试。他最初加入《新青年》战斗行列的举动，是关于文字改革的设想方案，他从"汉字索引"说到西洋文体，转而对新文学提倡白话以来在文体上的毛病提出尖锐的批评。他的批评从《新青年》上刊发的理论文章未得"西文佳处"开始，认为西方理论文章的特点是说理精密，立论确当，有规模，有段落，逐层推进有序，分辨意义精细，正面反面兼顾，引事证实细慎，读来有义理畅达、学问明晰的愉快。而《新青年》所刊的文章虽然"皆是老实有理的话"，但离"西方论理细慎精深，长段推究，高格的标准"毕竟差得很远，而且有讽刺意味的是，在林语堂看来，当年作文最具有西方式逻辑力量的作者恰是后来成为新文学运动论敌的章士钊。这个批评只是针对当时的白话说理文的文体缺点而言，还不涉及小品文体的提倡。但在当时提倡白话文的《新青年》诸子，显然是只顾着思想的革命和风俗的改良，笔调改革还没有进入他们关注的视野。而林语堂因身在文坛纷争圈之外，思想比较超脱，能见人所未见，从文体批评入手，一下子抓住白话文的弱点，应该说是别开生面。可惜当时新旧文学两派文白之争正处在白热化状态，《新青年》诸子为确立以白话为文学正宗的地位，正竭尽全力冲锋陷阵，对林语堂的批评并未引起重视。钱玄同在林语堂该文后面的复信中对他的议论有赞成也有解释，认为新文学家固然应该"效法"西文佳处，但事情有轻重缓急之分，当前第一步必须将文言全盘推倒，让白话文立稳正宗的脚跟，将旧文学里的那些"死腔套"删除，然后再走第二步，把西文佳处输入到白话文里去，否则，虽有别国良好的模范也是枉然。这当然只是一种说法。说来也奇怪，《新青年》诸子中除李大钊、高一涵是从写逻辑文体的"甲寅"派转化而来的，其余人并不擅长此类文章。胡适有此修养，却因忙于提倡白话文学，必须以身作则用白话写作外，并未关注林语堂提出的问题。其他几位主将级的人物都是从旧学分化过来的，从未受过严格的逻辑思维训练，即使后来白话取得了胜利，他们依然是用散漫的文体写作，仍未写出过严密的有逻辑的西方式的理论文章。正应了一句俗语，"识得行不得"。

但是，林语堂在同一文章中的另一个建议显然很对他们胃口，那就是他深感《新青年》文体单调，建议"凡文不必皆是讲义理的深奥"，因为"文生于情，须要与情感题目相配才好"，不妨因其应用不同，采用多种文体，如书信体、说话体、讲学体、科学记事等，特别列举了 Essay style（随笔体），"应该格外注意"。这大约是新文学的文体建设中第一次提到西方文学中以说理议论、自由发挥为主要特征的"随笔体"。说来也是巧合，刊发林语堂这封信（作于 1918 年 3 月 2 日）和钱玄同复信的《新青年》4 卷 4 号（1918 年 4 月 15 日），在编辑上发生了微妙的变化。这一期首次推出"随感录"专栏，发表了陈独秀、陶孟和、刘半农三人七篇谈话体杂感文。对于《新青年》"随感录"的出现，究竟是由于林语堂的建议，还是出于纯粹的偶然，现在已经无法作出确切的回答，但有一点似乎可以肯定，林语堂与《新青年》诸子在提倡自由散漫的西方随笔体方面，确有相通之处。事实上，也正是《新青年》中的鲁迅、周作人、钱玄同、刘半农等人，组成了中国新文学的第一代议论性散文大家群体。

此后不久，林语堂远渡重洋，留学哈佛大学，继之转入德国莱比锡大学，与新文学文坛中断联系达四年之久。当他于 1923 年秋归国之时，以白话为文学正宗的地位已经确立，林语堂自然兴奋不已。据林语堂推断,白话代替文言,既然以说话方式行文成为文学正宗,自然会演变出以闲谈说理,在谈话中夹入个人感情及个人思想,即所谓"小品文笔调"的一派来。当年钱玄同所说的第二步,正是到该跨出去的时候了,行文笔调上的大解放似乎就在眼前。然而,现状令林语堂大失所望。白话文倡导者陶醉在"彻底打破那'美文不能用白话'的迷信"的喜悦之中,而对于白话文所需要的笔调改革似乎并不热心。林语堂对此并不失书生本色,他当仁不让,再次提出笔调改革的主张来。

1924 年 5、6 月间,《晨报副刊》刊出林语堂的《征译散文并提倡"幽默"》和《幽默杂话》两文,虽然打出了"幽默"的旗号,但重点是呼吁"笔调"的改革。他认为中国旧文学在"礼教蝉化"之下生成了"板面孔文学",一旦扯下面孔来,便失去"身格的尊严",所以总是以庄重、严正的笔调喋喋不休地叙述着仁义道德或"天经地义"的道理,令人有寒气逼人之感。新文学虽然变了文体,但行文笔调变化不大,白话文学中"板面孔"训话式的笔调并不鲜见。林语堂的笔调改革主张就是专门用来医此顽症,他开出的第一个医方为西式的幽默,试图通过寓庄于谐,打破庄谐界限,以谈话式笔调代替"板面孔"训话式笔调。他希望不仅散文家用它来写散文,而且大学教授用它来写学术论文,大主笔用它来写社论。

中国本无"幽默"一词,Humour 为西文,是林语堂首创"幽默"的译法,以愈幽愈默而愈妙的说法,战胜了其他各种中译词而成为通行语。幽默本来是含有一种人生态度的,但在林语堂最初的介绍里,首先突出的是写作方式的改变。大约五四文学是启蒙文学,知识分子站在广场上负有唤起民众、传播真理的使命,具有充当大众导师的职能,文章写着写着就要忧国忧民,脸孔也不由自主地"板"了起来。只有自觉改变以启蒙导师自居、以传播真理为使命的精英立场,站到普通人的立场上去发表自己的看法,才有可能真正说出对生活的真实感受,使自己脸上的肌肉放松下来。这在当时,已有周作人提倡“美文”和“个性的文学”在前,林语堂当然是站在周作人的一边。他批评陈独秀的文章:“大肆其锐利之笔锋痛诋几位老先生们,从一方面看起来,我也以为是他欠幽默。我们只须笑,何必焦急?”而他更提倡的是“以堂堂北大教授周先生来替社会开点雅致的玩笑”。这显然不是与知识分子批判中国社会种种陈规陋习的态度产生分歧,而在于如何批判陈规陋习的具体做法方面,是急吼吼地组织并指挥大兵团作战呢,还是散漫地学着堂吉诃德,以个人战斗的立场来展示骑士战风车的风度呢?而这一分歧,却形成了新文学散文的两大分支。

三

平心而论,林语堂最初提倡“幽默”,倡导笔调改革的主张,全无反对新文化运动的意思,更不是后来文学史家所划分的左右翼的站队。相反,他所反对的“板面孔”文学,正与知识分子因袭的旧文化传统相关。这有他在《语丝》上发表的文章为证。就在他两篇提倡幽默的文章发表约半年之后,《语丝》和《现代评论》这两种白话周刊几乎同时诞生。虽然它们都属于《新青年》自由议论、批评时事的余脉,但思想倾向和学术个性却并不相同。《现代评论》的支柱人物均为留学欧美的归国学生,若以门户而言,林语堂理应参加《现代评论》,可是他偏偏却成为以《新青年》原人马为主体的《语丝》中的一员,个中原委恐怕与他的文学主张不无关系。

林语堂在《征译散文并提倡“幽默”》中尽管坦率批评白话文“板面孔”训话式笔调,但对于《新青年》和《晨报副刊》上的随感录和杂感文体却表示相当的好感,认为“板面孔”训话式笔调的这种毛病,在“做杂感栏的几位先生”那里“好的多”。而正是这批写杂感的知识分子,如周作人、鲁迅、钱玄同、刘半农等,参与了创办《语丝》的活动,标举“自由思想,独立判断”,“只说自己的话,不说别人的话”。作者们心有所感便秉笔直书，“古今并谈，庄谐杂出”，此种“放逸”的笔调深得林语堂的欢心。《现代评论》虽不乏小品高手，可是就其多数成员而言，则都擅长作政论文，而且他们对政治有较多的热情，适宜做官，言行举止文雅，彬彬有礼，不失绅士风度，文章多似大学教授的演讲，这显然与林语堂生性并不相近。后来他曾从笔调上比较这两家刊物的异同，指出：“《现代评论》与《语丝》文体之别，亦甚显然易辨，虽然现代派看来比语丝派多正人君子，关心世道，而语丝派多说苍蝇。然能‘不说别人的话’已经难得，而其陶炼性情处反深，两派文不同，故行亦不同，明眼人自会辨别的。”接着他又说：“《语丝》之文，人多以小品文称之。”可见在当时以《语丝》派为代表的社会批评和文明批评，在林语堂看来，正是他所中意的小品文体(又称《语丝》文体)。林语堂舍《现代评论》而投身《语丝》的缘故大致如此。

林语堂加入《语丝》是由于“性之所近”，但他主要是特别佩服周作人。这位以提倡“人的文学”而驰名于五四新文学运动的文学家，从 1921 年起反思了先前的知识分子的启蒙立场，转而提倡个性的文学，说“野和尚登高座妄谈般若，还不如在僧房里译述几章法句”。他连着发表《个性的文学》《美文》，树立起小品文写作的大旗。林语堂虽未直接参加《新青年》以来的新文学运动，但他与周作人心心相印，从反思启蒙立场到《语丝》文体建设再到小品文的提倡，他对周作人的文学主张可说是同声相应，同气相求。就在周作人反思五四知识分子“高谈阔论”的同时，林语堂结合自己的经历反思了留学生中知识分子的启蒙流风。他自我反省说：当时留学生都患有一种“哈佛病”，以为“非哈佛毕业者不是人，非哈佛图书馆之书不是书”。一般来说，此种病症为就读哈佛四年而养成，离开哈佛四年后才会消失，当然也有一辈子治不好的。这是留学生刚回国时的通病。林语堂坦然承认自己曾患过此病，表现在文章上就是所作之文“文调太高”，“言过其行，视文章如画符”。其实,“文调愈高,而文学离人生愈远,理论愈洞,眼前做人道理愈不懂”。他承认与《语丝》诸子相处若干年后,才悟出其中道理,渐渐摆脱了“哈佛俗气”。

其中一例就是1925年年末关于《语丝》文体的讨论。这场讨论是由林语堂的一番意见引起的。在某次座谈会上,林语堂主张《语丝》应扩大范围,政治社会上的种种大小问题一概都要评论,这就很有一点“哈佛”气,或者说是五四以来知识分子的精英气。但在孙伏园把林语堂的意见散布出去以后,受到了周作人的批评。周作人的意见十分平淡,认为《语丝》没有什么文体,只是“一班不伦不类的人借此发表不伦不类的文章与思想的东西,不伦不类是《语丝》的总评”。这无疑向“视文章如画符”的“阔理论”“高文调”泼了冷水。林语堂一下子被点醒过来,他对此感触颇深,认为周作人把《语丝》的宗旨表白得“剀切详尽”,不仅“使一班读者借此可以明白《语丝》的性质,并且使《语丝》自己的朋友也自己知道《语丝》之所以为贵”。自此之后,他的笔调理论更为激烈。他写的《插论〈语丝〉的文体——稳健、骂人及费厄泼赖》,直率地说出《语丝》文体的两大条件,一是敢承认自己说的是“偏见”而不是所谓“公理”;二是敢于打破“学者尊严”,可以骂人。他引用周作人的话说,唯一的条件是大胆与真诚。所谓“真诚”,也就是“不说别人的话”,用今天的话来说就是讲真话。为了不失真诚,宁可发表“私论”“私见”,乃至“偏论”“偏见”。同时,由于反对“板面孔”训话式的笔调,他主张打破“学者尊严”,而为了打破“学者尊严”,甚至要提倡“骂人”。这就成为林语堂笔调改革的第一阶段的理论。

不过这里还有一个问题,既然林语堂承认他的笔调理论的核心是反对文以载道的“板面孔”训话式笔调,那么,他所倡议的“骂人”又怎么能体现出不是“板面孔”笔调呢?林语堂是有所准备的。他所谓的骂人,并不是那种自以为手握真理,或者代表着某种意识形态的训话式骂人,而是一种率性的撒野,想说什么就说什么、敢怒敢骂的文人脾性。但光是这样解释还不够味,还应有另一帖药来限制,那就是“费厄泼赖”。这个名词也是周作人首先提倡,林语堂加以发挥的。怎样解释周作人所谓的“费厄泼赖”的精神呢?林语堂说:“骂的人却不可没有这一样的条件,能骂人,也须能挨骂。且对于失败者不应再施攻击,因为我们所攻击的在于思想非在人。”这种能骂人而不“板面孔”的雅量和戏谑,就是林语堂所鼓吹的小品文笔调。这里似乎已经隐藏着他的笔调理论在第二阶段的某些特征,但在当时林语堂的文章里,骂人还是主旋律。不久他的“费厄泼赖”之说受到鲁迅的批评,他也十分“费厄泼赖”地接受,并在《讨狗檄文》里号召北京知识界开展打狗运动。但平心而论,鲁迅对“费厄泼赖”的批判是有针对性的,即“最好是首先看清对手,倘是些不配承受‘费厄’的,大可以老实不客气;待到它也‘费厄’了,然后再与它讲‘费厄’不迟”。他并没有一概否定“费厄泼赖”,更没有把林语堂当作批判对象,而林语堂的“费厄泼赖”说也不是专门针对章士钊、陈西滢之辈,而是对那些放暗箭、造谣言、鬼鬼祟祟背后整人的陋习而言的。他说:“此种健全的作战精神,是‘人’应有的,与暗放冷箭的魑魅伎俩完全不同,大概是健全民族的一种天然现象,不可不积极提倡。”这是林语堂终生身体力行的一种人格和为人的追求。

四

1930 年,《语丝》停刊。这对林语堂来说,既是不幸,又是大幸。《语丝》停刊之后,他那种笔调的文字一时难以找到合适的发表阵地,而那些“鸟瞰”“展望”“检讨”“动向”之类的长篇阔论他既不擅长于写,又不屑于写,岂非不幸。所谓大幸,自 1932 年起,他终于脱颖而出,自己扛起“幽默”大旗,先后创办了《论语》《人间世》《宇宙风》,从此,不仅用不着为寻找一个适合自己胃口的同人刊物而犯愁,而且还有了提倡和实践幽默性灵小品文文体的阵地。他的笔调改革理论在实践中进入了第二个阶段。

《论语》等杂志以“幽默”文学相号召,其宗旨仍不离十年前《征译散文并提倡“幽默”》中的主张,以“会心的微笑”来医治那“板面孔”训话式笔调的毛病,一时响应者甚多。但是客观上的形势有所改变,十年前是五四文学革命时期,新文化思潮如交响乐般轰轰隆隆,启蒙的黄钟大吕淹没了其他不协调的音符,林语堂所提倡的幽默和笔调改革,并没有收到很大的效果。但到了20世纪30年代初,情况就不同了,一方面是国内外矛盾尖锐对立,政治斗争激化;另一方面,国民党的文化理论与文艺政策旨在否定和消除五四以来知识分子自由主义传统和左翼文化思潮,而后两者则是在反压迫和反专制的斗争中丰满了自己的羽毛,文化界由纷争进入相对多元发展的状态,个性的文学容易生长。同时,都市大众消费文化的发展,刺激着新文学不得不改变原先的启蒙姿态,来考虑如何适应大众文化口味的问题。而林语堂在这样的时候再次提出“幽默”的口号,响应者众,一时赶时髦者、瞎模仿者也是趋之若鹜。站在偏重于批判现实一方的文学立场而言,林语堂所提倡的“幽默”难免有“化屠夫的凶残为一笑”之嫌,但就林语堂自己所写的文字来看,他所强调的幽默和小品文笔调,仍侧重于反对“板面孔”式的训话笔调,提倡一种轻松、闲适、自由的议论散文的文体,思想上的非斗争性和非现实批判性倒还是其次的问题。如他所作的《今文八弊》:“方巾作祟,猪肉熏人”,“随得随失,狗逐尾巴”,“卖洋铁罐,西崽口吻”,“文化膏药,袍笏文章”,“宽己责人,言过其行”,“烂调连篇,辞浮于理”,“桃李门墙,丫头醋劲”,“破落富户,数伪家珍”,其中文体批评过其半。

林语堂好辩,他所作长文,《论幽默》最具代表性。他认为“板面孔文学”,如“儒家斤斤拘执棺椁之厚薄尺寸,守丧之期限年月”，铸成了廊庙文学的传统，并且在白话文学中延续。在他看来，某些新文学家担心幽默之风行，生活必失其严肃，这种担心完全是多余的。“现代西洋幽默小品极多”，“文字极清淡的，正如闲谈一样”，“大半笔调皆极轻快，以清新自然为主”，“既无道学气味，也没有小丑气味”。可见林语堂播种幽默，希望所得者主要还是在文体的变革上。所论八弊中，有不少正是新文学运动初期“八不主义”涉及的内容。譬如他倡导一种娓语式笔调，建议“使用此种笔调，去论谈人世间之一切，或抒发见解，切磋学问，或记述思感，描绘人情”，无往而不可。所谓娓语，大约是指一种娓娓道来的谈话式笔调。他曾回顾说：“夫白话提倡时，林琴南斥为引车卖浆之流之语，文学革命家大斥其谬，而作出文来，却仍是满纸头巾气，学究气，不敢将引车卖浆之口吻语法放进去。”可见其所追求的，依然是五四新文学未竟之业。

在林语堂所提倡的小品文笔调诸种别名中，“个人笔调”“闲适笔调”出现频率最高。虽然其他别名也能从一个侧面反映小品文笔调的特性，可是这两种笔调名称却最能传达小品文笔调的精神。所谓“个人笔调”，林语堂又称为“言志”笔调，“载道”与“言志”对立说出自周作人，而林语堂却把它解释成两种笔调的对立。他在《小品文之遗绪》里说言志与载道，“此中关键，全在笔调”。《论小品文笔调》解释说：“言志文系主观的，个人的，所言系个人思感；载道文系客观的，非个人的，所述系‘天经地义’。故西人称小品笔调为‘个人笔调’。”笔调当然是个人的，五四新文学的特征之一就是发现“个人”，散文不再为圣人立言，代上天宣教了，应该充分表现作者的独立思想、个人的情趣爱好。小品文的产生和发展真是适逢其时，它的笔调讲究个性色彩，可以幽默，可以感伤，可以豪放，可以奇峭，可以辛辣，可以温润，不拘形式，不再要求在“平头上尾，蜂腰鹤膝”上耗尽气力，可以说是白话文体上的大解放。所谓“闲适笔调”，又称娓语体、闲谈体，都是不拘形式的家常闲谈的意思。林语堂认为此种笔调的发展已是世界文学发展的趋势。自从19世纪末至20世纪初，浪漫主义勃兴之后，古典的礼仪传统崩溃，人们对于人类心理有了更多的关注，因此追求闲适不再被看作不道德的行为。随着休闲心理的发展，日常生活日趋休闲化。此种社会风气影响到文学写作，于是闲适格调便应运而生。作者撰文时如良朋话旧，推心置腹，诉说衷肠，读者读来有一种亲切、自由和平易的感觉。在此潮流下，假若作者仍摆出八字脚，板起面孔，用满篇训话式的口吻写作，读者势必只能“似太守冠服膜拜恭读上谕一般样式”聆听教训，自然与现代潮流格格不入。

林语堂小品文的主张西洋味很重，抵制者不在少数。为了减少阻力，容易被人接受，林语堂又给他的理论主张寻找到中国的根。林语堂本来是从西洋文学那里学来的笔调理论，他在20世纪20年代写的文章里，不提小品文则已，若提时则言必称“西文佳处”，不是英国现代散文始祖乔叟，就是小品文鼻祖爱默生。可是在30年代办《论语》等刊物后，他承认笔调改革除了需要西洋祖宗之外，还有再认一个中国祖宗之必要。其实这也是来自周作人的影响，周作人早在《〈燕知草〉跋》《致俞平伯》等文中，把现代散文溯源于明末之公安、竟陵，以为现代散文虽然“与宋明诸人之作在文字上固然有点不同，但风格实是一致，或者又加上了一点西洋影响”。周作人的创作实绩摆在那里，他的散文不仅接受了西洋散文笔调的影响，更是得力于明代小品文的熏陶。林语堂是一向佩服周作人的，甚至认为鲁迅说点笑话不算稀奇，只有周作人说的笑话才算是幽默。所以，他也开始承认，中国最发达、最有成绩的笔记小品之类，在性质和趣味上与英国小品文气脉很有相通的地方，而且在提倡小品文笔调时，不应专谈西洋小品文名家，也须寻出中国的祖宗来。于是，苏东坡、袁中郎、徐文长、李笠翁、袁子才、金圣叹、郑板桥、章学诚等人的一些反对儒学教条、主张性灵自由的散文,都被尊为中国现代小品文的先驱了。

当然,林语堂虽把现代小品文的源头上溯到明清时期,但没有把两者混为一谈。在林语堂看来,古代小品与西洋小品文虽然时代不同,但血脉相通。消闲、清淡小品原本为中国小品正宗,未尝不可追随时代而进步;但古代小品取材范围狭窄,今天需要扩充,"宇宙之大,苍蝇之微",无所不可,关键在于应抛弃"板面孔"训话式的笔调,充分"扩充此娓语笔调之用途,使谈情说理叙事纪实皆足以当之"。再往深一层说,林语堂关于小品文笔调的两个祖宗之说,有"正宗""偏宗"之分。林语堂说过,他理想的文学乃英国的文学,所以凡有较为系统的论述,大致不离西洋文学,所举小品文模范也是如此,他对于西洋杂志文更是推崇备至。这才是他的小品文笔调的正宗。至于中国古代小品文,其较为系统的见解不出周作人所说范围,其他大多为只言片语,提到的作家作品以引作例证为限。但周作人谈明代小品,自有其生活理想和处世态度的寄托,而林语堂则更多是看中那些古人的潇洒优雅的文笔而已。林语堂说:"在提倡小品文笔调时,不应专谈西洋散文,也须寻出中国祖宗来,此文体才会生根。"在此道出了借鉴与落地的关系。这是非常深刻的见解。

五

如果说,林语堂的小品文笔调理论在《新青年》时期萌芽,《语丝》时期成长,那么,到《论语》《人间世》《宇宙风》时期则进入成熟期,对其主张的阐述更加系统,根据笔调理论而实践的小品文文体更加圆熟,为五四以来追求个性发展的散文创作提供了新品种。

林语堂所提倡的反对"板面孔"式的训话式笔调,推崇个人化、娓语性的小品文笔调,其要旨不仅仅为提倡一种小品文的文体，更是在改革五四以来整个新文学的叙事传统，最终创造出新型的小品文。林语堂认为这种笔调改革是五四新文学终将完成的使命，因为白话代替文言以后，个人笔调将替代传达圣旨式的文腔文调，演进出小品文笔调一派的繁荣。所以，“谈话（娓语）笔调可以发展而未发展之前途甚为远大，并且相信，将来总有一天中国文体必比今日通行文较近谈话意味，以此笔调可以写传记，述轶事，撰社论，作自传，此则专在当代散文家有此眼光者之努力”。或许当时人囿于时事，限于事功，未必都能看清这一点，但当我们把眼光移向六七十年后的今天，对林语堂的预言就不能不佩服了。

六七十年来，在新文学历史上对林语堂可谓毁誉参半，但批评者更多的是出于对社会现实功利乃至政治因素的考虑，而非对小品文文体本身的批评；再者，林语堂在20世纪30年代提倡闲适笔调、个人笔调时，有意无意地迎合了当时的都市大众文化消费的趣味，回避了他在20年代提倡《语丝》文体、笔调理论时所包括的现实批判因素，这给当时进步知识分子既要抗衡来自当局官方文化专制政策又要经受大众消费文化层面上的压力，多少带有负面的影响。时至今日，那完全是另一码事了。

〔原载《复旦学报（社会科学版）》1998年第1期〕

陈望道与《新青年》

——兼论1920—1921年之交《新青年》发生的“风波”

从辛亥革命推翻清王朝以后，中国名义上算是一个民主国家，但政权很快地落入“亡清走狗”、北洋军阀头子袁世凯的手掌之中。他宰制全国，1913年镇压了“二次革命”，弄得革命者在国内几乎无立足之地；1915年后又准备上演“总统变皇帝”的闹剧。政权的变质使一批先知先觉的知识分子忏悔、反省。他们从欧洲革命得到启示：一切改造应以思想改造为基础，只有通过输入西方民主自由科学学说，改造中国的传统思想，才能为中国的政治革命奠定新的基础。他们强调文艺应成为输入西方民主自由科学思想的载体。著名的新闻记者黄远生是最早提出这种主张者之一，他说：“居今论政……至根本救济，远意当从提倡新文学入手。综之，当使吾辈思潮如何能与现代思潮相接触，而促其猛省。而其要义，须与一般之人，生出交涉。法须以浅近文艺，普遍四周。”[①]他为了专注于此项工作，发誓不批评时政，与一切党派断绝关系。黄远生虽壮志未酬身先死，但其主张却成为文化革命运动的酵母。

1915年9月15日，由陈独秀主编的《青年杂志》（第二卷起改称《新青年》）诞生，其宗旨是“改造青年之思想，辅导青年之修养，

---

① 黄远生《致〈甲寅〉杂志记者》，《甲寅》杂志第1卷第10号，1915年10月10日。

为本志之天职，批评时政非其旨也”[1]，“从事国民运动，勿囿于党派运动”[2]。胡适、钱玄同、刘半农、鲁迅、周作人等先后站到这面旗帜之下。至《新青年》编辑部移到北京时已形成一个团体，其成员相约在一二十年内不谈时政，不参加党派，专门从事文艺哲学思想方面的建设工作。他们以《新青年》为阵地，一面提倡白话文学运动，以白话文代替文言文，一面输入西方学说，批判旧文学，批判旧道德，由此引发了新旧思想的冲突，在很短时间内就掀起了轰轰烈烈的文化革新运动，从根本上动摇了中国几千年来的传统文化思想，中国文化学术思想得到空前的解放，中国人尤其是青年人又树立起新的信仰。

陈望道虽不是早期《新青年》同人，当时他正在日本留学，然而就其思想来说，与《新青年》心心相印。他不仅阅读《新青年》，还关注《新青年》的事业。他的致《新青年》编者《横行与标点》一信，对《新青年》的石破天惊之论“很是赞叹，很是喜欢”，认为“像中华民国这样‘与古为徒’的陈死人满山盈谷的地方，还有这开眼张吻的汉子煎‘起死回生汤’给人家吃，我骤然看见，却疑是‘妖’，却是惊奇了”。他建议《新青年》编者将该刊曾提出的改直行为横行，使用新式标点的倡议，尽快付之实行，并鼓动《新青年》“诸子既以革新为帜，我狠愿诸子加力放胆前去，不稍顾忌”[3]，态度颇为激烈。《新青年》6卷1号刊出此信时，编者之一的钱玄同加有四五百字的按语，视为同志。陈望道1919年5月回国，任职于浙江省立第一师范学校，追随《新青年》精神，投身于新文化运动。他与夏丏尊、刘大白、李次九三位国文教员进行语文教学改革，提倡白话文，反对文言文，提倡科学、民主、自由思想，反对封建礼教，

---

① 陈独秀《陈独秀答王庸工》，《青年杂志》第1卷第1号，1915年9月15日。
② 陈独秀《一九一六年》，《青年杂志》第1卷第5号，1916年1月15日。
③ 陈望道《横行与标点》，《新青年》第6卷第1号，1918年1月15日。

影响很大。一批学生大张师说，参加新文化运动，浙江一师一时成为浙江新文化运动的中心。陈望道因此而受到当局的迫害，被迫离开浙江一师。这可说是陈望道与《新青年》关系的开始。

《新青年》同人所奉行的宗旨，从根本上说是以欧洲文艺复兴运动为模式的。文艺复兴运动确为欧洲政治改革奠定了基础。然而《新青年》同人生不逢时，腐朽的国内政治、恶劣的国际环境，使他们没有如欧洲文艺复兴时代的文化革新家那样幸运，可以从容不迫地进行他们的事业。国内政治一败涂地，继袁世凯称帝事件之后，又有张勋复辟、段祺瑞执政，权与位只在一帮北洋军阀手里转来转去。外交上他们为了巩固统治，得到经济和军事援助来编练军队，剪除异己，不惜投靠日本政府，相继签订中日陆军、海军的“共同防御军事协定”，而且中国在巴黎和会上以协约国成员国身份却不争回山东主权。“外争国权，内惩国贼”的诉求，令《新青年》同人们心烦意乱，坐卧不宁。《新青年》的宗旨固然不在批评时政，不讨论时政，专注于文化哲学思想的革新，然而事关国家存亡之命运，《新青年》的同人们如何能够隐忍不发、默不作声呢？

当年，黄远庸《致〈甲寅〉杂志记者》的信在《甲寅》发表时，主编章士钊加有一则按语，对黄远庸的主张颇有保留，认为“提倡新文学，自是根本救济之法。然必其国政治差良，其度不在水平线下，而后有社会之事可言。文艺其一端也”①。此语不幸而言中。在如此腐败的政治下，文学、哲学、思想的改革又从何说起呢？《新青年》同人中为数不少的人对原来的“戒约”有所动摇，对文学、哲学、思想的改革和对时政的批评，取两者兼顾的态度。1918年12月《每周评论》的发刊正是这种态度最具有代表性的一个体现。《新青年》和《每周评论》分工合作，《每周评论》无拘无束地谈政议政，而《新青年》则讨论文化的改革。

---

① 章士钊《答黄君远庸》，《甲寅》杂志第1卷第10号，1915年10月10日。

十月革命开启了世界革命的新纪元。但在一段时间里，中国人对它并不十分了解，大部分人还人云亦云地称之为“过激主义”，谈虎色变。随着时间的推移、了解的深入，人们的态度渐有变化。1919年7月25日，俄罗斯苏维埃联邦政府发表第一次对华宣言，宣布“凡从前俄罗斯帝国政府时代，在中国满洲以及别处，用侵略手段而取得的土地，一律放弃”，“所取得的特权，都返回给中国。不受何种报酬……并抛弃庚子赔款……”[①]。中国人民饱受帝国主义侵略之害，没有忘记鸦片战争以来，特别是一年前巴黎和会上“公理”败给“强权”所蒙受的奇耻大辱，苏俄政府的宣言无疑给中国人民新的希望，看到世界还有公理在。中国人民对这份宣言的态度，诚如全国各界联合会复信所说：“吾人更信中国人民除一部分极顽朽之官僚武人政客外，皆愿与俄国人民携手。”[②]与这种基于民族立场对苏俄政府表示热情的态度不同，李大钊、陈独秀敏锐地觉察到十月革命为走投无路的中国革命指明了新的方向和道路。李大钊最早从十月革命的经验实践中获得马克思主义关于社会经济制度的变革才是一切改造的基础的认识，认为俄国革命的成功，已经提供了解决问题的方案。“就以俄国而论，罗曼诺夫家族没有颠覆，经济组织没有改造以前，一切问题丝毫不能解决，今则全都解决了。”[③]稍后陈独秀也接受了这种观点，认为解决具体问题，“非用阶级战争手段，来改革社会制度”[④]。同时宣布放弃德、赛两先生“可以救治中国政治上、道德上、学术上、思想上一切黑暗”的观点，要以“阶级战争代替德谟克拉西(民主，

① 《对于俄罗斯劳农政府通告的舆论》(即《俄罗斯苏维埃联邦社会主义共和国政府对中国人民和中国南北政府的宣言》，简称“苏俄第一次对华宣言”)，《新青年》第7卷第6号，1920年5月1日。

② 《全国各界联合会答复文・对于俄罗斯劳农政府通告的舆论》，《新青年》第7卷第6号，1920年5月1日。

③ 李大钊《再论问题与主义》，《每周评论》第35号，1919年8月。

④ 陈独秀《陈独秀答费哲民》，《新青年》第8卷第1号，1920年9月1日。

Democracy)”。他们认为这是一个崭新的改造中国的方略,正是这个新方略把《新青年》引向一个新的方向。《新青年》6 卷 5 号(1919 年 5 月)的马克思主义号和 7 卷 6 号(1920 年 5 月 1 日)的劳动节纪念号代表了《新青年》由原来无选择地输入各种各样的西方思潮,而渐趋于专注于输入马克思主义、社会主义思潮的历史性转变。

陈望道的思想与《新青年》一起成长。自从他离开浙江省立第一师范学校之后,回到家乡义乌,潜心研究马克思主义学说,翻译了《唯物史观底解释》(合译)、《马克斯底唯物史观》、《共产党宣言》等,这让他的思想更趋成熟。“‘五四’初期,一般人多以新旧分别事物。当时曾经有人把一切我国古来已有的不分好坏一概称之为旧,一切我国古来未有或者是来自外国的一概称之为新。于是无政府主义、工团主义以及其他一切等等乱七八糟的东西,就都涌进来了。但是不久就有很多人接受了马克思主义的影响,对于新旧逐渐有所辨别:对于所谓旧的,不一定都可以加以否定;对于所谓新的,也不一定都可以加以肯定。于是对一切‘五四’以后以‘新’为名的新什么新什么的刊物或主张,不久就有了更高的判别的准绳,也就有了更精的辨别,不再浑称为新、浑称为旧了。这更高的辨别的准绳,便是马克思主义。”[①]1920 年春,陈望道到上海结识了陈独秀,他翻译的《共产党宣言》经陈独秀校阅,于 8 月出版。他参加了马克思主义研究会(即上海共产主义小组)和 CY(共产主义青年团)的筹建工作,并且协助陈独秀复刊《新青年》。

北京出版的《新青年》至 7 卷 6 号(1920 年 5 月)结束,8 卷 1 号(1920 年 9 月)就改在上海编印了。此时的《新青年》已独立于上海群益书社,为新成立的新青年社所主办。陈望道参与《新青

---

① 陈望道《谈马克思列宁主义在中国的胜利》,《陈望道文集》第一卷,上海人民出版社,1979 年,第 284 页。

年》编辑工作开始于8卷1号，至8卷4号止。这四期《新青年》沿着李大钊编辑的6卷5号、7卷6号的方向发展，大力介绍马克思主义，突出反映苏联十月革命经验。8卷1号所刊陈独秀的《谈政治》以凌厉笔锋，阐述了马克思主义的基本原理，表示了鲜明的政治立场，实际上是一篇新宣言。同时新辟“俄罗斯研究”专栏，译载美、英、法等国报刊上关于苏俄革命理论和实际情况的材料，包括苏联政治、经济、法律、对外政策、劳动组织、文化教育、婚姻制度等内容。8卷1号还刊发了列宁的《民族自决》，8卷4号为陈独秀组织的“关于社会主义的讨论”专辑，较全面地批判了张东荪等人反对马克思主义的言论，宣传了马克思主义的基本原理。陈独秀的近二十篇《随感录》涉及政治、思想、文化、社会多方面的问题。1920年10月，罗素来华讲学，提出中国当务之急是开办教育，开发实业，这引起人们的关注。《新青年》8卷2—4号发表的十余篇文章，介绍罗素的生平、著作思想，包括第4号已译载的外国杂志批评罗素的文章，还有批评苏联的文字。创作方面有周作人的诗，鲁迅、陈衡哲的小说，周作人、俞平伯的论文。就撰稿人而言，大部分为共产主义小组支部的成员，如杨明斋、张国焘、俞秀松、袁振英、张崧年(申府)等，而原北京《新青年》同人除鲁迅、周作人外，已不多见。整个刊物表现出鲜明的政治色彩。

1920年12月16日，陈独秀应粤军司令陈炯明的邀请，赴广东主持教育工作。陈望道从8卷5号起接替陈独秀担任《新青年》主编。由于胡适的异见，致使《新青年》内部掀起了一场“风波”。

陈独秀赴广东之前，就《新青年》主编人选、编辑方针诸问题与北京同人交换意见。关手编辑方针，他指出：“《新青年》色彩过于鲜明，弟近亦不以为然，陈望道君亦主张稍改内容，以后仍以趋重哲学文学为是；但如此办法，非北京同人多做文章不可。近几册内容稍稍与前不同，京中同人来文太少，也是一个重大的原因，请二兄切实向京中同人催寄文章。”[①]这封信反映了陈独秀既要坚持8卷1号以来的方向与立场，又注意《新青年》精神团结（新文化阵地统一战线思想的萌芽）的思想。所谓“稍改内容，以后仍以趋重哲学文学为是”的主张，意在保持《新青年》新文化刊物的特色。统观陈独秀的办刊实践，可以发现他一贯主张刊物应有适当的分工。《新青年》发刊之初，他一再强调该刊的新文化性质。巴黎和会召开前后，他与李大钊谈论时政，另外创办了《每周评论》，而使《新青年》保持新文化特色。《新青年》6卷4号刊有一则《看〈新青年〉的，不可不看〈每周评论〉》的广告：“《新青年》是重在阐明学理，《每周评论》是重在批评事实。”但是“输入新思想，提倡新文学，宗旨都是一样，并无不同”。周作人的《人的文学》本是为《每周评论》创刊号所作，陈独秀阅后认为此类讨论学理的文字，“以载月刊为宜，拟登入《新青年》”[②]。这种分工思想在1921年5月1日的《新青年》9卷1号所刊他的《文化运动与社会运动》一文中又加以强调，文章指出：“文化运动与社会运动本来是两件事……文化运动底内容是些什么呢？我敢说是文学、美术、音乐、哲学、科学这一类事。社会运动底内容是什么呢？我敢说是妇女问题、劳动问题、人的问题这一类事。”他一再提醒读者不要把这两类事混为一谈。此文写作时间与陈独秀致胡适、高一涵的信（1920年12月16日）相近，似可作为信的注脚。

陈独秀在编辑实践中也常有将“阐明学理”与“批评事实”混在一起的时候，其原因多种多样。主要是刊物在千变万化的社会中想坚持一贯的主张和立场本非易事，只要在总体上不背宗旨，在某些方面有一定程度的跨界在所难免。况且，一种主张的实现

① 陈独秀《陈独秀的信——致胡适、高一涵信》（1920年12月16日），《中国现代出版史料》甲编，中华书局，1954年，第7页。

② 陈独秀《陈独秀致周作人信》（1918年12月14日），《中国现代文艺资料丛刊》第5辑，上海文艺出版社，1980年，第307页。

除主观因素外，还须有客观条件的保证。如果客观条件不具备，主张的实行就会大打折扣。《新青年》返回上海后出版头四期（8卷1—4号）时，陈独秀手中仅有《新青年》一种刊物，所以“阐明学理”“批评事实”两者兼顾，这在他或许是不得已而为之。到1920年年底，情况发生了明显的变化。新青年社除复刊《新青年》月刊外，还先后创办了《劳动界》《伙友》《共产党月刊》。给这几种刊物作适当分工，让《新青年》恢复注重文学、哲学、思想的特色已成为可能。

不仅如此，在当时让《新青年》仍趋重于学术、哲学、文学，也实属必要。五四运动之后，中国思潮发生一大变化，张东荪则说：“欧战未终以前，中国没有一个讲社会主义的；欧战完了，忽然大家都讲起社会主义来了。”①但是所谓的社会主义思想也是五花八门，鱼龙混杂。没有正确的革命理论，就不会有正确的革命行动。分清真伪社会主义也是理论战线的当务之急。1920年12月1日的《新青年》8卷4号为陈独秀辑录的关于社会主义讨论专辑，1921年1月《广东群报》上陈独秀与区声白展开关于无政府主义的论争，这二者正是这方面工作的开端。再说文化运动，按陈独秀的见解，当包括文学、美术、音乐、哲学、科学诸方面，在这些方面要完成“阶级战争代替德谟克拉西”的转变，理论上更有繁重而拓荒性的工作要做，不可急于求成。总之，陈独秀的这个编辑方针，是根据新任务作出的重要决策，具有十分深刻的意义。

所谓争取“北京同人多做文章”，意在保持《新青年》的精神团结。“《新青年》本是自由发表思想的杂志，各人的言论，不必尽同；各人的文笔，亦不能完全一致……只要相差不远，大致相同，便得。”②这种富有弹性的办刊方针，使得《新青年》团体充满活力。

---

① 张东荪《我们为什么要讲社会主义》，《解放与改造》第1卷第7号，1919年12月1日。

② 钱玄同《〈横行与标点〉按语》，《新青年》第6卷第1号，1918年1月15日。

作为《新青年》团体的领导者，对《新青年》的这种历史不能置之不顾。再就当时情况而言，《新青年》同人思想的发展路径和进程不尽一致。鲁迅对十月革命表示欢迎，但认为“中国人无感染性，他国思潮，甚难移植”，对十月革命思潮究竟能否为中国人所接受还是有所疑虑[①]。钱玄同的思想则停留在早期《新青年》的阶段，他说：“马克思啊，‘宝雪维几’啊，‘安那其’啊，‘德谟克拉西’啊，中国人一概都讲不上。好好地坐在书房里，请几位洋教习来教教他们‘做人之道’是正经。等到略略有些‘人’气了，再来开始推翻政府，才是正办。”[②]陈独秀必须面对这样的现实，以耐心的态度引导他们前进。还有《新青年》转换方向，绝不意味着可以放弃原来的革命目标，即埋葬封建文化、封建道德及旧文学等等，而是要将其置于马克思主义领导之下。《新青年》的一部分同人虽然没有接受马克思主义的观点，但只要将他们聚拢在《新青年》的组织之中，发挥他们勇于反对封建文化思想的特长，仍有助于完成新文化建设使命。而且只有通过文学的实践活动，才能引导他们前进。这是陈独秀、李大钊的一种共识。《新青年》返回上海复刊前，陈独秀在给胡适的约稿信中说，《新青年》拟集中力量攻击老子学说及形而上学，请他担任“司令”[③]。李大钊与胡适的思想分歧有目共睹，《每周评论》上“主义”与“问题”的论战，表明了李大钊坚定的马克思主义立场，但他努力争取《新青年》团体的团结。他在给胡适的信中说：“你与《新青年》有着不可分的关系，以后我们决心把《新青年》《新潮》和《每周评论》的人结合起来，为文学革

---

① 鲁迅《致宋崇义》(1920年5月4日)，《鲁迅书信集》上卷，人民文学出版社，1976年，第29页。

② 钱玄同《钱玄同致鲁迅、周作人信》(1921年1月11日)，《中国现代文艺资料丛刊》第5辑，第329页。

③ 陈独秀《陈独秀致胡适信》(1920年8月2日)，《胡适来往书信选》上册，中华书局，1979年，第107页。

新而奋斗。在这团体中,固然也有许多主张,不尽相同,可是要再想找一个团结得像这样颜色相同的,恐怕不太容易了。""我们愈应该结合起来向前猛进。我们大可以仿照日本'黎明会',他们会里的人,主张不必相同,可是都要向光明的一方面走是相同的。我们《新青年》的团体,何妨如此呢。"①所以,陈独秀在信中恳请北京同人多作文章,正是这种团结精神的体现,抱着十分真诚的态度。

陈独秀致胡适、高一涵信所提出的编辑方针,首先得到陈望道的支持,信中所谓"陈望道君亦主张云云"即可为证。事实上,陈独秀决定由陈望道担任《新青年》主编以前,两人在编辑方针上已经取得共识。所以,我们不妨认为陈独秀的这些意见也代表了陈望道的看法。

陈独秀调整编辑方针,趋重于文学哲学,团结北京同人的决策,从总体上说无疑是正确的,但对胡适未免过于迁就,太看重他在《新青年》同人中的地位。

当李大钊、陈独秀的思想发生急剧变化之际,胡适却抱着杜威的实验主义哲学不放,重弹"一点一滴"改进社会的老调,对李大钊、陈独秀的思想转变不以为然。早在 1918 年 12 月《每周评论》发刊时,他就毫无热情,只投去一些无关紧要的译著文字。陈独秀被捕,他接编《每周评论》(第 25 期起)之后一改李大钊、陈独秀的办刊方针。因为是同人刊物,主编权限受到限制,因此《每周评论》仍发表了关于苏联新宪法、土地法、婚姻法方面的翻译介绍文字,以及片段的介绍马克思主义的文字,但总体上转向另一方向。他抽掉了"国内大事述评""国际大事述评"两栏,"名著"一栏几乎为杜威、罗素占据,并出版过两期杜威专号。五四运动与"六

---

① 李大钊《关于〈新青年〉的一封信——致胡适》,《李大钊诗文选集》,人民文学出版社,1981 年,第 187 页。

三”运动之后，马克思主义关于经济组织的变革才是根本的变革的思想渐渐为人们所接受，并且有代替思想变革为一切变革基础的观点的趋势。胡适“预料到这个趋势的危险”，提出“多研究些问题，少谈些主义”的口号相抗衡，在遭到李大钊的驳斥后，不但没有收起这个口号，反而在《新青年》7卷1号所刊《“新思潮”的意义》一文中重弹研究问题的老调。他对《新青年》6卷5号宣传马克思主义，特别是返回上海出版的8卷1号之后突出宣传马列主义和大量报道十月革命经验十分恼怒，指责《新青年》“差不多成了 Soviet Russia(《苏俄》周报)的汉译本”[①]。面对色彩日益鲜明的《新青年》，胡适既恼怒，又无可奈何。

胡适早有掌控《新青年》之心，钱玄同、刘半农的“双簧信”出台之后，他大为恼火，提出抗议，说这种文章不登大雅之堂，有失士大夫身份，试图由他个人主编这个杂志，不许刘半农参与。后因其他同人抵制未能如愿。从第25期起由他执掌《每周评论》，偶然得到一个阵地，但很快失去，《每周评论》至第37期(1919年8月31日)便停刊。适值《新青年》6卷6号(1919年11月)复刊，他又想乘机控制该刊，但同人作出决议，结束轮流编辑制，从7卷1号起，《新青年》归陈独秀一人编辑。胡适在一系列挫折面前，感觉到掌控《新青年》的编辑大权已无希望，遂萌生“另起炉灶”新办杂志之意，但又惧怕承担分裂《新青年》团体的恶名，不敢公开活动。1920年秋，他有意接办停刊不久的《新中国》杂志，后因病未果，“故不曾对朋友说”[②]起这件事。他还曾寄希望于“国内有人出来做这种事业，办一个公开的、正谊的好报”，结果也令他失望[③]。

① 胡适《胡适的信——致守常、豫才、玄同、孟和、慰慈、启明、抚五、一涵诸人信》(1921年1月22日)，《中国现代出版史料》甲编，第10页。

② 胡适《胡适的信——致陈独秀》(作于1920年12月28日至1921年年初)，《中国现代出版史料》甲编，第8页。

③ 胡适1922年2月7日日记，《胡适的日记》上册，中华书局，1985年，第262页。

正当他无可奈何之时，陈独秀广东之行的消息传来。他对扭转《新青年》方向已不抱什么希望，“《新青年》色彩过于鲜明，兄言‘近亦不以为然’，但此事已成之事实，今虽有意抹淡，似亦非易事。北京同人抹淡的工夫决赶不上上海同人染浓的手段之神速”[①]。他想趁此机会为“另起炉灶”创办一种“哲学文学的杂志”找到借口。因此，胡适给陈独秀的复信提出分为两种杂志、移北京出版、声明不谈政治的条件以逼陈独秀表态。他也清楚知道，陈独秀绝不会接受这些条件，但只要陈独秀一旦公开表明态度，那么他“另起炉灶”“分为两种杂志”就有理有据了，且不用担负分裂《新青年》团体的恶名。这种意图在他给北京同人的信中已有透露：“把《新青年》移到北京编辑……若不先解决此问题，我们决不便另起炉灶，另创一杂志。若此问题不先解决，我们便办起新杂志来了，表面上与事实上确是很像与独秀反对。表面上外人定是如此推测。”[②]

但是，胡适计划的推进并不像他想象的那么容易，首先在北京就遇到了阻力。北京同人在思想上虽与李大钊、陈独秀、陈望道不是没有距离，但对胡适只许自己谈杜威主义、易卜生主义，却不许李大钊、陈独秀谈布尔什维克主义的做法不以为然。钱玄同虽对陈望道接任《新青年》主编持保留态度，但对于胡适“反对谈‘宝雪维儿’(即布尔什维克)这层”不表赞成。胡适要求北京同人在他拟定好的处理意见书上签名表态，给陈独秀施加压力，也未收到预期效果。他最初似乎理直气壮地提出三条意见，经同人反对，最后只保留“把《新青年》移北京编辑”一条。然而就是这一条意见也没有得到一致通过，再加上陈独秀以一个政治家的风格断

---

① 胡适《胡适的信——致陈独秀》(作于1920年12月28日至1921年年初)，《中国现代出版史料》甲编，第8页。

② 胡适《胡适的信——致守常、豫才、玄同、孟和、慰慈、启明、抚五、一涵诸人信》(1921年1月22日)，《中国现代出版史料》甲编，第10页。

然拒绝了胡适的要求，胡适精心安排的计划也就此落空。

但是，胡适却以为已得着“另起炉灶”的理由，立即着手创办《读书杂志》。1921 年 2 月 22 日，他起草了《发起〈读书杂志〉的缘起》，并在北京《新青年》同人中征求撰稿人，终因北京同人珍惜《新青年》的精神团结，不愿参与其事，致使《读书杂志》的计划流产。一年半后(1922 年 9 月 3 日)，《读书杂志》作为《努力周报》的附刊出版时，所刊出的《发起〈读书杂志〉的缘起》末尾有一行附注：“这是我去年病后做的，现在我也不去修改他，让他存在这里，做一个发起的纪念。”这里所说“纪念”的就是指他在《新青年》“风波”中的那些伤心往事。

在《新青年》内部发生“风波”时，陈望道也被卷入漩涡中。胡适致陈独秀信[1]，胡适有抄件给上海编辑部。陈望道了解到胡适及北京同人的意见和态度后，他站在陈独秀一边，全力支持陈独秀。胡适指责上海编辑部说：“北京同人抹淡的工夫决赶不上上海同人染浓的手段之神速。”陈望道揭穿了这种指责与胡适一贯主张的“言论自由”的观点自相矛盾，他说：“人各有意志，各有所学，除非学问诚足以支配一世，如‘易卜生’何能有‘易卜生主义’，足以范围一切。实则‘易卜生主义’也不曾范围一切。”胡适自以为是，摆老资格，以《新青年》领袖自居，但陈望道并不买账。“其实南方人们，问《新青年》目录已不问起他了。”胡适已为当日的《新青年》所抛弃。胡适自己不给《新青年》写文章，却一味指责《新青年》，陈望道对此驳斥说：“胡先生总说内容不对，其实何尝将他们文章撇下不登。”[2]

陈望道早在《新青年》6 卷 1 号(1919 年 1 月 15 日)上发表过

---

① 胡适《胡适的信——致陈独秀》(作于 1920 年 12 月 28 日至 1921 年年初)，《中国现代出版史料》甲编，第 8 页。

② 陈望道《致周作人信》(1921 年 2 月 13 日)，《陈望道文集》第一卷，第 557 页。

《横行与标点》一信，又参与了《新青年》8卷1号至4号的编辑工作，对《新青年》同人来说自然不是陌生人。但胡适认为由陈望道主编《新青年》，《新青年》便像落到素不相识的人手里。陈望道毫不示弱道："我是一个北京同人'素不相识的人'(适之给仲甫信中的话)，在有'历史的观念'的人，自然格外觉得有所谓'历史的关系'。我也并不想要在《新青年》上占一段时间的历史，并且我是一个不信实验主义的人，对于招牌，无意留恋。不过适之先生底态度，我却敢断定说，不能信任。但这也是个人意见，团体进行自然听团体底意志。"[①]陈望道与胡适针锋相对，寸步不让，毫无迁就之意。

《新青年》从8卷5号(1921年1月1日)开始由陈望道主编，但8卷6号排印将完，未及出版，就被法租界捕房查抄，勒令迁离上海。陈望道并不灰心，表示"事业仍是要进行的"。编辑部由公开转入地下，为掩人耳目，8卷6号发表新青年社迁往广州的特别启事，登载广东方面书报出版广告，刊出有关广东方面内容的文字(其中"什么话"一栏，全录广州、香港报刊上的文字)。《新青年》转入地下之后，给编辑工作带来极大困难。从9卷2号起严重脱期，9卷3号的出版日期虽注为1921年7月1日，实际出版时间却晚到8月中旬。此时陈独秀从广州返回上海，所以，9卷4号甚至从9卷3号起又回到陈独秀和陈望道合作编辑的状态。

陈望道从8卷5号至9卷6号共主编出版八期《新青年》，总览这八期《新青年》，体现了陈独秀临去广东之前所制订的方针。在"稍改内容""趋重于哲学文学"方面，减少了对实际问题的评论，加强了学理性探讨。一般性的评论、常识性问题解答的通信、关于苏联一般观感性的文字、关于罗素有闻必录式的译文相对减少，增加了探讨学理的文字，特别突出了社会主义思想的学理研

① 陈望道《致周作人信》(1921年2月13日)，《陈望道文集》第一卷，第557页。

究。9卷3号的《社会主义批评》，批判了无政府主义、行会社会主义、第二国际机会主义等假社会主义学说；9卷4号刊登的陈独秀与区声白互通的三封信（原载《广东群报》），批判了无政府主义。此外还有李达的《马克思还原》《马克思派社会主义》《讨论社会主义并质梁任公》，李守常的《平民政治与工人政治》，施复亮的《马克思底共产主义》，光亮的《马克思主义上所谓"过渡期"》，陈独秀的《马克思学说》，高一涵的《共产主义历史上的变迁》等。这些文章都从理论上分析、探讨马克思社会主义学说，批判各种各样反马克思主义的思潮，具有重要的理论建设意义。8卷4号译载的国外报刊批判罗素的文字，属于就事论事，如为罗素所批评的苏联某些现象的辩白等等，8卷5号后注意到对罗素学说的理论批判。李达所译日本山川均的《从科学的社会主义到行动的社会主义》，以马克思主义原理分析、批评罗素的自由主义观点，比之过去发表的文字更有说服力。"俄罗斯研究"专栏刊出次数减少，八期中仅三期有此栏，所刊文字也较具学术性。此外，即如随感录、通信也注意学理研究。前者如刊出的《文化运动与社会运动》《中国式的无政府主义》《下品的无政府党》《过渡与造桥》《政治改造与政党改造》，后者如刊出的《无产阶级专政——陈独秀答凌霜》《马克思学说与中国无产阶级——陈独秀答蔡和森》《英法共产党——中国改造——陈独秀答张崧年》等文章都有较浓的理论色彩。其中陈独秀答蔡和森，讨论到马克思主义的唯物史观、阶级战争、无产阶级专政问题，批判了初期社会主义、乌托邦的共产主义、实用主义、吉尔特社会主义、修正派社会主义等。

在文学方面以翻译文学为主体，俄罗斯、波兰、亚美尼亚、匈牙利、爱尔兰、法国的作品均有介绍。创作方面有鲁迅、陈衡哲的小说，周作人、俞平伯的诗。文学论文方面仅有周作人的少量文字。按照陈独秀的解释，新文化应包括文学、美术、音乐、哲学、科学等等。相比较而言，哲学、科学的内容较为丰富，文学就比较薄弱，而美术、音乐则完全没有。虽然离原定目标尚有一定距离，但“趋重哲学文学”“阐明学理”这一方针无疑是得到较好贯彻的。

陈望道在争取“北京同人多做文章”、维护《新青年》精神团结方面也做了卓有成效的工作。陈独秀南下广东的当日，陈望道就写信给周作人，此后多次给他写信以期得到周作人、鲁迅及其他北京同人的支持，北京同人中周氏兄弟对他支持最力。鲁迅在《新青年》上发表散文《故乡》，译作《三浦右卫门的最后》（日本菊池宽）、《狭的笼》（俄国爱罗先珂）。周作人在《新青年》上发表的作品更多：杂文三则，文艺论文一篇，翻译小说五篇，杂译日本诗三十首，《病中的诗》《山居杂诗》九首。鲁迅还推荐三弟周建人的两篇译稿给《新青年》。北京同人李大钊、高一涵、王星拱、沈性仁、张慰慈、朱希祖都有诗文在《新青年》上发表。即使其时在海外留学的刘半农，远隔重洋，《新青年》也刊出了他的《伦敦》《奶娘》等六首诗。胡适对陈望道主编的《新青年》的态度与对陈独秀、李大钊主办的《每周评论》的态度相似，采取应付态度，他寄来六首白话诗、一篇《国语文法的研究法》的论文，陈望道也照刊不误。除《新青年》同人外，过去曾给《新青年》投过稿的，如吴敬恒（稚晖）、刘大白、沈兼士、沈玄庐、成舍我、俞平伯等也有诗文发表。《新青年》在经历了内部的“风波”，又遭遇法租界查抄、转入地下状态的情况下，仍能团结如此数量众多的北京同人以及有关作家，实属不易，可见陈望道（其中也包括陈独秀）工作之艰忍。

陈望道接编《新青年》不久，曾自信地说过，只要坚持“稍改内容”，“趋重于文学哲学”，争取“北京同人多做文章”的方针，“《新青年》也许看起来，象是‘非个人主义’，‘历史主义’，却不是纯粹赤色主义或‘汉译本的‘Soviet Russia’”[①]。这也就是说，要使《新

① 陈望道《致周作人信》（1921年2月13日），《陈望道文集》第一卷，第558页。

青年》成为一个由马克思主义文化思想领导的反帝反封建的文化刊物。事实证明,《新青年》基本上达到了预期的目标。陈望道无意于在《新青年》上“占一段时间的历史”,然而由于他的出色工作和大家风范,却在《新青年》的历史上占有重要一页。

〔原载《陈望道先生诞辰一百年周年纪念文集》,
学林出版社,1992年〕

此“报”非彼“报”

——对《关于〈新青年〉问题的几封信》注④的考辨

张静庐先生辑注的《中国现代出版史料》甲编[①](以下简称“甲编”),收有《关于〈新青年〉问题的几封信》(以下简称“几封信”),其中“六　陈独秀的信”(1921 年 2 月 15 日)[②]内有标为“④”的注释:“你们另外办一个报④,我十分赞成,因为中国好报太少,你们做出来的东西总不差,但我却没有功夫帮助文章。而且在北京出版,我也不宜做文章。”注④释语长达二千余言,开头为“按:信里所提的‘你们另外办一个报’,就是一九二二年胡适等所主办的《努力周报》,和流产的《努力半月刊》或《努力月刊》。胡适停刊信里说:《努力》暂时停办,将来改组为半月刊或月刊,专从文艺思想方面着力,但亦不放弃政治。俟改组就绪,再行出版”[③]。接着几乎全文抄录阮无名(阿英)的《最小的问题与最大的发现》[④]一文中披露的胡适关于《努力周报》复刊问题答《晨报》读者的信。

三十余年来,人们对于这条注释深信不疑,凡是涉及这封信

① 张静庐《关于〈新青年〉问题的几封信》,《中国现代出版史料》甲编,中华书局,1954 年,第 7 页。

② 陈独秀《陈独秀的信——致胡适》(1921 年 2 月 15 日),《中国现代出版史料》甲编,第 13 页。

③ 胡适《胡适致高一涵、陶孟和等信》(1923 年 10 月 9 日),《努力周报》第 75 期,1923 年 10 月 21 日。

④ 阮无名《最小的问题与最大的发现》,《中国新文坛秘录》,南强书局,1933 年,第 284 页。

的论著(包括《陈独秀书信集》),几乎都沿袭了注释者的意见。但根据笔者的考证,这条注释其实是不准确的。

注释将胡适拟“另外办一报”指为《努力周报》云云,不免张冠李戴。胡适三番五次地说要办一个哲学、文学的杂志。“几封信”之二《胡适的信——致陈独秀》未注日期,因信中有“仲甫:十六夜你给一涵的信,不知何故,到廿七夜始到”,笔者推测为1920年12月28至1921年初之间。胡适说:“听《新青年》流为一种有特别色彩之杂志,而另创一个哲学文学的杂志,篇幅不求多,而材料必求精。”“几封信”之三《胡适的信——致守常、豫才、玄同、孟和、慰慈、启明、抚五、一涵诸人》(1921年1月22日)[①],甲编在排印此信时误署日期为“十一、廿二”,实际应为“十、一、廿二”,即1921年1月22日。此误复旦大学朱文华先生在《胡适评传》一书中已经做了更正[②]。信中说:“我认为今日有一个文学哲学的杂志的必要,今《新青年》差不多成了 Soviet Russia 的汉译本,故我想另创一个专关学术艺文的杂志。”

《努力周报》是一个以谈政议政为主,兼及其他的政论杂志,内容涉及政治、经济、军事、社会诸方面,其路数与《甲寅》月刊相似。但是学理上逊于《甲寅》,而对政治的热情比之《甲寅》有过之无不及。在第2期,胡适、梁漱溟、王宠惠、汤尔和等十六人发表《我们的政治主张》,提出“好人政府”主张,并说:“我们应该同心协力地拿这共同目标向中国恶势力作战。”后来又组织“努力会”等,显然归不到哲学、文学一类之中。

《努力周报》停刊之后,虽然胡适曾有改为半月刊、月刊复刊的计划,并且同时改变办刊方针,“专从文艺思想方面着力,但亦

---

① 胡适《胡适的信——致守常、豫才、玄同、孟和、慰慈、启明、抚五、一涵诸人信》(1921年1月22日),《中国现代出版史料》甲编,第10页。

② 朱文华《胡适评传》,重庆出版社,1988年,第169页。

不放弃政治”[①],可这个计划是在两年半以后才提出的,而且还是个流产的计划。

那么,胡适当时想办的究竟是什么报呢?据笔者查检,胡适曾先后酝酿过另外创办两种杂志,一是复刊《新中国》,二是新创办《读书杂志》。

《新青年》因提倡文学革命、思想革命而享有盛誉。胡适对《新青年》的阵地极为重视,曾有过掌控《新青年》之意。钱玄同、刘半农的“双簧信”[②]出台之后,他大为恼火,责备钱、刘二人,甚至一年之后写给钱玄同的信中仍不无讥刺之词,如“闭门造出一个王敬轩的材料”云云(1919 年 2 月 20 日)。陈独秀、李大钊为批评时政,创办了《每周评论》,胡适对此却毫无热心,只作些文学的文章敷衍塞责。陈独秀被捕入狱之后,从第 25 期起,由李大钊和胡适共同编辑《每周评论》,他偶得这个机会相当惬意,却又很快失去,《每周评论》至第 37 期(1919 年 8 月 31 日)被迫停刊。这期间,他出于对“国内的‘新’分子闭口不谈具体的政治问题,却高谈什么无政府主义与马克思主义”的不满,便发表《多研究些问题,少谈些“主义”》[③]一文,引发主义与问题的论战。至《新青年》6 卷 6 号(1919 年 11 月 1 日)复刊,他试图再次掌控编辑之权,但《新青年》同人并不支持,当时作出决议,至 6 卷 6 号结束轮流编辑制,从 7 卷 1 号起归陈独秀一人编辑。很显然,胡适虽有心掌控《新青年》编辑权,但接连遭到挫折,又深感无奈,这才萌生“另起炉灶”另办杂志之意。他看中的第一个目标就是《新中国》杂志。

《新中国》杂志为综合刊物,1919 年 5 月创刊于北京。标举“应世界潮流而起”,主张“毫无党见”。其发刊词强调说:“欲以新

---

① 胡适《胡适致高一涵、陶孟和等信》(1923 年 10 月 9 日),《努力周报》第 75 期,1923 年 10 月 21 日。

② 钱玄同、刘半农《王敬轩——刘半农信》,《新青年》第 4 卷第 3 号,1918 年 3 月 15 日。

③ 胡适《多研究些问题,少谈些“主义”》,《每周评论》第 31 期,1919 年 7 月 20 日。

政治，以新道德，以新学术而造新思想者，其势逆；以新思想而造新政治，而造新道德，而造新学术者，其势顺。”征稿范围包括欧战后中国之重大问题、世界潮流之趋势、学术上之研究、翻译东西名著、工商教育之评论调查、社会生活调查、劳动社会之生活及谈话、新剧、小说等。其基本倾向与 1918 年前后的《新青年》相似。胡适与此刊的关系极为密切，他不仅在此发表译作《美国法学家合拟国际联盟条约草案》《一件美术品》《杜威论思想》《杜威讲演录：余所见之德国》《淮南子的哲学》《许怡荪传》等，并且还参与组稿工作。其关系深厚之程度有许多佐证，如 1919 年 3 月 12 日，陶行知致胡适信说：“《新中国》杂志发行很是件好事，看来信的笔气似乎是由老兄主持的……”[①]同年 4 月 6 日，杨杏佛致胡适信也说：“闻叔永云，足下现方代人办一个《新中国》杂志，今已进行如何，甚念。”[②]另外，汪孟邹看到《新申报》上刊登的《新中国》杂志出版广告后于 4 月 23 日写信给胡适，希望胡适把《新中国》杂志在上海的总经理权委托给亚东图书馆[③]。

唯其如此，当《新中国》杂志于 1920 年 8 月出到两卷共十六期停刊之后，“秋间”胡适就有“复活”此刊的念头，是十分自然的。关于这一点，《李大钊诗文选集》收录的李大钊《关于〈新青年〉的一封信——致胡适》可以证实，李大钊说：“听说《新青年》同人中，也多不愿我们办《新中国》；既是同人不很赞成，外面的人有种种传说，不办也好。”[④]“几封信”之二《胡适的信——致陈独秀》（作于 1920 年 12 月 28 日至 1921 年年初）说：关于“另创一个哲学文学

① 陶行知《陶行知致胡适》（1919 年 3 月 12 日），《胡适来往书信选》上册，中华书局，1979 年，第 29 页。

② 杨杏佛《杨杏佛致胡适》（1919 年 4 月 6 日），《胡适来往书信选》上册，第 35 页。

③ 汪孟邹《汪孟邹致胡适》（1919 年 4 月 23 日），《胡适来往书信选》上册，第 40 页。

④ 《关于〈新青年〉的一封信——李大钊致胡适》，《李大钊诗文选集》，人民文学出版社，1981 年，第 187 页。同时参见本文所附“《关于〈新青年〉的一封信——李大钊致胡适》写作日期考”。

的杂志"，"我秋间久有此意，因病不能作计划，故不曾对朋友说。"《新中国》于1920年8月停刊，胡适所说"秋间久有此意"，两者时间上是吻合的。基本上可以认定："几封信"之六《陈独秀的信——致胡适》(1921年2月15日)所说的胡适想另办的那个报，就是指拟复刊的《新中国》。

由于《新青年》同人不赞成办《新中国》，胡适才无可奈何地放弃复刊《新中国》的计划。

复活《新中国》杂志的计划流产之后，胡适又有拟新创办《读书杂志》的计划。关于《读书杂志》，阮无名的《中国新文坛秘录》中有一篇《〈读书杂志〉与〈努力〉》的介绍说：《读书杂志》是《努力周报》的一个附刊；《努力》是胡适办的一个政治刊物，1922年5月7日创刊，1923年10月21日终刊，共刊印了七十五期。从第18期起，附印《读书杂志》，每月一期凡十五期。虽然叫"杂志"，实际上是普通小报形式[①]。但是这一介绍只交待了《读书杂志》作为《努力周报》附刊出版的一半事实，却忽视了《读书杂志》的酝酿出版时间在《努力周报》之前的另一半事实。实际情况是：从出版时间来说，《努力周报》在前，《读书杂志》在后；而以创刊计划的时间来说，《读书杂志》在前，《努力周报》反而在后。另外，胡适之所以要创办《读书杂志》，和他与《新青年》编辑方针的争论有着更直接的关系。

1920年底，陈独秀的广东之行，对胡适来说可谓喜忧参半。所谓"忧"，就是指陈独秀行前不仅对《新青年》的编辑方针作了调整，而且确定了接替主编的人选，胡适无计可施，不免忧叹；所谓"喜"，是指陈独秀的安排虽然使胡适无计可施，而此时的他对扭转《新青年》的编辑方针已不抱什么希望，但陈独秀南行毕竟留下一丝缝隙，倘若处理得法，未必没有一线希望，因为在胡适看来，

---

① 阿英《〈读书杂志〉与〈努力〉》，《中国新文坛秘录》，南强书局，1933年，第16页。

“《新青年》‘色彩过于鲜明’，兄言‘近亦不以为然’，但此事已成为事实，今虽有意抹淡，似亦非易事。北京同人抹淡的工夫决赶不上上海同人染浓的手段之神速”[①]。编辑部搬回北京固然是好办法，但要是当时能搬得回来，当年就不会迁至上海了。胡适唯一可选择的做法是抓住这个机会，为“另起炉灶”，即另办一种杂志找到理由，以避免承担分裂《新青年》团体的责任，并消除北京同人因办刊物而蒙受自我分裂的讥评的顾虑，从而取得他们的支持。因此，“几封信”之二《胡适的信——致陈独秀》提出了陈独秀根本不可能接受的一些条件，但这正是胡适的愿望。只要陈独秀公开表达了态度，他“另起炉灶”“分为两种杂志”的做法就于情于理都说得过去了。此种意图在“几封信”之三《胡适的信——致守常、豫才、玄同、孟和、慰慈、启明、抚五、一涵诸人信》(1921 年 1 月 22 日)里说得十分明白：“这个提议，我认为有解决的必要。因为我仔细一想，若不先解决此问题，我们决不便另起炉灶，另创一种杂志。若此问题不先解决，我们便办起新杂志来了，表面上与事实上确是都很像与独秀反对。表面上外人定如此揣测。”

但是，计划的推进并非如胡适所想象的那样顺利，首先在北京就遇到阻力。北京《新青年》同人在思想上虽然与陈独秀、陈望道不是没有距离，但对胡适只许自己谈杜威主义、易卜生主义，却不许李、陈谈布尔什维克主义的做法很不以为然。例如陈望道接任《新青年》主编，钱玄同虽然持保留态度，但对胡适“反对谈‘宝雪维几’(即布尔什维克)”的做法并“不表赞成”。当胡适要求北京《新青年》同人在他预先拟定好的处理意见上签名表态以给陈独秀施加压力之时，也未收到预期的效果。他起初似乎理直气壮提出的三条意见，经同人反对，最后仅保留“把《新青年》移北京

---

① 胡适《胡适的信——致陈独秀》(作于 1920 年 12 月 28 日至 1921 年年初)，《中国现代出版史料》甲编，第 8 页。

编”一条，然而，即使这一条意见也没有得到一致通过。陈独秀对此似乎若有所悟，看到《新青年》分裂在所难免，与其面和心不和，倒不如任其分裂。“几封信”之六《陈独秀的信——致胡适》(1921年2月15日)中说：“你们另外办一个报，我十分赞成，因为中国好报太少，你们做出来的东西总不差，但我却没有工夫帮助文章，而且在北京出版，我也不宜做文章。”显然，陈独秀此举正是出自以上的考虑。

胡适收到这封信，如获至宝，自以为得到“另起炉灶”即另外创办新杂志的理由，立即于同年2月22日拟就了《发起〈读书杂志〉的缘起》(下文简称《缘起》)，随即在《新青年》北京同人中征求撰稿人，如3月2日，他写信给周作人说：“我现在发起这小玩意儿，请你帮助。豫才兄处，请你致意，请他加入。”[①]《缘起》不足三百字，内容平常，但末尾“少说点空话，多读点好书”的话，仍不离“多研究问题，少谈些主义”的宗旨，暗示了“另起炉灶”的意图。总之，《缘起》的拟就距离陈独秀2月15日自广州发出的信件，首尾总共七天。

但笔者发现，早在1921年4月4日的《民国日报·觉悟》“文坛消息”栏里就刊有此文，并且还多了“读书杂志的办法”五条。由此可见胡适“另外创办杂志”的迫不及待之心情。但事实并未能如胡适所愿，北京《新青年》同人还是珍惜《新青年》精神团结的，不愿因此破坏与陈独秀的友谊，所以，胡适拟创办《读书杂志》的计划不得不搁浅。直至十五个月之后，即1922年5月，《努力周报》创刊，又过了四个月，《读书杂志》才作为《努力周报》的附刊出版。《读书杂志》1922年9月3日第一期上刊登了《缘起》，尾注说：“这是我去年病后做的，现在我也不去修改他，让他存在这里，

① 胡适《胡适致周作人》(1921年3月2日)，《胡适来往书信选》上册，中华书局，1979年，第128页。

做一个发起的纪念。”

综上所述，陈独秀所谓“你们另外办一个报”的“报”，同时胡适所谓“另创一个专关学术艺文的杂志”的“杂志”，所指一是未能复活的《新中国》，二是“另起炉灶”创办的《读书杂志》，而与《努力周报》以及流产的《努力月刊》或《努力半月刊》根本无关。因此，笔者的结论是：张静庐辑注的陈独秀致胡适信（1921年2月15日）的注释④有重写的必要，以免以讹传讹。

《关于〈新青年〉问题的几封信——一九二〇年（民国九年）》，标题中所标“一九二〇年（民国九年）”的时间也不够准确，“几封信”中，《三　胡适的信——致守常、豫才、玄同、孟和、慰慈、启明、抚五、一涵诸人信》（1921年1月22日）、《四　鲁迅的信——致胡适》（1921年1月3日）、《五　李大钊的信——致胡适》（1921年1月22日后）、《六　陈独秀的信——致胡适》（1921年2月15日），这几封信并非作于1920年，而是写于1921年。

附：《关于〈新青年〉的一封信——李大钊致胡适》写作日期考

1981年人民文学出版社出版的《李大钊诗文选集》收有《关于〈新青年〉的一封信——李大钊致胡适》（以下简称“一封信”），原信没有标署写作日期，该选集的编者推断为1919年4月。笔者不以为然，认为该信写作时间应该在1921年2月15日至2月22日之间，或宽泛地讲在1921年2月中下旬。作出如此推断约有以下根据：

首先，李大钊的“一封信”提到《新中国》。信开头就说：“听说《新青年》同人中，也多不愿我们做《新中国》。”“几封信”之二《胡适的信——致陈独秀》：“听《新青年》流为一种有特别色彩之杂志，而另创一个哲学文学的杂志……我秋间久有此意。”《新中国》于1920年8月停刊，胡适在“秋间”复刊该刊，在时间上是吻合的。

其次,“一封信”与《中国现代出版史料》甲编中收录的《关于〈新青年〉问题的几封信》(以下简称“几封信”)在内容上是紧密相关的,其相关性有以下三点。

其一,关于谣言问题。“几封信”之一《陈独秀的信——致胡适、高一涵》(1920 年 12 月 16 日)说:“南方颇传胡适之兄与孟和兄与研究系接近,且有恶评”,“我盼望诸君宜注意此事”。“几封信”之五《李大钊的信——致胡适》,已经说到“谣言”问题:“关于研究系谣言问题,我们要共同给仲甫写一信,去辨明此事。现在我们大学一班人,好像一个处女的地位,交通、研究、政学各系都想勾引我们,勾引不动就给我们造谣。”“一封信”说:“从这回谣言看起来,《新青年》在社会上实在是占了胜利。”

其二,关于团结问题。“几封信”之三《胡适的信——致守常、豫才、玄同、孟和、慰慈、启明、抚五、一涵诸人信》(1921 年 1 月 22 日),李大钊附言说:“如果不致‘破坏《新青年》精神之团结’,我对于改归北京编辑之议亦不反对。”“一封信”中李大钊对“团结精神”略有发挥,说:“我的意思,你与《新青年》有不可分的关系,以后我们决心把《新青年》、《新潮》和《每周评论》的人结合起来,为文学革新的奋斗。在这团体中,固然也有许多主张,不尽相同,可是要再想找一个团结像这样颜色相同的,恐怕不大容易了。”因此,“《新青年》的团结,千万不可不顾”。

其三,新青年社被封问题。“几封信”之六《陈独秀的信——致胡适》(1921 年 2 月 15 日)有“现在《新青年》已被封禁”之说,所谓封禁,大致是《新青年》8 卷 6 号付排时,全部稿件被法租界巡捕房派包探到印刷厂搜去,以致不能按期出版,直延至 1921 年 4 月 1 日才出版。又:1921 年 2 月 4 日,新青年社发行部被法租界巡捕房搜捕,当场搜出《新青年》《工团主义》《阶级斗争》《社会主义史》等出版物。经理周少伯被罚五十元,承印这些书刊的华丰印刷所经理乔雨亭和印刷公司经理孙诒康亦被各罚一百元。11 日,新青年社被查封，并限令三日内迁出租界。同日，陈望道致信周作人通报此事：新青年社在阴历年关被法捕没收去许多书籍，又罚洋五十元，并勒令迁移。“一封信”中李大钊对此也有反映：“听说他那里的人被了摧残。”“听说”非亲眼所见，而是传言，而“他那里的人”显然是指新青年社的相关者，至于“摧残”，法国巡捕房对新青年社所做的一切是足够使用这个词的。

就“一封信”与“几封信”的相关性而言，可以说，“一封信”是“几封信”(共六封)之后的第七封信。

再次，“一封信”的写作时间应该在1921年2月15日至2月22日之间。2月15日是“几封信”之六《陈独秀的信——致胡适》所署日期，李大钊由此信得知上海《新青年》被封禁的消息，因此在“一封信”中有所反映。据此可以断定“一封信”不会早于2月15日。2月22日是胡适起草《发起〈读书杂志〉的缘起》的时间。胡适收到陈独秀2月15日的信，陈独秀在信中表示：“你们另外办一个报，我十分赞成……但我却没有工夫帮助文章。”得到这封信，胡适以为已经有了另起炉灶，另创一个杂志的充分理由。但是他没有去复活《新青年》，同人也多不愿做《新中国》(李大钊语)，而是新创《读书杂志》。既然胡适放弃复活《新中国》，那么李大钊也就不会再提《新中国》的事情了。因此，可以推断“一封信”写作日期不会晚于2月22日。可见“一封信”即《关于〈新青年〉的一封信——李大钊致胡适》[①]的写作时间约在1921年2月15日至2月22日之间，因无法知晓邮递时间，称之2月中下旬更合适。

最后，是《李大钊诗文选集》中《关于〈新青年〉的一封信——李大钊致胡适》按语中有关此信的写作日期问题。编者说李大钊这一封信原稿没有署明发信日期，而从信中所说的“从这回谣言

---

① 《关于〈新青年〉的一封信——李大钊致胡适》，《李大钊诗文选集》，第187页。

看”与《新中国》杂志创刊于 1919 年 5 月来推断，这封信大约写于 1919 年 4 月。笔者认为按语有误。

编者所谓“谣言”，是指 1919 年 3、4 月间流传的北大教授陈独秀、胡适、钱玄同、刘半农因《新青年》鼓吹文学革命而被驱逐出校的谣言。李大钊信中所谓“听说他那里的人被了摧残”不知何指。笔者前文已经指出李大钊所谓“谣言”另有所指，可说是此谣言非彼谣言。1919 年 4 月说仅此一个孤证，不足为据。

〔原载《复旦学报(社会科学版)》1995 年第 2 期〕

关于“鲁迅风”杂文论争的几个问题

——兼与卢豫冬先生商榷

“孤岛”时期的“鲁迅风”杂文问题之争，是一场先是发生在进步文艺阵营内部，继而又扩大到社会上去的文艺论争，它不仅是对鲁迅杂文的不同评价，而且涉及抗战时期如何理解文艺大众化，如何坚持文学的战斗性与文风的多样性，以及如何看待鲁迅杂文艺术等一系列新文学史上悬而未决的问题。虽然这场论争浅尝辄止，没有深入一步开展下去，许多理论问题上的争论也未能相应地在文学史上产生很大的影响，但它终究是一场新文学史发展中不可忽略的论争。令人扫兴的是，关于这场论争的史料以及评价，在以往的新文学史著作里，不是被忽略过去，就是语焉不详地匆匆带过，似乎给人留下一种“人人都该知道有这么一回事，但又谁都说不清楚”的模糊印象。

最近卢豫冬先生在《巴人与“鲁迅风”论争》[①]一文中，以当事人的身份半是回忆半是议论，重新提出对“鲁迅风”杂文论争的评论。他针对以往文学史著作把《我们对于“鲁迅风”杂文问题的意见》作为这次论争“统一思想认识”的结果，提出不同看法。这个独特的见解，引起了对以往文学史著作“求同存异”，片面强调文艺发展过程中的“统一思想认识”的作用的严肃质疑。可以说卢先生这篇《巴人与“鲁迅风”论争》的发表，再度引起人们对这一场

---

① 卢豫冬《巴人与“鲁迅风”论争》，《新文学史料》1991年第3期。

被历史遗忘的文艺论争重新研究和理解的兴趣。

以往文学史著作对这场文艺论争的冷漠恐怕另有隐衷，因为这场文艺论争双方都是进步文艺阵营中的人士，但论争过程中又有后来变为汉奸文人的涉足，细说起来未免复杂。当然，参加论争的双方都不是新文艺运动中的领袖人物，能绕过姑且绕过去，于是就造成文学史上对这一事件的含糊其词。但这样做的消极结果是许多史料都没有得到认真的澄清，以讹传讹，造成了一些似是而非的说法。本文只是一篇对卢豫冬先生的《巴人与"鲁迅风"论争》的读后感，意在澄清一些史料上的问题，希望以此争鸣引起研究者对"鲁迅风"杂文问题论争的关注，对其作出再进一步的深入研究和全面评价。

一、"鹰"与"隼"之争——"鲁迅风"杂文问题论争的起因

"鲁迅风"杂文问题论争的起因，多数文学史著作都避而不谈，唯黄修己的《中国现代文学发展史》明确指出："1938年，还发生了由阿英的《守成与发展》一文引起的关于如何继承'鲁迅风'的争论。"卢豫冬先生在《巴人与"鲁迅风"论争》中也证实了这个说法。他把这场论争的起因，归于阿英（笔名鹰隼）的《守成与发展》[1]《题外的文章——答巴人先生》[2]两篇文章。他先引用了《守成与发展》中的两段话：

> "鲁迅风"的杂感，现在真是风行一时。
>
> 鲁迅有《门外文谈》，于是就有人写《扪虱谈》；有《无花的蔷薇》，就有人"抽抽乙乙"地作"碎感"；有"怒向刀丛觅小诗"的苍凉悲壮诗文，诸多鲁迅式的杂感，也便染上了六朝的悲凉气概。

---

① 阿英（鹰隼）《守成与发展》，《译报·大家谈》，1938年10月19日。

② 阿英（鹰隼）《题外的文章——答巴人先生》，《译报·大家谈》，1938年10月21日。

巴人随即在《申报·自由谈》上发表《“有人”,在这里!》,争论就此发生。

阿英文章里讽刺的《扪虱谈》《无花的蔷薇》《抽思》,均为巴人所作。《扪虱谈》七则,连载于《文汇报·世纪风》1938年9月8日至16日,署名八戒;《无花的蔷薇》六则,连载于《译报·爝火》1938年6月1日至17日,署名行者;《抽思》(即阿英所指“‘抽抽乙乙’地作碎感”)连载于《申报·自由谈》1938年10月14日至17日,署名巴人。从表面上看,这次论争显然是由阿英挑起的,但是稍稍深入地想一下就会觉得奇怪:为什么阿英突然会写这么几篇含沙射影的文章呢?在“孤岛”时期,就以《文汇报·世纪风》上的杂文作家而言,学鲁迅学得像的也数不到巴人。唐弢的杂文酷似鲁迅,几能乱真;柯灵学习鲁迅杂文,连笔调、文句多有相似之处,当年赵景深先生在《文坛忆旧》里还有文章加以评析。而巴人的杂感风格上的散漫、疏松更像吴稚晖的作风,与严谨、集中、凝练的鲁迅风格不能混为一谈。但是,阿英批评“鲁迅风”杂文,不说唐弢、柯灵,却将笔锋直指巴人,这总是另有缘故的。再说,巴人原是《译报·大家谈》的主编,他在担任《申报·自由谈》主编(1938年10月10日)之后,《译报·大家谈》的主编之职才由阿英接替。阿英作为巴人的继任者到任“不过七八天”,便在自己主编的《大家谈》上平白无故地著文“攻击”前任,这种“后一代耕耘人,来打击前一代耕耘者”的做法,于情理上也说不通。

为此,笔者认为阿英写《守成与发展》一文必有其他缘故,或者是受了某种刺激之后做出的一种反应。这种刺激可能来自巴人化名“屈轶”发表在《译报周刊》第2期(1938年10月19日)的文章《鲁迅先生的眼力》。文中有一节这么说:

> 鲁迅先生有一个笔名叫做旅隼,一般人认为这是鲁迅两字的谐音。其实,据我猜想,那有更深的寓意在。照动物学

> 上说，隼是一种极猛鸷的鹰类，连鹰也为它所追逐。而隼的眼力比鹰更尖锐。《埤雅》："鹰之搏噬，不能无失，独隼为有凖。"于此可见。也因为它的搏噬，每发必中，中国的"凖"字，就从隼字化了出来。可是隼却有一个特性：它固猛鸷，但有义性，遇到怀胎的鸟儿，都又放过她了。因之，我可以说，鲁迅先生的这个笔名，是象征了鲁迅先生的人格的一面。

众所周知，"旅隼"是鲁迅的别署，"鹰隼"是阿英的笔名。历史上阿英与鲁迅先生之间的笔墨官司为文坛所熟知。巴人"隼"啊、"鹰"啊地比来比去，无论出于有意还是无心，在阿英看来，未免有揭人之短的嫌疑，于是作《守成与发展》一文以"回敬"巴人。文中以巴人的《扪虱谈》《无花的蔷薇》《抽思》作为例子，不点名地批评巴人"弯弯曲曲""舒回曲折""抽抽乙乙"的"鲁迅风"杂文作风。阿英将巴人的《扪虱谈》等三篇文章作为"鲁迅风"杂文的典型固然失当，但是说《鲁迅先生的眼力》一文中的那节文字写得"弯弯曲曲""纡回曲折"，却不能说无的放矢。

有意思的是，阿英与巴人双方在论争中都没有提到《鲁迅先生的眼力》一文，只是曲里拐弯地打着哑谜，让旁人看得摸不着头脑。所以，唯有了解这一背景，论争双方有些话的意思才会明白。阿英在《守成与发展》和《题外的文章——答巴人先生》两文中没有直接点出《鲁迅先生的眼力》一文，自然是另有隐衷。因为巴人之文虽有揭人之短的嫌疑，但并未指名道姓。浙东童谣说："我不指名不道姓，自有睏（睡）不着的人来应承。"阿英如直接指出此文，岂不自讨没趣？何况阿英在20世纪20年代末与鲁迅发生过纠葛，这多少是一个心病。巴人在《鲁迅先生的眼力》中将阿英与鲁迅作比，若阿英直接引用巴人的《鲁迅先生的眼力》一文，势必会纠缠在他的历史旧账上。万一巴人抓住"鹰"与"隼"的"眼力"究竟何者为"准"之类的问题不放，一追到底，阿英势必陷于被动地位，这是阿英所不愿面对的。这种心态阿英在《题外的文章——答巴人先生》里有所流露，他说：“对于巴人先生‘自以为是’的许多意气话，我不想作任何答复，既非其时，又非其地。”其不便直说的苦衷可见一斑。尽管如此，阿英对于《鲁迅先生的眼力》还是有所暗示的。巴人责问阿英：你说我袭取了鲁迅杂文作风，从何说起？阿英则写了这么一段话：

> 然而巴人先生可进一步的反省，自己近顷的文章，有无有意或无意的模仿鲁迅的所在。如果我的抗议是应该的，巴人先生不妨“有则改之，无则加勉”。[①]

将这段哑谜式的话揭开来看，就是：巴人你想一想，你“近顷”（10月19日）在《译报周刊》上的《鲁迅先生的眼力》“有无有意或无意地模仿鲁迅的所在”。所以在这里，他特地选择了“我的抗议”这样有分量的词。

巴人当然知道阿英所说“近顷的文章”指的是什么，他在《“题内话”》[②]中回答阿英所批评的“有无有意或无意的模仿鲁迅的所在”时，提到了《申报·自由谈》《译报·大家谈》上的文章，偏偏不提《译报周刊》上的《鲁迅先生的眼力》。但是针对阿英的指责，巴人在《“有人”，在这里！》[③]中也同样作了暗示性的答复：

> 正如鹰隼先生和我的笔名，都是鲁迅先生用过的。但鹰隼不会疑是旅隼，活着的巴人，不会疑是死了的鲁迅。《扪虱谈》的文章……不是袭取鲁迅的，明眼人尽可在这里比较一下。鹰隼先生虽然眼力如鹰隼，但这回是落空了。

这节话似乎在重复《鲁迅先生的眼力》中对阿英的讽刺，并且

---

① 阿英（鹰隼）《题外的文章——答巴人先生》，《译报·大家谈》，1938年10月21日。

② 巴人《“题内话”》，《申报·自由谈》，1938年10月22日。

③ 巴人《“有人”，在这里！》，《申报·自由谈》，1938年10月20日。

在末尾又说:“老实说,对于这位文化界老前辈鹰隼先生,我确实有些不敬。”何处不敬？不就是“鹰”啊、“隼”啊地比来比去吗？笔者以为这些暗示,近似揭底了。在巴人看来,“鹰”与“隼”的比喻,纵然有些“失敬”,原意不过是玩笑、调侃,至多是奚落。《“题内话”》说《守成与发展》把一个“玩笑”“上纲上线”到“天下国家大事”,这种“把个人的嫌隙,化为公共问题来出场”的手段,近于“现代评论派”的作风,所以难以接受,于是收起笑颜,沉下脸来假戏真做了。

所以说,虽然双方都没有提到《鲁迅先生的眼力》,但从双方所暗示的话中大致可以确认,如果把这场论争比作“大火”,那么巴人的《鲁迅先生的眼力》则是“火星子”。

这里还有一个问题,是发表《鲁迅先生的眼力》和《守成和发展》的刊物尽管不同,但刊出日期却在同一天,即鲁迅先生逝世两周年纪念日——1938 年 10 月 19 日。时间上既然无先后之分,又怎么能构成因果关系呢？这只有一个解释:《译报周刊》是杂志,《申报·自由谈》是日报,刊期并不相同。对日报来说,文章只要赶在付印之前脱稿,第二天即可见报,而杂志非有若干日周期不可。《译报周刊》第 10 期所载孙一洲(孙冶方)《致编者信》中提到写作《向上海文艺界呼吁》的时间问题:“为要赶上付排”,“于三日(星期六)晚间仓卒间写成”。这是指 1938 年 12 月 3 日,刊出此文的第 9 期的出版时间为 12 月 7 日,交稿至出版相隔四天。仅以这个材料为例,可见《译报周刊》的出版周期晚于日报四天。《鲁迅先生的眼力》刊于《译报周刊》,《守成与发展》发表于《译报·大家谈》,虽说见报日期在同一天,然而脱稿日期却有先后之分。《译报周刊》与《译报》同属于译报社,阿英是《译报·大家谈》主编,他在《鲁迅先生的眼力》发排或付印之前完全有可能先看到这篇文章。何况,杂志所标的出版时间,从来就不是十分准确的,正常的情况是印出的时间总早于杂志所标的时间数天,以保证杂志按时送到各个发行点。说不定阿英在10月18日之前就已看到了第2期《译报周刊》了。正因为阿英看到了巴人的《鲁迅先生的眼力》这篇纪念鲁迅的文章,他在《守成与发展》一文的最后才会说:“只有这样,才是真正的纪念鲁迅!”

当然,巴人写《鲁迅先生的眼力》一文也是有原因的。巴人的《“有人”,在这里!》说,阿英批评“鲁迅风”杂文拿他“开刀”,是出于阿英的“私人嫌隙”,这也暗示了真相。但阿英偏装聋作哑,他在《题外的文章——答巴人先生》里反问说:“我和巴人先生还有‘个人的嫌隙’?……这样的话,出于每天在指导着青年的巴人先生之口,真未免是一大遗憾。”巴人看了这节话,不再像《“有人”,在这里!》那样隐约其词,而在《“题内话”》里说:

> 当鲁迅死了以后,竟有人以鲁迅的“转变”,归功于是自己的“围剿”,“鲁迅是全凭着我们围剿出来的,所以他有这样的革命性,成为世界作家”,有的人确实在这样说。我看不惯这“丑表功”,我是曾经为它辩护过的,因此也加深了有些人对我的嫌隙。

这朦朦胧胧的说明,却正是《鲁迅先生的眼力》一文产生的复杂背景。

综上所述,大致可以推定,这场争论的直接起因是由于巴人的《鲁迅先生的眼力》,但如果深究下去,它自然还有很深的背景,关于这一点,本文第三节还要谈到。

二、“最有斤两的收获”——关于《意见》的评价

如果说《鲁迅先生的眼力》是“鲁迅风”杂文问题论争的开端,那么,由应服群(林淡秋)等三十余人联合签名的《我们对于“鲁迅

风”杂文问题的意见》(以下简称《意见》)的发表,可以看作是这场论争的基本结束,尽管如巴人所说,大雨过后,小雨滴沥不断。卢豫冬先生在《巴人与“鲁迅风”论争》一文中不同意把《意见》看作这场论争最后“统一思想认识”的结果。这是对的。以往文学史著作用“定于一尊”的思维方式来处理历史事件,其实是把复杂的文艺现象和文化现象简单化了。但是卢先生对《意见》的诸多批评,却掺和了过多外在的政治因素,这不免有失偏颇,也与卢先生当时化名宗珏所写的《文学的战术论·前记》中的观点也是相悖的。宗珏作于 1939 年 1 月 16 日的《文学的战术论·前记》说:“‘鲁迅风’的论争,除了数十人联名的意见以及孙一洲的文章(《向上海文艺界呼吁》,以下简称《呼吁》)以外,自始至终就不曾有过理论的建设的论文。”[①]但《巴人与“鲁迅风”论争》在引录此节文字时,删去了“数十人联名的意见(即《我们对于“鲁迅风”杂文问题的意见》)”一语。很清楚,当年他既肯定《意见》,又肯定《呼吁》,现在却只肯定《呼吁》,而不提《意见》了。这或许有两种原因。一是当年宗珏就对《意见》持否定态度,但迫于团体意志,只能随大流地表示肯定,并也参加了签名,而现在写《巴人与“鲁迅风”论争》时则表达了自己真实的意见。二是因为座谈会的主持人钱纳水出了问题。《巴人与“鲁迅风”论争》说:“座谈会的发起人钱纳水到底是什么‘货色’?”“此人是个叛徒。于 1939 年 11 月苏芬战争后投靠汪伪组织,其后又投靠国民党并死于台湾。”卢先生作《文学的战术论·前记》的时候(1939 年 1 月 16 日,原注 1938 年 1 月 16 日系误排),钱纳水尚未下水,所以给予肯定,现在铁案难翻,就不应给予肯定了。既然钱纳水是汉奸,他主持的座谈会所产生的《意见》也就不会是好货色。第一种原因是卢先生个人的事,不必去说它,若是第二种原因,笔者颇不以为然。这倒不是

① 宗珏(卢豫冬)《文学的战术论·前记》,《鲁迅风》第 3 期,1939 年 1 月 25 日。

想以“历史地看人”,“人与文应当分开,不能因人废言”之类的理由来为《意见》辩护,而是在笔者看来,《意见》与钱纳水关系不大,或者与他根本没有关系。《意见》是经孙一洲提议,又以他的《向上海文艺界呼吁》为蓝本起草的一个文件。笔者作出如此判断有如下理由。

第一,《意见》不是关于“鲁迅风”杂文问题的座谈会(1938 年 12 月 4 日召开)的“纪要”。(1) 座谈会“并无结论”,也没有通过什么《意见》之类的东西。巴人在《论鲁迅的杂文》(远东书店 1940 年 10 月版)一书中说:“论争最后由彼时的《译报》主笔,召集了一次文艺界座谈会,宣告结束,到会的人约四五十。我作了一个关于鲁迅的杂文的报告,后又经双方发表意见,但结论还是没有的,因为自有这一种座谈会以来而能做出完整结论者,天下未之闻也。”[1]他写于 1957 年的《〈鲁迅风〉话旧》作了大致相似的叙述。可以肯定地说座谈会没有得出一致“结论”。可是正如卢先生所惊奇的,座谈会虽说并无结论,却得出了一个“统一意见”——《我们对于“鲁迅风”杂文问题的意见》。可以肯定地说,《意见》根本不是座谈会的产物。(2) 座谈会主持人也没有发表《意见》的考虑。《译报周刊》1938 年 12 月 14 日第 10 期刊出的孙一洲的《致编者信》中说:“据说,文艺界方面在四日已经专为这个问题召集了一个座谈会,论争双方都有人出席参加,已经得到一个结论。这样,这次争论已走上了正常的轨道。我们希望座谈会的结论能在杂志或报纸上发表。”虽说“得到一个结论”,但座谈会开过数天之后仍无发表《意见》的考虑。(3)《意见》中无一字直接提到座谈会,更没有说及《意见》与座谈会的关系。发表于《文汇报·世纪风》《译报周刊》等七种报刊上的《意见》的署名人数不等,名单不同,说明《意见》的署名者名单是各报后来补签的。可以断定《意

① 巴人《序说》,《论鲁迅的杂文》,远东书店,1940 年,第 9 页。

见》不是座谈会的直接产物。

第二,《意见》与当时担任中共上海文委书记的孙一洲同志有关,《意见》是经他提议而起草的。孙一洲在12月14日《致编者信》中提出"希望座谈会的结论能在杂志上或报纸上发表"的意见之后,才有12月28日《意见》公诸报端的事。而且从孙一洲提出"希望"至《意见》见报,其间相隔十五天。这个时间与《意见》酝酿提纲、拟稿、征求署名、联系出版所需时间大致相合。《意见》的发表方式与孙一洲的提议一致。孙提议《意见》能"在杂志或报纸上发表",结果这份《意见》发表于《文汇报·世纪风》《译报周刊》等七种报刊。《意见》签名者大多数是进步作家,党员作家约占四分之一强。有些作家对《意见》持保留态度,甚至把分歧公布在报刊上,但还是在《意见》上署名,说明孙一洲作为中共上海文化界的领导人,其意见对论争双方(阿英一方与巴人一方)有一定约束力,有些可能是组织上的约束力。所有这些都说明《意见》与孙一洲有密不可分的关系。

第三,孙一洲的《呼吁》是《意见》的蓝本。

首先,《意见》的基本观点出之于《呼吁》。《呼吁》的主要观点是:(1)注重理论争论,反对"意气用事";(2)争论中心问题是对鲁迅杂文的重新估价,批评贬低鲁迅杂文意义和价值的观点;(3)批评"摹仿鲁迅杂文有害"的观点,号召大家都来学习鲁迅杂文;(4)批评是必要的,但应注意态度和方法;(5)这场论争属于一条战线内的论争,此后应加强团结,共同对敌。以上五点也就是《意见》的基本精神。两相对照,论点(1)可见之于《意见》"一、一个主张";论点(2)(3)可见之于《意见》"二、关于'鲁迅风'的杂文";论点(4)可见之于《意见》"三、自我批评是必要的";论点(5)可见之于《意见》"四、我们的希望"。

其次,《意见》中的某些段落、句子尚可见《呼吁》中某些段落、句子的痕迹。

例一,《意见》:“我们希望今后的上海文艺界,更亲密地联合起来,负起文艺阵线上的作战任务,不作无谓的‘意气用事’的论争。”《呼吁》:“在今天你们应该负起民族解放战争中文艺阵线上的战士的责任。我们有权利有义务互相劝阻自己的战友作无谓的精力浪费。”

例二,《意见》:“在这一次论争中,我们深深地觉得,上海文艺界的联系还未亲密,文艺界的统一战线还不够广泛。”《呼吁》:“在这次论争过程中,充分显露出了文艺界内部的缺乏统一战线。”

例三,《意见》:“他的杂文,或曲折幽默,或明快泼辣,有理论也有感情,似锐利的匕首,命中地刺在阻碍民族、国家、社会进步的一切敌人的胸膛里,完成了最伟大的社会作用。正因为他的曲折幽默与明快泼辣的二种不同的风格,使他的杂文更有战斗力量。”《呼吁》:鲁迅“最直接明快地‘朝着他所经历过来的腐败社会进攻,朝着帝国主义的恶势力进攻。他用那一枝又泼辣,又幽默,又有力的笔,去画出了黑暗势力的鬼脸,去画出了丑恶的帝国主义的鬼脸。’”

上面三例都是按《呼吁》中的原意改写的,还有一种原来是批评语气,《意见》改为正面论述。

例四,《呼吁》:“在鹰隼先生的心目中,模仿鲁迅的有害,以及我们对于此种模仿鲁迅风气应该提出抗议。”《意见》:“现代的杂文作者受其影响,而写成‘鲁迅风’的杂文,这并不是坏倾向。”

《意见》全文二千一百余字。与上面所举例子类似的有近十处之多,占全文半数,虽然部分句子有明显的改削痕迹,但基本观点一致。当然,总体结构是重起炉灶的。据孙一洲说,《呼吁》“为赶上发排”,是“仓促间写成的”。因此,《呼吁》原没有展开的一些地方,《意见》作了发挥,把《呼吁》的意思表达得更完整、更准确。《呼吁》对阿英在论争中所发表的言论,除“主观上不是想否定鲁迅杂文”一点外,都持否定态度。但《意见》作为“团体意见”,也吸收了阿英等人的部分意见。不过，凡是提到的都一笔带过，如“二、关于‘鲁迅风’的杂文”中第四节，以七行文字肯定地论述鲁迅杂文和“鲁迅风”杂文的作用，仅以不足一行文字反映阿英一方的意见：“我们也不只是守住鲁迅的成就，而且要向前发展着。”虽然二者不成比例，然而却正与《呼吁》的基本倾向一致。

《意见》见报之后，在当时产生过较大的影响。杨刚（中共地下党员）很快在《文汇报·世纪风》上发表了一篇题为《岁》的文章，评论《意见》说：“结晶于《世纪风》上发表应服群等几十个人关于‘鲁迅风’的意见。那篇文章应该看为上海写作界本年最有斤两的收获。”[①]因此，把这样一份“孤岛”时期文学史上的重要文献无端地与钱纳水下水当汉奸的个人行为挂起钩来，不去给予正确评价，是不妥当的。20世纪30年代以来，中国共产党始终有意识地把握着左翼文艺运动的方向，正如在关于自由人和第三种人的论争中，张闻天化名歌特，及时发表文章批评宗派主义，两个口号之争时，刘少奇化名莫文华，发表文章保护鲁迅一样，这一次争论虽然规模不大，发生地点也不是全国政治文化中心，但对于来自左翼文艺内部的矛盾与分歧，党的领导者总是旗帜鲜明地捍卫鲁迅的传统，批评“左”的脱离实际的思想倾向。因此，笔者有理由认为，《意见》是由孙一洲同志提议，并根据《向上海文艺界呼吁》一文的基本观点所起草的一个文件，是中共上海文委对“孤岛”文化工作领导的一个体现。

三、关于“鲁迅风”杂文问题论争中的理论建设

卢豫冬先生在《巴人与“鲁迅风”论争》一文中说：“我在《文学

---

① 杨刚《岁》，《文汇报·世纪风》，1939年1月3日。

的战术论》的前记中郑重地指出：此次论争，除‘孙一洲先生的文章以外，自始至终就不曾有过理论底建设的文章’，我之所以要写《文学的战术论》，也是怀着同样的意旨。冶方和我都意识到，当时论争存在着朝这方面发展的转机，但这转机被谋求终止论争，‘统一意见’的某种目的意图断送了，是很可惜的。”照这样的说法，这场历时近三年的论争于理论建设有所贡献的仅止于孙一洲的《向上海文艺界呼吁》和宗珏的《文学的战术论》两篇文章了。如此描绘这场“论争”，未免太苍凉暗淡了。

不错，这场论争是由于“私人嫌隙”引起的，论争双方又都用杂文笔调作文，互为讥刺有之，意气用事、理论性不强的毛病也有之，总而言之，失之于理论研究。卢先生当年写的《文学的战术论》企图对这种倾向有所补救，使论争摆脱个人意气的支配，从理论的角度去分析新文学以来的战斗经验与战斗传统，这都是事实。但杂文有杂文的艺术表现方式和理论表述方法，在这场论争中，尽管对理论问题未能展开深入的讨论，尽管中途有别有企图的言论乘机而入，但论争毕竟触及20世纪30年代左翼文艺运动内部分歧的核心理论问题，而且它们于今天仍有启发意义。如果看不到这一点，就很容易把这场论争看作个人意气用事的争吵。

本文在第一节结尾时说过，1938年的“鲁迅风”杂文问题论争有着深刻的背景，它所表现出的理论分歧，一直可以上溯到1928年的“革命文学”的论争和1930年代的“文艺大众化”论争。早在1930年代，某些左翼作家就片面理解“大众化”与“通俗化”的关系，认为文艺既然要“大众化”，首先就要用明白的话去宣传革命主张，忽略了1930年代的白色恐怖下的社会环境和文艺创作的特点。鲁迅曾在《文艺的大众化》一文中说过，在教育尚未普及的条件下，想“即刻全部”大众化纯粹是空谈，眼下只能创造各种难易不同的文艺，以应对各种程度的读者的需要。鲁迅还十分警惕当时官方文人要作家无条件地写得通俗明白的主张，曾愤怒地谴责王平陵说:“植物被压在石头底下,只好弯曲的生长。这时俨然自傲的是石头。”“说话弯曲不得,也是十足的官话”,而“‘装腔作势,吞吞吐吐’的文章,倒正是这社会的产物”①。所以,在白色恐怖环境下要作家把心意写得明明白白,不曲折晦涩,不是代表官方意志,就是毫无政治经验的幼稚病。但是左翼阵营里的有些作家却不这么看,阿英就是其中之一。他在 1935 年出版的《现代十六家小品》的序中说:“近来的小品文,是没有以前的坦白,在文字上,总是弯弯曲曲,越来越晦涩。”不过当时他虽然不满,却还算宽容,说责任在“社会的原因”,没有追究“作家个人的原因”②。到了“孤岛”时期,他就变调了,认为统一战线时期,“禁例森严”的时代已经过去,“弯弯曲曲,越来越晦涩”的“社会的原因”已不复存在,剩下来的就是“作家的个人原因”了。所以,他公然反对“鲁迅风”杂文。而另一些人(特别是巴人)却仍坚持鲁迅《文艺的大众化》里的主张,为“弯弯曲曲”辩护。于是“文艺大众化”的论争又重新开始,从 1938 年 7 月起,上海出版的报纸副刊、文艺杂志几乎全部卷入了关于文艺大众化的讨论,旧话重提,争论之激烈并不亚于 1930 年代。当时有人约请巴人写一篇关于文艺大众化的短文,巴人回答说短文不写,长文是要写的,这就有了那一篇被阿英耻笑为模仿鲁迅《门外文谈》的《扪虱谈》,在《文汇报·世纪风》上连载了九天(9 月 8 日至 16 日),公然为“鲁迅风”辩护。再接下来,就爆发了“鲁迅风”杂文问题的论争。很显然,这场论争是 1930 年代延续下来的关于文艺大众化问题论争所派生出的一个小浪花。它虽然把论争焦点对准了杂文文体特征,却涉及一系列重大理论问题。

首先是对鲁迅杂文传统的评价。现代杂文(小品文)是“五

---

① 鲁迅《不通两种》,《申报·自由谈》,1933 年 2 月 11 日。

② 阿英《现代十六家小品序》,《现代十六家小品》,光明书局,1935 年,第 6 页。

四”新文学运动初期《新青年》首创的一种文体。它以短小精悍、活泼自如的文体形式承担起思想批评和社会批评的职责，比小说、诗歌等用形象思维创作的作品更富于直截了当的特征，但与新闻报道、学术论文相比，又自有一种形象的、耐嚼的艺术特征。它是战斗性与艺术性结合得比较和谐的一种文体。由于它尖锐明快的战斗性，常常为一些“高雅”的贵人雅士所鄙视与恐惧，又由于它的含蓄、曲折，甚至晦涩，常被一些急功近利的左派幼稚病患者所嫌弃。现代杂文由于鲁迅的伟大实践而日臻完美成熟，进而培养出一大批擅长杂文写作的作家，如唐弢、聂绀弩、徐懋庸、周木斋等。到了“孤岛”时期，一方面由于日寇对于抗日文艺界的恣意妄为，汪伪为虎作伥，形势异常恶劣，另一方面由于租界当局步步退让，钳制抗日言论，在这种特殊环境下，鲁迅式的杂文又繁荣起来，成为风行一时的现象。但是这种“鲁迅风”的杂文文体也受到来自两方面的反对，一是代表“官方”意志的汪伪汉奸文人，一是革命阵营中的左派幼稚病患者。后一种人只承认鲁迅杂文的战斗性和泼辣性，却拒不承认鲁迅杂文中“迂回曲折”的含蓄和反讽的特征。如阿英在这场争论中流露出对“鲁迅风”杂文的一些错误的看法，他归纳“鲁迅风”杂文的特点：(1) 六朝的苍凉气概；(2) 禁例森严时的迂回曲折；(3) 缺乏韧性战斗精神和胜利的信念；(4) 不够明快直接。这虽然批评的是模仿者，但也间接地影响到对鲁迅及其杂文地位的评价。针对这种错误倾向，孙一洲给予严肃的批评，他指出：鲁迅是伟大的，鲁迅风格是多样性的。依着不同的内容与不同的环境，鲁迅创造了不同的文学风格。而他的杂文，或曲折幽默，或明快泼辣，有理论也有感情，似锐利的匕首，命中地刺在阻碍民族、国家、社会进步的一切敌人的胸膛里，完成了最伟大的社会作用。关于“鲁迅风”杂文，他指出：“现在的杂文作者受其影响，而写成‘鲁迅风’的杂文，这并不是坏倾向。”

孙一洲还特别对这场争论的性质作了理论概括:“他们虽则在主观上可以说,他们所反对的是‘鲁迅风’的杂文而不是鲁迅的杂文,但是我们不能否认这次反‘鲁迅风’的论争,至少在客观上是带有抹煞或低估鲁迅先生杂文价值的意义的。”①他认为这次论争实际上重复了“文学革命”时期的错误,并且“相信文艺界对于这个问题曾同七八年以前一样给鹰隼先生一个明确的否定的答复的”②。这里所说的“七八年前”,应为20世纪20年代末的“革命文学”论争中创造社与太阳社对鲁迅的围攻。

在论战中,唐弢也从历史的角度揭示了这种攻击“鲁迅风”的现象,指出攻击“鲁迅风”杂文已和保守文言策略一样,现在是第三道策略了。“在最初,当欧化绅士们在文坛上大出风头的时候,首先是不满意于杂文的战斗的内容:攻讦私人,不足以进艺苑的大门;一到了徒托空言的青年大作家的手里,则又不满意于它的短小的形式:鸡零狗碎,妨碍了伟大作品的产生;这一回,却挨到非文艺的文艺家来出场,自然,留给他的路已经很窄,‘奇谲!奇谲!’他只好自称看不懂,一面又将这责任,推到作者的身上去了。”③

其次,这次对“鲁迅风”杂文的攻击是以批评“鲁迅风”不够通俗为起点的,批评者的主要借口就是这一类杂文写得太“弯弯曲曲”,人民大众看不懂。阿英的批评正是持这个观点,杨晋豪、庞朴等人也持有这种观点。阿英在论战中明确地指出,“鲁迅风”杂文“迂回曲折”的作风于“发展前途有害”,对此“应该表示抗议”。杨晋豪的《写给谁看?》指责“鲁迅风”杂文,“引了许多的古话,今话,外国话,绕了三四个转弯”,“莫测高深”,“味同嚼蜡”,“学什么

---

① 孙一洲《致编者》,《译报周刊》第1卷第10期,1938年12月14日。

② 孙一洲《向上海文艺界呼吁》,《译报周刊》第1卷第9期,1938年12月7日。

③ 唐弢《不通和不懂》,《唐弢杂文选》,人民文学出版社,1955年,第164页。

作家的作风而又学不像地咬文嚼字”,“那些噜苏文字想给小众的‘知识分子’看的”。“这样的文章,我想除掉了少数有诡奇的癖好者外,是没有读者层的”[1]。庞朴说:“所谓‘文学大众化’的意义,无非是作家写出来的文艺作品,使大众看得懂,使大众喜欢看,大众看懂的条件,当然是在于形式:造句清楚明白。去除文字的欧化,‘古化’,‘诗人呻吟化’。大众喜欢看的条件,当然是在于内容:描写深与大众发生交涉的现实生活。”[2]

以上言论表述各异,而以大众不能懂得的理由来非难“鲁迅风”杂文则相同。针对这种似是而非的理论,巴人等作家从不同的读者对象对杂文有不同的要求回答了这种非难。巴人指出:

> 中国是多阶层的社会,在文艺写作上,也不必“专卖特许”。应该有以大众为对象的刊物,但也应该有以小众为对象的刊物;应该有以知识分子为对象的刊物,但也应该有以“贩夫走卒”“封建余孽”“强盗马贼”“江湖流氓”,甚至于“剥削别人稿转卖高价”的“文章贩子”为对象的刊物。这里是有它的矛盾之处,但有矛盾,也才有发展,人是应该着眼于如何利用“矛盾”,转变为有利条件,使之统一起来。这不但要求之于文字以内,而且应该求之于文字以外——社会的政治经济等等的变革。[3]

把大众看作是一个多层次的、多元的整体而不是铁板一块的僵硬物体,这较1930年代讨论大众化问题进了一大步。五四以来,由于人民大众(特别是劳动阶层)的教育条件差,文化水平处于相对低下状态,对文化建设没有机会发言。然而在文坛上以大众代言人自居的往往是一些激进的小资产阶级作家,他们一旦有

---

① 杨晋豪《写给谁看?》,《译报·大家谈》,1938年11月22日。

② 庞朴《风雨杂奏·一、文学大众化》,《华美晨报·镀金城》,1938年11月13日。

③ 巴人《偏面之见》,《文汇报·世纪风》,1938年11月27日。

了这种自觉性后，就很快把这种主观愿望混同于客观的现实，真以为自己的所思所想就代表了人民大众，结果是先验地预设了一个大众的标准，并以这些似是而非的标准来衡量文学作品是否符合大众的需求。这样，不但简单化了文学艺术，也简单化了大众丰富多彩的文化要求。巴人在抗战实践中开始意识到大众是一个不依赖于作家主观意识的客观存在，而且大众分为多种层次，具有不同的文化需求。每位作家只能适应其中一部分人的需求，既不必俨然以人民代言者自居，也不必为迎合大众的水平而放弃文学艺术如杂文的不同表现形式。应该说，这种观点正是 20 世纪 20 年代以来“革命文学”论争中鲁迅、茅盾等人观点的继承和发展。唐弢在论争中也对杂文的根本任务和特点作了归纳：“通过了事实的真实性，通过了被压迫者同有的环境和正义感，现行的杂文，也仍旧能为过去的杂文的读者所看得懂，这是毫无疑问的。”[①]周木斋以《消长集》《杂文丛书》出版仅两天就要求再版的事实[②]，有力地说明“鲁迅风”杂文并非所有的大众都看不懂。

最后，这场关于“鲁迅风”杂文问题的讨论，还涉及文学的战斗性和艺术性如何统一、杂文作品的社会责任感与创作个性如何统一的问题。杂文既然是一种创作，它就具有独特的创作规律，并且受着作家主体的限制和制约，作家的学识、修养、性情、人格、禀赋、个性的丰富性决定了杂文作品的表现风格的多样化形式。只要是一个战斗的作者、一个真正与人民大众共命运的作者，不管他选择怎样一种风格来创作杂文，都无损于他的创作本身的价值。杂文作者周木斋在论争中提出，“杂文文体，迂回曲折”，“决定于一个作者的‘先天’的作风”，这无害于创作，没有必要强令改变。宗珏（卢豫冬）当时也说到这个问题，发表了很好的意见，他

① 唐弢《不通和不懂》，《唐弢杂文选》，第 164 页。

② 周木斋《再版记》，《消长新集》，海峡文艺出版社，1985 年，第 171 页。

说：“每一个作家都有自己底独特的作风，独特的见解，不管在什么时期，他都有自由的选择一种最适当的表现形式的权利，而一切文学艺术之所以能往前发展，不被限于一个狭小的范围，也正为了这个原故。”①

杂文作为一种形式短小的文体，它所阐述的理论不可能像学术论文那样面面俱到，那样深刻全面。这场论争既然是采用了杂文的形式来展开，就不能指望它像通常意义上的学术争鸣那样，在理论上有充分展开的条件。它只能采取“取其一点，不顾其余”的办法，抓住一些生动、形象的意象或观点，把事物的真相揭开。杂文的这一特点，杂文作家们在论争中也给予了充分的正视，并企图从理论上加以阐明。周黎庵在《横眉集·后记》②中直言不讳地说：

> 在文学方面，还是那么的迂回曲折，和许多战友对所谓“鲁迅风”的诟病一样，我觉得文艺性的杂感和报纸短评及墙头标语之不同，其分野虽不全在乎此，而也是异点之一。所以虽有不能“明白如话”之诟，也只得由他去了。

也有的作家如孔另境企图从艺术规律上对杂文的特征加以阐述：杂感由率直而涩晦，除其他因素外，也由于杂感文体本身的发展和进步。“鲁迅风”杂文“多用暗示，而暗示本为文艺构成的一种要素，暗示愈多，文艺性也愈浓，结果就形成了借了文艺的手法达到了政治和社会的讽刺了”③。周木斋也说杂感文“较之论文，也富于艺术性”，自以为环境好了，“所以不需要迂回的杂感，只需要明快的杂感”，“便无视了杂感的特殊性，无视了杂感的比

---

① 宗珏(卢豫冬)《文学的战术论·上篇》，《鲁迅风》第3期，1939年1月25日。

② 周黎庵《后记》，《横眉集》，上海书店，1985年，第242页。

③ 孔另境《论文艺杂感》，《横眉集》，第8页。

较富于艺术性,其势非使杂感也成为论文不可"[1]。

当然,"鲁迅风"杂文"迂回曲折"的原因是多方面的,它还受到客观环境的制约,但进步作家们在阐述杂文这一特点时,更多地还是注意到杂文自身的艺术规律,并由此联系到保护作家个性、发展个性的问题,这不但使这场论争具备了理论色彩,同时对以后的杂文创作的发展也富有启发性。一是如何认识鲁迅传统的伟大意义和捍卫鲁迅传统的问题;二是如何理解文艺大众化问题;三是如何理解杂文的艺术特征和作家的创作个性问题。这三个理论问题在论争中虽然未能给予充分展开和深入讨论,但论争者在理论的阐述上都是认真的、严肃的,同时又富有启发性。通过这场论争,进步作家阵营深入对鲁迅的研究,写出了第一批较有分量的鲁迅研究专著,巴人的《论鲁迅的杂文》(远东书店 1940 年版)、平心的《论鲁迅的思想》(上海长风书店 1941 年版)填补了鲁迅杂文研究中的空白。因此,如果我们把"鲁迅风"杂文问题的论争、关于杂文文体的争论内容,看作 20 世纪 30 年代关于文艺大众化论争与 40 年代初关于民族形式问题的讨论之间的一个中间环节,那么,我们对其在理论上的意义就不会忽略了。

由于这是一场在文学史著作里常被忽视的文艺论争,所以对于我们今天的研究者来说,产生比较"隔"的感觉是难免的。笔者出生也晚,不能像卢先生那样曾经身临其境,只能利用有限的史料来推断其中的几个想法,可能是不准确的,笔者期待这篇文章能起到抛砖引玉的作用,以引起更多的人来关心这一场很有意义的论争。

〔原载《中国现代文学研究丛刊》1994 年第 4 期〕

---

① 周木斋(辨微)《游击战的杂感》,《鲁迅风》第 1 期,1939 年 1 月 11 日。

《巴人与“鲁迅风”论争》一文两个史实的辨正

卢豫冬先生的《巴人与“鲁迅风”论争》[1]里有两个说法与史实不符，笔者整理出一些材料，对其加以辨正。

一、关于刊登《我们对于“鲁迅风”杂文问题的意见》（以下简称《意见》）的报刊、日期，以及签名的人数等问题。

卢先生在《巴人与“鲁迅风”论争》中说：“12 月 28 日刊载于《文汇报・世纪风》、《译报・大家谈》、《导报・晨钟》、《大晚报・剪影》、《华美晨报・镀金城》等报刊的‘统一意见’——《我们对于“鲁迅风”杂文问题的意见》，我也以‘宗珏’的笔名在上面签署。古怪的是，在《文汇报・世纪风》、《导报・晨钟》等报刊上虽然看到包括我‘宗珏’笔名在内的 38 人的完整签名，但在《译报・大家谈》上却无端的把我这个名字去掉了。”

这节文字涉及三个问题：(1)《我们对于“鲁迅风”杂文问题的意见》（简称《意见》）刊载的报刊有哪几种；(2)《意见》的署名人数；(3)《意见》的发表日期。三个问题中以《意见》署名人数的问题最为复杂。长期以来，对这个问题众说纷纭，颇为混乱。徐开垒的《“孤岛”文学的主要阵地》一文说署名者三十四人[2]。《新文学史料》1980 年第 4 期所载陆象贤的《北社始末》说《意见》署名

① 卢豫冬《巴人与“鲁迅风”论争》，《新文学史料》1991 年第 3 期，第 104—116 页。

② 徐开垒《“孤岛”文学的主要阵地——抗战初期〈文汇报・世纪风〉的回忆》，《战地》1980 年第 1 期，第 78 页。

者为三十四人。但是《新文学史料》1982年第2期所载洛莘的《〈我们对于“鲁迅风”杂文问题的意见〉签名者应为三十七人》一文,指出陆象贤所说三十四人有误,签名者应为三十七人,并附名单。1984年3月出版的《上海“孤岛”文学回忆录》将收入的徐开垒[①]和陆象贤[②]两文中的三十四人改为三十七人。有意思的是,两文所说人数相等,但名单也不完全一致。此外,一些文章如《介绍三种抗战时期的刊物》[③]《文汇报大事记(1938.12.28)》[④]等都主张三十四人说。这次卢先生又增加一个“三十八人说”。三十四人、三十七人、三十八人,这三种说法究竟是怎么回事?笔者手头有一些关于这方面的材料,不妨借此机会公布出来,尝试把这个问题说清楚。

据笔者所知,当时发表《意见》的报刊一共有六种,《意见》发表日期不全在1938年12月28日,各刊签名人数也不相等,即使同是三十四人和三十七人的签名,具体名单也不一致。笔者将相关情况列述如下,报刊名称后括号内为发表《意见》的日期。

(一)《文汇报·世纪风》(1938年12月28日),署名者共三十七人。他们是应服群(林淡秋)、孔另境(孔令俊)、黄锋(邱韵铎)、关霞(胡楣)、钱堃(扬帆)、司徒宗(孔令杰)、石灵(孙大珂)、陈骏、文载道(金性尧)、周黎庵(周劭)、钟望阳(苏苏)、柯灵(高季琳)、辨微(周木斋)、丁三(杨晋豪)、林珏(唐景阳)、萧岱(戴何勿)、蓝烟(孙家晋)、舒岱(徐微)、江漸离(蒋炳勋)、列车(陆象贤)、华玲(冯锦钊)、洛蚀文(王元化)、蒋天佐(贺依)、拓荒、叶蒂(徐怀沙)、栖桦(朱曼华)、岳昭(载平方)、鹰隼(阿英)、郭源新(郑

---

① 徐开垒《“孤岛”文学的主要阵地——抗战初期〈文汇报·世纪风〉的回忆》,《上海“孤岛”文学回忆录·上》,中国社会科学出版社,1984年,第111页。

② 陆象贤《北社始末》,《上海“孤岛”文学回忆录·上》,第90页。

③ 王大明《介绍三种抗战时期的刊物》,《抗战文艺研究》1984年第1期。

④ 《大事记》(1938年12月28日),《文汇报大事记》,文汇出版社,1986年,第30页。

振铎）、白曙（陈白曙）、齐明（陈望道）、唐弢（唐瑞毅）、美懿（梅益）、巴人（王任叔）、叶富根（于伶）、莫思（毛羽）、宗珏（卢豫冬）。

（二）《华美晨报·镀金城》（1938年12月28日），署名者三十八人。对照《文汇报·世纪风》名单，少宗珏（卢豫冬），多庞朴（曾迭）、汉白。

（三）《译报周刊》（第12、13期合刊，1939年1月1日），署名者三十六人。对照《文汇报·世纪风》名单，少宗珏（卢豫冬）。

（四）《译报·大家谈》（1938年12月28日），署名者三十七人。对照《文汇报·世纪风》名单，少宗珏（卢豫冬），多胡山源。

（五）《大晚报·剪影》（1938年12月28日），署名者三十六人。对照《文汇报·世纪风》名单，少宗珏（卢豫冬）。因排字误植，钟望阳误排为钟望，柯灵误排为阳柯灵。

据说《导报·晨报》也曾刊出《意见》，因未见原件，不知其详。此外，据有关材料说《中美日报·集纳》也刊登过《意见》，但笔者查阅该报1938年12月28日前后数天的“集纳”，并未发现《意见》。

当时发表《意见》的报刊是否即此六种尚不能断言。《意见》署名大多用的笔名，括号内为笔者注的本名。所注本名虽经过多种资料核对，仍不能保证准确无误，仅供参考。倘蒙知情者指正，何幸如之。

二、《申报》辞退副刊《自由谈》主编的原因。

卢先生说，巴人“为了捍卫并发展‘鲁迅风’杂文，坚持原则，维护真理”，“甚至于被《申报》老板把他的《自由谈》副刊主编的饭碗也砸掉了”。笔者以为卢先生并没有揭示出巴人被“砸掉饭碗”的真正原因。其实，关于这个问题，巴人自己已经说得非常清楚。笔者以下通过抄录巴人的有关文字，并用按语形式对部分材料作些说明，来回答这个问题。

（一）《申报》聘请巴人担任《自由谈》主编的用意。

“到了同年（按：1938年）9、10月间，《申报》老板看看上海抗战气势不错,又来上海筹备复版了。据说是为了避免群众误会《申报》复版,是同汉奸们打通关节了的,要找个常常写些抗日文章的廖化们之一的进去,借以招徕生意。(那是我后来才知道这用意的)这就找到了在《译报·大家谈》上常写短评的'廖化'。……我这个'廖化'就进《申报》去编《自由谈》了。"[1]

(二)副刊与正报言论立场的冲突。

"一进去,我才知道社论主笔是潘公弼。在汉口快要撤退而汪精卫已飞到重庆大谈其'天下无不和之战'的时候,潘公弼在《申报》上写了篇社评,(按:《昨今之惶惑悲愤》,刊《申报》1938年10月23日。此文为汪精卫的'和议原则'辩解,斥责抨击汪言论的人为'多事'。)响应汪精卫这个号召。第二天(按:10月24日),我也在《华美日报》(按:应为《华美晨报》)社论上反驳这响应,(按:社评《"惶惑"与"悲愤"》,指出汪精卫的"和议原则""决非中国人民大众所能接受",责问《申报》当局:"言而犹为之曲辩,是诚何所居心?")真有点像'廖化风'了。"[2]

"我荣任申报馆《自由谈》编辑之时,不但不大纯正,而且'大逆不道'。因为《自由谈》复活三天,就由我发下一篇《略论刺激性》的杂感,(按:署名白屋,刊于1938年10月13日《申报·自由谈》。)这于彼时的'汪副总裁'现在的汪逆精卫是颇为不敬的,(按:10月10日汪精卫发表《信念与刺激》一文,要求舆论界'排除一切刺激性的宣传'。)引起了一些'识大体者'的'嘁嘁嚓嚓',那是并不足奇的。"[3]巴人的《略论刺激性》抨击此论,指出:"今天是动员民众的抗战时期。若无激昂慷慨之语文,何来磅礴云天之热情。作此语者,无非要我们'白刃加颈',犹须'少安毋躁'也。"[4]

---

① 巴人《〈鲁迅风〉话旧》,《遵命集》,北京出版社,1980年,第146页。

② 巴人《〈鲁迅风〉话旧》,《遵命集》,第146页。

③ 巴人《略论叫化之类》,《横眉集》,上海书店,1985年,第87页。

④ 巴人《略论刺激性》,《横眉集》,第57页。

“《曲的效颦》(按：此文以‘无题’‘杂剧’形式，描绘汉奸心理状态，讽刺汪精卫等的所谓‘和议原则’，其中有‘只要有奶便是娘，卖卖国，又无妨’，‘傀儡戏算什么难唱，你这里假装腔，我那里渡陈仓’[①]等语。)却是自己所编的刊物上被抽掉，而寄给《世纪风》发表的。”[②]

(三) 被迫辞职。

“我荣任申报馆《自由谈》编辑之时，……于彼时的‘汪副总裁’现在的汪逆精卫是颇为不敬的。引起了一些‘识大体者’的‘嘁嘁嚓嚓’，……求自由而不得，卷铺盖以逍遥；我确也早抱了复刊之日傅东华先生的感言中所说的‘决心’。(按：指傅东华化名‘定夷’写的《〈自由谈〉复刊有感》一文中所说的话：‘今日为《自由谈》主要之人，正是当日努力争取自由队伍里的健将，我相信他，决然不会不恢复本刊立名的原意，听凭大家去自由谈论争取自由以外的题目。因为在目前，这一层是愈加不得不顶算了。譬如说罢，那一票卖身投靠者流，也何尝不可假借自由之名替自己的罪孽开脱，说：“我们是自由身体，爱卖给谁就卖给谁，岂容旁人干涉?”自由二字如果作如是解，我想编者立刻就会卷铺盖。’)”[③]

“有人拴着我的鼻子上过台(按：《申报·自由谈》)，接着就用鞭子赶我下台了，美其名，则曰‘试办’。人寿几何，我不知有多少回可让人家一试再试。”[④]

“命令自重庆至上海，又自《申报》汪经理到我区区小编辑。初讽示以自动辞职，我偏不；继则来了辞退信件，并附多支一月的薪水。”[⑤]

---

① 巴人(柏管己)《曲的效颦》，《文汇报·世纪风》，1938年10月30日。

② 巴人《后记》，《横眉集》，第101页。

③ 傅东华《〈自由谈〉复刊有感》，《申报》1938年10月10日。

④ 巴人《后记》，《横眉集》，第100—101页。

⑤ 巴人《再版后记》，《文学初步》，新文艺出版社，1951年，第485—486页。

巴人的言论立场遭到有关当局的忌恨:"《申报》老板姓马的看了,开初是摇头,接着是皱眉,而最后终于认为'可恶之至'了。"[1]

(四)《王任叔启事》。

"兹接申报总管理处来函,略称'本报《自由谈》副刊前请主持约明试办,兹因期满请截至本月底结束'等语。查该函所称试办一节,本人与该报副总主笔张蕴和先生接洽时并无此语,今竟出此言,殊觉惊异。惟本人主编之《自由谈》所持言论与该报社社论《昨今之惶惑悲愤》主张颇有出入。原拟辞去该职,当以友朋劝阻未果,现决本古人'道不同不相为谋'之义,自今日起即卸去该刊编辑部职务,该报另送车马费百元亦已璧还,因本人嗣后拟闭门读书不作远游,无需此款。特此郑重启事,敬告同人。"[2]

(五)关于"鲁迅风"杂文论争与巴人辞职的关系。

阿英发表《守成与发展》之后,巴人"就利用《自由谈》主编的权力,写文章在那里答辩起来。一场论争。《申报》老板这回有话说了。争论不是《申报》的传统,而我居然论争了,侵犯了传统,'可恶之至,应当何罪!'乃托人讽示我辞职。我偏不自动辞职,要他下令开除。果然,大概当了编辑一个多月吧(按:实为二十天),来了封辞退的信,还多送了一个月薪水。谢谢,薪水是退回了,而我也登报声明:脱离《申报》。其用意无非为它贴上一张'招贴':'谨防扒手'"[3]。

以上所录巴人的几节文字,非常清楚地说明,巴人离开《申报》,"卸去"《自由谈》主编之职,是因为他主编的《自由谈》与《申报》的言论立场势不两立。《申报》当时以汪精卫的"和议原则"为言论立场,而巴人的态度则是"抗战到底"。当《申报》社评鼓吹

① 巴人《〈鲁迅风〉话旧》,《遵命集》,第146页。
② 《王任叔启事》,《译报》1938年11月2日。
③ 巴人《〈鲁迅风〉话旧》,《遵命集》,第147页。

“和议原则”的时候，巴人不仅在其他报纸上发表抨击文章，责问《申报》，而且还在《自由谈》上抨击《申报》社评，批判汪精卫言论，对汪精卫“大不敬”。正如《王任叔启事》所指出的那样，“惟本人主编之《自由谈》”所持立场与该报“正报”主张颇有出入，“道不同不相为谋”，才离开《申报》的。《申报》为掩盖这个事实，用尽心机，先是“讽示以自动辞职”，后又以“约明试办，兹因期满请截至本月底结束”的理由加以辞退。而巴人偏要揭露《申报》的丑恶面目，以“偏不”辞职，对抗“讽示以自动离职”；以“所称试办一节”，“并无此语”，对抗“约明试办”，“本月底结束”；最后发表《王任叔启事》，揭示《申报》辞退自己的内幕，揭露《申报》乃至重庆当局剥夺抗日言论权的罪行，同时杜绝他们为此罪行辩护的借口，用巴人话说：“贴上一张‘招贴’：‘谨防扒手’。”笔者以为巴人以上的话已经把《申报》辞退他的原因说清楚了。

〔原载《新文学史料》1993 年第 4 期〕

后　　记

一

从20世纪70年代中期起，我在复旦大学中文系任教，贾植芳先生对我有诸多教诲。在一次谈话中，他建议我确定一个研究方向，其中说到新文学史不能只局限于创作史，即使把作家、作品都研究透了，至多只能说了解了新文学史的一半，还有另外一半不搞清楚，新文学史不能算是完整的，另外一半包括两大块，一块是文学翻译，一块是文学报刊及文学传播。

贾先生认为外国文学翻译活动是中国新文学史不可分割的一部分。因为翻译文学是中国文人的再创造，也是文学活动的一部分；翻译文学为中国人所阅读，并由此了解异域的风土、人情、历史、人文而受其熏陶；异域文宗移至华土，文学作品有了比较，滋养了中国作家；翻译文学使中国文学融入世界文学，改变了中国文学原来的封闭状态。所以，中国新文学史应该包括翻译文学。至于中国文学期刊副刊，他认为是区分新旧文学的一个标志。第一，文学报刊作为载体，刊登中外文学，争奇斗艳，推动新文学的发生和发展；第二，文学报刊诱发了文体变革，白话文代替文言文的事实首先发生在报端；第三，文学报刊关系到文学社团、流派的兴衰，由此开创了文坛新风气；第四，新文学报刊作为温床，造就了新一代的作家群体，并且由于稿费制度，赋予文学家独立的社会地位，产生了职业作家；第五，文学报刊作为大众读物，培养了新一代读者。总而言之，文学报刊与新文学史有着无法分离的关系，应该作为新文学史不可或缺的一部分。他希望我研究“中国文学期刊副刊史”。

贾先生的这次谈话，拓展了我的视野，指点了我学术研究的路径。当时我对中国文学期刊副刊所知甚少，做史谈何容易。不过，我还是抱着试一试的心态，接受了贾先生的建议，把“中国文学期刊副刊史”作为研究方向。

此后我就开始阅读文学报刊，先从复旦大学图书馆期刊室的藏刊读起，继之阅读上海图书馆徐家汇藏书楼、华东师大图书馆的藏刊。期间还利用出差的机会到过北京大学图书馆、武汉大学图书馆及桂林、屯溪等地有关单位查阅当地所收藏的一些文学报刊。这一阶段重点阅读1949年以前出版的文学报刊。1985年复旦大学中文系老师编纂《中国现代文学辞典》，1988年潘旭澜先生主编《新中国文学辞典》，我应邀参与其事，撰写了千余条文学报刊的词条，并且编制了五十余种主要文学报刊(1949年之后)刊名演变的谱系图。为此，我前前后后、断断续续地读了十二年文学报刊，从1815年至1990年一百七十余年间所能看到的主要文学报刊几乎翻阅了一遍，小部分是重点阅读的，大部分是翻翻而已。在此期间，我一面阅读文学报刊，一面着手编写“中国文学期刊副刊史”选修课程的讲义。同时，发现自己尚需补充与此相关的中国近代、现代史和中国新闻事业史方面的知识，因此，复旦大学历史系和新闻系的资料室又成了我经常光顾的地方。

二

在阅读文学报刊的过程中，我不但积累了资料，而且逐渐形成了自己对中国文学期刊副刊史的一些看法。1986年，我第一次开设了“中国文学期刊副刊史”课程。这门课程以文学期刊副刊为材料，介绍、分析、评价文学报刊及其编辑，文学报刊与文学社团、文学流派,文学报刊与作家群体,文学报刊与文体演变,文学报刊历史事件,以及文学报刊与文学史的关系,梳理文学报刊发展的脉络。以后几年,我一边教学,一边修改和完善“中国文学期刊副刊史”的讲义。

正当我对这项研究工作进入角色之时,1993 年却被调至复旦大学教务处负责教学管理领导工作;2000 年又被改派去组建并负责运行复旦大学网络教育学院,一直工作到 2010 年。在此期间,由于工作繁重,除了开设过十二学期“中国文学期刊副刊史”课程外,我还忙中偷闲撰写了五十余篇论文,四十余篇随笔,一千余条两百年新文学报刊的辞书条目,共计一百余万字。

首先,我的文章一部分是从阅读原始文学报刊中发现了人云亦云的错误,通过梳理与论述,还原了历史真相。过去说到《文学改良刍议》,总以为只有《新青年》一种版本。后来我发现该文除了 1917 年 1 月发表于《新青年》2 卷 5 号的版本之外,还有一种版本见于《留美学生季报》1917 年 3 月的春季第 1 号。经对照两种版本,发现颇多文字差异,而《新青年》版本是经陈独秀修改过的,这可以从陈独秀和胡适相互往来的通信中得到证实。章培恒先生知道了这件事,他跟我说:《文学改良刍议》发表将近八十年之后才由你发现《留美学生季报》的版本,你的研究路子是对的。之后,章先生在《论五四新文学与古代文学的关系》一文中提及此文。

其次,我在文学报刊的原始材料里时有新的发现。在阅读文学报刊中,我发现了“文学革命八事”因南社而立言、政论文学一百年等议题,这种题目,单靠阅读文集和选集,而不阅读原始文学报刊是很难发现的。作为研究方法,只阅读文集和选集有很大局限。文集有纵向完整的优势,却也有横向视野受限的缺点,而阅读文学报刊在一定程度上可以弥补这个缺憾。因为阅读文学报刊能够再现当时活生生的历史环境,使读者有身临其境的体验,容易理解作者当时的精神状态及其流于笔端的思想。反之，仅阅读作者的选集、文集，则少有此种体验。倘若研究者不能还原历史情境，必然处于“前不巴村，后不着店”的境地，著述自然难以作出符合历史事实的评论。就研究而言，相比较于文集，选集的价值更受质疑。明成化年间，科举考试文体改为八股文（又称“时文”“制义”“制艺”），于是教育重心转移到先生如何教授好八股文，学生如何学好做八股文上来。为了让八股文有个好的“出身”，作为教材的唐宋古文文选应运而生。继朱右《八先生文集》、唐顺之《六家文略》、归有光《四大家文选》、陆粲《唐宋四大家文钞》等之后，有茅坤《唐宋八大家文钞》刊行。茅坤《文钞》成为明清时期流行最广的唐宋古文选本，不断地被翻刻，至清代还出现了《文钞》评点本，桐城派的方苞就有过一个评点本。虽然，这些选本所选作家都是唐宋八大家，入选古文又都是唐宋八大家之文，可是由于这些选本都是编者按照“时文”的标准（“义法”）遴选出来的，使得唐宋古文变了味，显出“时文”的色彩。对此王闿运说：“明代无文，以其风尚在制艺，相去辽绝也。茅鹿门始以时文为古文，因取唐宋之似时文者为八家。”（《王湘绮年谱》卷五）可见，选本神通广大，使八股文摇身一变，似乎师出唐宋八大家之门。概而言之，一般性阅读，选本就可以了，若要用之做研究，就不足为据，否则可能误入歧途。所以，凡是研究两百年新文学的学问，在可能的条件下尽量将阅读文集、选集与阅读原始文学报刊结合起来，以求还原学术历史的背景，让研究对象置于历史环境之中，给出精准的历史定位，做出符合历史真实的评述。

再次，文学报刊阅读到一定的数量，新文学发展的脉络便会比较清晰地呈现在研究者的眼前。与文学报刊相联系的是作家群体的聚散、文学社团的兴衰、文学流派的变迁、文学思潮的演变，研究者若是能够把重要的文学报刊或精读或粗读一遍，对文学发展的路径就不会感到陌生。工艺制造、政法制度、思想文化为近代中国现代化进程中拾级而上的三个阶段，恰如三道“门槛”。黄远生风云际会，跨进第三道“门槛”，主张以思想革命为一切改造的基础，提倡新文学为根本救济之法，因而成为新文学的开创者。而章士钊则不以为然，他认为“提倡新文学，自是根本救济之法，然必其国政治差良，其度不在水平线下，而后有社会之事可言”。以现有中国的政治水准，即使莎士比亚、雨果复生，也将莫奏其技。章士钊决意固守第二道“门槛”，而拒绝跨进第三道“门槛”，因而成为新时代的落伍者。以此为节点，逻辑政论文以政论文学殿军的身份终结了新文学前一百年，而以文学革命、思想革命相号召的新青年派异军突起，开启新文学的后一个百年。这是新文学谱系图的一角，草蛇灰线，伏脉千里，觅迹寻踪，终有所见。因此，有位朋友戏称我的文章是写在文学报刊上的文学史。我觉得这个说法很有趣。

最后，说一说这部文集名称的由来。凡事“横看成岭侧成峰”，视角不同，所见景观遂各异。曹聚仁先生在《文坛五十年》一书中说：“一部近代文化史，从侧面看去，正是一部印刷机器发达史；而一部近代中国文学史，从侧面看去，又正是一部新闻事业发展史。”因此从文学报刊视角来看，新文学报刊史恰是一部新文学史。

通常，中国两百年来的文学史分为近代、现代、当代，而断代所据的标准各异，时间起止又有多种说法。根据我的理解，新文学史的断代，当以文学发展演进的内在规律和客观存在的原有形态为依据。离开了这样一个基点，是难以反映新文学史发展演进的实际情况的。再则，新文学史应持大文学观，政论文学也应该包括在内。最后，新文学史应以文体变革为主要标志，兼及文学理论主张、文学运动和作家作品，等等。以我之见，新文学是从变革议论散文特别是政论开始的，大致发端于 19 世纪初；从 20 世纪 20 年代起，在议论散文变革的基础上进而扩展为整个文学变革，这就是文学革命运动。据此，我进一步认为新文学史已有两百年的历史，大致上前一百年以政论文学为主导，小说、散文、诗歌、戏曲无一不浸润在政论文学的滔滔洪水之中；后一百年则以小说、散文、诗歌、戏曲等纯文学为主导，政论文学的影子时隐时现。因此，我把近代、现代、当代合为一代，统称为新文学。这也是本书《新文学两百年》名称的由来。

本书所收录的十九篇文章，是从我八十余篇文学论文及随笔中选择出来的，大致不离新文学两百年主题的范围。

三

吴中杰先生同陈思和兄为本书作序，我深表谢意。

吴先生对我阅读原始报刊作为学问基础的做法表示赞许。他在为我编选的《林语堂批评文集》所作序言中就特别提及这一点。关于学术研究，他对我有诸多指点，我将其概为四句话：论从史出，逐新趋异；言必有据，功在论证。师训弥足珍贵。吴先生曾主编的《上海文坛》杂志，也是我发表论文的园地。

我与思和兄曾经在复旦中文系现当代文学教研室共事多年，意趣相合，话多投机。我们经常在一起讨论新文学史的问题，不免时常发生争论，我从中受益匪浅。我的篇幅较长的文章，他往往是第一位读者，而且我的半数以上的长篇文章是经他推荐发表的。

借此机会，我也要向现当代文学教研室的各位老师对我的教导和帮助表示感谢。

在本书整理编辑过程中，张恩老师承担了全书的输入、编排、文稿打印的工作。沈海燕负责全文引文注释的校对。在此，我向他们表示感谢。

2023年3月1日

图书在版编目(CIP)数据

新文学两百年/沈永宝著. —上海: 复旦大学出版社, 2024. 5
(“薪传”现代文学研究平台系列 / 陈思和,王德威主编)
ISBN 978-7-309-17106-8

Ⅰ. ①新… Ⅱ. ①沈… Ⅲ. ①新文学(五四)-文学研究 Ⅳ. ①I206. 6

中国国家版本馆 CIP 数据核字(2023)第 233997 号

新文学两百年
沈永宝 著
责任编辑/宋文涛

复旦大学出版社有限公司出版发行
上海市国权路 579 号 邮编: 200433
网址: fupnet@fudanpress. com http://www. fudanpress. com
门市零售: 86-21-65102580 团体订购: 86-21-65104505
出版部电话: 86-21-65642845
上海盛通时代印刷有限公司

开本 890 毫米×1240 毫米 1/32 印张 13 字数 314 千字
2024 年 5 月第 1 版
2024 年 5 月第 1 版第 1 次印刷

ISBN 978-7-309-17106-8/I · 1382
定价: 78. 00 元